Knaur® Krimi

Herausgegeben von Dietlind Vetter

Wo ist Teresa Blair? Dafür interessiert sich nicht nur ihr Ehemann, sondern auch die Staatsanwaltschaft. Denn die attraktive Boutiquenteilhaberin ist die Kronzeugin in einem Fall von Fahrerflucht mit Todesfolge. Und der ehrgeizige Ankläger Ray Tolson will in diesem Fall gewinnen – weil der Angeklagte das Oberhaupt der Mafiafamilie in seiner Stadt ist.
Tolson beauftragt den Privatdetektiv John Marshall Tanner mit der Suche nach Teresa Blair. Der Fall scheint einfach zu liegen – aber Tanner muß bald erkennen, daß ihm keiner der Beteiligten reinen Wein einschenkt; nicht einmal Ray Tolson, der Kämpfer für Recht und Ordnung. Verwirrend wie die ganze Affäre erscheint Tanner auch das Charakterbild der Gesuchten, so daß sich für ihn die Ausgangsfrage plötzlich ganz anders stellt: *Wer* ist Teresa Blair? Und die Antwort auf diese Frage hat viel mit Tanner selbst zu tun …

Stephen Greenleafs dritter Krimi mit dem Privatdetektiv John Marshall Tanner in der Hauptrolle orientiert sich wie seine Vorgänger vor allem an Raymond Chandler. Doch von Buch zu Buch wird deutlicher, daß der in Oregon lebende Autor tatsächlich ein eigenständiger Schriftsteller mit unverwechselbarem Profil ist, was der *New Yorker* schon bei seinem ersten Kriminalroman vermerkte.

Stephan Kaiser war lange festangestellter Lektor in einem großen Verlagshaus, promovierte zwischendurch über »Die Besonderheiten der deutschen Schriftsprache in der Schweiz«, ist seit 1974 freiberuflicher Geistesarbeiter auf vielen Gebieten (zum Beispiel Schulbuch) und hat sich als Autor des literarischen Kriminalromans *Der Mord als schöne Kunst betrachtet* selber einschlägig betätigt.

Von Stephen Greenleaf erschienen
ebenfalls als *Knaur Krimi:*

»Sarg drüber« (Band 4916)
»Auf Doppelspur« (Band 4924)

Deutsche Erstausgabe

Titel der Originalausgabe »State's Evidence«

Aus dem Amerikanischen von Stephan Kaiser
Umschlaggestaltung und Foto Rambow, Lienemeyer, van de Sand
Satz IBV Lichtsatz KG, Berlin
Druck und Bindung Hanseatische Druckanstalt GmbH, Hamburg
Printed in Germany · 1 · 8 · 783
ISBN 3-426-04940-6

1. Auflage

Stephen Greenleaf

Der erste Mann

Kriminalroman

Knaur

1

Das Haus war breit und stumpf und dicklich, dafür geschaffen, eine Heimstatt zu sein für schwere, ungattige Dinge, die einem leicht aus der Hand gleiten mochten. Es war undurchdringlich und tot wie die behauenen Granitquadern, die es umschlossen. Form und Inhalt waren hier eins; denn was da drin am Kochen und Brodeln war, das war die Gerechtigkeit, und die Stufen, die ich hinaufschritt, sackten durch vom Gewicht der vielen Kniefälle. Auf diese Tür, hinter der sich ein Abstraktum verbarg, waren in all den Jahren zahllose Angeklagte, Bittsteller, Prozeßhansel und Bevollmächtigte zugegangen. Wenn mich nicht alles täuschte, waren sie fast alle viel schneller oben als unten gewesen.

Die kannelierten Säulen rechts und links vom Eisenportal hatten Macken und Kerben, die Narben von Streifschüssen, die Ende des vergangenen Jahrhunderts einem anderen Ziel gegolten hatten: dem Gouverneur, der damals ermordet werden sollte. Die korinthischen Kapitelle darüber trugen Ornamente zur Schau, die mich eher an Zungen gemahnten denn an Akanthusblätter. Die Wörter »El Gordo City Hall« standen am Architrav, tief, unvergänglich, abweisend eingemeißelt, obwohl die Taubenscheiße auch an diesen Lettern hinunterlief. El Gordo, die Stadt, war genau wie ihr Rathaus: betagt und hart im Nehmen, weder angeberisch noch schick; seit Jahrzehnten über die besten Jahre hinaus. Ich kam mir im Grunde genauso vor.

Im sandgefüllten Aschengrab an der Tür drückte ich meine Zigarette aus; dann ließ ich mich ein auf die Stimmung eines vermufften Verwaltungsgebäudes. Der Aufzug, in dem ich zum zweiten Stock hinauffuhr, stank nach Desinfektionsmitteln; der Fahrstuhlführer paßte dazu. Ich brabbelte was über das Wetter, bekam aber keinerlei Antwort. Außer mir fuhr nur noch einer mit; einer, der so aussah, als sei er Anwalt für aussichtslose Fälle.

Das Mädchen am Schreibtisch hinter der Tür, auf der gestanden hatte: ›Wilson P. Ridges, District Attorney‹, nickte nur, als sie meinen Namen hörte, und beschied mich, ich solle weiter hinten nachfragen, zweite Tür rechts. Dann widmete sie sich einem Tabakkrümel auf ihrer Zunge. Ich ging der Nase nach und gelangte zu einem Büro, wo die Tür offenstand, wo ein Deckenventilator war und wo zwei Männer saßen.

Die Männer waren so unbewegt wie der Ventilator. Sie warteten auf mich, auf das, was ich brachte. Sie saßen sich an einem Eichenschreibtisch gegenüber, der überquoll von Aktendeckeln, aufgeschlagenen Gesetzbüchern und vollen Aschenbechern. Die Wände waren übervoll mit Jahrgängen von *Pacific Reporters* und *Federal Supplements*, und der Bodenbelag bestand aus grün-weißem Linoleum, das unter meinen Schritten auf geradezu mörderische Weise nachgab. Der Schreibtisch und das Chaos darauf waren total verfleckt, als hätte ein großer Vogel darauf geschissen; es waren aber nur darauf abgelagerte Teebeutel in unterschiedlichen Stadien der Feuchtigkeit.

Sobald er mich wahrnahm, erhob sich der Mann an der entlegenen Schreibtischseite und schüttelte mir die Hand. Er bewegte sich routiniert und präzise; ein Mann, der es gewöhnt ist, daß man ihm zuschaut. Seine Hand fühlte sich weich an, doch er drückte kräftig zu, mit einstudierter Geschicklichkeit.

Er stellte sich vor: Ray Tolson, Stellvertreter des El Gordo District Attorney, dann erst entließ er meine Finger aus seinem Zugriff. Er war kurz geraten und stämmig, so gut wie blond und so gut wie kahl. Im Gesicht trug er die Miene eines offenherzigen, aber leicht verwirrten Geistlichen oder Politikers auf dem Höhepunkt seiner Laufbahn. Die Augen saßen gleich über den Backenknochen und lugten neugierig aus den Höhlen wie ein Känguruhjunges aus dem Beutel. Zwischen Weste und Gürtel schauten überbreite rote Hosenträger heraus. Ein Plaidsakko umschmeichelte die Lehne des Stuhls, auf dem er gesessen hatte.

Tolson bedankte sich bei mir dafür, daß ich aus der Stadt herübergefahren war.

»Gern geschehen. Tu Leuten, die mich vorladen können, wann's ihnen paßt, immer gern einen Gefallen.«

Er lachte mit lautem Gepruste und bot mir den einzigen freien Stuhl im Zimmer an. Im Gehen besah ich mir den anderen Mann. Er regte sich nicht und sagte kein Wort, aber wenn ich einen nervösen Tick gehabt hätte, dann wäre ihm das inzwischen schon aufgefallen. Ich machte es mir in dem rissigen, quietschenden Leder so bequem wie möglich, und Tolson drückte aufs Knöpfchen und bestellte Kaffee für drei. Ich machte mich auf Blechtassen gefaßt – weiß auch nicht, warum. Als der Kaffee da war, sagte Tolson lakonisch: »Wir haben hier ein kleines Problem, Mr. Tanner. Wir bauen darauf, daß Sie uns dabei helfen können.«

Das hieß im Klartext: verkehrte Welt. Wenn mich nämlich sonst der Staatsanwalt darum bittet, mal auf ein Plauderstündchen vorbeizukommen, ist das Problem ganz meinerseits – dann steckt meistens das Bureau of Collection and Investigative Services dahinter, das für mich zuständige Gewerbeaufsichtsamt, das die Polizei ersucht

hat, bei mir mal auf den Busch zu klopfen. Bis jetzt ist's freilich immer bei dem Plauderstündchen geblieben, und wenn sie dem Bureau auch weiterhin so brav die Mittel kürzen, wird's wohl auch in Zukunft damit sein Bewenden haben. Ich lehnte mich noch weiter zurück und erkundigte mich bei Tolson, was für Probleme er habe.
»Erst mal tät ich ja besser dran, Sie zu fragen, ob Sie was dagegen haben, für die Anklage zu arbeiten. Ich weiß, daß Sie sonst auf der Gegenseite stehen.«
»Nichts dagegen«, sagte ich. »Jedenfalls nicht grundsätzlich. Wenn Sie aber frisierte Beweise von mir wollen, ist das Zeitverschwendung. Und rausgeworfenes Geld.«
»So was gibt's nicht.«
»Teufel, nein! Und ob's das gibt – in der Sekunde drüben an der East Bay bei nem Rauschgiftfall. Und Sie wissen das so gut wie ich.«
»Jedenfalls kommt so was in unserer Behörde nicht vor.«
Ich lächelte. »Mir ist zu Ohren gekommen, Ihre Behörde hätt ne andere Methode, Beweise zu frisieren. Läßt sie einfach verschwinden.«
»Was soll das heißen?«
»Es heißt halt, daß man in El Gordo Sächelchen kaufen kann, die nicht im Branchentelephonbuch stehen.«
Tolson kollerte vor Zorn, viel schlimmer, als ich's erwartet hatte. Der helle Teint lief rot und fleckig an. Er holte Luft, um eine Verteidigungsrede zu halten – auf sich, auf seinen Beruf, auf seine hehren Ziele oder sonst einen Quark –, da steckte eine junge Frau den Kopf in die Tür. »Bernstein läßt ausrichten, sein Mandant gibt versuchten Totschlag zu, wenn er zwei Jahre Bewährung kriegt«, sagte sie augenzwinkernd.
»Ich hab's Ihnen hundertmal gesagt und ihm auch«, orgelte Tolson. »Kein Kuhhandel ohne Knast. Wenn er jetzt in der Klapsmühle wär, könnt man ja drüber reden. Ich hab was gegen Messer«, fügte er zur Erklärung hinzu.
Die Frau lächelte, nickte und war weg. Tolson fuhr sich durchs schüttere Haar und sah jetzt wieder mich an. »Sie haben vor paar Jahren mal hier an nem Fall gearbeitet, stimmt's, Tanner?«
Ich nickte. »Der Fall Abbott.«
»Ging's da nicht um Fernfahrer, die von Transportarbeitern ausgenommen wurden? Mußten fürs Ausladen zahlen, auch wenn sie gar nichts ausladen wollten? Weil sie ihnen sonst die Ladung kaputtgemacht hätten?«
»Stimmt – in groben Zügen.«

»Hab gehört, Sie haben Ihre Sache gut gemacht.«
»Hab mein Geld gekriegt.«
»Waren Sie damals nicht der Kronzeuge der Anklage?«
»Stimmt. Ist Ihr Problem ähnlich gelagert wie das von damals?«
»Wieso?«
»Weil mir nach dem Prozeß so ungefähr vier Wochen lang ein Kerl mit einem Gesicht wie ein Ellbogen auf den Füßen stand.«
»Und?«
»Als er grad mal frei hatte, hat er in irgend ner Bar hier unten einen zusammengeschlagen. Die Freunde von dem Jungen haben ihn paar Tage später besucht und ihm einen Schraubenzieher ins Auge gejagt.«
Tolson lächelte verhangen. »Damals haben Sie wohl ne Menge über unsere Stadt gelernt?«
»Danke, mir reicht's.«
»Das ist vier Jahre her, stimmt's? Wir sind eine Stadt im Wandel«, erklärte Tolson feierlich. »Jetzt sieht es hier anders aus.«
»Wie schön«, sagte ich. »Das heißt wahrscheinlich, daß der Barkeeper um die Ecke mir als erstes erzählt, daß er jetzt keine Schmiergelder mehr zahlen muß, damit die Scheiben heil bleiben, damit der Getränkenachschub flutscht und die Juke-Box funktioniert. Heißt wahrscheinlich auch, daß es in El Gordo pro Quadratmeile nicht mehr Prostituierte gibt als sonst auch an der Bay. Und heißt bestimmt, daß der Bürgermeister verzichten muß auf seine dreißig Riesen im Jahr vom Einzelhändlerverband.«
Tolson hob die Hand. »Okay, okay. Ich hab ja nicht behauptet, daß wir in Disneyland leben. Ich hab bloß gesagt, daß es besser wird. Wir haben ne Handvoll tüchtige junge Polizisten, die wissen, wie sie einen Fall zu bearbeiten haben, und wir haben paar Ankläger, die entschlossen sind, jeden, aber auch jeden vor Gericht zu stellen, egal, wer sie daran hindern will.«
»Weil El Gordo Sie hat«, sagte ich.
»Weil El Gordo mich hat«, wiederholte er. In seinem Lächeln war nicht ganz soviel Selbstvertrauen wie in seinen Worten.
»Sie wollen in die Geschichte eingehen als der Mann, der in El Gordo aufgeräumt hat, stimmt's?« bohrte ich. »Und deshalb bin ich hier. Soll ich im Gemeindesaal als Sancho Pansa auftreten? Oder wollen Sie mich lieber als Doc Holliday sehen?«
Tolson zog die Lippen ein, bis nichts mehr von ihnen zu sehen war, dann schüttelte er den Kopf. »Nichts dergleichen«, sagte er. »Bloß ein kleiner Fall, der symptomatisch ist für alles, was hier schiefgelaufen ist und was sich von jetzt an hier ändern wird.«

»Was für ein Fall?«
»Fahrerflucht.«
»Das Opfer?«
»Uninteressant. Kleiner Buchhalter aus Oakland drüben. Städtische Registratur. Hat wohl den ganzen Tag Akten abgelegt und so. Hinterläßt eine Frau und einen Sohn bei der Navy.«
»Und wer hat ihn überfahren?«
»Einer namens Tony Fluto. Je von ihm gehört?«
»Nee. Müßte ich?«
»Nicht unbedingt. Macht sich schon lange hier in El Gordo zu schaffen. Hat mit seinem Sohn zusammen ein großes Malergeschäft auf der East Side. Schwimmen im Geld – fahren dicke Schlitten, haben Riesenhäuser, tragen klotzige Diamanten und protzen rum mit prominenten Bekannten. Drähte zur Gesellschaft und zur Politik.«
»Okay, dieser Fluto hat einen Menschen überfahren und Fahrerflucht begangen. Was hat das mit mir zu tun?«
Tolson seufzte aus tiefer Brust. Er lehnte sich im Stuhl zurück, legte die Hacken auf die Schreibtischkante und verschränkte die Hände hinter dem Kopf. Unmittelbar hinter ihm erhoben sich die in königlichem Blau gebundenen Bände von *Corpus Juris Secundum*, akribisch geordnet, wenn auch altmodisch. Von der Bundesstraße 101 her dröhnte das wesenlose Gebrumm der Lastwagen durch Stein und Glas ins Rathaus herein.
Tolson war ein alter Dreißiger oder ein junger Vierziger, sehr wahrscheinlich letzteres. Um es zum stellvertretenden District Attorney zu bringen, mußte er schon ziemlich viel Geschick im Umgang mit den Geschworenen entwickelt haben – und noch mehr Geschick darin, seinem Vorgesetzten, dem D. A., in aller Öffentlichkeit in den Arsch zu kriechen. Wenn er jetzt aber das Klassenziel erreichen wollte, dann mußte er die Abende damit zubringen, die fetten Fische im Geldadel zu beschwatzen, damit sie ihm den nächsten Wahlkampf gegen seinen Chef finanzierten, und tagsüber mußte er zugange sein in den Anwaltskanzleien von El Gordo, wo er sich versichern ließ, allem Krisengeschrei entgegen habe ein Strafverteidiger in einer Stadt wie El Gordo ausgesorgt. In der Zeit, die ihm blieb, tat Tolson vermutlich, was alle Staatsanwälte tun. Da entschied er, gegen wen Anklage erhoben werden sollte, welcher Eingabe stattzugeben sei, welches Strafmaß er beantragen, welchem Urteil er entgegenarbeiten solle – ein Pensum an Gerechtigkeit pro Tag, das sonst niemand im Bezirk auch nur im Monat zu absolvieren hatte.

Tolson zündete eine dicke Zigarre an. Neugierig linste ich hinüber zu dem anderen Mann.
Er saß immer noch zusammengekauert auf der Stuhlkante, Füße auf dem Boden, Hände auf den Kniescheiben, Rücken so grade wie ein Proletarier. Sein Blick fing den meinen und hielt ihn. Die Augen waren steril und asketisch, die Augen eines Buchhalters oder eines Beerdigungsunternehmers. Das schwarze Haar war über den Ohren kurz rasiert und lag ölig und streng gewellt auf dem Schädel. Der Anzug war blau – drei makellos gebügelte Teile. Kalkige Streifen durchliefen alle drei – wie Inschriften auf der Gedenktafel für einen großen Häuptling. Über den flachen Bauch dümpelte eine Art Bierzipfel wie der Wimpel am Boot eines Segelanfängers. Der Anhänger an dem Goldkettchen mochte ein Phi-Beta-Kappa-Abzeichen sein, aber auch ein Kokslöffel. Ersteres war zwar wahrscheinlicher, aber heutzutage ist alles möglich.
»Tony Fluto gehört zu den großen Tieren in unserer Stadt«, sagte Tolson, als seine Zigarre richtig zog, »und der Mann, den er zusammengefahren hat, war das reine Nichts. Früher wär Fluto bestimmt nicht vor Gericht gestellt worden. Und deshalb ist dieser Fall so bedeutsam. Wenn er verurteilt wird, dann wird jeder wissen, daß es eine Gerechtigkeit gibt in El Gordo. Daß unsre Behörde nicht käuflich ist. Daß die Polizei die Aufgabe hat, die Bürger zu schützen, nicht die, sie in Angst und Schrecken zu versetzen.«
Als der Widerhall seiner Rede verebbte, wollte ich wissen: »Wo haben Sie das geklaut? Bei Cicero oder bei Richter Douglas?«
Tolson übersah mein Lächeln. »Eine Spur Fanatismus brauche ich einfach«, erklärte er schlicht. »Sonst könnt ich den Job hier gleich an den Nagel hängen. Das Gehalt ist beschissen, und Korruption stinkt. Meine Kommilitonen von der Uni sitzen längst alle in noblen Kanzleien und streichen im Jahr hundert Riesen ein.«
Mir war nicht wohl dabei – das klang mir zu absolut und zu selbstgerecht. »Wenn das so aussieht – warum machen Sie's dann?«
»Ich habe ein Ziel«, sagte er leiser. »Ich bin in El Gordo großgeworden. Damals hat die Stadt zum Himmel gestunken, und viel besser riecht's immer noch nicht. Ich will das ändern. Mein Sohn soll stolz sein auf seine Stadt, so stolz, daß er sich nichts Besseres wünschen kann, als hier zu leben.«
Zu solchen Sentimentalitäten fiel mir nichts ein. Der erste Satz aus dem Mund meines Vater, der mir haftengeblieben war, hatte besagt, ich solle abhauen aus unserer Kleinstadt – sie habe mir nichts zu bieten. Ich habe seinen Rat beherzigt. Im Jahr darauf ist mein Vater gestorben.

Auf dem Bord hinter Tolson surrte das Telephon. Er nahm beim ersten Läuten ab, hörte nur zu und sagte dann: »Dank dir, mein Schatz.« Er legte auf. Ich sah ihn aus großen Augen an.
»Das war meine Frau«, erklärte er mir. »Wir werden bedroht. Eben hat sie mir gesagt, daß mein Sohn sicher in der Schule angekommen ist. Gegen drei erfahre ich, ob er heil nach Hause kommt. Hoffentlich.« Er sah aus, als müsse er sich dafür entschuldigen. »Noch ein Grund, das, was ich vorhab, bleibenzulassen.« Die Stimme war weich.
Ich linste hinüber zum dritten Mann. Immer noch geheimnisvoll reglos.
»Was liegt denn nun an?« fragte ich Tolson. »Fluto ist also ein Hecht, der den Karpfenteich aufstört. Und er hat einen Menschen zu Tode gefahren. Hetzen Sie mich so aus dem Stand auf ihn los, oder haben Sie sich schon was Intelligenteres ausgedacht?«
Tolson verzog kurz den Mund, dann sah er zu dem Dritten hinüber. »Fluto rühr ich nicht mal mit der Feuerzange an. Ist das klar?«
»Klar«, sagte ich. »Weniger klar ist mir allerdings, warum ich hier sitze und mir das alles anhöre.«
Tolson schaute den Dritten noch einmal an. Der reagierte ungefähr so lebhaft wie ein Baumstumpf. Ich hatte große Lust, mit einem Buch nach dem Reglosen zu schmeißen – bloß um sicherzugehen, daß ich hier nicht das Versuchskaninchen war bei einer psychologischen Versuchsanordnung im ersten Semester.
»Vor genau zweiundsiebzig Stunden«, dozierte Tolson schleppend, »hatte ich Tony Fluto am Kanthaken. Er war im Arsch. Geliefert für ein Jahr Quentin, todsicher. Wahrscheinlich sogar für paar Jährchen mehr.«
Einen Augenblick lang schlug Tolsons Lächeln um in eine fadenscheindünne, bösartige Grimasse, und für jenen Augenblick wurde sichtbar, wie stark er infiziert worden war von einem Jahrzehnt Gerichtsbarkeit in El Gordo. Wenn er sich dabei nichts Schlimmeres geholt hatte als ein grimassierendes Lächeln, konnte er noch von Glück sagen. Ich machte mir eine Zigarette an, während Tolsons Lächeln wieder umschlug ins Wohlmeinend-Väterliche. Ich wollte wissen, was mit Fluto passiert sei.
»Im Juni hatte Tony so ne Art Pechsträhne. Fuhr in seinem Lincoln die Oswego runter, spät Sonntag nacht. War auf dem Heimweg von seiner Freundin draußen in Burlingame, das haben wir uns jedenfalls zusammengereimt. Gar nichts los, bloß bißchen Verkehr. Wir glauben, daß niemand sonst in dem Auto saß. Als er zur Kreuzung an der Neunten kam, lief ein Mann direkt vom Gehweg in die Fahr-

bahn. Genau da ist ein Fußgängerüberweg, und auf dem befand sich der Mann, aber Fluto muß mindestens achtzig Sachen drauf gehabt haben – jedenfalls erwischte er den Mann stockvoll und fuhr ihn zu Tode. Sofort. Aber das wußte Fluto nicht, der fuhr einfach weiter.«

»Unterlassene Hilfeleistung«, sagte ich im Behördenjargon.

»Mindestens. Totschlag mit Vorbedacht, wenn ich nur halb so tüchtig bin, wie ich glaube. Vielleicht noch gravierender. Soweit wir da Bescheid wissen, gibt's drei Zeugen für den Unfall. Einer hat das Auto gesehen und die Nummer behalten und einen Blick auf den Fahrer erhascht. Der Zeuge hat Fluto bei einer Gegenüberstellung mit mehreren einwandfrei identifiziert. Übrigens war das Auto tatsächlich auf Fluto zugelassen, aber wir konnten das Fahrzeug nicht dingfest machen. Fluto behauptete, das Vehikel sei ihm gestohlen worden. Unser Problem fängt damit an, daß der Zeuge ein Säufer ist. Ein Wermutbruder zwischen Suff und Delirium. So verläßlich wie der Teufel persönlich.«

»Und die beiden anderen Zeugen?«

»Der eine ist minderjährig. Ein Junge von zwölf oder so, vielleicht auch vierzehn. Kurz vor dem Zusammenstoß hat ihn der Säufer gesehen, und er hat uns eine vage Personenbeschreibung geliefert, aber wir haben den Jungen auch danach nicht schnappen können. Den Geschworenen hab ich bloß den Säufer servieren können, und damit bin ich auch durchgekommen, weil die Geschworenen meistens fressen, was ich ihnen vorsetze. Aber der Fall war ungefähr soviel wert wie ein falscher Fuffzger – und das wußten Fluto und sein Anwalt auch. Machten die Presse schalou – behaupteten, ich spiele mich als Kreuzritter auf, mißbrauche meine Amtsgewalt. Lauter solchen Scheißdreck. Wollten mir ans Bein pinkeln. Da hab ich mir geschworen, daß ich schon deshalb nicht lockerlaß, egal, was passiert. Und dann hatte ich das Glück des Tüchtigen.«

»Zeuge Nummer drei«, soufflierte ich.

»Genau. Eine Frau meldete sich bei uns. Sagte, sie habe alles mit angesehen, sich aber raushalten wollen aus der Sache. Aber als sie in der Zeitung gelesen habe, was Fluto behauptet, da sei ihr klargeworden, daß es ihre Pflicht sei, uns zu informieren. Und plötzlich war Fluto geliefert. Er wußte das auch – ich hatte ihn am Wickel.«

»Aber dummerweise ist Ihre Zeugin abgängig«, sagte ich.

Tolson holte zweimal hintereinander tief Luft, dann zwickte er sich mit Daumen und Zeigefinger in den Nasenflügel.

»Seit drei Tagen.«

»Sie hätten sie unter Polizeischutz stellen sollen.«

»Das haben wir ja auch getan. Rund um die Uhr. Aber sie ist uns trotzdem durch die Lappen.« Tolson wollte noch etwas sagen, behielt es aber für sich.
»Wie oft darf ich raten?«
Tolson zuckte die Achseln. »Einmal langt, glaub ich.«
»Gehört Fluto zu der Sorte, die vor nichts zurückschreckt?«
»Ich behaupte ja gar nicht, daß er sie umgebracht hat«, gab Tolson zur Antwort, »aber für ihn steht eine Menge auf dem Spiel. Es ist bestimmt nicht unter seiner Würde, ihr einen Mordsschrecken einzujagen – deshalb hatten wir ja einen unserer Männer auf sie angesetzt. Vielleicht hat er sie ja per Telephon eingeschüchtert, aber ich halt's für wahrscheinlicher, daß sie aus freien Stücken abgehauen ist.«
»Warum?«
»Angst. Was sonst?«
Mir fielen aus dem Stegreif so ungefähr hundert andere Gründe ein, warum eine Frau von zu Hause weglaufen könnte, aber es schien mir wenig sinnvoll, davon anzufangen, ehe ich nicht mehr wußte über die Frau und ihr Zuhause. »Wissen Sie, wie sie weg ist?«
»Nicht genau. Da gibt's verschiedene Möglichkeiten. Wir haben sie beschützt, nicht bewacht.«
»Wann ist sie als vermißt gemeldet worden?«
»Gegen Mittag. Vor drei Tagen. Mr. Blair rief bei ihr an, und sie ging nicht ans Telephon. Daraufhin hat er uns verständigt. Wir haben nachgesehen – sie war weg.«
»Was haben Sie unternommen?«
»In welcher Hinsicht?«
»Haben Sie den Einsatz abgeblasen oder Ihre Leute weiter Wache schieben lassen?«
Tolson schnaubte. »Wir sind sowieso unterbesetzt. Glauben Sie, wir haben nichts Besseres zu tun, als ein leeres Haus zu beobachten?«
»Wenn sie aus freien Stücken weg ist, dann geh ich jede Wette drauf ein, daß sie sich auf dem Dachboden oder sonstwo versteckt hat und abgewartet hat, bis Ihre Leute abgezogen sind. Oder haben Sie das Haus etwa gründlich durchsucht?«
»Scheiße.« Tolson schüttelte den Kopf und lief wieder rot an. Dann setzte er ein zerknirschtes Lächeln auf.
Während des ganzen Wortwechsels hatte der Magere Tolson nicht aus den Augen gelassen – als warte er darauf, etwas zu erfahren, das ihm noch unbekannt war. Nach seinem Gesichtsausdruck zu schließen, hatte Tolson ihn enttäuscht.
Das Schweigen des Mageren zerrte an meinen Nerven. Damit Tol-

son gezwungen war, uns miteinander bekannt zu machen, fixierte ich den Schnurrbart des dritten Mannes, ein idiotisches Spielchen, das den Mageren schließlich unruhig machte und Tolson die Lippen öffnete. »Unsere Zeugin heißt Teresa Blair. Hier sitzt ihr Ehemann James.«

Tolson gestikulierte mit der Linken, und Blair und ich nickten uns simultan zu. Blair verharrte schweigend, ein Roboter, den die in den blauen Augen sprühende Energie am Laufen hielt. Seine Aura war eindeutig die eines Technokraten, als wisse er seine Leidenschaften mit intellektuellem Kalkül und großer Vorsicht unter Kontrolle zu halten. Er wirkte auf geradezu einschüchternde Weise kompetent, nahm sich aber völlig zurück. Eine Maschine.

»Und wozu kann ich Ihnen nütze sein?« wollte ich von Tolson wissen.

»Um Fluto kümmern wir uns«, sagte er. »Wenn Fluto sie erwischt hat, dann wissen wir garantiert in paar Tagen drüber Bescheid. Leider hat sich alles dadurch kompliziert, daß Fluto von der Bildfläche verschwunden ist.«

»Hat sich vielleicht ganz aus dem Staub gemacht.«

»Zu schön, um wahr zu sein. Fluto ist ja nicht bescheuert. Der steht am Montag im Gerichtssaal auf der Matte. Wenn nicht, geht der Haftbefehl samt Fahndung noch schneller raus, als ne Fliege nen Scheißhaufen findet. Und dann sitzt er wirklich in der Tinte.«

»Können Sie die Verhandlung nicht vertagen?«

»Das hat Flutos Anwalt schon abgelehnt. Es gilt – jetzt oder nie. Wenn wir ohne Mrs. Blair vor Gericht gehen müssen, haben wir bloß noch den Säufer und den Jungen – vorausgesetzt, wir treiben den Bengel bis Montag auf. Und Kinder sind sowieso nicht grad die besten Zeugen – liegt wohl daran, daß die Geschworenen auch mal klein waren und sich noch allzugut daran erinnern, was für verlogene Biester sie selber mal gewesen sind. Ohne Mrs. Blair oder das Kind hab ich überhaupt nichts in der Hand. Dann muß ich die Anklage zurückziehen.«

»Und ich«, juxte ich, »soll wohl Ihren Kronzeugen spielen?«

Er verzog nur kurz das Maul. »Ich habe Mr. Blair den Vorschlag gemacht, einen Außenstehenden anzuheuern, der bei den Freunden und Angehörigen seiner Frau Nachforschungen anstellt. Über ihr Privatleben. Mr. Blair war damit einverstanden und hat uns darum gebeten, ihm so jemand zu empfehlen. Ich habe herumgefragt und bin dann auf Sie verfallen. Aber zunächst einmal möchte ich sicherstellen, daß Sie sich an die Spielregeln halten, falls Sie den Fall übernehmen wollen.«

»Was für Spielregeln?«
»Vor allem, daß Sie mich über jedes noch so winzige Detail informieren, das Sie herausfinden. Und zwar sofort, womöglich früher. Und daß Sie von Fluto und seinen Leuten die Finger lassen. Ihr Job ist Mrs. Blair. Tony ist unser Bier.«
»Gebongt – wenn Fluto mich in Ruhe läßt.«
»Mhm. Geben Sie Laut, wenn Sie Ärger kriegen.«
»Gebongt«, wiederholte ich. »Falls ich dann noch Laut geben kann. Wer löhnt mich?«
»Mr. Blair.«
Ich sah ihn an. Er nickte.
»Sind Sie mit den Bedingungen einverstanden?« fragte ich ihn.
Er nickte wieder.
»Ich krieg vier Zehner Stundenlohn.«
Wieder nickte er.
»Aber sprechen können Sie schon?«
Noch mal das Nicken. Mir war, als sei ein kurzes Zwinkern in den Blauaugen aufgeblitzt, aber da konnte ich mich täuschen.
Tolson schielte nach der Wanduhr, dann auf seine und stand auf. »Mr. Blair ist als Buchhalter tätig«, erklärte er. »Wegen des Jahresabschlusses hat er jetzt alle Hände voll zu tun – hat er mir jedenfalls gesagt. Mußte paar Konferenzen schwänzen, damit er heut hier sein konnte, was wir natürlich sehr zu schätzen wissen. Aber jetzt muß er uns verlassen. Ich schlage vor, daß Sie sich in seinem Büro mit ihm verabreden, damit er Ihnen alles Wissenswerte über Mrs. Blair mitteilt.«
»Ich würde lieber zu ihm nach Hause kommen«, sagte ich. »Möchte nen Blick auf Mrs. Blairs Sächelchen werfen, mir den Grundriß des Hauses mal angucken und so fort. Geht's heut abend, so um acht?«
Tolson und ich forschten in Mr. Blairs Miene. Er runzelte die Stirn, zuckte die Achseln und nickte schließlich. Gleichsam schwerelos stand er auf und schnürte panthergleich zur Tür.
»Vielleicht ist sie ja bloß von zu Hause weg, um rauszukriegen, ob sie noch Ohren hat«, sagte ich zu Tolson – wie ich glaubte, superleise.
Blair blieb stehen, kehrte sich um. »Bißchen komplizierter ist es schon«, sagte er mit einer ziegenlederweichen Stimme.
Tolson wartete, bis Blairs Schritte verklungen waren. »Er will seine Frau zwar wiederhaben, aber er ist nicht wild darauf, daß sie aussagt. Sagen Sie also erst mir Bescheid, wenn Sie sie finden. Sie kommt in Schutzhaft, bis der Prozeß gelaufen ist. Darf erst wieder

heim zu Männe, wenn sie ihrer Bürgerpflicht nachgekommen ist.« Wie Tolson die Nüstern blähte und das Kinn reckte, zeigte deutlich, daß sie diese Pflicht einzig ihm schuldete.

2

Ich hatte das Auto gegenüber der City Hall stehen lassen, zwischen einer Bar und einem Pornoladen. Als ich zurückkam, saß jemand auf dem Kotflügel, und es war nicht Lovely Rita, die Politesse. Es war ein kurz geratener, drahtiger Mann, die Schultern hochgezogen, als schüttle sie ein Dauerkrampf, mit langen, wie gelenklos hängenden Armen. Die Brauntöne von Anzug und Krawatte paßten nicht zusammen, das zerknautschte Hemd war gelb. Beim Lächeln formten seine Lippen eine Art Akzent statt eines Bindestrichs. Der Bierbauch über dem Gürtel paßte so schlecht ins Bild wie eine falsch angepaßte Prothese.

»Mr. Tanner?« wollte er wissen, als ich näher kam. »Heiß Grinder. Conway Grinder. Willkommen in El Gordo.« Das klang kein bißchen gastfreundlich. Ich griff nach der ausgestreckten Hand und wurde mit einem erfreuten Gezwinker belohnt. »Sie haben mit Ray Tolson gesprochen«, fuhr er mit falscher Herzlichkeit fort. »Hat mich vielleicht erwähnt.«

»Warum sollte er?«

Grinder lächelte maulfaul. »Na, weil ich doch der Chef der hiesigen Kripo bin, drum. Weil ich der Wachhund bin, der Tony Flutos Schuppen nicht aus den Augen läßt, falls die Blair da auftaucht. Und weil ich Ihr Gesprächspartner bin, wenn Sie irgend etwas rauskriegen sollten über das Weib.«

»Ach?« machte ich. »Und wieso das?«

Grinder angelte ein Kaminholz aus der Hemdentasche, paßte es in den rechten Mundwinkel ein und kaute darauf herum. »Ich sag's Ihnen auf die direkte Tour, Tanner. Ich war dagegen, daß Tolson Sie dazuholt. Wir werden ganz gut allein mit unseren Problemen fertig. El Gordo hat so seine Eigenheiten«, züngelte Grinder um das Streichholz herum. »Wir machen uns nicht viel aus Leuten, die nicht dazugehören. Vor allem haben wir Großstädter gefressen, die von Tuten und Blasen keine Ahnung haben und deshalb bloß die Scheiße zum Dampfen bringen. Aber Tolson hat nicht auf mich hören wollen, stimmt's?«

»Sieht so aus. Und ich hab das Gefühl, als wär das nicht das erstemal.«

Grinder knurrte, und plötzlich hatte seine Stimme einen vollen, unguten Klang. »Kommen Sie mir ja nicht auf die Klugscheißertour, Tanner. Ich kann Sie in nicht mal drei Minuten in das mieseste Loch stecken lassen, das Sie sich vorstellen können.« Das Streichholz bebte und wackelte wie die Nippel einer abgetakelten Stripperin.

Ich hob die Hand. »Was soll das, Grinder? Bloß weil Sie hier den wildgewordenen Sheriff spielen, renn ich bestimmt nicht wieder nach Hause, mit den Beinen unterm Arm.«

»Ich will bloß, daß Sie wissen, woran Sie sind. Das wär's schon, Tanner.«

»Und ich bin bloß Tolson Rechenschaft schuldig. Wenn Sie's interessiert, was ich rauskrieg, rufen Sie doch einfach mal bei ihm an. Er wird Sie sicher mit Vergnügen daran teilhaben lassen.«

»Sie haben keinen blassen Dunst, was in El Gordo so läuft, Tanner. Woher wollen Sie wissen, wem Sie hier bei uns trauen können? Kann ja sein, er ist grad im Gericht oder auf dem Klo oder bumst seine Frau, wenn Sie bei ihm anläuten. Sie lassen ihm was ausrichten, und prompt kriegt der Falsche davon Wind. Und Mrs. Blair geht uns noch mal durch die Lappen.« Grinder probierte ein Vertreterlächeln an mir aus.

»Aber wenn ich nur Sie auf dem laufenden halte, dann kann das nicht passieren, nicht wahr?«

»Genau. Weil ich nämlich, wenn Sie bei mir anrufen, mir die Nummer geben laß, unter der Sie zu erreichen sind. Und dann hau ich ab vom Revier zu nem Münztelephon an der Rückwand von ner Billardhalle, wo ich ein und aus geh, und von da aus ruf ich zurück, und dann, und bloß dann, hör ich von Ihnen, was Sie wissen. Weil nämlich dann bloß Sie und ich Bescheid wissen über den Aufenthaltsort der fraglichen Person. Bloß glaub ich nicht, daß Sie die Dame überhaupt ausfindig machen.«

»Und wieso nicht?«

»Weil Mr. Fluto sie am Wickel hat, und das kann ich demnächst auch beweisen. Und dann hat er nicht bloß so ne mickrige Anklage wegen Fahrerflucht am Hals. Dann ist er dran wegen zwei-null-sieben.«

»Soll heißen?«

»Kidnapping.« Grinder sprach das Wort frohlockend aus.

»Sie scheinen ja auf Mr. Fluto ganz versessen zu sein«, sagte ich. »Was steckt da dahinter?«

»Hab meine Gründe. Schreiben Sie sich hinter die Ohren, was ich Ihnen eben gesagt hab. Und lassen Sie sich ja nicht in der Nähe von

Flutos Schuppen blicken. Halten Sie sich an Mrs. Blair und ihre Freunde. Das Lumpenpack ist mein Bier.« Grinder schmiß das Kaminholz weg, hievte sich vom Kotflügel und marschierte hinüber zur City Hall. Die Ausbuchtung über der linken Hüfte machte ein leicht zugängliches und funktionsfähiges Todesinstrument publik.
Ich mußte noch drei Stunden totschlagen, bis es Zeit war für meine Verabredung mit James Blair. Ich hing in verschiedenen Bars herum und fuhr kreuz und quer in der Stadt spazieren. Ihre Ausdünstung hatte was Entmutigendes. El Gordo war plan- und steuerlos in den Gezeiten der Geschichte untergegangen, ein jammerwürdiges Opfer der launischen, erbarmungslos fortschreitenden Zeit. Die Innenstadt mochte einmal ein Kleinod gewesen sein, das jetzt aber eher auf den Müll gehörte denn ins Museum. Die halbherzigen Versuche, sie zu renovieren oder zu restaurieren, hielten sich nicht nur in Grenzen, sie waren auch billig und rein kosmetischer Natur – paar gehißte Flaggen, paar dekorativ verlegte Trittsteine, paar vermickerte Bäumchen in quadratischen Betonkübeln, paar frisch aufgemalte Parkstreifen. Die Vielzahl der mit Brettern vernagelten Türen und mit Farbe übertünchten Scheiben ließ jedenfalls den Schluß zu, hier sei nichts erreicht worden als ein düsteres Monument, wohlfeil und auf die Schnelle erbaut.
Der Stadtrand war genauso schrecklich. Schneisen und Verbindungsstraßen, abgesegnet von Beamten, deren Credo darin bestand, daß eine gute Regierung zu allem ja und amen zu sagen habe. Der Verkehr wälzte sich wie ziellos durch alle Stadtteile, ohne Übersicht und erkennbare Richtung. Schnellstraßen zerschnitten Wohnblöcke und stanken lärmig zum grau überzogenen Himmel. Apartmenthäuser mit Wohneinheiten in jeder Größe sprossen überall empor und verwandelten einst verschwiegene Hintergärten in öffentliche Plätze. In jedem zweiten Haus war mal eine Kegelbahn gewesen oder ein Tabakwarenladen.
Tolson hatte mir zwar aufgetragen, Tony Fluto aus dem Weg zu gehen, aber aus reiner Neugier ließ ich trotzdem in den Bars und Tabakläden seinen Namen fallen. Die Leute reagierten meistens panisch, fast wie im Verfolgungswahn, und verwahrten sich dann blitzschnell dagegen, indem sie behaupteten, sie wüßten von nichts. Kein Zweifel – Tony Fluto war eine Größe hierzulande wie einst die Buchmacher in Chicago. Wie etliche der Barbesitzer bei der bloßen Erwähnung des Namens zusammenschraken, machte mir Tolsons Befehl, Tony Fluto in Ruhe zu lassen, einigermaßen schmackhaft. Hoffentlich ließ er mich in Ruhe.

Es war noch lange nicht acht, als ich gegenüber Nummer 21 900 Vista Grande Terrace anhielt, gegenüber dem Zuhause meines derzeitigen Klienten und seiner verschwundenen Ehefrau. Und ich war nicht der einzige Neuankömmling in dieser Gegend. Im Lauf des Tages hatte sich ein Schatten an mich geheftet, ein grünes Auto mit eingedrücktem Kotflügel und zwei Männern an Bord, das jetzt fünfzig Meter bergaufwärts parkte. Grinder überließ nichts dem Zufall, aber mir war das gleich. Jedenfalls jetzt noch.
Das Haus der Blairs stand höher als den halben Weg den Hügel hinauf, der sich erhob aus den versumpften Wohnbauten und Salzverdampfanlagen, von denen die West Bay übersät ist. Wie überall stieg mit der Höhenlage auch die Kaufkraft. Die Häuser oben am Hügel prunkten alle mit pseudotropischer Flora und, wenn der kleine Lieferwagen weiter unten den Rückschluß gestattete, auch mit dem ethnisch dazupassenden Gärtner, der sie in Schuß hielt. Manche Häuser hatten Namen. Das dem der Blairs gegenüber hieß Casa Schmidt.
Ich stieg aus, ging bis zur Straßenmitte und schaute mich dann um nach der Bay und den Lichtern von Fremont und Milpitas her, die dort unten aufblitzten. Ein schillerndschöner, doch irritierender Blick von der hypnotischen Wirkung eines Kaminfeuers oder eines Wasserfalls. Erstaunlich war nur, daß James Blair keinen Zentimeter davon zu Gesicht bekam. Er hatte sein Haus so eingeigelt wie seine Persönlichkeit. Ein hoher Lattenzaun aus braungestrichenen Fichtenbrettern umlief es, die glänzend schwarz lackierten Flügeltüren darin waren aus schwerem Holz. Zaun und Tor wirkten uneinnehmbar, jedenfalls für mich – nichts in meiner Reichweite hätte es damit aufnehmen können. Hinter dem Zaun wisperten die Wipfel der Sumpfzypressen im Abendwind, als verhöhnten sie mich, den Ausgesperrten. Ich rüttelte am Torriegel. Er rührte sich nicht. Ich drückte auf den weißen Knopf am Torpfosten. Nichts. Ich ging um den Zaun herum zum Einfahrtstor, aber auch dort hatte ich kein Glück. Ich machte paar Luftsprünge, um hineinzuschauen, aber da war nichts als dämmernder Schatten, triumphierend-trotzige Abgeschiedenheit. Als mir beim vierten Sprung das Kleingeld aus der Tasche fiel, scharrte ich es zusammen und trollte mich zu meinem Auto.
Die Dämmrung wurde finster. Die Frühabendlichter tanzten ein schlaftrunkenes Nocturno, und schnell glitt ich in einen Zustand zwischen Schlaf und Traum. Kurz darauf ging die Autotür auf, und unter dem goldenen Licht der Wagenkuppel leistete mir der Kopf einer Frau Gesellschaft.

»Kommen Sie von Wayne?« wollte sie wissen.
»Wie bitte?«
»Ob Sie von *Wayne* kommen, hab ich gefragt. Hat er sie angeheuert? Sitzen Sie deshalb hier rum und lauern mir auf? Wegen Wayne?«
»Lady, ich weiß ja nicht mal, wer Sie sind.«
Jetzt kriegte ich den sprechenden Kopf klar ins Visier. Der Kopf war hübsch, in den Vierzigern; gelocktes Braunhaar gehörte dazu und große Braunaugen und gebräunte Fältchenhaut – die Art von Kopf, die wohl erst im Lauf der Jahre an Attraktivität gewinnt. Und ein Kopf mit einer Sauwut darin.
»Äußerst glaubhaft«, höhnte sie mit hörbar unnatürlicher Härte. Ich konnte mir vorstellen, wie sie mich seit einer halben Stunde beobachtet hatte, hinter Spitzenvorhängen hervor, Whisky Soda in sich hineingegossen und jenen Schwall der Erbitterung angestaut hatte, von dem sie sich schließlich aus dem Haus und mir entgegen spülen ließ.
»Glauben Sie mir doch, Madam«, sagte ich, »ich kenn weder Sie noch diesen Duane und weiß überhaupt nichts über Sie beide.«
»Wayne. Er heißt Wayne. Und das wissen Sie ganz genau.«
»Nein. Ehrlich. Aber wenn Sie sich trotzdem noch ne Weile mit mir herumstreiten wollen, warum kommen Sie dann nicht rein und setzen sich, eh Sie sich die Rückenwirbel ausleiern?«
»Lassen Sie die blöden Witze.«
»Warum?« Achselzuckend dachte ich darüber nach, wie rotzfrech ich wohl werden müßte, um sie loszuwerden. Dann fiel mir ein, daß ich sie noch gar nicht loswerden wollte.
»Kennen Sie zufällig eine Frau, die Teresa Blair heißt?« fragte ich, ganz der liebe alte Onkel.
Der Kopf blieb, wo er war, ein Terrakotta-Glücksbringer, der am Wagendach baumelte. Aber der Ausdruck wechselte so dramatisch wie im Kino. »Teresa? Was ist mit Teresa? Wo ist sie? Haben Sie sie gesehen?« Ein Glissando der Sorge.
Ich brachte es mit erhobener Hand zum Schweigen. »Nein, ich habe sie nicht gesehen. Und Sie? Sie machen sich ja offenbar große Sorgen um Teresa.«
»Ja. *Sehr* große Sorgen. Geht es ihr gut? Können Sie mir denn nicht wenigstens das sagen?«
»Darüber weiß ich nichts«, antwortete ich wahrheitsgemäß. »Haben Sie denn Grund zu der Vermutung, ihr könne was zugestoßen sein?«
Der Kopf ging zur Seite und nahm mich kritisch in Augenschein,

wie durch das Zielfernrohr einer versteckten Flinte. »Hat Wayne Martin Sie auf mich angesetzt?«

»Nein.«

»Sind Sie hinter mir her? Aus *irgend*einem Grund?«

»Nein.«

»Sind Sie *wirklich* auf der Suche nach Teresa Blair?«

»Ja.«

»Dann kommen Sie mit. Ich hab *tatsächlich* Rückenschmerzen.«

Zum ersten Mal lächelte sie und wurde dabei hübscher, fast verführerisch hübsch, aber das Lächeln war zögerlich und verhuschte schnell. Ich stieg aus, machte eine Kniebeuge als Lockerungsübung, dann ging ich ihr nach, über die Straße zu dem Haus südlich dem der Blairs.

Es war ein Haus ohne persönliche Note. Der Briefkasten war eine Windmühle, der Fußabstreifer die Nationalflagge, der Schirmständer eine Milchkanne, der Spiegel ein Bullauge, die Lampe eine Gugelhupfform. Vollgestopft mit lauter Sachen, die so wirkten , als gehörten sie nicht hierher, und in einem Durcheinander, als habe gerade jemand alles durchwühlt nach irgendwas Unauffindbarem. Die Beistelltische und die Borde waren bepackt mit Porzellanfigurinen, die wohl allesamt was Frommes darstellen sollten.

Wir machten halt in dem Raum, den Immobilienmakler gern die Wohnhalle nennen. An der Wand hingen ein Kalender des Sierra-Clubs und eine *Mona-Lisa*-Collage. Die Möbel waren im Kolonialstil gehalten, üppig gemustert, und stauten sich in den Ecken. Der Fernseher lief: *Rauchende Colts*. An der Theke zwischen Wohnhalle und Küche saß ein blonder Junge um die zwölf und verzehrte was Rundes, Gefrorenes am Stiel. Er trug ein Cowboyhemd in Kindergröße. Der rechte Ellenbogen war abgeschürft, und in die Gesäßtasche hatte er ein dickes Bündel Papier hineingestopft. »Mein Sohn«, sagte die Frau. »Davy.«

»Tag, Davy«, sagte ich.

Davy ging hinaus.

Seine Mutter blieb vor der Durchreiche stehen und starrte auf das Miss-Piggy-Plakat an der Kühlschranktür. Sie war groß und grad gewachsen, hatte eher was an sich von einer Ostküstenintellektuellen als von den tatkräftigen Frauen hier im Westen. Die Nähte an den weißen Segeltuchhosen waren verquollen, als habe sie das Kleidungsstück eben erst aus dem Trockner gezogen; die Blusenärmel waren bis über die Ellbogen zu blauen Wülsten hochgekrempelt. Ich wäre jede Wette darauf eingegangen, daß alles, was sie anhatte, aus einem Versandhauskatalog stammte. Der koboldhafte Haarschopf war weizenbraun und, wie ihr Gesicht, völlig unbeleckt von kosmetischer Nachhilfe. Wenn ihr Mund nicht in Aktion war, ließ er sich gehen in ein angenehmes, erwartungsvolles Lächeln. Sie war der letzte Mensch, der begriffen hätte, daß sie erst zwanzig Jahre, nachdem sie das zum letztenmal für wünschenswert gehalten hatte, eine umreißende Frau geworden war.

»Wollen Sie was trinken?« fragte sie geistesabwesend – nicht aus Höflichkeit, nur um die Gesprächspause zu füllen.

»Scotch, wenn Sie welchen haben.«

Sie schüttelte den Kopf. »Tut mir leid. Hab nichts Alkoholisches mehr im Haus, seit Wayne... seit Wayne nicht mehr.«

»Kaffee?«

»Schon. Ist aber alt.«

»Wie ich.«

Sie lächelte schwach und ging in die Küche. Als sie wiederkam, brachte sie einen Henkelbecher mit, für mich, und für sich ein großes Glas mit irgendwas drin. Die Flüssigkeit sah wolkig aus und hatte die Farbe von Fingernägeln. Ich erkundigte mich, was das sei.

»Bloß ne Kreislaufstütze, die ich mir im Mixer mache. Sellerie, Grapefruitschale, Bohnenfäden und Soja. Wollen Sie probieren?« Sie hielt mir das Glas hin.

Ich schüttelte den Kopf. »Wenn Gott gewollt hätte, daß wir so was trinken, dann hätte er auch eine Kuh erschaffen, die so was gibt.«

Mein Witzchen kam nicht an. Ich trank einen Schluck Kaffee und besah mir dabei den Henkelbecher. Er trug das Wappen der Ohio State University, in Rot und Silber. Die Frau erhaschte meinen Blick. »Wayne hat doch tatsächlich geglaubt, er macht mir ne Freude damit. Ich hab alles an Ohio gehaßt. Nur *gehaßt.*«

Während dieser Bemerkung nahmen wir Platz auf Stühlen, die der ganze Raum voneinander trennte. Wir sahen uns an. Der Kaffee war weder warm noch gut, und der flüssige Sellerie muß noch schlimmer gewesen sein, aber wir machten beide die Getränke entschlossen nieder und dachten dabei an was anderes. Während ich gegen den Nachgeschmack ankämpfte, ergriff sie das Wort.

»Wissen Sie, seit über einem Jahr sind Sie die erste Gebetserhörung für mich. Und ich hab in der Zeit viel gebetet, das können Sie mir glauben.«

Was mich betraf, war's wesentlich länger her, daß mich jemand als die Erhörung eines Gebets betrachtet hatte. Ich teilte ihr das mit, dann erkundigte ich mich nach ihrem Namen.

»Kathryn Martin. Kathryn Ellington Martin.«

Offensichtlich war sie nicht ganz bei der Sache; sie grübelte noch ein Weilchen vor sich hin. Schließlich sagte sie: »Es liegt wahrscheinlich an der ganzen Geschichte mit Wayne, daß mich das mit Teresa so fertiggemacht hat. Ich war die letzten Tage über völlig kaputt. Sie würden nicht glauben, wie oft ich schon den Telephonhörer in der Hand hatte, weil ich die Polizei anrufen wollte – oder sonst jemand. Und jetzt sind Sie da.«
»Da bin ich.«
»Was genau *sind* Sie eigentlich?«
»Beruflich oder biologisch?«
»Beruflich, Sie Kindskopf. Ein Detektivler oder so?«
»Heiß.«
»Sind Sie bei der Polizei?«
»Sozusagen.«
»Sie sehen aber gar nicht aus wie ein Polizist.«
Das sollte ein Kompliment sein, deshalb lächelte ich. Dann fiel ihr ein, daß es doch reichlich gewagt sei, einem Mann Komplimente zu machen, und ihr Gesicht fror zu. »Sie sind hinter ihr her, nicht wahr? Ich seh's Ihnen doch an der Nasenspitze an. Übrigens«, fuhr sie fort, »hab ich sogar mit einer Detektivlerin über Teresa gesprochen. Aber sie gehört zur Familie. Sie hat nicht recht gewußt, was sie mir raten soll.«
»Eine Detektivlerin? Wer war denn das?«
»Sie heißt Ruthie Spring. Meine Tante. Lebt in San Francisco.«
»Ich kenne Ruthie. Sie kommen aus einem guten Stall.«
Sie zog die Brauen hoch. »Dann kennen Sie vielleicht auch den Mann, an den ich mich ihrer Meinung nach wenden sollte. Ich glaube, er heißt Tanner. Ich hab das irgendwo notiert –.«
Sie wollte aufstehen, und ich winkte ihr sitzenzubleiben. »Ich kenne Tanner. Schon komisch. Tanner bin nämlich ich.«
»Sie?« Ihre Brauen gingen auf und ab wie eine Wetterfahne. »Hat Ruthie Sie geschickt? Sie hat gesagt, sie tut erst mal gar nichts, wartet ab, bis sie was von mir hört.«
»Ruthie hat mich nicht geschickt. Es ist reiner Zufall, daß ich hier bin.«
»Schwer zu glauben, Mr. Tanner.«
»Je nun, Mrs. Martin – da haben Sie wohl recht. Aber es ist nun mal so und nicht anders.«
Für den Augenblick ließen wir es dabei bewenden, während wir beide nachdachten über das Gleichgewicht zwischen Märchen und Realität, zwischen Absichtslosigkeit und Vorbedacht. Mrs. Martin war skeptisch, und ich konnte ihr das nicht verübeln, aber was mich

anlangt, so bekenne ich mich zu meinem Glauben an den Zufall. Bei meiner Arbeit hat mir der Zufall oft in die Hand gearbeitet, und ein paarmal hat er mir auch einen bösen Streich gespielt, aber er ist immer um den Weg, wie eine verlassene Ehefrau oder eine versäumte Gelegenheit. Das soll nicht heißen, ich sei unfähig, den Dingen auf den Grund zu gehen – kann ich schon, wenn's darauf ankommt. Aber das war hier bis jetzt noch nicht der Fall.
Kathryn Martin grinste unvermittelt. »Ruthie hat kein Ende finden können, als sie von Ihnen gesprochen hat, Mr. Tanner. Gibt's da – läuft da was?«
»Bloß symbiotisch.«
»Ich glaub, ich weiß nicht genau, was das bedeutet.«
»Ich glaub, ich weiß es auch nicht. Außer daß wir uns zum Lachen bringen können.«
Wir lächelten uns eine Sekunde zu lang an, wischten weg, was vor uns lag, dann wurde Kathryn Martin ernst. Ihr Mund schrumpfte zusammen wie eine alte Zitrone. »Ruthie hat gesagt, daß Sie den Mörder ihres Mannes überführt haben.«
Ich nickte. Vor ein paar Jahren hatte ich herausgefunden, wer Harry Spring umgebracht hatte; aber es war kein Mann gewesen, sondern eine Frau. Ruthie wußte das nicht. Niemand außer mir wußte das. In meinem Beruf kommt es manchmal vor, daß ich eine einsame Entscheidung wie diese fällen muß. Die Frau, die Harry umgebracht hat, ist auch tot. Ich rede mir ein, damit sei der moralische Saldo ausgeglichen. Aber diese Art von Saldo läßt sich überhaupt nicht ausgleichen. Es ist lange her, seit ich Ruthie das letzte Mal gesehen habe. Ich habe deshalb ein mieses Gefühl.
»Warum machen Sie sich Sorgen um Mrs. Blair?« fragte ich nach einem verstohlenen Blick auf die Uhr. Es war zehn vor acht. James Blair vermittelte nicht den Eindruck, es sei ihm ein Vergnügen, wenn er warten müsse – auf mich oder sonst jemand.
»Ich mach mir Sorgen, weil Teresa verschwunden ist. Das wissen Sie ja wahrscheinlich, wenn Sie auf der Suche nach ihr sind. Sie ist einfach weg, ohne auch nur ein Wort zu sagen. Zu niemand. Ich bin überzeugt davon, daß etwas ganz Schreckliches passiert sein muß. Und daß Sie jetzt hier sind, gibt mir in meinen Augen recht.«
Ich überhörte die unausgesprochene Frage. »Wie lange ist sie Ihres Wissens denn schon weg?«
»Seit vier Tagen.«
»Wahrscheinlich ist sie bloß nach Haus gefahren, um mal wieder ihre Mutter zu besuchen«, sagte ich, weil ich hören wollte, wie Mrs. Martin darauf reagierte.

»Nein«, widersprach sie. »Sie haben ja keine Ahnung. Wenn's bloß das gewesen wäre, dann hätte sie mir doch Bescheid gesagt. Hätte sie ganz *bestimmt.*« Die Worte kamen heftig heraus.
»Was sagt Teresas Mann dazu?«
»Gar nichts. Er will nicht darüber reden. Natürlich hat er sowieso noch nie ein Wort mit mir gewechselt. Oder mit jemand, den ich kenne.«
»Gibt er denn zu, daß seine Frau verschwunden ist?«
»Nein. Jedenfalls nicht mir gegenüber.«
»Ist das eigenartig? Daß er nichts sagt?«
»Alles an James Blair ist eigenartig. Zum Beispiel hat er ungefähr soviel Gefühl im Leib wie ein Plastikköder. Manchmal glaube ich, er macht sich nur was aus seinem Steingarten und seinen Judoschlägereien.«
»Was wollen Sie damit sagen?«
Kathryn Martin fummelte an einer Locke herum, die ihr in die Stirn gefallen war. Dann seufzte sie und schüttelte den Kopf. Sie sah so verloren aus wie eine Vollwaise. »Ich weiß es nicht«, sagte sie geistesabwesend. »Ich weiß überhaupt nichts mehr. Ich hab mal gedacht, ich kenn alle Regeln, weiß, wie das Spiel verläuft. Jetzt merke ich plötzlich, daß ich von den Regeln keine Ahnung habe.«
»Vielleicht ist es ein ganz anderes Spiel.«
Sie zuckte teilnahmslos die Achseln. »Vielleicht haben Sie recht. Wenn mir bloß jemand sagen würde, was jetzt grad gespielt wird. Und wo der Schiedsrichter steckt.«
»Ich weiß nicht genau, ob es überhaupt noch Schiedsrichter gibt«, sagte ich. »Was hat Wayne mit all dem zu tun?«
Es war schon eine Weile her, daß sie mich voll angeschaut hatte. »Was wissen Sie über Wayne?«
Ich hob die Hand. »Nichts. Rein gar nichts. Ich schwöre.«
»Als alles anfing – ich meine, als ich hysterisch wurde –, da war es wegen Wayne. Aber das hat jetzt gar nichts mehr mit ihm zu tun. Jetzt ist es wegen Teresa. Sie fehlt mir so. Ich *brauche* sie. Sie suchen nach ihr? Ist das denn wirklich wahr?«
»Ja, das ist wahr.«
»Ich kann Ihnen Geld geben. Ich habe Geld.«
»Nicht nötig«, erklärte ich. »Ich hab schon einen Klienten.«
»Wen?«
»Vertraulich.«
»James, möchte ich wetten. Trick siebzehn«, fügte sie einen Augenblick später hinzu.
»Wieso Trick?«

Kathryn Martin umschloß den Kopf mit den Händen, sperrte so die Welt aus und im besonderen mich. »Ach, lassen wir das«, sagte sie müde. »Aber sagen Sie James bitte nicht, daß Sie mit mir gesprochen haben.«
»Und warum nicht?«
Sie sagte gar nichts.
»Offenbar haben Sie Angst vor ihm«, sagte ich so beiläufig wie möglich.
»Ja, wahrscheinlich habe ich Angst. Vor dem, wozu er fähig wäre.«
»Gegenüber Ihnen oder gegenüber Teresa?«
»Uns beiden.«
Ich holte tief Luft und hielt den Atem an. Ich wollte nicht, daß sie recht hatte. Ich wollte nicht, daß die Suche nach Teresa Blair einen anderen Stellenwert bekam als den, den sie heut morgen in Tolsons Büro noch gehabt hatte. »Wie kommen Sie auf die Idee, daß er Ihnen oder Teresa etwas antun könnte?«
Sie schüttelte den Kopf und ließ den Blick kreisen. »Ich weiß bloß, daß James Blair mit mir nichts anfangen kann. Und nie können wird. Und daß er, als er mal einen Jungen aus der Nachbarschaft erwischt hat, wie der ihm die Luft aus den Reifen ließ, daß er da dem Jungen den Arm gebrochen hat. Teresa hat mir erzählt, daß er den Eltern zehntausend Dollar gezahlt hat, damit sie ihn nicht verklagen.« Sie stand auf und zeigte zum Fenster. »Schauen Sie hinüber. Das Haus ist eine Festung. Niemand traut sich da hinein, absolut niemand. Es gibt abgeschlossene Zimmer in diesem Haus, zu denen nicht mal Teresa einen Schlüssel hat. Ich war nur ein einziges Mal drüben, und da war Teresa die ganze Zeit nervös. Ich hab gemerkt, daß sie sich fürchtet – und sie hat sich sonst nie gefürchtet. Vielleicht klingt's ja verrückt, aber ich möchte nicht, daß James Blair erfährt, was für eine Rolle ich spiele bei – bei *was auch immer.*«
Ich stand auch auf und ging zum Fenster und schaute hinüber zum Haus der Blairs. Soweit ich das von hier aus beurteilen konnte, war niemand drin. Ein Eichhörnchen erkletterte den Zaun und lief sicher und schnell am oberen Rand entlang. Immer noch mit dem Gesicht zum Fenster fragte ich: »Und wo liegt der Hund begraben, Mrs. Martin? Glauben Sie, daß James Blair seine Frau umgebracht hat? Ist es das?«
Sie wurde unruhig. »Ich sag Ihnen doch, ich weiß nichts mehr.« Hinter meinem Rücken hörte ich sie leise rumoren. »Ja.«
»Wie bitte?«
»Ja! Darauf läuft es hinaus. Ich war bloß zu feige, es zuzugeben. Ich

befürchte, daß James Blair Teresa etwas angetan hat. Ich befürchte, daß er sie ermordet hat.«
Es wurde heiß im Zimmer unter diesen Worten, und es war, als rückten die Wände näher zusammen.

3

Die Anschuldigung war nicht überraschend gekommen, aber Kathryn Martin empfand es als Wohltat, daß sie sie hatte aussprechen können. Ihr war leichter ums Herz. Auf mich wirkte die Anklage pubertär, unglaubwürdig, als erzähle ein Kind die alte Geschichte von dem Alten, der auf dem Berggipfel wohne in einem riesigen Haus. Trotzdem würde ich mir das merken.
»Ist es schrecklich von mir, so was zu sagen?« fragte sie spielerisch, ohne sich auch nur ein bißchen schrecklich vorzukommen.
»Nur wenn Sie sich irren«, sagte ich. »Können Sie denn beweisen, daß Mrs. Blair umgebracht worden ist?«
Sie schob das Kinn vor und schüttelte den Kopf. »Nicht im juristischen Sinne. Nein.«
»Und sonst?«
Sie zuckte die Achseln. »Das verstehen Sie ja doch nicht.«
»Können Sie denn wenigstens beweisen, daß James Blair den Tod seiner Frau für wünschenswert hielt?«
»Nein.«
»Hatten die beiden Eheprobleme?«
»Nein. Nichts Besonderes jedenfalls. Aber so was nenn ich keine glückliche Ehe.«
»Wie Sie das nennen, tut nichts zur Sache, Mrs. Martin. Was hat Mrs. Blair über ihre Ehe gesagt?«
»Gar nichts. Sie hat nie über ihre Ehe gesprochen, weder im Positiven noch im Negativen. Aber sie *kann* mit ihm einfach nicht glücklich gewesen sein«, fügte sie eigensinnig hinzu.
»Jetzt langt's aber, Mrs. Martin. Was treiben wir hier? Gedankenspielchen? Das Drehbuch für den Pilotfilm einer Fernsehserie? Oder wollen Sie zur Polizei gehen und dort verkünden, James Blair habe seine Frau umgebracht?«
»Nein. Die lachen mich doch nur aus. Genau wie Sie.«
»Ich lache Sie nicht aus. Bei Mord hört der Spaß für mich auf.«
Was immer sie in meinem Gesicht gelesen haben mochte, sie kam herüber zum Fenster, blieb neben mir stehen und umfaßte meine Hand mit beiden Händen. Ihre Finger waren dünn und kalt und so

trocken wie Straßenstaub. »Sie verstehen mich einfach nicht. Ich geb ja zu, daß ich nicht genau weiß, ob James ihr was getan hat. Ich hätte das alles nicht sagen dürfen. Aber ich weiß ganz genau, daß ihr irgendwas Schreckliches zugestoßen ist.«

»Und woher wollen Sie das so genau wissen?«

Sie ließ meine Hand fallen und machte im Zimmer die Runde. Der Teppich gab geräuschlos nach. »Ich habe eine Scheidung am Hals. Ich hab Fürchterliches durchgemacht. Ich wär fast um den Verstand gekommen, und das mein ich wörtlich. Teresa Blair, Gott steh ihr bei, hat mir in dieser schlimmen Zeit die Hand gehalten. Im letzten halben Jahr ist sie jeden Morgen auf einen Kaffee vorbeigekommen und hat zugehört, wenn ich mich ausgelabert hab. Ich glaub nicht, daß es mich noch gäb, wenn Teresa nicht gewesen wär. Nein, das glaub ich nicht.« Die Stimme klang weich und träumerisch. »Letzte Woche hatte ich einen Termin bei meinem Anwalt. Ich hatte alles schon vorher ausführlich mit Teresa besprochen. Er wollte, daß ich einen Schriftsatz unterschreibe, den er aufgesetzt hatte – eine Vereinbarung über die Scheidungsfolgen. Teresa meinte, ich solle das nicht unterschreiben – noch nicht. Deshalb wollten wir uns am nächsten Morgen darüber unterhalten, was der Anwalt gesagt hat. Sie machte sich Sorgen wegen – wie hieß das noch gleich? Ich glaub, sie nannte es bewußte Irreführung über die Höhe des Zugewinns.«

Teresa Blair hatte ihrer Freundin eine sehr nützliche Information geliefert. Ich fragte mich nur, wieso Mrs. Blair sich auf diesem Gebiet so gut auskannte.

»Aber am nächsten Morgen kam Teresa eben *nicht* zu mir herüber. Kein Anruf, kein Zettel, nichts. Ich weiß genau, daß sie es mir gesagt hätte, wenn irgendwas dazwischengekommen wäre. Ich *weiß* es einfach.«

»Es kommt dauernd vor, daß Leute Verabredungen nicht einhalten, Mrs. Martin. Das heißt noch lange nicht, daß ein Gewaltverbrechen passiert sein muß.«

Kathryn Martin ballte die Fäuste und stemmte sie in die Hüften. »Sie sind genau wie alle Männer. Von früh bis spät verlassen Sie sich auf Ihre Nase, auch bei entscheidenden Dingen, egal, ob Sie auf ein Pferd setzen oder einen Vertrag abschließen – wenn aber eine Frau das gleiche tut, dann heißt es plötzlich, so was sei kindisch, typisch *weiblich*. Ich find das zum Kotzen.«

Ihre Blicke durchbohrten mich. Sie hatte vollkommen recht, aber ich wollte jetzt nicht näher darauf eingehen.

»Bearbeiten Sie Scheidungsfälle, Mr. Tanner?«

»Nein«, sagte ich. »Nicht mehr.«
»Ich glaub, damit Sie überhaupt verstehen, was ich über Teresa gesagt hab, muß ich Ihnen meine Ehegeschichte erklären«, sagte sie ruhig. »Wahrscheinlich finden Sie zerrüttete Ehen nur eklig – und todlangweilig ganz bestimmt.«
»Um die Wahrheit zu sagen – so was ist mir immer ziemlich an die Nieren gegangen. Gelangweilt haben sich immer nur meine Klienten.«
»*Ich* kann nicht behaupten, daß meine Scheidung mich langweilt. Ich bin seit Monaten nur noch verzweifelt. Ich stamme aus dem Mittleren Westen. Aus Ohio. Mein Vater ist Richter. In unserer Familie hat sich noch nie jemand scheiden lassen. Noch nie. Meine Eltern waren kein Beistand für mich, als ich's ihnen erzählt habe. Kein bißchen. Wahrscheinlich weil ich's nicht fertiggebracht hab, die schmutzige Wäsche auszupacken. Zum ersten Mal hab ich mir bei einer wichtigen Entscheidung ihre guten Ratschläge einfach verbeten. Sie waren so beleidigt, daß sie ganz selbstverständlich annahmen, es sei meine Schuld, daß die Ehe kaputtging. Meine Mutter ruft jeden Sonntag an und will wissen, ob ich Wayne wieder aufgenommen habe, und wenn ich nein sage, legt sie auf.«
Mrs. Martin war ganz erpicht darauf, mir ihre Geschichte zu erzählen, und wenn ich auch weniger erpicht aufs Zuhören war, ließ ich mir doch nichts anmerken. Statt dessen lehnte ich mich an die Wand und gab mich aufmerksam und vertrauenswürdig. Ich scheine so was ganz gut zu können; jedenfalls erzählen mir die meisten Leute die unglaublichsten Dinge. Mein einziger Beitrag zur Wohltätigkeit besteht darin, daß ich ein guter Zuhörer bin. »Erzählen Sie mir von Wayne«, sagte ich und nickte ihr ermutigend zu.
»Wayne... Wayne ist ein guter Ehemann, war's jedenfalls zu Beginn unserer Ehe. Er ist – vielmehr: war – Filialleiter bei einer Versicherung, Kirchengemeinderat, Pfadfinderführer und Trainer beim Baseballjugendclub – lauter ehrenwerte Beschäftigungen für einen guten Ehemann. Jedenfalls bin ich in diesem Glauben erzogen worden. Aber vor einem Jahr war das alles vorbei. Im September ist er vierzig geworden. Das nennt man heutzutage wohl Midlifecrisis, nicht wahr? Jedenfalls hat sich Waynes Persönlichkeit innerhalb von ein paar Monaten total verändert.«
»Und wie?«
»Kurz gesagt: Wayne wurde wiedergeboren.«
Ich muß wohl gelacht haben.
»Das ist überhaupt nicht komisch«, erklärte sie mir. »Mir können Sie's glauben. Ich bin trotzdem *froh*, daß Sie gelacht haben. Ich

hab nämlich nie drüber lachen können – das heißt, erst dann, als es längst zu spät war. Das nützen sie natürlich aus. Sie rechnen mit den Schuldgefühlen – damit, daß es einem schwerfällt, einen Menschen, der dauernd die Bibel zitiert und sechsmal pro Woche in die Kirche rennt, einfach einen Idioten zu nennen. Einen Geisteskranken. Einen *Teufel.*«

»Das ist aus Wayne geworden? Ein Teufel?«

Ich hatte nicht erwartet, daß sie über diese Frage ernsthaft nachdächte, aber genau das tat sie. »Ist es nicht teuflisch, wenn jemand von früh bis spät nichts anderes im Sinn hat, als über seine Mitmenschen zu Gericht zu sitzen und sie zu verurteilen? Genau das ist aus Wayne geworden. Es war furchtbar. Er fing bei sich selbst an. Kein Alkohol, Fluchen verboten, nur noch fromme, ›anständige‹ Bücher und Filme. Dann war ich an der Reihe. Eine andere Frisur, andere Kleider, andere Freunde. Fünfmal pro Woche zum Abendgottesdienst. *Gesprächskreise.* Alle zehn Minuten beten. Es war lästig, zum Rasendwerden, und sterbenslangweilig und einfach blöd, aber wahrscheinlich hätte ich trotzdem durchgehalten, wenn er nicht auch mit David angefangen hätte. Unser Sohn sollte Jesus sein und ich die Jungfrau Maria. Bloß waren wir's nicht – und wollten es auch nicht sein. Und je mehr wir uns wehrten, desto mehr Leute schleppte er an, die ihm dabei helfen sollten, uns den Weg zur Erleuchtung zu zeigen.« Sie kämpfte mit den Tränen.

»Was für Leute?«

»Fanatiker. Männer mit ewig offenen Augen. Frauen mit ewig gefalteten Händen. Leute, denen Toleranz und Nachsicht aus allen Poren strömten – bloß waren sie natürlich kein bißchen nachsichtig und tolerant.«

»Sondern?«

»Nichts als Haß. Für diese Leute war Gott ein Hilfssheriff, ein Erfüllungsgehilfe. Seine einzige Aufgabe bestand darin, alle Andersgesinnten niederzuschmettern. Sie beteten nicht um Vergebung, sie machten dem Herrn *Vorschriften*, übermittelten ihm Listen von Leuten, die seine Güte verdienten, vor allem aber von solchen, die sie auf gar keinen Fall verdienten. Meine Freunde wurden verjagt. Wayne nannte sie Huren und Gotteslästerer.« Kathryn Martin schnüffelte, dann zog sie ein Kleenex aus der Hosentasche und putzte sich die Nase. »In meinem Schmuckkästchen liegt eine Anstecknadel«, erzählte sie weiter. »Eine kleine runde Brosche. Sie ist mir verliehen worden, als ich den sechsten Grad erreicht hatte. Und wissen Sie, wofür?«

»Wofür?«

»Für hundert Andachten hintereinander, ohne eine einzige zu versäumen. Und jetzt schauen Sie sich an, was aus mir geworden ist.« Sie schloß die Augen und preßte die Hand gegen die Stirn. Ihre Erinnerungen waren wie eine Droge, wie ein böser Trip, der süchtig macht. Ich hätte ihr gern geholfen, aber dieses Thema war ein zu weites Feld.

»Er hat mich auch zu anderen Männern geschickt, müssen Sie wissen«, sagte sie langsam, fast unhörbar. »Sie sollten mich leiten mit ihrem Rat, sollten mich für Gottes Mannschaft anwerben. Statt dessen betatschten sie mir das Knie, nahmen mich in die Arme und faselten Schwachsinn über den *Humanismus*. Das ist nämlich das schlimmste obszöne Wort, ob Sie's glauben oder nicht. Einer machte mir den Vorschlag, ich solle zum Zeichen meiner Wiedergeburt die irdischen Hüllen – so nannte er das – von mir werfen. Als ich nicht wollte, schlug er mir ins Gesicht und schickte mich nach Hause zu Wayne.«

Sie hielt inne. Einen Augenblick lang hing der Schall der Ohrfeige im Raum. »Als Wayne davon anfing, er wolle Davy in ein ›christliches‹ Internat in South Carolina stecken, warf ich ihn hinaus. Mit Sack und Pack. Ich hab drei Tage lang geheult, aber ich habe nicht nachgegeben. Davy weint ihm noch immer nach, und es bricht mir das Herz, aber ich gebe auf keinen Fall nach. Und in dieser ganzen schrecklichen Zeit war Teresa Blair jeden Morgen hier. Bis letzten Freitag. Und dann – nichts mehr. Verstehen Sie jetzt, warum ich glaube, daß ihr etwas Entsetzliches zugestoßen sein muß? Mein neues Leben verdanke ich ihr. Jetzt will ich *ihr* helfen, so gut ich kann. Wollen Sie für mich nach ihr suchen?«

»Ich suche sie ja«, sagte ich. Und ich verschwieg, daß ich für James Blair und die Staatsanwaltschaft arbeitete, nicht für Mrs. Martin, und daß es nicht unbedingt zum Besten Teresas war, wenn ich sie fand – auch nicht zum Besten ihrer Freundin. Wenn Tony Fluto ihr inzwischen noch keinen Todesschrecken eingejagt hatte, daran gedacht hatte er bestimmt schon ein paarmal. Ich witterte was – verließ mich auf meine Nase, wie Mrs. Martin gesagt hatte –, und das roch ganz danach, als ob ich niemand außer Ray Tolson einen Gefallen tat, wenn ich Teresa Blair fand.

»Erzählen Sie mir alles, was Sie über Teresa Blair wissen.«

Kathryn Martins Gesicht wurde dunkel. »Das ist es ja. Gestern hab ich mir den ganzen Tag lang unsere Gespräche durch den Kopf gehen lassen, und da erst ist mir aufgefallen, daß wir von buchstäblich nichts anderem geredet haben als von mir und *meinen* Problemen. Ich weiß so gut wie nichts über sie.«

»Aber irgendwas müssen Sie doch wissen?«
»Sie ist berufstätig. Arbeitet nachmittags in einer Boutique in El Gordo. Die Boutique heißt Bathseba. Übrigens gehört ihr ein Teil des Geschäfts. Sie spielt im El Gordo Racquet Club Tennis. Da geht sie morgens immer hin, wenn sie mir das Händchen gehalten hat. Sie kann ganz wunderbar mit Kindern umgehen – Davy frißt ihr aus der Hand. Sie ist unabhängig, hochintelligent und wunderschön. Und ganz und gar unerschütterlich. Nicht mal Wayne in seiner allerschlimmsten Phase hat sich an sie herangetraut.«
»Hat sie immer in El Gordo gelebt?«
»Das weiß ich nicht.«
»Irgendwas Wichtiges über ihr Eheleben?«
Kathryn Martin schüttelte den Kopf. »Sie hat so gut wie nie über ihren Mann oder über ihr Zusammenleben gesprochen. Sie sind selten ausgegangen. Wenn ich Teresa fragte, ob sie mit ins Kino oder zum Essen wolle, hat sie immer Zeit gehabt. Aber wie ich schon sagte, sie hat einfach nie über ihre Ehe gesprochen. Jetzt denk ich, das lag einfach daran, daß ich dauernd über meine reden mußte.«
»Haben Sie ein Photo von ihr?«
»Ja. Leider kein besonders gutes.«
Sie ging in die Küche, zerrte irgendwas vom Pinnbrett neben dem Telephon. Es war ein Zeitungsausschnitt. Das Bild stand unter der Schlagzeile »Geschäftseröffnung in El Gordo«. Die Zeitung war der El-Gordo-*Democrat*, vom Juni 1979. Der Mann auf dem Bild war Elliott Farnsworth, die Frau Teresa Blair. Im Bericht hieß es, die beiden seien die Alleininhaber der Boutique Bathseba. Der Mann war groß und von makelloser Eleganz, die Frau von dunkler Sinnlichkeit. Sie sah aus, als mache sie sich im stillen lustig über den ganzen Wirbel. Von der Bildqualität her hätte ich Teresa Blair vielleicht gerade noch wiedererkannt, wenn ich gewußt hätte, daß sie sich im selben Raum befand wie ich. Sonst wäre es schon schwierig geworden.
»Und ihre Freunde?« fragte ich.
»Zu mir war sie immer so, als wäre ich ihre einzige Freundin. Aber natürlich muß sie noch andere Freundinnen gehabt haben. Das wissen bestimmt die Leute im Racquet Club.«
»Männergeschichten?«
»Nein.«
»Bestimmt nicht?«
»Ganz bestimmt nicht. Sie hat gewirkt, als interessiere sie so was nicht.«
»Woher kommt sie?«

Kleine Pause. »Das weiß ich nicht. Ich habe nicht die leiseste Ahnung. Das ist merkwürdig, nicht wahr?«
»Die Eltern?«
»Tot, nehm ich an. Es war nie von ihnen die Rede.«
»Geschwister?«
»Nein.«
»Wo ging sie gern hin, wenn sie für sich sein wollte?«
Sie zuckte die Achseln.
»Feinde?«
»Kann ich mir nicht vorstellen.«
»Kinder?«
»Nein.«
»College?«
»Nein. Nicht daß ich wüßte.«
»Und sonst? Egal, was?«
Sie schüttelte wieder den Kopf. »Es klingt so dämlich, ich weiß, aber mir will einfach nichts einfallen. Sie zog sich wunderschön an, klar, das war sie schon der Boutique schuldig. Sie war sportlich. Sie war eine durch und durch emanzipierte Frau, ohne dauernd darüber Sprüche zu klopfen, wenn Sie verstehen, was ich damit sagen will. Aber ich weiß überhaupt nicht, wofür sie sich interessierte. Außer für mich, meine ich damit.«
»Warum sind Sie nicht zur Polizei gegangen?«
Ich ließ die Frage schnell und beiläufig einfließen, in der Hoffnung, daß sie mir vielleicht irgendwas Nützliches mitteilen würde, während sie nach der Antwort suchte. Aber sie hatte die Antwort parat: »Das hätte Teresa nicht gewollt.«
»Und warum nicht?«
»Sie wäre einfach dagegen gewesen.«
»Hat sie Ihnen das gesagt?«
»Nein, das weiß ich einfach. Sie hatte kein Vertrauen zur Polizei. Sie hatte zu niemand Vertrauen.«
Ich ging in die Küche und stellte den leeren Kaffeebecher auf die Platte neben der Spüle. Dort lagen auch die Reste von Davys Erdnußbutterbrot, von dem die Marmelade wie zäher Schlamm heruntersackte. Ich ging zu Mrs. Martin zurück. »Wie war der genaue Ablauf, als Sie Mrs. Blair zum letztenmal gesehen haben?« fragte ich sie.
»Moment. Sie ist gegen halb neun Uhr morgens herübergekommen.«
»An welchem Wochentag?«
»Am Donnerstag.«

»Ist Ihnen an ihr irgend etwas Ungewohntes aufgefallen?«
Sie runzelte die Stirn und schüttelte den Kopf. »Glaub nicht. Sie sah aus wie üblich – wie auf einer Seite von *Vogue*. Kamelhaarhosen. Weißer Pulli mit V-Ausschnitt. Wie immer die Zeitung unter dem Arm und die Kaffeetasse in der Hand. Sie hat ihre Tasse immer mitgebracht.«
»Und Sie haben über den Termin beim Anwalt gesprochen?«
»Ja. Teresa hielt es für möglich, daß Wayne einen Teil des Vermögens auf die Seite gebracht hat. Sie wollte nicht, daß ich irgendwas unterschreibe, bevor Wayne nicht unter Eid ausgesagt hat, wie hoch unser Vermögen tatsächlich ist.«
»Wer ist Ihr Anwalt?«
»C. Dale Gibson.«
»Wo ist seine Kanzlei?«
»Hier in El Gordo.«
»Hat Mrs. Blair ihn gekannt?«
»Nein, ich glaub nicht.«
»Und was war sonst noch?«
»Ich versuch mir vorzustellen, wie sie ausgesehen hat an jenem Morgen, was sie getan hat. Sie hat wie immer die Zeitung überflogen. Sie konnte gleichzeitig lesen und sich mit mir unterhalten, ohne unaufmerksam zu sein. Im Rückblick kommt's mir so vor, als habe irgendwas sie bedrückt. Aber das bilde ich mir wahrscheinlich nur ein.«
»Irgendeine Ahnung, was sie bedrückt haben könnte?«
»Nein. Ich kann mich nicht erinnern, daß mir Teresa je was vorgejammert hätte.«
»Klingt, als wär sie eine bemerkenswerte Frau.«
»Das *ist* sie auch.«
Ich lächelte. »Wissen Sie etwas darüber, daß sie Zeugin bei einem Kriminalfall war?«
»Wie bitte? Ach, die Geschichte mit dem Autounfall? Meinen Sie das?«
»Ja. Hat sie darüber irgend etwas gesagt?«
Kathryn Martin hob die Schultern. »Damals, als es passiert war, hab ich mal was drüber in der Zeitung gelesen, und ich hab sie gefragt, was da denn dran sei. Sie hat mir erzählt, sie habe mit angesehen, wie ein Auto einen Fußgänger überfahren habe, und wahrscheinlich werde sie als Zeugin gegen den Fahrer geladen, falls es zum Prozeß komme.«
»Hat das sie bedrückt?«
»Aber nicht die Spur.«

»Ist sie später noch einmal darauf zurückgekommen?«
»Nein.«
»Sähe es ihr ähnlich, vor so etwas davonzulaufen? Ich meine, vor einer Vorladung?«
»Teresa Blair war nicht der Mensch, der davonläuft. Vor nichts auf der Welt.«
Das war ein Leumundszeugnis, das von Herzen kam. Apodiktisch und schon deshalb eindrucksvoll. Ich fragte Mrs. Martin, ob ihr noch etwas einfalle, das mir weiterhelfen könne, und sie schüttelte den Kopf. Ich sah auf die Uhr. Ich war im Verzug. Ich stand auf.
»Hey«, sagte Mrs. Martin. »Wollen Sie nicht mit uns zu Abend essen? Ich bin am Verhungern, und Davy hat seit Tagen nichts Warmes in den Magen gekriegt. Ich brauch nur ein drittes Gedeck aufzulegen, kein Problem.« Die Worte versandeten plötzlich im Schweigen. Die ungeschickte, übereifrige Einladung verriet, daß sie aus der Übung war.
»Tut mir leid«, sagte ich. »Ich habe eine Verabredung und bin sowieso schon viel zu spät dran.«
Ich ließ Kathryn Ellington Martin stehen, mitten in ihrem Wohnzimmer, mitten in ihrer Scheidung, mit schwimmendem, leicht mißtrauisch verhangenem Blick, und ging ein Haus weiter, um dem Mann einen Besuch abzustatten, den sie eben des Mordes beschuldigt hatte.

4

Als ich diesmal auf das weiße Knöpfchen am Torpfosten drückte, schwang das Tor auf. Irgendwo in den Büschen surrte ein schwacher Motor. Ich war kaum eingetreten, da schloß sich in meinem Rücken das Tor, leise und vollautomatisch. Ich kam mir vor wie in einem zappendusteren, höhlenartigen Rummelplatzschuppen – Geisterbahn oder Seeräuberhöhle. Im Augenblick drauf war die Dunkelheit fort. Verborgene Birnchen tauchten das Grundstück in eine Art Theaterbeleuchtung, deren effektvoller Wechsel von Licht und Schatten schemenhafte Formen schuf, so vage und inhaltslos wie das neue Leben, das Mrs. Martin gleich nebenan sich zusammenzuzimmern versuchte.
Sekundenlang nahm ich die Szenerie in mich auf, dann ging ich einen Fliesenpfad entlang durch einen Steingarten mit sauber gerechten weißen Kieseln, schwerem grünen Moos und ausgebleichtem, knorrigem Holz. Auf halbem Weg führte eine geschwungene

Brücke über einen kleinen Teich, der unter dem Wasserspiegel angestrahlt wurde und deshalb azurblau schimmerte. Goldene und schwarze Karpfen trieben träge im klaren, unbewegten Wasser. Die Bambusrohre und Hainfarne am Ufer liebkosten sich sachte im Wind. Dieses Fleckchen Erde war überirdisch, etwas Besonderes, ein Ort für Zen, der mich gemahnte an meine Vergangenheit – an Kyoto, wo ich während des Koreakrieges stationiert gewesen war, an den Awatapalast, an den Kiyomizu- und den Moostempel. Ich wäre nur allzugern hier noch länger geblieben, aber ich ging trotzdem dem Pfad nach.

Eine Araukarie breitete die dürren, strähnigen Zweige schützend über die Haustür. Die Steinampel daneben erfüllte einen doppelten Zweck: als Vorplatzlicht und als Warnschild, auf dem stand, daß ich, wenn ich diese Schwelle überschritt, einen Ozean überquerte und einen Kulturkreis hinter mir ließ.

Das Haus war flach und weitläufig. Landschaftsgärtnerei und perspektivische Tricks verschleierten die wahren Ausmaße. Die Glas- und Steinelemente, die sich abwechselten, trennten geometrisch angeordnete Zypressenholzquadrate, die wie Shojiwände aussahen. Das wirkte bei aller Auffälligkeit leicht. Gespannt drückte ich auf den Summer.

James Blair machte auf. Er verbeugte sich leicht aus der Taille heraus und winkte mir einzutreten, mit so elaborater Höflichkeit, als wolle er mir etwas verkaufen. Er war überkorrekt gekleidet, bis zur sauber gebundenen Ripskrawatte unter dem weißen Hemdkragen, trug aber darüber einen schwarzseidenen Hausmantel, den in der Taille eine weiße Kordel zusammenhielt. Die Seide flüsterte geheimnisvoll zu seinen Bewegungen.

Ich ging seinen slipperbeschuhten Füßen nach über die Tatamimatten der Diele ins Wohnzimmer, das tiefer lag und an drei Seiten von Glas und beweglichen Blenden begrenzt wurde. Auf seinen Wink setzte ich mich auf eine flache Liege und hatte ein schlechtes Gewissen, weil ich Schuhe anhatte.

Auf dem Teaktisch neben mir wuchs in einem kleinen, schweren Blumentopf eine Bonsaizypresse. An der Wand gegenüber hing ein Ensemble von vier Holzschnitten – mit starken Farben, exakt ausgeführt –, Hiroshige oder einer seiner Epigonen. Zwischen zwei Türblenden hing an einer anderen Wand eine große, halb aufgerollte Schriftrolle. Von meinem Platz aus wirkten die Schriftzeichenkolumnen, als bewegten sie sich; ein Bienenschwarm, der seiner Königin zu Diensten war. Darüber baumelte ein Stoffkarpfen von der Decke, farbenfroh, fröhlich, ein Symbol der Männlichkeit.

Blair verbeugte sich noch einmal vor mir und setzte sich mit gekreuzten Beinen auf ein Kissen mitten im Zimmer. Ich fragte mich, ob er von mir erwartete, daß ich ihn anbetete; oder auch umgekehrt. Sekundenlang regte er sich nicht, schien weder zu atmen noch etwas wahrzunehmen. Dann lächelte er unvermittelt und erkundigte sich, ob ich etwas trinken wolle. Ich erklärte ihm, ich hätte auf einmal Lust auf Sake bekommen. Sake sei da, und es werde ihm ein Vergnügen sein, mir welchen zu servieren; doch empfehle es sich, ihn vorher heiß zu machen. Ich entschloß mich zu Scotch. Blair erhob sich schwerelos, schob eine Trennwand zur Seite und verschwand. Links von der Tür kletterte eine Sammlung von Kendoschwertern die Wand hinauf wie Sprossen einer silbernen Leiter.

Der Raum und alles darin, ob aus Holz, Messing, Keramik oder Lack, wirkte auf mich wie ein ganz anders gearteter Gastgeber, der pulsierende Ströme in einer neuen, wiederbelebenden Wellenlänge auf mich übertrug. Ich nahm mir vor, mich wieder in Zen zu vertiefen, im Lichte dessen, was mir erschien als eine neuartige Aufnahmefähigkeit – oder ein neuerliches Verlangen.

Als Blair mit meinem Drink wiederkam, beglückwünschte ich ihn zu dem Haus. Er schien geschmeichelt, sagte aber kein Wort, das darauf hindeutete. Als er fragte, ob der Scotch mir genehm sei, bejahte ich das. Als ich ihn fragte, ob es Suntory sei, lächelte er bloß. Als ich ihn fragte, ob er mir nicht beim Trinken Gesellschaft leisten wolle, erklärte er mir, er trinke nur Tee, und nach Sonnenuntergang überhaupt nichts mehr. Mit Bedacht, aber ganz und gar unauffällig hatte Blair mich in die Defensive manövriert und es verstanden, mein immer in mir schlummerndes Unzulänglichkeitsgefühl zu wecken. Da er Herr der Lage war, beschloß ich, ihn dabei zu beobachten, wie er das zu nutzen gedenke.

Minutenlang tat er gar nichts – sah mir nur beim Trinken zu. Ich ließ müßig die Blicke schweifen, fühlte mich in dem Schweigen unbehaglich und unsicher. Als mir eine besonders spärlich beschriebene Rolle an der Wand gegenüber auffiel, fragte ich Blair, was das sei.

»Ein Koan«, sagte er. »Einer meiner Lieblingssprüche.«

»Wie heißt er?«

»Wenn du Buddha begegnest, töte ihn.«

Ich war schockiert, und das muß mir auch anzusehen gewesen sein. Blairs Lächeln wurde breiter. »Mir hilft der Spruch besonders dabei, mich immer wieder daran zu erinnern, daß der Pfad zum Satori innen, nicht außen verläuft, daß es in meiner Welt keine Trennung

gibt zwischen dem Menschlichen und dem Göttlichen.« Er machte eine Pause, um seine Worte wirken zu lassen. »Können Sie sich vorstellen, daß ein Christ so etwas von Mr. Christus sagt?« wollte er von mir wissen. In seinen Augen funkelte boshafter Übermut.
Ich sagte, das könne ich mir nicht vorstellen. Blair nickte. Ich machte mich darauf gefaßt, daß er mir gleich einen Keks zur Belohnung hinhielt.
»Was hat Sie auf Zen und das alles gebracht?« fragte ich.
Blair zuckte die Achseln. »Wenn ein denkender Mensch sich in einem Irrenhaus wiederfindet, bleibt ihm nichts übrig, als doppelt so verrückt zu werden oder an einen anderen Ort zu fliehen. Ich habe mich entschieden.«
»Aber Sie arbeiten doch trotzdem noch in der Außenwelt?«
»Ah. Der Mensch muß essen. Vollkommene Lebensumstände sind selten.«
»Teilt Ihre Frau Ihre philosophischen Überzeugungen?«
»Nicht ganz. Wir sind verschieden. Am Anfang waren es die Gegensätze, die uns aneinander gebunden haben. Ich hoffe, daß sie uns jetzt nicht zerstören werden.«
Blair kehrte zu dem Kissen mir gegenüber zurück, ließ sich darauf nieder und saß aufrecht da, mit gekreuzten Beinen, die Hände wie Blütenblätter auf den Knien. Er teilte mir mit, er habe nur eine Stunde Zeit für mich, denn er müsse noch einmal ins Büro, um etliche Außenstände zu überprüfen. Als ich ihn fragte, in welcher Firma er arbeite, erklärte er mir, er sei selbständiger Buchhalter, der im Auftrag von Privatpersonen und Geschäftsleuten arbeite, für die er die Buchhaltung mache und die Steuererklärungen ausarbeite. Als er verstohlen nach der Uhr sah, versicherte ich ihm, ich käme gleich zur Sache.
»Tolson scheint zu glauben, daß dieser Fluto was damit zu tun hat, daß Ihre Frau verschwunden ist«, sagte ich. »Gab's denn überhaupt einen Hinweis darauf, daß Ihre Frau entführt worden sein könnte?«
»Nein.«
»Keinerlei Spuren von einem Einbruch?«
Er schüttelte den Kopf. »Ich habe alles sorgfältig überprüft. Ich kenne dieses Haus sehr genau. Ich glaube, wenn jemand hier eingebrochen wäre, dann wüßte ich das.«
»Außer in der Theorie haben Sie also nicht den mindesten Grund zu der Annahme, daß Tony Fluto Ihre Frau hat.«
»Das ist korrekt.«
Unsere Blicke trafen sich, weil wir beide wußten, wie es weiterging,

und weil uns beiden nicht wohl dabei war. »Ich will mal davon ausgehen, daß Ihre Frau aus freien Stücken weggegangen ist. Aus was für Gründen auch immer. Wenn ich mich irre, wird sich schon jemand finden, der mich vom Gegenteil überzeugt. Früher oder später. Für den Augenblick brauche ich jede Menge Informationen über Ihre Frau. Alles, was Sie mir sagen können. Auch was sie für Sie empfunden hat.«
Für kurze Zeit verharrte Blair in seiner Haltung, ein atmender Buddha, dann stand er auf, durchquerte das Zimmer und starrte auf einen der Holzschnitte, eine Fischfangminiatur. Das Wasser darauf war von unergründlichem Blau, und Blair schien die Tiefe abzuschätzen, einzutauchen in ihr Geheimnis. »Ich möchte ja helfen«, sagte er schließlich und wandte mir weiter den Rücken zu. »Aber es wird Sie enttäuschen, gar verstimmen, wie wenig ich weiß. Über Teresa.«
Als er sich mir zudrehte, zuckte ein leicht dümmliches Lächeln in seinen Mundwinkeln. »Wie Sie wissen, bin ich von Beruf Buchhalter«, sagte er. »Außerdem bin ich – und das mag meiner Natur entsprechen – ein Schüler der Kunst und Philosophie des Ostens, vor allem der Lehren der japanischen Zenmeister. Ich habe ein Jahr in Kyoto gelebt. Ich habe eine Zeitlang an der Otani-Universität studiert, bei Dr. Suzuki. Ich habe mit dem Gedanken gespielt, Mönch zu werden, aber dann habe ich herausgefunden, daß ich unwürdig bin und es auch bleiben werde.«
»Warum?«
»Das tut nichts zur Sache. Ich erzähle Ihnen das nur, um Ihnen den Eindruck zu bestätigen, den Sie zweifellos von mir gewonnen haben. Ich bin ein Mensch, dem Genauigkeit, Geduld und Gründlichkeit über alles gehen. Bei meiner Arbeit, in meinen Gewohnheiten, bei meinen Zerstreuungen. Nur auf einem Gebiet bin ich von meinen Grundsätzen abgewichen. Und zwar in meiner Ehe. Elf Tage, nachdem ich Teresa kennengelernt hatte, habe ich sie geheiratet.«
Aus Blairs Mund war das gleichbedeutend mit Hochverrat. Ich mußte grinsen. »Haben Sie diesen spontanen Entschluß je bereut?«
»Nie.«
»Und Mrs. Blair?« fragte ich und vermied es dabei, ihn direkt anzusehen.
Es war fast unmöglich, da sicher zu sein, aber mir war, als gehe ein Schatten von Sorge über sein Gesicht und schaffe Disharmonie in den Zügen. »Ich kann nicht für Teresa sprechen«, sagte er langsam. »Zwischen uns hat es nie einen sehr regen Austausch gegeben, je-

denfalls nicht im üblichen Sinne. Unsere Beziehung hat etwas Traditionelles, etwas von einem Rollenspiel. Wir wollen es beide so. Ich bin trotzdem ganz sicher, daß Teresa weiß, was ich für sie empfinde. Ich habe nur sie und niemand sonst in mein Leben einbezogen. Manchmal greift Teresa nach mir wie nach einem Strohhalm, benutzt mich als Gegengift, wenn sie sich an einer mysteriösen Substanz infiziert hat. Aber manchmal tut sich eine Art Golf zwischen uns auf, und wir existieren wie Inseln. Das ist kein unerfreulicher Zustand, aber – wie soll ich mich ausdrücken – es ist kein Zusammenleben, in dem einer an den Erfahrungen des anderen teilhat. Kein Zusammenfluß.«

»Hatte Mrs. Blair Angst vor Tony Fluto?«

»Natürlich. Aber nicht auf hysterische Weise. Sie schien entschlossen, ihre Aussage zu machen.«

Sein Ton war lässig, und zum erstenmal an jenem Abend war seine Aufmerksamkeit nicht auf einen Punkt gesammelt.

Ich behielt ihn sorgsam im Auge, gespannt, wie er auf meine nächsten Sätze reagieren würde. »Sie glauben, daß sie vor Ihnen weggelaufen ist, nicht wahr? Nicht etwa vor Tony Fluto. Und deshalb war es Ihnen auch recht, daß jemand wie ich hinzugezogen wird. Sie glauben, daß die Polizei auf dem falschen Dampfer ist.«

Blair sah mich an. »Das ist im Grunde korrekt. Ich will es nicht wahrhaben, aber ja, ich glaube es auch.«

»Dann fehlt uns nur noch das Motiv. Was hätte sie für einen Grund, Sie zu verlassen?«

Blair schloß kurz die Augen. Als er sie aufschlug, blitzten blaue Flammen darin. »Ich bin hier ganz und gar zufrieden«, sagte er und umschloß mit einer weitausholenden Handbewegung Zimmer, Haus und Grundstück. »Ich habe das Haus gebaut, bevor ich Teresa kennenlernte. Bis auf sie enthält es alles, was mir wichtig ist. Meine Schriften, mein Dojo, meine Bonsaibäumchen, meinen Steingarten. Ich finde hier Frieden, aber das gilt nicht für Teresa. Sie ist kein kontemplativer Mensch. Sie kommt gern mit Menschen zusammen, braucht Wirbel, Ablenkung von ihrer inneren Mitte, keine Besinnung darauf. Das hat einen Teil des Reizes ausgemacht, den sie für mich hatte, hat auch mir etwas gegeben, aber es hat auch Spannungen geschaffen. Vielleicht ist sie zu dem Schluß gekommen, daß ein anderer Lebensstil ihr mehr zu bieten hat. Wenn das wahr ist, würde es mich traurig stimmen, aber nicht überraschen.«

»Wenn Sie so verschieden sind, warum hat Mrs. Blair Sie dann überhaupt geheiratet?«

»Jeder von uns hatte Ziele, Aufgaben und Verpflichtungen, denen

er sich nicht entziehen konnte. Wir kamen zu der Einsicht, daß wir sie gemeinsam am besten bewältigen können.«
»Was für Verpflichtungen?«
Blair blinzelte. »Einfach die dem Leben gegenüber. Ich habe mich zu dramatisch ausgedrückt. Das ist ein Fehler, den alle machen, die zuviel Zeit allein zubringen: man neigt dazu, der eigenen Existenz zuviel Bedeutung beizumessen. Es ist ein Hang, dem ich entgegenzuarbeiten suche. Oft mißlingt mir das. Wie ich schon sagte: unwürdig.«
Blair hielt inne, und die Wellen seiner sonderbaren Redeflut kräuselten sich noch im Raum. Ich spürte, daß ich von ihm alles erfahren hatte, was er mir über sein Eheleben anvertrauen mochte.
»Danke, daß Sie so aufrichtig waren«, sagte ich. »Vielleicht hilft mir das bei der Suche nach Ihrer Frau. Wenn Sie auf der Flucht vor Ihnen ist, verhält sie sich bestimmt anders, als wenn sie vor Fluto davonliefe. Bleibt eine Frage. Falls es stimmt, daß Mrs. Blair Sie verlassen hat – was soll ich dann tun, wenn ich sie finde? Ich weiß aus Erfahrung, daß es so gut wie unmöglich ist, eine Frau, die wirklich entschlossen ist, ihren Mann zu verlassen, zur Rückkehr zu zwingen.«
Blair schüttelte den Kopf. »Ich will nur wissen, wo sie ist«, gab er zur Antwort. »Damit ich kurz mit ihr sprechen kann. Ich würde sie bestimmt nicht zwingen, zu mir zurückzukehren, selbst wenn das in meiner Macht stünde. Aber ich möchte mit ihr reden, einen letzten Versuch machen, das Ganze – unsere Beziehung wieder zu kitten.«
»Gut so«, sagte ich. »Sie sind der Klient – Sie können machen, was Sie wollen. Bedenken Sie aber, daß ich auch Tolson informieren muß. Das waren die Spielregeln, und Sie haben sie akzeptiert. Ich nehme an, sie sind noch in Kraft.«
Er nickte. »Aber ich will offen mit Ihnen sein, Mr. Tanner. Wenn Sie Teresa finden und wenn sie bereit ist, mit mir zu reden, dann werde ich ihr davon abraten, daß sie gegen Fluto aussagt. In ihrem Interesse wie in meinem.«
»Weiß Tolson das?«
»Nein. Und es wäre mir lieber, wenn Sie ihn darüber nicht informierten.«
»Ich nehme an, das ist sowieso sein Problem, oder?«
»Ja. Das glaube ich auch.«
Ich sah Blair an. Die Kinnladen waren verkrampft vor lauter Entschlossenheit, und eine gehörige Portion Masochismus mochte dabei auch mitspielen. Er war ein Mensch, der prinzipiell gegen den

Strom schwamm – wenn er überhaupt ins Wasser ging –, ein Mensch, der unaufhörlich haderte mit der Welt, in die er hineingeboren worden war, all ihren Reizen verschlossen mit der Ausnahme seiner Frau und der fremden Kultur, die er sich angeeignet hatte. Ich fragte mich, ob er je lachte – und worüber.
»Fangen wir ganz vorn an«, sagte ich.
»Vorn?«
»Im Leben Ihrer Frau.«
Er schüttelte den Kopf. »Von ihren Anfängen weiß ich nichts. Nur von der Mitte ihres Lebens. Und ich hoffe, auch das Ende mitzuerleben«, fügte er etwas wehleidig hinzu.
»Das sollten Sie mir schon genauer erklären.«
»Ich will damit nur sagen, daß ich nichts über Teresas Vergangenheit weiß. Bewußt. Von Anfang an war die Gegenwart mehr, als ich mir nur wünschen konnte. Die Vergangenheit hätte ihr nur Abbruch getan. Ich habe keine Rechenschaft verlangt; sie hat mir nichts gebeichtet. So schien es uns beiden recht zu sein.«
Ich dachte an Blairs Worte über die beiden Inseln. John Donne hatte sich offenbar geirrt. »Irgend etwas müssen Sie doch wissen«, blieb ich beim Thema. »Wo ist sie geboren? Wo aufgewachsen? Wo zur Schule gegangen?«
Wieder schüttelte Blair den Kopf. »Ich habe davon keinerlei Kenntnis. Ich weiß nichts über ihre Familie, ihre Kindheit und Jugend, ihre Schulbildung. Nichts. Soweit ich das beurteilen kann, tangiert nichts davon sie jetzt noch, außer so, wie uns alle die eigene Geschichte leicht tangiert. Sie spricht nie darüber, und was mich betrifft, so hat mich meine Unwissenheit nicht gestört. Sie muß viel gereist sein; denn jeder Ort, an den ich sie mitnahm, war ihr schon vertraut. Sie war sehr erfahren, was... was körperliche Belange angeht, und aus welchen Quellen sich diese Erfahrung speiste, wollte ich lieber nicht so genau wissen. Sonst kann ich gar nichts sagen, bis auf alles, was sich zugetragen hat, nachdem wir uns kennengelernt hatten.«
»Wann war das?«
»Vor sechs Jahren.«
»Wo?«
»Hier. In El Gordo.«
»Unter welchen Umständen?«
»Völlig undramatisch. Einer meiner Auftraggeber veranstaltete eine Party. Ich hatte ihm bei früheren Gelegenheiten schon so oft abgesagt, daß ich mich diesmal verpflichtet fühlte, hinzugehen. Erst bezauberte mich Teresas Schönheit, dann ihr Witz, und dann war

es nur noch mein Glück. Ich fragte sie immer aufs neue, ob ich sie wiedersehen dürfe. Sie sagte immer ja, auch als die Frage ganz anders lautete. Wie ich schon sagte, keine zwei Wochen später waren wir verheiratet. Sie war – ich hoffe, Sie verstehen mich recht – sie war wie ein Lebenselixier für mich. Ein Genuß. Eine Sünde, wenn Sie so wollen.«

»Waren Sie vorher schon einmal verheiratet?«

»Nein.«

»Und Ihre Frau?«

»Auch nicht.«

»Wie hieß sie mit Mädchennamen?«

»Goodrum. Teresa Goodrum.«

»Wer hat Sie miteinander bekannt gemacht?«

»Weiß ich nicht mehr. Es war eine große Party. Ich glaube, wir haben uns selbst miteinander bekannt gemacht.«

»Wie hieß der Kunde?«

Blair runzelte die Stirn und zögerte zum erstenmal. »Ist das von Belang?« wollte er wissen. »Es wäre mir lieber, wenn meine geschäftlichen Angelegenheiten davon unberührt blieben. Ich sehe auch nicht ein, wozu das gut sein könnte.«

»Ich auch nicht«, gab ich zu, »aber es gibt eben nur die eine Möglichkeit, herauszufinden, ob es uns wirklich nicht weiterhilft.«

Er überlegte. »Nein. Es ist zwecklos. Meine Geschäfte haben nichts damit zu tun, und ich will auch, daß das so bleibt.« Aus dem Blick, mit dem er mich ansah, schloß ich, daß es fürs erste besser war, es darauf beruhen zu lassen.

»Was hat Ihre Frau gemacht, als Sie sie kennenlernten?« fragte ich. »Ich meine, beruflich?«

»Sie war Verkäuferin in einer Boutique. Sie lebte allein. Und sie hat viel geweint, wie sie mir sagte.«

»Weshalb?«

»Leere. Ihr fehlte die innere Mitte.«

Ich ließ ihm das Philosophengeschwätz durchgehen. »Und sonst? Freunde? Hobbies? Manien? Clubs? Gruppen?«

Blair rieb sich das Gesicht. Er mußte über vierzig sein, aber die Gesichtshaut war straff und unnachgiebig wie die einer Marmorstatue. »Sie arbeitet immer noch in der Boutique, aber jetzt ist sie Teilhaberin. Es ist ein sehr erfolgreiches Geschäft. Teresa hat ein eigenes Konto und gibt nur aus, was sie selbst verdient. Sie sei, habe ich mir sagen lassen, die geborene Geschäftsfrau. Natürlich hat sie dort im Laden Freunde. Sie und eine Frau namens Verritt spielen jeden Tag Tennis im Racquet Club. Sie sind eng befreundet. Offen gesagt

glaube ich, daß diese Verritt weiß, wo Teresa sich aufhält. Falls das stimmt, bin ich der letzte Mensch, dem sie das mitteilt.«
»Warum?«
»Starke gegenseitige Abneigung. Ich halte es außerdem für möglich, daß Teresa die Frau von nebenan näher kennt. Eine Mrs. Martin. Leider treten wir als Paar gesellschaftlich überhaupt nicht in Erscheinung – ich habe an dergleichen keine Freude –, deshalb wüßte ich wirklich nicht, wen ich sonst noch nennen könnte.«
»Keine männlichen Freunde?«
Blairs Blick forschte in meinem, was ich damit wohl unterstellen mochte. Ich war mir nicht sicher, ob ich überhaupt etwas unterstellen wollte. »Der Mitinhaber der Boutique heißt Elliott Farnsworth«, sagte er gezwungen. »Er und Teresa arbeiten eng zusammen. Sonst sind dort ausschließlich Frauen beschäftigt. Ich wüßte sonst nichts von Männern in Teresas Leben, die über das Niveau von Volltrotteln oder Möchtegernliebhabern hinausreichen.«
Aus einer Nuance in Blairs Tonfall schloß ich, daß ihm die Möchtegernliebhaber wenig schmeckten. Ein bißchen mehr Druck, dachte ich, damit ich den Gegendruck ablesen konnte. »Und wie steht's mit Männern, die mehr sind als Freunde? Vergangenheit, Gegenwart, Zukunft.«
Blairs Lippen verhärteten sich. »Ich weiß von keinem, und die Frage gefällt mir nicht.«
»Ach was. Sie sind viel zu klug für solche Spielchen. Wenn Teresa so attraktiv ist, wie Sie sagen, dann muß es doch einfach Männer gegeben haben, die hinter ihr her waren. Ich will wissen, ob einer davon besonders hartnäckig war.«
»Und wenn schon? Das hätte keinerlei Konsequenzen gehabt. Ehebruch wird von Feiglingen und Schwachköpfen begangen. Teresa ist weder feige noch schwach.«
»Und Ihr Nachbar?«
Blairs Verblüffung wirkte echt. »Was soll mit ihm sein?«
»Wie hat er sich mit Ihrer Frau vertragen?«
Er zuckte die Achseln. »Keine Ahnung. Ich kann mir nicht vorstellen, daß sie pro Monat mehr als ein Wort gewechselt haben.«
»Hat sie Ihnen nicht erzählt, daß die Martins Eheprobleme haben?«
»Nein. Von einem Problem ist mir nichts bekannt.«
Daraufhin ließ ich locker. Für den Augenblick genügte es mir, daß Teresa Blair ihrem Mann nicht alles und jedes brühwarm erzählte. Vielleicht erzählte sie ihm überhaupt nichts. »Was hatte Ihre Frau in der Oswego Street verloren, als sie mit ansah, wie Fluto den Mann überfuhr?«

»Das weiß ich nicht.«
»Haben Sie nicht danach gefragt?«
»Wahrscheinlich klingt es unglaubwürdig, aber nein, ich habe nicht danach gefragt.«
»Wer nicht fragt, hat meistens Angst vor der Antwort.« Die Platitüde klang hohl, auch mir selbst in den Ohren.
Blair sah mich unverwandt an. Seine Stimme klang eisig. »Wenn Sie mich wirklich kennenlernen, Mr. Tanner, dann werden Sie wissen, daß ich mit den meisten Menschen wenig gemein habe.«
Nach allem, was ich bis jetzt an ihm beobachtet hatte, war ich nicht versucht, daran zu zweifeln. Ich wechselte das Thema. »Haben Sie Photos von Ihrer Frau?«
»Wie viele brauchen Sie denn?«
»Zwei, drei gute.«
»Zwei-, dreihundert, wenn Sie wollen. Eine Zeitlang hat Teresa Modeaufnahmen von sich machen lassen, um für die Boutique zu werben. Das Portfolio ist sehr umfangreich. Wenn Sie bitte mitkommen wollen? Ich zeige Ihnen die Bilder.«
Wir gingen durch eine Schiebetür und durchquerten eine blaugeflieste Diele mit goldenen Tapeten. Am Ende des Ganges machte Blair eine Tür auf und trat beiseite, um mich vor ihm in ein Zimmer eintreten zu lassen, das vom übrigen Haus so viel trennte wie Miami Beach von Kyoto.
Das Zimmer war riesig. Den Schlafbereich am entgegengesetzten Ende beherrschten ein Himmelbett, so beschützt wie die Perle in der Auster, und ein Schminktisch mit soviel Beleuchtung wie eine Zirkusmanege. Der Wohnbereich war mir am nächsten, und dessen Dekor hätte Blairs bevorzugtem Zenmeister einen Monat lang die Sprache verschlagen. Supergraphik und Chrom, Wildleder und Plüsch, Stühle von Breuer und Tische von van der Rohe. Der Schreibtisch war aus Glas, die Stühle aus Plastik, die Graphiken stammten von Warhol und Lichtenstein.
»Das ist Teresas Zimmer«, erklärte Blair, halb entschuldigend, halb verblüfft. Er trat nicht ein, sondern spähte nur durch den Türspalt, wie ein Spaßmacher durch die Zeltklappe im Zirkus. »Ich stehe wegen des Aikidotrainings sehr zeitig auf«, fuhr Blair fort. »Ich bin gern schon ab sieben im Büro. Teresa sagt von sich, sie sei ein Nachtmensch. Folglich haben wir uns bald dazu entschlossen, getrennt zu schlafen. Wie Sie sehen, benutzt sie das Zimmer auch als Büro. Ich habe den Raum hier seit unserer Hochzeit nur noch selten betreten. Sie bestand auf ihrem eigenen Reich, und ich habe ihr das Recht darauf eingeräumt.«

»Das philosophische Leitbild Ihrer Frau scheint eher Pfarrer Eisenhower als der Siddharta zu sein«, sagte ich.
Blair lächelte. Selbst angesichts einer Innenarchitektur, die allem Hohn sprach, woran er glaubte, war die Zärtlichkeit nicht zu übersehen. »Schätzen Sie Teresa nicht falsch ein, Mr. Tanner«, sagte er. »Sie ist ein unabhängiger Geist, aber sie kennt die Grenzen, auf denen ich bestehe.« Das Lächeln schwand. »Ich habe versucht, ihr nicht im Weg zu stehen«, fügte er hinzu. »Das ist mir nicht immer leichtgefallen.«
»Darf ich mich umschauen?« fragte ich.
Blair nickte. »Falls Sie mich brauchen – ich bin im Wohnzimmer. Bitte, verstehen Sie, daß ich normalerweise niemandem gestatten würde, dieses Zimmer zu betreten. Unter den gegebenen Umständen scheint es mir angezeigt, eine Ausnahme zu machen. Das Portfolio steht rechts neben dem Schreibtisch.« Damit überließ Blair mich meinem Geschäft. Der Hausmantel wallte hinter ihm her.
Ich verschaffte mir rasch einen Überblick, befingerte affenflink die Accessoires im Leben einer Frau, die ich noch nie gesehen hatte. In den Schubladen lagen weiche, duftige Dinge – zart, durchsichtig, sinnbetörend; Sachen, wie ich sie noch nie zu Gesicht bekommen hatte. Die Regale quollen über von Modezeitschriften, die auch auf dem Boden gestapelt lagen, neben populärpsychologischen Sachbüchern, Softrockplatten und einem Hamstervorrat mundgerechter Schokohappen. Was in den Schränken hing, hätte ausgereicht, die weibliche Bevölkerung einer Großstadt ein Jahr lang einzukleiden. Die Juwelen ruhten auf samtbezogenen Schüben und blitzten mich wie ein Augensternhimmel an. Schuhe im Überfluß, alle mit Pfennigabsätzen. Nur wenige Hüte, dafür aber bombastisch. Hauchdünne, glänzige Nachthemden und Shorties, deren Berührung mich zittern machte, freilich nicht aus Verlangen. Es gibt kaum etwas Schäbigeres, als in den Kleidern eines lebendigen Menschen herumzuwühlen.
Als ich die Schränke, Kommoden und Borde durch hatte, wußte ich, daß Teresa Blair Farben liebte und Effekte, daß sie auffallen und in sein wollte, daß sie gern gefiel. Aber auf das, was hinter der Tünche stecken mochte, fehlte jeder Hinweis, und es gab nichts, was darauf schließen ließ, daß sie an irgend etwas aus ihrer Vergangenheit hing. Diese Frau lebte ausschließlich in der Gegenwart.
Ehe ich den Schreibtisch in Angriff nahm, griff ich nach dem Portfolio, packte es auf das Bett, löste den Verschluß und legte den Inhalt aus wie eine Patience. Hundert Gesichter schauten mich an, Schmollmünder, Flirtaugen, lächelnde und umwölkte Mienen,

Verführerinnen und hingebungsvolle Frauen, und es war immer dasselbe Gesicht, obwohl ich schon genau hinschauen mußte, um das zu erkennen. Teresa Blair war nicht der Prototyp des Photomodells, dazu war zu viel an ihr dran, aber wenn sie auch nicht dazu taugen mochte, der New Yorker Schickeria Modelle von Givenchy und Balenciaga zu verkaufen, war sie zweifellos genau die Richtige, den jugendlichschicken Matronen von El Gordo jede Menge Zeug von Anne Klein und von Halston anzudrehen.
Was es für mich so schwierig machte, ihr wahres Gesicht zu erkennen, war die Vielfalt der Frisuren, Lippenstiftfarben, Rougenuancen und Lidschattentöne. Ich suchte zwei Aufnahmen heraus, die mir natürlicher vorkamen als die übrigen, dann stellte ich die Mappe weg, ging zum Schreibtisch und sah die Schubladen durch. Offensichtlich tätigte Teresa Blair die Einkäufe für die Boutique. Kataloge, Angebote und Rechnungen fuhren in einem heillosen Durcheinander in den Fächern herum, ohne erkennbares Ordnungsprinzip. Sonst fand ich außer einem Chaos von Schreibzubehör und Geschäftskorrespondenz gar nichts, bis ich auf eine Mappe mit Kontoauszügen stieß, die ein paar Jahre zurückreichten. Offenbar Privat- und Geschäftskonto in einem. Im Schnitt waren tausend Dollar darauf, manchmal auch fünfmal soviel.
Die Zahlungen waren nicht sonderlich interessant – an Lebensmittelläden, Drugstores, Kreditkartenfirmen, den Racquet Club, den Zahnarzt. Wenige nur fielen mir auf. Mrs. Blair hatte einen Dauerauftrag – alle zwei Wochen – über dreihundert Dollar zugunsten einer Mary Quilk eingerichtet. Zweitausend Dollar monatlich gingen außerdem per Dauerauftrag an die *Silver Season*, was immer das sein mochte. Mrs. Blair zahlte an jedem Monatsersten fünfzehnhundert Dollar ein und an jedem Fünfzehnten zwölfhundert. Regelmäßig. Und sie spendete für CARE und United Way.
Ich legte die Kontoauszüge zurück; dann blieb ich mitten im Zimmer stehen. Ich wollte schon gehen, als mir ein Magazin auffiel, das einzeln herumlag. Es war eine alte Ausgabe der *Vogue*, vom Juni 1965. Ich hob das Heft auf und blätterte es durch. Nichts als Hochglanz stach mir ins Auge, doch zwischen den letzten Seiten flatterte etwas heraus und fiel zu Boden. Es war das Photo eines Mannes, eines selbstbewußten, dunklen Schönlings, der sich alle Mühe gab, auf den Menschen hinter der Kamera einen gefälligen Eindruck zu machen. Weder vorn noch hinten auf der Aufnahme stand irgendein Hinweis darauf, wann oder wo sie entstanden war. Ich vergewisserte mich, daß Blair nicht um den Weg war, und steckte das Photo ein.

Blair war im Wohnzimmer, wie angekündigt. Ich zeigte ihm die Photos seiner Frau, die ich aus dem Portfolio ausgewählt hatte, und wollte wissen, ob sie gut getroffen sei. Das bejahte er. Ich fragte ihn, wie alt seine Frau sei, und er sagte, sie sei neununddreißig. Ich fragte ihn, ob seines Wissens von den Sachen seiner Frau etwas fehle. Er habe nachgeschaut, sagte er, und was die Kleider anlange, sei er nicht sicher – es seien einfach zu viele –, aber ihr Lieblingscollier sei verschwunden, dazu die Zahnbürste und ein Nachthemd. Falls Tony Fluto sie sich geschnappt hatte, war sie also immerhin noch dazugekommen, ein Übernachtungsköfferchen zu packen.
Ich fragte Blair, ob ihm die Namen Mary Quilk und *Silver Season* irgend etwas sagten. Er zögerte; erklärte dann aber, das sei nicht der Fall. Ich fragte ihn, ob er sich vorstellen könne, wo seine Frau sich am ehesten verstecken würde – ob vor ihm, vor Fluto oder vor beiden. Er habe keine Ahnung, sagte er. Ich fragte ihn, ob er wisse, wieviel seine Frau an der Boutique verdiene, und auch davon hatte er keine Ahnung. Der Schnappschuß in meiner Jackentasche brannte mir auf den Nägeln, aber ich ließ ihn stecken und ging meiner Wege.

5

Ich hatte die Wahl zwischen verschiedenen Ausgangspunkten – allesamt nicht eben vielversprechend. Ich nahm mir als erstes die Freundin vor.
Im Telephonbuch stand nur eine Verritt, mit Vornamen Tancy. Es war schon nach zehn, als ich bei ihr anrief, in der ersten Telephonzelle auf dem Rückweg von James Blairs Bergklause. Als ich an die Zelle heranfuhr, sah ich mich sorgfältig um – ich wollte wissen, ob mir Grinders Leute noch immer auf den Füßen standen. Ein grünes Auto war nicht in Sicht, aber es wimmelte von stiernackigen Männern mit lidlosen Augen, die im Vorüberfahren zu mir herschielten. Soweit ich es mitbekam, hielt keiner an.
Die trübe Telephonstimme war weiblich und klang übernommen, in der Art einer Arztfrau oder der Taxizentrale. Ich sagte zwar meinen Namen, ließ aber den Grund für den Anruf so in der Schwebe, daß Miss Verritt zu dem Schluß kommen konnte, es handle sich bei mir um einen freischwebenden Interessenten, dem ihre Freundin Teresa Blair einen Schubs in Miss Verritts Richtung gegeben habe. Sie war sowieso nicht faul, diesen Schluß von sich aus zu ziehen.
Ich ließ ein paar Schmeicheleien vom Stapel, öffnete die Schleusen meiner Eitelkeit und schloß sie wieder, als mich jähe Schüchtern-

heit zu überfluten schien – ein Wechselbad, das eine geradezu narkotische Wirkung auf die Dame zeitigte. Oh, sie sei ja nur allzugern bereit, sich mit mir zu unterhalten, über alles, was mir so einfalle, und in Sekundenschnelle faßte sie den Entschluß, es sei ihr eine Ehre und ein Vergnügen, sich mit mir zu treffen und so, bloß gehe es leider heute abend beim allerbesten Willen nicht. Ein Freund komme noch vorbei. Je später der Abend, desto schöner die Gäste. Verstehn Sie doch, Engelchen? Es kommt einfach bißchen *plötzlich*. Das verzeihen Sie mir doch, Engelchen? Soll nicht wieder vorkommen.

Natürlich war ich die Nachsicht in Person. Ich erkundigte mich, wann es ihr denn passe, sich mit mir zu treffen. Sie trug mir auf, mich morgen vormittag um elf im Racquet Club einzufinden. Auch ohne daß sie es aussprach, war mir klar, daß sie mich erst bei Tageslicht in Augenschein nehmen wollte, ehe sie kostbare Zeit oder Wertvolleres an mich vergeudete.

Ich erkundigte mich, wo der Racquet Club sei, und sie erklärte es mir. Ich probierte mein Halbwissen über Borg und McEnroe an ihr aus, und von Sekunde an verlor sie das Interesse an unserem Gespräch. Sie wollte wissen, womit ich meinen Lebensunterhalt verdiente, und ich teilte ihr mit, ich sei von Berufs wegen hinter Verlorengegangenem her. Das heiterte sie hörbar auf. Ich überließ es ihr, darüber nachzugrübeln, ob ich nun ein Schatzsucher sei oder ein Psychoanalytiker oder so eine Art Kreuzung aus beidem.

Soweit ich es beurteilen konnte, belästigten mich Grinders Söldner auch auf der Rückfahrt nach Hause nicht weiter. Ich ging früh schlafen, stand mit den Hühnern auf und verbrachte den halben Morgen am Telephon, mit Peggy, meiner Teilzeitsekretärin und Ganzzeitvertrauten und Mitwisserin. Wir gingen die angelaufenen Fälle durch, was hieß, daß Peggy mir klarzumachen versuchte, daß ein gutes Drittel der laufenden Ermittlungen bloß den Mäusen geschissen sei und daß ich das entschieden abstritt. Als ich ihr mitteilte, ich müsse wahrscheinlich ein paarmal in El Gordo übernachten, sagte sie nur, das mache gar nichts – im Büro sei ich ohnehin nicht vonnöten. Ich beteuerte ihr, das sei mir nicht neu.

Ehe ich in die Gänge kam, versuchte ich noch, irgendwas über Mary Quilk und die *Silver Season* herauszukriegen. Ich fing mit dem Telephonbuch an. Es gab ein halbes Dutzend Quilks, aber niemand darunter wohnte näher an El Gordo als im Umkreis von zwanzig Meilen. Unter *Silver Season* war nichts verzeichnet. Meine Quelle beim Elektrizitätswerk war urlaubshalber versiegt, deshalb rief ich beim Wirtschaftsministerium an und erkundigte mich, ob Silver Season eine im Handelsregister des Staates Kalifornien eingetragene Firma sei. Fehlanzeige. Und doch pochte der Name gegen eine Tür in meinem Unterbewußtsein. Ich schloß die Augen, im Versuch, die Gedächtnissperre zu durchbrechen, aber entweder gab ich zu früh auf oder ich hatte es an der Konzentration fehlen lassen. Nach der vierten Tasse Kaffee fädelte ich den Buick und mich in den Verkehr auf der Küstenstraße ein. Gegen Viertel vor zehn stellte ich das Auto hinter der Dreimetermauer, die den El Gordo Racquet Club umschloß, zwischen einem blauen Corvette und einem roten Interceptor ab.

El Gordo gehört nicht zu den Tummelplätzen des kalifornischen Geldadels – wie etwa La Jolla, Pebble Beach, Hillsborough oder San Marino –, aber Großverdiener gibt es in jeder kalifornischen Stadt, auch in den weniger schicken, und Großverdiener bauen sich nun mal immer und überall einen eigenen Laufstall, damit sie nicht allzu schwer am Eingemachten zu schleppen haben. Es gibt Laufställe in allen Ausfertigungen – zum Beispiel Liederhallen, Museen, Wohltätigkeitsvereine, Tennisanlagen, Golfplätze, Kurorte –, aber ein übergeordnetes Interesse vereint sie alle. Sie sind samt und sonders steuerlich absetzbar.

Der El Gordo Racquet Club gehörte zu den ganz besonders intimen Laufställen. Fünf Schilder an fünf Palmen hintereinander erinnerten mich daran, daß der Zutritt nur Mitgliedern gestattet sei. Dessenungeachtet schlenderte ich zum Hauptportal, halb Josua, halb der Schuhputzer vom Dienst.

Das Clubhaus war langgestreckt und einstöckig. Die massive Kalksteinfassade war schmal, dominiert von zurückgesetzten Fenstern und einem Ziegeldach in drei Farben. An der Flügeltür baumelten dicke Messingklopfer, doch auf dem Weg dorthin mußte ich erst ein Pförtnerhäuschen passieren. Rotgetüncht, spitzgiebelig, mit einem Mann darin, der einen weißen Tropenhelm aufhatte. Als er mich kommen sah, hievte er sich vom Stuhl und tappte zu meiner Begrüßung heraus, wobei seine Glieder sich bewegten, als sei er eine Marionette ohne führende Hand. Ich schätzte ihn auf siebzig.

»Wer hat Sie hierher eingeladen, Sir?« wollte er wissen. Für einen Zerberus war er viel zu mickrig, und das war ihm bewußt. Die Augen über der Adlernase gingen vor Verlegenheit hin und her.

»Wieso wissen Sie, daß ich hier nicht Mitglied bin?« erkundigte ich mich leutselig.

»Die Mitglieder kenn ich«, gab er bockig zurück.

»Ich heiße Tanner. Ich bin hier mit Miss Verritt verabredet. Sie weiß, daß ich komme.«

»Da muß ich erst nachsehen.«
Er schlurfte zurück in die Pförtnerloge und blätterte in Papieren. Dann kam er zurück, immer noch auf dem Quivive, weil ich nicht den passenden Anzug anhatte; aber immerhin erklärte er mir, ich dürfe hinein. »Kennen Sie Teresa Blair?« fragte ich, als er schon seinem Sitzplatz zustrebte.
»Mrs. Blair? Das will ich meinen!«
»Ist sie jetzt hier im Club?«
»Leider nein.«
»Wann war sie zum letztenmal hier?«
»Moment mal. Mitte letzter Woche, würd ich meinen. Meistens kommt sie jeden Morgen her. Mrs. Blair ist doch nicht etwa was passiert?«
»Wieso fragen Sie mich danach?«
»Gestern hat sich auch jemand nach ihr erkundigt.«
»Wer?«
»Ein Mann.«
»Was für ein Mann?«
»Ich kenne den Gentleman nicht.«
»Ihr Ehemann?«
»Würd ihren Ehemann nicht mal kennen, wenn er mir in den Hut geschissen hätt. Möcht trotzdem hoffen, daß er ein guter Kerl ist.«
»Wieso?«
Der alte Mann schaute weg, irgendwohin oberhalb der Mauer. »Mrs. Blair mag ich am liebsten. Sie grüßt mich immer. Jedesmal. Das ist nichts Besonderes, sogar Babies können das schon, aber Sie würden sich wundern, wenn ich Ihnen sag, wieviel von den Leuten hier glauben, sie hätten was Besseres vor.«
»Nein«, sagte ich, »das würde mich überhaupt nicht wundern.« Ich langte in die Tasche und holte den Schnappschuß heraus, den ich in Teresa Blairs Zimmer gefunden hatte. »War das der Mann, der sich nach Mrs. Blair erkundigt hat?«
»Nee.«
»Haben Sie den überhaupt schon mal gesehen?«
»Nee.«
»Wie hat denn der Typ ausgesehen, der gestern hier war?«
»Frisch gebügelt. Jackettkronen. Messerhaarschnitt. Wie einer, dem jemand gesagt hat, wie er sich am vorteilhaftesten präsentiert.«
Die Personenbeschreibung machte mir Spaß. »Haben Sie Mrs. Blair je mit einem Clubmitglied zusammen gesehen, Miss Verritt mal ausgenommen?«

»Sie ist nett mit allen, aber zu niemand besonders nett.«
»Und Männer?«
Die alten Augen gingen auf Tauchstation. »Jetzt hören Sie mal zu, mein Junge. Wenn ich Mrs. Blair mal mit irgendwem gesehen hätt – was nicht heißen soll, daß ich das hab –, dann würd ich Ihnen das nicht erzählen. Und sonst auch keinem.«
Ich gab dem alten Mann einen Klaps auf die knochige Schulter, zog an einem Messingring und ging ins Clubhaus hinein.
Die geflieste Vorhalle führte mich vorbei an einem Schalter für Vormerkungen, einem Laden für Sportartikel, einem Swimming-pool mit nachgemachter Brandung und schließlich zu einer Glastür, die im Aufgehen den Blick freigab auf eine Unmenge von Tischen und Stühlen sowie Männer und Frauen im kurzen weißen Dress. Unterhalb lagen die Tennisplätze. Jenseits der Spielplätze wuchs eine Hecke. Und von jenseits der Hecke her echote jugendliches Gelärm und Geschrei, wie bei einem Woody-Allen-Festival.
Sie steckten alle in Tenniskluft, aber außer Highballs war weit und breit kein Ball in Sicht. Sie saßen in Grüppchen zusammen, tuschelten, hielten staunend die Luft an, zerrissen sich die Mäuler und jubilierten. Ich hatte keine Ahnung, wie Tancy Verritt aussehen mochte, aber wenn sie hier auf der Terrasse dabei war, dann sah sie jeder der anderen Frauen zum Verwechseln gleich.
Ich stand da herum in meinem braunen Anzug, eine Fliege im Vanilleeis, und gab mir Mühe, einen Kellner, der so versnobt wirkte, daß er bestimmt jedes Mitglied beim Namen kannte, auf mich aufmerksam zu machen – da stand eine Frau auf, die bei einem besonders schicken Grüppchen gesessen hatte, an einem weißen Tischchen, dem ein gelber Sonnenschirm entsproß. Sie kam auf mich zu. Sie war groß und sonnverbrannt, füllig und lässig. Der Leberfleck über dem linken Mundwinkel hatte dieselbe Farbe wie ihre Lippen. Das kühne Näschen mochte die Erfindung eines Schönheitschirurgen sein. Unter dem Tennisröckchen lugten blaßblaue Rüschen hervor. Der Blendschutz über ihren Augen erinnerte mich an die Ballspiele meiner Jugend. Das Haar hinter dem Schirm war zu einem dicken Zopf geflochten. Die Augen und der Hals sahen älter aus als alles andere an ihr.
»Mr. Tanner?«
»Ms. Verritt?«
»Wollen Sie sich nicht zu uns setzen? Hab leider nicht allzuviel Zeit für Sie, Engelchen.« Sie nahm mich unter die Lupe und schien recht zufrieden mit dem Anblick zu sein. »Jedenfalls nicht im Moment«, fügte sie hinzu.

»Zeit sammle ich nicht, Ms. Verritt. Ich kann nämlich ihre Verpakkung nicht leiden. Ich sammle bloß Informationen.«
»Oh? Ich hatte so den Eindruck… Na, macht nichts. Kommen Sie mit.«
Mit gerunzelter Stirn dachte sie nach über meine kryptische Flachserei, dann drehte sie sich um die eigene Achse, wobei das Röckchen hochwehte und das blaue Rüschenhöschen aufblitzen ließ, und ging mir voraus zu einem leeren Tisch auf der entgegengesetzten Seite der Terrasse. Als sie das Grüppchen passierte, bei dem sie gesessen hatte, krümmte sie kurz drei Finger und wurde zurückgegrüßt mit einem Lächeln, das wie ein Spiegelbild ihrer exakt kalkulierten Nonchalance war. Ich behielt stoisch das Gesicht des Volltrottels auf, für den sie mich hielten.
Sie setzte sich in den Schatten und überließ mich einer Sonne von solcher Strahlkraft, daß sich alles ausdehnte, bloß mein Krawattenknoten nicht. Sekundenschnell stand ein Kellner am Tisch – jung, dunkel, mit vollen Lippen und schwarzem Schnurrbart, mit hautengen Hosen und kurzem roten Jäckchen: genau der Typ, von dem Männer glauben, daß jede Frau auf ihn abfährt. Er stand da, den Bleistift gezückt, und mußte von seinem Standort aus einen hervorragenden Einblick in das Oberteil von Ms. Verritts Minikleidchen genießen können. Als ich »Bier« sagte, lief sein Blick mit dem Schweiß an mir herunter. Tancy Verritt bestellte einen Gimlet, und der Kellner glitt auf Kreppsohlen davon.
Tancy Verritt nahm den Blendschutz ab und schüttelte den Kastanienschopf, dann zündete sie sich eine Zigarette an. Die langen Fingernägel waren weinrot lackiert. »Was liegt an, Engelchen? In genau zehn Minuten ist Platz drei für mich reserviert.«
Ich schaute auf die leeren Rechtecke unterhalb der Terrasse. »Ach? Wollen Sie da Windhunde um die Wette laufen lassen?«
Die Lippentünche bekam Risse. »Der Club gefällt Ihnen wohl gar nicht, Mr. Tanner?«
»Ich verschwende meine negative Energie grundsätzlich nicht an Lokalitäten, Ms. Verritt.«
»Oh? In was investieren Sie solche Gefühle denn dann?«
»In Menschen.«
An diesem Ort, wo Angriffe immer nur aus der Rückhand kamen, erwischte meine Vorhand Ms. Verritt auf dem falschen Bein. »Wir kommen wohl besser zur Sache«, sagte sie harsch. »Warum hat Teresa Sie mir auf den Hals gehetzt? Einsamer Single? Unverstandener Ehemann? Oder bildet Teresa sich ein, Sie seien so eine Art Wundermittel gegen meine Wehwehchen?«

»Was haben Sie für Wehwehchen, Ms. Verritt?«
Sie sah mich zum erstenmal unverblümt an. »Nur eins, Engelchen. Langeweile. Nichts als schiere Langeweile.«
»Warum machen Sie nicht wenigstens mal den Versuch, Ihre Zeit anderswo totzuschlagen?«
Sie rollte die Augen und krauste die Lippen, und einen Augenblick lang ging ihr etwas anderes durch den Kopf als die Imagepflege; aber sie wollte oder konnte sich diesem neuen Gedanken nicht aussetzen. Als der Kellner die Drinks brachte, schüttete Tancy Verritt gierig das halbe Glas auf einmal in sich hinein. So wie sie das Glas auf den Tisch zurückknallte, war klar, daß sie am heutigen Vormittag schon diverse Drinks niedergemacht hatte. Noch ehe sie wieder den Mund auftat, hatte ich schon begriffen, daß der Racquet Club kein Thema mehr war. Wenn genügend Heu unten ist, dann langt es im allgemeinen auch den unersättlichsten Masochisten.
»Teresa können Sie ausrichten, daß sie mich sträflich vernachlässigt hat«, rief Tancy Verritt unvermittelt aus. Die Empörung war gespielt; das Milieu entsprach einer Boulevardkomödie. Wir waren offenbar im Begriff, Zuckerguß über alles und jedes zu gießen; im Begriff, uns vorzuspielen, so ein Leben, wie wir's führten, könne unmöglich verkehrt sein.
Als ich keine Antwort gab, wollte sie wissen: »Das waren doch Sie, Engelchen, der sich am Telephon auf Teresa berufen hat? Ich hab Sie doch nicht mit jemand anders verwechselt? Passiert mir manchmal.«
»Sie sind kein bißchen durcheinander, Ms. Verritt. Jedenfalls was mich betrifft.«
Sie ließ die Spitze durchgehen. Ein As. »Na und? Was wollen Sie von mir? Oder sind Sie bloß hergekommen, um meine Freunde zu beleidigen?«
Ich schenkte ihr ein entspanntes Lächeln, setzte eine harmlose Miene auf. »Ich bin hergekommen, um mich mit Ihnen über Ihre Freundin Teresa Blair zu unterhalten.«
»Tessa?« Die Augen wurden groß. »Oh. Brauchen Sie mich als Leumundszeugin? Will Tessa in den diplomatischen Dienst? Zum CIA? Oder Papst werden?« Das Lachen klang angestrengt – wahrscheinlich aus Angst.
»Wann haben Sie Mrs. Blair zum letztenmal gesehen?« fragte ich.
»Moment. Letzte Woche. Hier. Muß am Donnerstag gewesen sein. Ja, am Donnerstagvormittag.«
»Wie kam sie Ihnen vor?«
»Was wollen Sie damit sagen?«

»War sie nervös? Hatte sie Angst? War sie wütend? Überhaupt irgendwie anders als sonst?«
Sobald ihre Aufmerksamkeit abgezogen wurde von der eigenen Person, fiel Tancy Verritts aufgesetzte Munterkeit von ihr ab. »Was ist passiert? Ist Tessa etwas zugestoßen?«
»Mrs. Blair ist spurlos verschwunden«, sagte ich seelenruhig.
»Nein. Lieber Gott, nein. Was ist passiert?«
»Das weiß ich nicht«, gab ich zu. »Ich hab gehofft, Sie könnten mir das sagen.«
Sie war überrascht und völlig von der Rolle, und wenn ich sie noch ein bißchen weiter angeschubst hätte, dann wäre vielleicht was aus ihr herauszuholen gewesen, aber eben jetzt trat ein Mann an unseren Tisch, so eine Tennistype. Er wiegte drei Schläger in den Armen, als wäre er notfalls willens, sie zu verschlucken. Er trug Herstellermarken wie Orden auf der Brust – Head, Prince, Puma, Donnay. Er legte Tancy die Hand auf die Schulter und erkundigte sich, ob sie startklar sei. Völlig geistesabwesend schüttelte sie die Männerhand ab und erklärte ihm, sie sei noch nicht zum Spielen imstande. Sie nannte ihn beim Vornamen – er hieß Chip. Sein Gesicht ging zu, als sie ihn abblitzen ließ, und er tigerte weiter, rief einer anderen Frau etwas zu, machte mit ihr ein Spiel aus. Er sagte Mimzy zu der Frau. Ich sah mich um nach Scott Fitzgerald und John O'Hara. Offenbar waren sie eben erst weggegangen.
»Wie lang ist denn Tessa schon weg?« wollte Tancy Verritt wissen.
»Seit drei Tagen. Kurz nachdem Sie mit ihr zusammen waren.«
»Weiß die Polizei Bescheid?«
»Ja.«
»Waren es die Leute aus Vegas?«
Die Frage schlug ein. Sie brachte den Sonnenschirm ins Wanken, blieb dann, in dessen Schutz, eine Weile hängen. »Was für Leute aus Vegas?« fragte ich schließlich.
Sie zerrte am Träger des Minikleides. »Vergessen Sie's einfach«, trug sie mir auf. »Hat nichts zu bedeuten.« Ich glaubte das nicht. Sie ebensowenig.
»Hat Mrs. Blair mal in Vegas gelebt? ... Ist jemand von dort hinter ihr her? ... Läuft sie vor irgendwas weg?«
Zu allen Fragen schüttelte Tancy Verritt den Kopf, als wolle sie die Fragen ungültig stempeln. »Sind Sie ein Bulle?« wollte sie wissen.
Ich schüttelte den Kopf. »Privater. Ihr Mann hat mich angeheuert.«
»James?«

Ich nickte. »Wissen Sie Bescheid über Mrs. Blairs Probleme mit einem Mann namens Fluto?«
Tancy Verritt nickte. »So lala.«
»Hatte Mrs. Blair soviel Angst vor ihm, daß sie hätte weglaufen können, um nicht gegen ihn aussagen zu müssen?«
»Wollen Sie wissen, ob ich glaube, daß das dahintersteckt?«
»Schon.«
»Ich glaube ganz bestimmt nicht, daß *das* dahintersteckt.«
»Wieso nicht?«
»Weil Teresa vor Männern keine Angst hat. Vor keinem Mann, diesen bestimmten eingeschlossen.«
»Das müssen Sie mir erklären.«
»Das ist ganz einfach. Tessa hat nie vor den Männern auf den Knien gelegen. Sie hat sie nicht gebraucht, nicht als Krücke benützt, wie wir's ja fast alle machen. Manchmal hab ich gedacht, sie will sie im Grund überhaupt nicht haben.«
Ich ließ einen Versuchsballon los. »Lesbisch?«
Ihr Lächeln gerann. »So ein Blödsinn. Ich will ja nur sagen, daß Tessa für Männer eine Herausforderung war. Sein wollte. Ein Rollenspiel, ein Wettbewerb. Manchmal hat sie auch nachgegeben, aber immer nur zu ihren Bedingungen.«
»Das klingt, als seien Sie ganz und gar sicher.«
»Darüber, daß sie nicht vor Fluto weggelaufen ist? Das bin ich auch. Tessa ist der tapferste Mensch, dem ich je begegnet bin.« Sie schaute über mich hinweg irgendwohin. »Vielleicht ist sie überhaupt der einzige tapfere Mensch, den ich kenne«, fügte sie hinzu, in einem Ton, der aus ihrem Mund schon der Verehrung gleichkam. »O Gott, ich kann nur hoffen, daß Tessa nichts zugestoßen ist. Sie ist die einzige Freundin, die ich je gehabt hab, müssen Sie wissen. Oder besser – sie war's, bis ich sie erwischt hab.« Zum erstenmal seit gestern nacht, als ich mit ihr telephoniert hatte, ließ ihre Stimme es plötzlich an Kunstfertigkeit fehlen. Mir war klar, daß sie bis eben jetzt einfach vergessen gehabt hatte, daß sie mit Teresa Blair nicht ganz im reinen war.
»Was ist denn passiert?«
»Mir ist aufgegangen, daß Teresa mich als Lockvogel benutzt hat.«
»Was wollen Sie damit sagen?«
»Ich rede über Männer, Engelchen. Meine Männer. Hab ich immer gemacht, werd ich immer tun. Meistens hab ich darüber mit Tessa geredet. Ich treff mich dauernd mit Männern, paar sind sogar nett, paar sogar nicht verheiratet. Und jedesmal, wenn ich nen netten

Single an der Angel hab, läßt er mich kurz drauf fallen wie ne heiße Kartoffel. Nicht ganz ohne Vorwarnung, nein, aber ich hab dann doch rausgekriegt, warum meine Versagerquote so im Aufwind war. Tessa hat sie mir alle weggeschnappt.«
»Wie haben Sie das herausgefunden?«
»Einer der Kerle hat nachts mal gequatscht. War bis an den Stehkragen voll mit Pot. Und danach hab ich Tessa im Auge behalten. Da wußte ich Bescheid.«
»Haben Sie mit ihr darüber gesprochen?«
»Nein.«
»Und warum nicht?«
Sie zuckte die Achseln. »Was hätt ich schon sagen können? Sie war Männern nun mal lieber als ich. Jeder Mann mit ein bißchen Grips im Kopf hat sich das doch auch sagen müssen.«
»Haben Sie die Männer ausgefragt?«
»Bloß einen.«
»Was hat der gesagt?«
»Daß ihn Tessa, paar Tage, nachdem ich ihr von ihm erzählt hatte, angerufen hat. Da hat sie mit ihm ein Treffen in irgendeinem Liebesnest ausgemacht. Hat ihn schwören lassen, daß er die Klappe hält, und ihm den tollsten Fick seines Lebens geboten. Paar Monate später hat sie ihn zum Teufel gejagt. Devise: herrlich ist, was hält, solange es dauert.«
»Mit wie vielen Männern hat sie das abgezogen, Ihrer Meinung nach?«
»Mit sechs. Vielleicht zehn. Wer zählt da schon nach?«
Tancy Verritt griff wieder zum Glas und machte den Drink nieder, dann winkte sie dem Kellner für Nachschub. »Diese ganzen Geschichten verstärken den Verdacht, Mrs. Blair sei verschwunden, um häuslichen Problemen aus dem Weg zu gehen«, sagte ich. »Können Sie sich irgendeinen Grund vorstellen, aus dem Mrs. Blair ihren Mann verlassen hat?«
Tancy Verritt kicherte. »Kennen Sie James?«
Ich nickte.
»Hat er Ihnen erzählt, daß er mal buddhistischer Mönch werden wollte?«
»Hat er.«
»Bloß hat er Ihnen wahrscheinlich nicht erzählt, daß er wie ein Mönch lebt. Kein anständiges Essen, kein ordentlicher Schnaps, kein befriedigender Sex. Algen und Sake und einmal pro Woche, immer samstags, das ist für den guten Jimmy das Äußerste. Ich hab ja keine Ahnung, Engelchen, was Sie so über Mönche wissen, aber

ich hab noch nie was darüber gehört, daß es deren Frauen im Kloster gefällt.«
Ich lachte. »Mrs. Blair kam sich also vernachlässigt vor.«
»Sie *war* vernachlässigt.«
»Und was hat sie dagegen getan?«
»Was sechzig Prozent der amerikanischen Ehefrauen tun. Wie ich schon sagte, sie war kein Kind von Traurigkeit. Diskret, okay, aber ganz schön scharf.«
Der Kellner stellte den nächsten Gimlet vor sie hin. Sie goß die Hälfte hinunter, während er noch in das Oberteil des Minikleides hinunterspähte. »Und ich glaub nicht, daß ich eine alte Petze bin. Ich erzähl Ihnen das bloß, weil Sie gesagt haben, Tessa hat möglicherweise Wind um die Ohren.«
»Hat Teresa Blairs Mann von dem allem gewußt?«
»Nein, aber wahrscheinlich bloß deshalb, weil er sich nie danach erkundigt hat.«
»Mit was für Männern hat sie herumgespielt?«
»Mit ganzen Armeen. Mindestens einer sitzt keine zehn Meter von Ihnen weg. Und der Junge, der grad eben herkam, weil ich für heute morgen ein Spiel mit ihm ausgemacht hatte, gehört auch zu ihrer Truppe. Mit dem bin ich, erst vier Stunden ist's her, heut morgen aufgewacht.« Die letzten Worte sprach sie so aus, als könne sie selbst noch nicht recht daran glauben.
Ich widerstand der Verlockung, mich nach den Männern umzusehen. »Nützt es was, wenn ich mit denen mal rede?«
»Blödsinn.«
»Wieso?«
»Alte Geschichten. Tessa war seit einem Jahr mit keinem von denen mehr zusammen.«
»Kennen Sie die Namen von allen ihren Spielgefährten?«
Sie schüttelte den Kopf. »Früher schon, glaub ich. Neuerdings bin ich mir da nicht mehr so sicher.«
»Was hat sich da verändert?«
Sie zuckte die Achseln. »Tessa hat eben einfach nie über ihre Nummern geredet. Genau weiß ich's auch nicht, aber es kann auch daran gelegen haben, daß ich dauernd über meine Bettgeschichten geredet habe.«
Sie hielt kurz inne, als überlege sie, ob sie das Thema weiterverfolgen solle. Mir fiel ein, daß Tancy Verritt sich eben ganz ähnlich ausgedrückt hatte wie Kathryn Martin am Abend davor. Ich fragte Ms. Verritt, ob sie Kathryn Martin kenne. Sie sagte, sie habe den Namen noch nie gehört.

»Als ich mit James Blair gesprochen hab, da hab ich den Eindruck gekriegt, daß er so gut wie nichts über die Vergangenheit seiner Frau weiß«, sagte ich. »Wo sie aufgewachsen ist, in was für einer Familie – lauter so Sachen. Was wissen Sie denn über Mrs. Blair?«
»Nichts. Wir sind beide nicht der Typ, der sich auslabert über den Schnee von gestern.«
»Und wieso nicht?«
Sie zuckte die Achseln. »Hat vielleicht damit zu tun, daß alles, was wir haben, die Zukunft ist. Wie die auch sein mag.«
»Sie haben vorhin angedeutet, daß Mrs. Blair mal in Vegas gelebt hat.«
»Da müssen Sie mich mißverstanden haben.«
Sie log, und sie wußte, daß mir das bewußt war. »Können Sie mir denn überhaupt nichts erzählen?« fragte ich dringlich. »Es kann sein, daß sie bis zum Hals in der Scheiße steckt.«
»Tut mir leid.«
Ich kramte den Schnappschuß heraus und legte ihn gleich neben ihr Glas auf den Tisch.
»Woher haben Sie das?« Ihre Augen weiteten sich, und die Worte purzelten ihr unbedacht aus dem Mund.
»Wer ist das?«
Schnell ließ sie den Blick über die Terrasse schweifen. »Weiß nicht«, sagte sie leise. »Hab den Mann noch nie gesehn.«
Ich sah ihr an der Nasenspitze an, daß nichts mehr zu holen war. Ich ließ den letzten Versuchsballon hoch. »Wer könnt denn sonst noch wissen, wo Mrs. Blair steckt?«
»Wenn ich's schon nicht weiß, dann niemand.« Sie machte eine Pause. »Höchstens Elliott.«
»Der Mitinhaber von *Bathseba*?«
»Ja. Tessa hat sich reihum verteilt wie Freibier, aber Elliott hat nicht mal einen Schluck abgekriegt, als er sich in den Laden eingekauft hat. Und keiner sonst war so verrückt nach ihr wie er. Der wird wahrscheinlich aufamseln beim Versuch, Tessa an die Wäsche zu gehen.« Das Lächeln schlug um – wurde bitter und resigniert und war auf einmal überhaupt kein Lächeln mehr.

6

Ich blätterte paar Scheinchen auf den Tisch, sagte Ms. Verritt adieu, trollte mich und winkte auf dem Weg zu meinem Auto dem Pförtner zu. Als der Motor schon lief und ich die Hand auf der Schaltung hatte, langte eine Hand ins Fenster und packte mich an der Schulter. Unsanft.
Als ich mich umdrehte, hatte ich Mr. Tennis persönlich im Blick. Chip.
»Tancy hat mir erzählt, daß Sie hier rumfragen wegen Tessa.« In seiner Stimme schwang ein bedrohlicher Unterton mit. Das war mir vorhin schon aufgefallen.
»Tancy redet zuviel«, sagte ich freundlich, »womit wir schon mal eins der drei Sächelchen hätten, die sie bis zum Exzeß betreibt.«
»Und was sollen die anderen zwei Sachen sein?«
»Da denken Sie doch selber mal drüber nach, wenn Sie grad einen Augenblick lang nichts Besseres zu tun haben.« Sein ganzes Leben bestand darin, daß er nichts zu tun hatte, und eben das wollte ich ihm zu verstehen geben.
»Ich bin nicht hergekommen, um mich über Tancy zu unterhalten«, sagte er. »Sie ist mir scheißegal. Sie ist jedem scheißegal. Ich wollte Ihnen nur verklaren, daß es besser wär, wenn Sie den ganzen Quatsch über Tessa und mich nicht brühwarm der ganzen Stadt auf die Nase binden.«
»Wieso?«
»Weil dann vielleicht paar Leutchen davon erfahren, wo's mir lieber wär, sie wüßten nichts davon.«
Ich mußte grinsen über den typischen Provinzpuritanismus: erlaubt ist alles, solang es den richtigen Leuten gefällt, aber wehe, die falschen kriegen Wind davon. »Wenn Sie nicht wollen, daß ich herumfrag über Ihr Verhältnis mit Mrs. Blair, warum erzählen Sie mir's dann nicht einfach selber? Da brauch ich schon keine Klinken zu putzen.«
»Gibt ja nichts zu erzählen«, sagte er prompt. »Wir hatten vor paar Monaten ne schöne Zeit zusammen, wirklich, und dann war's aus und vorbei. Mehr ist da nicht dran.«
»Und wer hat Schluß gemacht?«
»Ich.« Er roch meine Skepsis. »Na gut. Sie hat Schluß gemacht.«
»Kein Geheule, keine Vorwürfe, hab ich recht?«
»Gut geraten«, sagte er nachsichtig.
»Sie sind's wahrscheinlich gewöhnt, daß Sie von Frauen rausgeschmissen werden«, provozierte ich ihn.

»Je nun – Tessa hat ihre Männer immer rausgeschmissen, früher oder später. Ich war ziemlich lange mit ihr zusammen.«
»Und wie lange genau?«
»So um die vier Wochen. Aber krakeelen Sie das ja nicht überall rum. Würd meiner Frau überhaupt nicht gefallen. Tessa übrigens auch nicht.«
»Woher wollen Sie das wissen?«
»Weil mir Tessa mal gesagt hat, sie schneidet mir die Eier ab, wenn ich rumquatsch.« Das war ihm nur so herausgerutscht.
»Okay, Chip«, sagte ich grob. »Packen Sie sich und Ihre kostbaren Anhängsel wieder nach drinnen – vielleicht gibt's für Sie beide ja was zu tun. Sobald ich Mrs. Blair sehe, werd ich sie bitten, daß sie Ihnen die Eier läßt.«
Er wurde rot, unter und über der Bräune. »Hören Sie, Sportsfreund. Wenn Sie wissen wollen, wer Tessa wirklich auf dem Kieker hatte, dann schauen Sie sich mal um nach nem Typen namens Martin. Dem kommt die Galle hoch, wenn er Tessa bloß sieht.«
»Woher kennen Sie Martin?«
»War mal mit ihm in einem Club. Da hingen wir rum. *Die Freibeuter*. Unten in der Innenstadt. Bis wir ihn rausgeworfen haben.«
»Warum?«
»Wurde plötzlich fromm. Verteilte dauernd Traktätchen, scheißreligiöses Zeug. Das ist doch ein Hammer, finden Sie nicht?«
»Warum hat Wayne Martin denn Mrs. Blair so gehaßt?«
Chip grinste. »Hat behauptet, sie hätt seine Ehe kaputtgemacht, hätt seine Frau so lang aufgehetzt, bis sie ihn rausgeschmissen hat. Tessa Blair war für den alten Schwachkopf ne fixe Idee. War ne Zeitlang richtig ausgeflippt wegen ihr. Ich nehm an, da hat sich auch nichts dran geändert. Der beknackte Wiedertäufer, der.« Chip wandte sich zum Gehen. »Lassen Sie ja von mir die Pfoten, Mann.«
Ich versprach ihm nichts.
Nach dem Racquet Club gewann das restliche El Gordo sehr an Reiz. Die Boutique – Bathseba – lockte hinter einer schmalen Steinfassade, eingepfercht zwischen das makrobiotische Restaurant und die Gucci-Lederhandlung, in einer Einkaufsstraße, die den Beinamen Neppallee verdient gehabt hätte. Die Schaufenster links und rechts der Ladentür waren hohe, schmale Rechtecke aus Glas, unterteilt von sauber in Blei gefaßten, leicht getönten Butzenscheiben. Dahinter präsentierten sich kopflose Schaufensterpuppen in Gewändern, die bis zur Hüfte geschlitzt und bis zum Nabel dekolletiert waren. Der Stoff war so hauchdünn und anschmiegsam, daß die steilen Plastiknippel an den Puppenbrüsten durchschienen.

Ich stieß die untere Hälfte der Schwingtür auf und schlenderte ziellos zwischen runden Kleiderständern, winzigen Auslagetischchen und aufgetakelten Verkäuferinnen herum, mal dies, mal das befingernd – ganz der Ehemann, der sich für einen runden Hochzeitstag wappnen will. Auf den meisten Kleidern waren Markennamen oder Initialen sichtbar angebracht – das mochte was aussagen über die Persönlichkeitsstruktur der Trägerinnen; ich kannte mich da nicht aus. Die Preisschilder bestanden aus Computerstreifen und waren nicht zu entziffern. Das Wort »Sonderangebot« tauchte nirgends auf, und auch von Jeansstoffen fehlte jede Spur.
Der einzige Mensch, der überhaupt Notiz von mir nahm, war eine junge, blonde, zierliche Verkäuferin, zehn Zentimeter von der Erdoberfläche entfernt durch zigarrendicke Absätze. Als ihr auffiel, daß sie mir aufgefallen war, schenkte sie mir ein geradezu lachhaftes mütterliches Lächeln, aber als ich kein Signal der Ratlosigkeit zurückschickte, blieb sie, wo sie war – gegenüber einem mannshohen Spiegel.
Wenn es hier in der Boutique ein Büro gab, mußte es im Zwischenstock liegen, der vom hinteren Teil des Ladens aus zugänglich war. Die Trennwand hatte ein Fenster, aber es war dunkel, und ich konnte dahinter niemanden ausmachen. Ich starrte so lange zu dem Fenster hinauf, bis schließlich die Verkäuferin zu mir trat und wissen wollte, ob sie mir behilflich sein könne.
In ihre Zöpfe waren Bänder geflochten, an denen Glöckchen und Federn baumelten. Ihre Zähne waren so weiß wie Schönwetterwolken. Ich erkundigte mich, ob Elliott da sei. Sie erklärte, das sei er nicht, aber er werde jeden Augenblick vom Mittagessen zurückerwartet. Dann wolle ich eine Weile warten, sagte ich. Daß die Kunden fehlten, konnte entweder heißen, die Geschäfte gingen schlecht – was laut Blair nicht der Fall war –, oder die Handelsspanne war so hoch, daß Massenumsatz keine Rolle spielte.
Als das goldene Wandührchen zwei schlug, ging ich zu der jungen Verkäuferin hinüber. Die Messingglöckchen an ihren Zöpfen klapperten wie ein schlechtsitzendes Gebiß.
»Nicht viel los heut«, kommentierte ich und sah mich um.
»Meistens fängt's erst nach dem Essen richtig an.«
»Ihre Kunden müssen einen gesunden Appetit haben«, sagte ich mit einem Blick auf die Uhr.
»Die essen nicht viel, die brauchen bloß lange dazu«, sagte das Mädchen vergnügt. »Ich schlinge alles bloß so runter. Ich könnt von früh bis spät Mohrenköpfe verdrücken.«
Ich musterte sie. »Sieht man aber gar nicht.«

»Mama sagt, es liegt an meinem – na, wie heißt das gleich?«
»Stoffwechsel.«
»Stimmt. Wo ich offenbar so was habe, hoff ich bloß, das bleibt auch so. Ich eß nämlich schrecklich gern.«
Das Mädchen war so zutraulich wie ein eben abgesetzter Welpe. Wenn sie irgendwas wußte, würde sie mir's sagen – solang ich mich nicht in ihre Erziehung einmischte. »Das ist wirklich mal ein hübscher Laden«, sagte ich.
»Nicht wahr? Ach, ich könnt hier ewig rumhängen. Ehrlich. Sie sollten erst die Tapete auf dem Frauenklo sehen!«
»Ich glaub, ich kenn jemand, der hier mal gearbeitet hat.«
»Wen denn?«
»Teresa Blair.«
»Mrs. Blair. Klar. Die kenn ich auch. Die ist der netteste Mensch auf der ganzen Welt. Ehrlich.« Die makellos glatte Stirn wurde kraus.
»Ach so. Das ist der Grund.«
»Wofür?«
»Daß sie nicht mehr kommt. Sie hat gekündigt.«
»Gekündigt hat sie nicht«, sagte ich.
»Aber Elliott – Mr. Farnsworth, dem gehört die Boutique –, der würde doch *nie im Leben* Mrs. Blair rausschmeißen. Ich meine...« Sie rang nach dem richtigen Wort. »Sie wollen sagen, daß er eine besonders hohe Meinung von ihr hat.«
»Ich... So ungefähr. Ehrlich, Sie reden genauso wie mein Freund, als er zum erstenmal aus dem College heimgekommen ist.«
In dem Schweigen, das daraufhin eintrat, wurde das Mädchen immer verwirrter, als wäre ihre Rolle plötzlich vielschichtiger geworden, am Ende gar ominös. Ich fragte, wann sie Mrs. Blair zum letztenmal gesehen habe. Sie sagte, am Donnerstag, hier im Laden. Ich wollte wissen, wie gut sie Mrs. Blair gekannt habe.
»Ziemlich gut. Ich meine, ich hab sie furchtbar gern gemocht. Sie war richtig gut zu mir. Wie eine Mutter. Besser als eine Mutter, wenn Sie die Wahrheit hören wollen.«
»Was wollen Sie damit sagen?«
»Ach, vor ner Weile ist mir's ziemlich dreckig gegangen.«
»In welcher Hinsicht?«
Das Mädchen war arglos und redselig – wenn ich nur halb ein Kenner war, dann war's noch nicht allzulange her, daß sie aus dem Central Valley ihrer Kindheit herausgekommen war – aus jener Gegend, wo die Leute mit ihren Lebensgeschichten so hausieren gehen wie die Städter mit Quiche-Lorraine-Rezepten. Sie stemmte die Hand in die Hüfte und packte aus.

»Seit ich zehn geworden bin, hab ich mir immer gewünscht, Photomodell zu werden«, sagte sie mit großem Ernst. »Für Modezeitschriften, wissen Sie. Cheryl Tiegs? Kennen Sie die? Sie ist mein großes Vorbild. Sie und Cybill Shepherd, bloß ist Cybill mir zu eingebildet. Und als ich dann mit der High School fertig war, da ist Mama mit mir nach Frisco runtergefahren, und wir haben alle Modellagenturen abgeklappert, buchstäblich alle. Aber die wollten nichts von mir wissen, das hab ich gleich gemerkt, haben mich nicht mal gefragt, ob ich mal in was Schickem posieren will, und wir waren schon am Aufgeben und wollten heim nach Red Bluff, aber da hat Mama was gehört von dem Mann in der Oswego Street hier. Da sind wir hier runtergefahren und haben ihn besucht. Der tat furchtbar nett – hat zu mir gesagt, ich hätt tolle Wangenknochen und genau die richtigen Waden und pipapo, und da haben wir unterschrieben, Mama und ich. Aber als ein halbes Jahr rum war, da hatt ich für meine fünfhundert Dollar nichts gekriegt als nen schwieligen Hintern vom Reinkneifen und nen Job, wo ich den ganzen Tag lang bei nem Gebrauchtwagenhändler rumstehen mußte, in nem weißen Bikini und nem roten Cape, und Luftballons mit Elefanten drauf verteilt hab. Mama hat geglaubt, alles ist in Butter, aber das lag bloß dran, daß ich's nicht übers Herz gebracht hab, ihr zu sagen, was für ein Schwein der Kerl ist und was er in Wirklichkeit von mir will. Ich konnt doch Mama nicht enttäuschen – sie war ja so versessen drauf, mein Bild in nem Modejournal zu sehen, daß es kaum zum Aushalten war –, und sonst war ja keiner da, mit dem ich hätt reden können. Und dann, als mich mein Agent zum hundertsten Mal durchs Büro geschaßt hatte, weil er mir an die Wäsche wollte, hat Teresa – Mrs. Blair – mich gesehen, wie ich auf der Oswego Street stand und mir die Augen ausgeheult hab, vor Gott und allen Leuten. Da hat sie nicht lange gefackelt. Sie hat mich in ein Restaurant mitgenommen, wo ich mir bestellen durfte, was ich wollte – ich hab ein Steaksandwich und Pommes gegessen –, und dann hat sie sich das Schwein vorgeknöpft und mir die Stelle hier besorgt und überhaupt alles in die Hand genommen. Ich hab sogar meine fünfhundert Dollar wiedergekriegt.«
»Wie hat sie denn das gedeichselt?«
Das Mädchen zuckte die Achseln. »Sie hatt's jedenfalls geschafft. Ich glaub, sie ist einfach hin zu dem Kerl, und er hat ihr das Geld gegeben.«
»Wie hieß Ihr Agent?«
»Lane Starr. Mit zwei Rs.«
»Sie machen Witze.«

»Nein. Steht auch so an der Tür. Im Moranhaus.«
»Und wie heißen *Sie*?«
»Fawn. Früher mal Fawn Jones, aber ich hab den Nachnamen geändert.«
»Und wie?«
»Forest. Jetzt heiß ich Fawn Forest.«
Ich konnte mich gerade noch beherrschen.
»Mrs. Blair ist doch nichts passiert?« fragte Fawn ängstlich. »Wissen Sie, ich würde alles für Mrs. Blair tun. *Alles*. Ehrlich.«
Ich sagte irgendwas Unverbindliches zur Beruhigung, dann fragte ich ein bißchen genauer nach. Fawn hatte nichts zu verbergen, aber sie wußte nichts mehr, was mir hätte nützen können. Sie kannte weder James Blair noch Tancy Verritt, sie hatte noch nie was gehört von Mary Quilk oder von *Silver Season*, hatte keine Ahnung, wo Teresa Blair sich aufhalten mochte, wenn sie zu Hause nicht war. Sie war nie mit Mrs. Blair ausgegangen, bloß einmal, gleich nach Geschäftsschluß, in eine Bar mit dem schönen Namen Velvet Phone Booth, gleich hier im Einkaufszentrum. Damals hatte Fawn noch Probleme mit Lane Starr gehabt.
Ich bohrte ein letztes Mal. »Hat Mrs. Blair mal irgendwas angedeutet, das mir helfen könnte, sie zu finden?«
»Da wüßt ich nichts. Meistens hat sie mir ja nur gute Ratschläge gegeben.«
»Welcher Art?«
»Was ich mit meinem Leben anfangen soll. Sie wissen schon. Einen Beruf lernen, mir was suchen, was Zukunft hat, den Männern nicht alles glauben, die Familie gut behandeln. Lauter so Sachen.«
»Hat sie mit Ihnen über ihre eigene Familie gesprochen?«
»Eigentlich nicht. Sie hat bloß gesagt, die Familie ist das einzige, worauf man sich verlassen kann, wenn's einem dreckig geht. Aussehen, Freunde, alles egal – bloß auf die Familie kannst du rechnen. Ich glaub, ihr muß es auch mal richtig dreckig gegangen sein, meinen Sie nicht auch?«
Ich nickte. Wenn Teresa Blair diese Erfahrung nicht schon früher gemacht hatte, holte sie jetzt jedenfalls einiges nach – das hatte ich so im Gefühl.
Eben da marschierten zwei Frauen herein, im Stechschritt wie die Preußen, und paradierten durch die Boutique. Fawn entschuldigte sich und stürzte sich auf die Damen, ein Lächeln im Gesicht, das meinem Buick an Breite nicht nachstand.
Der Mann, der kurz darauf den Laden betrat, war groß, hatte weißes Haar, obwohl ihm das dazugehörige Alter abging, und war

dünn wie ein Zwirnsfaden. Er hatte ein gestreiftes Hemd an, weiße Hosen, weinrote Schlapper und keine Socken. Ein Goldkettchen umspannte seinen Hals so eng, daß es von fern so aussah, als hätte ihm jemand die Kehle durchschnitten. Er bewegte sich exakt und geziert und vollendete damit den Eindruck, er gehöre zu den Männern, denen man seit dem Abgang aus dem Elternhaus zu Recht oder Unrecht nachsagt, sie seien schwul.
Fawn rief: »Hello, Mr. Farnsworth«, dann schaute sie zu mir her, um sicherzugehen, daß ich auch kapiert hatte, daß der Mann, mit dem ich sprechen wollte, eingelaufen war.
Ich schob mich hinter Farnsworth und hielt Schritt für Schritt mit ihm mit, als er die Treppe zum Zwischengeschoß hinaufstieg. Ich stand ihm auf den Füßen, bis er in seinem Büro anlangte. Als er sich umdrehte und mich ins Blickfeld bekam, wirkte er einen Augenblick lang wie vom Donner gerührt, dann wollte er wissen, ob ich der kalifornische Vertreter von Koret sei. Ich schüttelte den Kopf.
»Ich empfange Vertreter nämlich nur vor zehn Uhr morgens«, erklärte er höflich. Die Augenbrauen waren dünn, wahrscheinlich ausgezupft. Als ich keine Anstalten zum Gehen machte, stiegen sie in die Höhe wie dürre Zweige in Vogelschnäbeln.
»Ich bin privater Ermittler, Mr. Farnsworth«, eröffnete ich das Gespräch. »Ich bin hier wegen Teresa Blair.«
»Tessa? Stimmt da was nicht?«
»Das weiß ich nicht genau. Ich hoffe, Sie können mir dabei helfen, das herauszufinden.«
»Ich... Wer hat Sie beauftragt?«
»Das möchte ich lieber nicht sagen.«
»Aha.« Er verbog die Finger und betrachtete seine Nägel, als schaue er in den Spiegel. »Ich glaube, es wär angebracht, meinen Anwalt anzurufen.«
»Glauben Sie?«
Die Oberlippe geriet leicht ins Zittern. »Ja. Das heißt, ich bin mir nicht ganz sicher. Hängt wahrscheinlich davon ab, wieso Sie hier sind. Vermutlich hat James Blair Sie hergeschickt.«
»Lassen wir mal aus dem Spiel, wer mich hergeschickt hat. Wieso kommen Sie auf die Idee, Sie könnten hier und jetzt den Rat eines Juristen brauchen?« fragte ich bedeutungsschwer.
Farnsworth ging um den Schreibtisch herum und igelte sich im dazugehörigen Sessel ein – trostbedürftig, aber frustriert vom Ergebnis. »Obwohl ich den Mann überhaupt nicht kenne«, sagte Farnsworth mit unsicherer Stimme, »halte ich es für denkbar, daß Mr. Blair einen gewissen Groll gegen mich hegt. Er hat natürlich keinen

Grund, mir übel zu wollen, keinen *greifbaren* Grund, will ich damit sagen. Das heißt, es hat sich – es hat sich nie etwas *Konkretes* ergeben. Und natürlich hat Mrs. Blair davon *profitiert*, das heißt, der Laden hat eine gute Rendite eingebracht, und Tessa ist seit über einem Jahr daran beteiligt, und ich glaube im Grunde, daß wir die alten Geschichten auf sich beruhen lassen sollten. *Ich* bin bestimmt der letzte, der was dagegen hätt. Vielleicht sollten Mr. Blair und ich mal ein Gespräch unter vier Augen führen? Was halten Sie davon?«

Damit platzte die ganze Sprechblase erst mal, obwohl das Schuldgefühl, das sie aufgebläht hatte, immer noch im Raume hing. Farnsworth zupfte eine Importzigarette aus dem Päckchen und zündete sie mit zitternder Hand an. Er zog den Rauch ein, als inhaliere er einen Verschnitt aus vier Teilen Mut und einem Teil Nachsicht.

»Ich wüßte gern bißchen was über Ihr Geschäft, Mr. Farnsworth«, sagte ich nach einer Pause, die zu lang war, als daß er sie als entspannend hätte empfinden können. »Übrigens heiße ich Tanner.«

Farnsworth lehnte sich im Schreibtischsessel zurück und trommelte im Stakkatorhythmus auf der Schreibtischplatte herum. »Jetzt kapier ich«, sagte er. »Hinter *mir* sind Sie her. Stimmt doch, oder? Tessa muß aus dem Nähkästchen geplaudert haben. Eine Revision, stimmt's?«

»Wie kommen Sie denn darauf?«

»Bund oder Staat? Für welches Finanzamt arbeiten Sie?«

Ich lächelte bloß.

»Liegt's an der Parisreise? Ja? Ich hab *mehrere* Modelle in Paris gekauft. Das kann ich *beweisen*. Zwei von Saint-Laurent. Eins davon hängt noch unten. Wollen Sie das Kleid sehen? Fawn soll es vorführen. Sie sieht hinreißend darin aus, ganz bukolisch. Soll ich Fawn kommen lassen?«

Farnsworth war so aus dem Takt, daß er kaum mehr Luft bekam. Sein Gesicht bleichte aus, und Gemmenkerben machten sich auf der Stirn breit und krochen aus den Augenwinkeln. »Ich will über Teresa Blair etwas herauskriegen«, erklärte ich ihm. »Ihre Buchhaltung interessiert mich nicht. Ich komm weder vom Bundesfinanzamt noch vom städtischen, und ich hab nicht mal mit der Steuerfahndung was zu tun.«

Farnsworth starrte mich eine Zeitlang nur an. »Ich fang an, Ihnen zu glauben«, sagte er. »Soll mir egal sein, wenn Sie trotzdem lügen. Ich glaub Ihnen mal. Was wollen Sie wissen?«

»Was hat Mrs. Blair hier im Laden für eine Funktion?«

»Tessa ist die Chefeinkäuferin und die Personalchefin von *Bath-*

seba. Ich kümmere mich um die Buchhaltung und um die Werbung und kaufe hie und da mal einen Artikel selber ein. Tessa ist zu einem Viertel an der Rendite beteiligt. Reicht Ihnen das? Wenn ja, ich hab noch zu arbeiten.« Mit überzogener Gestik angelte er nach Papieren und zerrte sie zu sich her.
»Bloß noch paar Kleinigkeiten«, sagte ich. »Wieviel im Monat kriegt Mrs. Blair gutgeschrieben?«
Über dem Kinn trat ein Muskel in Aktion, von dem ich bezweifelte, daß er schon häufiger im Einsatz gewesen war. »Ich kann mir nicht vorstellen, daß Sie das was angeht, wenn bloß halbwegs stimmt, was Sie von sich behaupten.«
Ich hab es gern, wenn Leute ungern Informationen herausrücken. Über ihre Freunde oder über ihre Mitarbeiter. Natürlich dauert es normalerweise nicht lange, bis die erste Hemmschwelle überwunden ist – aber trotzdem. Zwei Punkte für den Kraftaufwand. »Sie wissen, daß Mrs. Blair in dieser Woche nicht zur Arbeit erschienen ist«, sagte ich.
»Selbstverständlich weiß ich das«, gab er zurück.
»Und Sie wissen auch, warum?«
Er schüttelte den Kopf. Seine Brauen krümmten sich zu Zirkumflexen.
»Sie ist verschwunden«, sagte ich. »Seit vier Tagen. Ihr Mann und die Staatsanwaltschaft von El Gordo haben mich beauftragt, nach ihr zu suchen. Was dagegen?«
»Selbstverständlich nicht. Das ist ja entsetzlich. Ich hab gedacht, sie hätt bloß mal wieder ne Wut auf mich. Sie ist schon mal weggeblieben, als sie böse auf mich war.«
»Warum war sie böse auf Sie, Mr. Farnsworth?«
Er machte eine Pause. Seit das Gespräch sich nicht mehr um seine Geschäfte, sondern um seine Privatangelegenheiten drehte, hatte er eine gesündere Gesichtsfarbe und Rückgrat zurückgewonnen. »Was wissen Sie über Tessa und mich, Mr. Tanner?«
»Wenig«, gab ich zu. »Warum erzählen Sie mir's denn nicht?«
»Da gibt's nicht viel zu erzählen. Sie hat mich einfach umgerissen. Auf den ersten Blick. Das war vor sechs Jahren. Hat Sie schon mal ne Frau einfach umgerissen, Mr. Tanner?«
»Meine Musiklehrerin in der siebten Klasse. Sie trug Parfüm und keine Unterwäsche. Jedesmal, wenn ich vorsingen sollte, klang meine Stimme wie eine Kreuzung aus Ochsenfrosch und Planierraupe.«
Zum erstenmal, seit ich sein Büro betreten hatte, sah ich Farnsworth lächeln. »Dann können Sie das ja verstehen. Ich bin hilflos in Teresas Gegenwart. Ich gebe das unumwunden zu. Sie hat mir

meine sexuelle... Identität gegeben. So könnte man es vielleicht ausdrücken. Von mir könnte sie *alles* haben. *Bekommen* hat sie einen Anteil an der Boutique. An meinem Leben. Und sie könnte noch mehr bekommen, wenn sie mich darum bitten würde.«

»Und was haben Sie von ihr dafür bekommen?«

Das Lächeln war schief vor Verlegenheit. »Beruflich gesprochen, einen überaus tüchtigen Geschäftspartner. Menschlich gesehen, nichts als ihre Gegenwart. Ihre Nähe. Grob ausgedrückt: meine Liebe wird nicht im geringsten erwidert. Leider muß ich gestehen, daß ich meine Gefühle von Zeit zu Zeit recht heftig artikuliere und Tessa damit auf die Nerven gehe. Als sie am Freitag nicht ins Geschäft kam, hab ich angenommen, daß sie mir eine Zeitlang aus dem Weg gehen will.«

»Ich fürchte, da steckt mehr dahinter«, sagte ich. »Wenn ich über Mrs. Blairs finanzielle Situation Bescheid wüßte, dann wär es leichter für mich, herauszukriegen, wohin sie gefahren sein könnte.«

»Ich verstehe.« Farnsworth schien nachzudenken über die Lage, in der er sich befand. »Unter den gegebenen Umständen bleibt mir wohl gar nichts anderes übrig, als Ihnen zu vertrauen. Ich kann schlecht bei Mr. Blair anrufen und Referenzen über Sie einholen.« Er zog eine Schublade auf, holte einen langen, schmalen Ordner heraus, schlug ihn auf und nickte. »Tessa hebt pro Monat fünfzehnhundert Dollar vom Geschäftskonto ab. Immer am Ersten. Manchmal deckt sie sich für einen Teil des Geldes auch mit Kleidern ein, aber nicht regelmäßig. In letzter Zeit hat sie sich offenbar ausschließlich auf Bargeld beschränkt.«

Ich dachte an die zwölfhundert Dollar, die Mrs. Blair außerdem monatlich auf ihr Konto einzahlte. »Und Sie sind ganz sicher, daß sie niemals größere Beträge abhebt?«

Er nickte. »Ich habe alle Kontobewegungen scharf im Auge. Das *muß* ich«, fügte er hinzu, als wolle er sich verteidigen.

»Wieviel ist Mrs. Blairs Anteil am Geschäft wert?«

»Um die fünfzigtausend.«

»Nettes Taschengeld. Schwer zu glauben, daß Sie soviel Geld ausgegeben haben, um sich ein bißchen Nähe zu kaufen.«

Er zuckte die Achseln. »Glauben Sie, was Sie wollen. Ich behaupte ja gar nicht, daß ich bei Verstand war, als ich mich zu dieser Geste entschloß, und ich mach Ihnen auch nicht vor, ich hätt mir nicht vielleicht doch erhofft, daß mehr draus werden könnt. Aber es ist nichts draus geworden. Da läuft gar nichts. Aber immerhin – an fünf Nachmittagen pro Woche ist Tessa hier. Was soll's.«

Farnsworth stellte mir ein paar Fragen nach dem Stand der polizeilichen Ermittlungen, nach Tony Fluto und dessen möglicher Verwicklung in den Fall. Ich stellte ihm ein paar Fragen nach Mrs. Blairs Vergangenheit und nach ihren Freunden – aber keiner von uns beiden war für den anderen besonders ergiebig. Teresa Blair hatte Farnsworth am Gängelband gehabt wie einen unerschütterlich treuen Terrier, und rätselhafterweise war es ihm trotzdem gelungen, sich einen Rest von Würde und von Objektivität zu bewahren. Aber er wußte nicht das geringste über ihre Vergangenheit, über ihr Privatleben, hatte ihren Ehemann nie zu Gesicht bekommen, war nur selten mit ihr allein gewesen. Er hielt es keine Sekunde lang auch nur für möglich, daß sie Liebesaffären mit anderen Männern gehabt haben könnte, aber selbst wenn er es für möglich gehalten hätte – zu Ohren gekommen war ihm nichts dergleichen. Weil er mir allmählich leid tat, behauptete ich, die Gerüchte über ihre Männergeschichten seien vermutlich erstunken und erlogen, das übliche Getratsch aus Eifersucht und Neid.

Ich bat Farnsworth, er möge mich unterrichten, wenn er von Mrs. Blair höre, und er versprach es. Außerdem versprach er, die Bank zu beauftragen, daß sie ihm Bescheid sagte, wenn Mrs. Blair vom Geschäftskonto Geld abhob. Und außerdem versprach er, daß er mich anrufen werde, wenn ihm noch was einfalle.

Ich war schon auf der Treppe ins Erdgeschoß und überlegte mir, wo ich jetzt ansetzen sollte, als Farnsworth mich zurückrief. »*Etwas* weiß ich doch«, sagte er, als ich wieder ins Büro trat.

»Ich schäme mich in Grund und Boden«, fing er an. »Aber ich glaube, ich *muß* es Ihnen einfach sagen. Hoffentlich verstehen Sie mich nicht falsch.« Er holte tief Luft. »Ein paar Wochen lang – auf dem Höhepunkt meiner Verliebtheit – bin ich Tessa regelmäßig gefolgt, wenn sie nach Geschäftsschluß wegging. Bloß um sie nicht aus den Augen zu verlieren, bloß um zu sehen, was sie mit ihrem Leben anfing, Damit sie mir ein bißchen mehr *gehörte*, nehm ich an. Ist so was denn zu *glauben?*«

»Schon. Ich leb davon, daß ich so was mache.«

Farnsworth lächelte. »Nett von Ihnen. Aber das läßt sich einfach nicht vergleichen, und das wissen Sie so gut wie ich. Jedenfalls, paar Wochen, nachdem ich angefangen hatte mit meiner Spioniererei, hat Tessa mich gesehen. Ich hab gewußt, wenn sie mich noch mal ertappt, dann kommt sie nie mehr in den Laden. Deshalb hab ich damit aufgehört.«

»Was hat sie nach Geschäftsschluß gemacht?«

»Meistens nichts, was mir aufgefallen wär als unüblich. Aber einmal hat sie was ganz Sonderbares getan.«

»Was denn?«
»Sie ist in ein absolut abstoßendes Haus hineingegangen. An der Kreuzung zwischen der Tenth und der Oswego Street, wo die El Camino Street anfängt. Wissen Sie, wo das ist?«
Ich schüttelte den Kopf. Jetzt war die Oswego Street schon zum drittenmal vorgekommen, jedesmal aus einer anderen Perspektive. Langsam interessierte mich die Gegend.
»Dort geht's rund. Eine absolut *verkommene* Gegend. Lagerhäuser, Slums, Bruchbuden von Läden.«
»Was hatte sie dort zu suchen?«
»Sie hat vor einem baufälligen Lagerhaus geparkt, dann ist sie hineingegangen und erst eine Stunde später wieder herausgekommen.«
»Was war das für ein Lagerhaus?«
»Ein Schild war dran, auf dem irgendwas stand wie El-Gordo-Company. Aber ich kriegte nicht raus, um welche Art von Geschäft es sich da handeln mochte. Ehrlich gesagt, mir kam's wie ein aufgelassenes Lagerhaus vor. Wie unter *Quarantäne.*«
»Und was war sonst noch?«
»Kaum, daß Tessa in dem Lagerhaus verschwunden war, kam ein *Lastwagen* angefahren, ausgerechnet. Mit einer ungewaschenen Familie drin – Mann, Frau und Kind. Die ungewaschenen Leute strebten raus und gingen auch in das Lagerhaus hinein – will sagen, die Frau und das Kind; der Mann blieb im Lastwagen sitzen und rauchte Kette. Dann kam schließlich Tessa wieder raus und fuhr weg, und ich tat's ihr nach.«
»Sie war noch allein?«
»Ja.«
»Haben Sie Mrs. Blair gefragt, was sie dort wollte?«
»Natürlich nicht. Dann hätte sie doch gewußt, daß ich ihr nachspioniert hab.«
»Wann war das?«
»Vor über einem Jahr. Kann auch länger her sein.«
»Haben Sie irgendwen von den ungewaschenen Leuten mal wieder gesehen?«
»Nein.«
»Haben Sie die Nummer von dem Lastwagen aufgeschrieben?«
»Nein. Wozu?«
»Wissen Sie sonst noch was darüber?«
»Nein. Kam mir nur befremdlich vor, das ist alles.«
Mir kam das auch befremdlich vor.
Ich bedankte mich bei Farnsworth und trottete die Treppe hinun-

ter. Als ich an Fawn Forest vorbeikam, lächelte und winkte sie und beleidigte meine Ohren mit dem Klang der Messingglöckchen.

7

Ich geriet wieder in den kauflustigen Strudel der Mall und strebte meinem Auto zu – abgestellt im Abschnitt 6, Reihe dreizehn des Parkplatzes zur Tulpe, zwischen dem Parkplatz zur Hyazinthe und dem zur Gardenie. Aber als ich aus einem Azaleenbeet periskopgleich ein Münztelephon auftauchen sah, setzte ich mich auf die Parkbank davor und wartete zu, bis das Mädchen in der Zelle, das durchsichtige Plastikhosen und ein Bikinioberteil mit Kreuzträgern trug, das Telephon losließ. Aus ihrem Gesichtsausdruck war zu schließen, daß sie entweder mit ihrem Liebhaber oder mit ihrem Erlöser oder mit ihrem Dealer telephonierte. Mir kam's so vor, als spielten diese drei für sie ein und dieselbe Rolle.

Minutenlang sah ich den Leuten beim Einkaufen zu, wie sie mehr tierhaft denn menschlich von Laden zu Laden strichen und Dinge erwarben, die ihre Großeltern veranlaßt hätten, die Hände über dem Kopf zusammenzuschlagen und in der Bibel nach Rat und Buße zu suchen. Wir haben schon lange zuviel, aber wir wollen noch mehr. Das ist eine Krankheit, gegen die zwar schon ein Kraut gewachsen wär, aber das will keiner suchen gehen.

Ohne daß ich's wollte, ging mir durch den Kopf, was ich bis jetzt wußte über den Fall Teresa Blair. Und gleich darauf fiel mir was Produktiveres ein – ich dachte nämlich über das nach, was ich über den Fall Teresa Blair noch nicht wußte. Und darin lag natürlich das eigentliche Überraschungsmoment: Niemand wußte im Grunde was über Teresa Blair, und das Wenige, das die Wenigen wußten, ergab für jeden, der sie zu kennen glaubte, ein völlig anderes Persönlichkeitsbild. Für ihren Mann war sie die vollkommene, wenn auch leicht reservierte Ehefrau; für Tancy Verritt eine Komplicin im Männerkonsum, die Sex einsetzte wie eine Duellpistole; für Fawn Forest eine mütterliche Vertraute; für Elliott Farnsworth eine Sirene, deren Verlockung unwiderstehlich war; für Kathryn Martin eine seelische Krücke. Ich hielt es für möglich, daß Teresa Blair, wie so viele Menschen, die jedem Menschen das bieten, was er braucht, in Wahrheit überhaupt nicht existierte. Zum Glück war ich nicht beauftragt worden, ihre Identität herauszufinden. Nur ihren Aufenthaltsort.

Das Mädchen in den Plastikhosen verzog sich, und ich rief meinen Auftragsdienst an. Kathryn Martin und James Blair hatten um

Rückruf gebeten. Ich probierte es bei Mrs. Martin, aber sie meldete sich nicht. James Blair erreichte ich im Büro. Er klang angespannt und abgespannt. Er wollte wissen, ob ich schon was ermittelt hätte. Ich sagte ihm, das sei nicht der Fall.

»Ich habe mich dazu erzogen, meine Gefühle nicht zu zeigen«, sagte Blair gemessen. »Sie sollten daraus aber nicht den Schluß ziehen, Gefühle seien mir fremd. Ich will Teresa wiederhaben, Mr. Tanner. Ich wünsche mir das wie nichts auf der Welt.«

»Ich tu, was ich kann«, sagte ich und wartete auf seinen nächsten Satz. Als nichts mehr kam, legte ich auf, schlug im Branchenverzeichnis die Lane-Starr-Agentur nach und notierte die Hausnummer. Ich wich drei Mädchen auf Rollerskates und einem Wermutbruder aus und gelangte zum Parkplatz zur Tulpe. Ich lenkte den Buick nach Süden. Als ich ungefähr eine Meile zurückgelegt hatte, fiel mir das grüne Auto auf, das mich gestern auf dem Kieker gehabt hatte. Ich ließ es gewähren.

Östlich von der Camino Street umlief die Oswego Street den äußersten Südteil der Stadt. Es war ein heruntergekommenes Industriegebiet, ein Gebäudehaufen, der seit Jahren Funktion und Farbe eingebüßt hatte. Die neuen Industriezweige – Computertechnik, Weichplastik, Sonnenenergie – hatten sich im Norden der Stadt angesiedelt, und hier im Süden waren, verwaist und aufgelassen, die Renner von damals zurückgeblieben, die Gießereien, die Straßenbau-Unternehmer, die Stahlhersteller, die Gleisfabrikanten. Und zwischen den Lagerhäusern und Frachtschuppen und Tanklagern und dem vielen Geröll und Sand hausten die Menschen, die wie das alles dem Wandel der Zeit zum Opfer gefallen waren – die Alten, die Kranken und die Armen –, hineingepfercht in Flachbauten, die von Augenblick zu Augenblick noch ein kummervolles bißchen mehr verfielen, aus Mangel an Geld wie aus Mangel an Hoffnung.

Die Kreuzung zwischen der Ninth und der Oswego Street bildete da keine Ausnahme, bis auf ein Schlagloch, so groß wie Nebraska, und eine aufgelassene Texacotankstelle, die von soviel Sgraffitis überzogen war, daß sie mühelos das Totenbuch der Pharaonen hätten füllen können. Alle Gebäude standen direkt an der Straße – kein Stadtteil, in dem die Häuser zurückversetzt atmen durften –, und die Zebrastreifen waren von jahrzehntelangem Berufsverkehr so gut wie ausgelöscht. Selbst einem aufmerksamen Fahrer wäre es hier schwergefallen, einem Mann auszuweichen, der zwischen zwei Gebäuden hervor auf die Fahrbahn taumelte. Für einen, der so schnell fuhr wie Fluto damals, war es ein Ding der Unmöglichkeit.

Das Lagerhaus, in das Elliott Farnsworth angeblich Teresa Blair

hatte hineingehen sehen, lag nur einen Häuserblock weiter unten. Natürlich war es alt, verschalt von geschuppten, eingestaubten Ziegeln. Über das Flachdach war Teer heruntergetroffen und hatte die Fassade tränigschwarz und unabwaschbar vertropft. Die Fenster, allesamt hochgelegen, hatten Ziele abgegeben für die Scharfschützen aus der Gegend. Wir haben das auch gemacht, als ich noch ein Kind war, aber damals mit Steinen. Ich hatte keine Lust, mir vorzustellen, über was für Waffen die nachgewachsene Jugend verfügen mochte.
Ich ging um das Lagerhaus herum und hatte langsam ein Gefühl im Bauch, das der Angst zum Verwechseln ähnlich war. Der Boden war ein einziger See aus Müll, als habe es eben Abfall geregnet. Darunter lag Lehm, so dunkel wie die Dämmerung, so hart wie Knochen. Der Zaun nach hinten wurde gestützt von einer hinfälligen Konstruktion aus Schiffskisten, Ölfässern und rostigem Blech. Aus dem Tohuwabohu drang ein raschelndes Geräusch. Ich gab mir nicht die mindeste Mühe, herauszufinden, ob es sich um einen Menschen handle oder um eine Ratte oder gar um Gefährlicheres. Die unterteilten Tore auf der entgegengesetzten Seite des Gebäudes waren verschlossen, die Angeln verrostet, seit Jahren unbenutzt. Der Lagerboden darüber war völlig verrottet. Ein Karren, an dem ein Rad fehlte, lehnte kläglich an der Mauer. Mitten auf dem Ladehof lag ein Motorblock, an dem die Ventilklappen und die Kolben fehlten und dessen Zylinder so schwarz wie Pochstempel waren. Ich ging zurück zur Vorderfront.
Der Haupteingang machte wenig von sich her. Eine einzige schmale Tür an der rechten Mauerecke, das war alles. Auf dem Schild darüber stand *El Gordo Industrial Service – Lieferanten benutzen den Hintereingang*. Ich drehte am Türknopf, aber der saß fest wie angefroren. Doch die Tür hing nur lose in den Angeln, und das morsche Holz gab nach, als ich es mit dem Taschenmesser bearbeitete. Auch das Schloß war nicht allzu solid – wahrscheinlich wäre es aufgesprungen, wenn ich es mit Gewalt versucht hätte. Ich schaute die verlassene Straße hinauf und hinunter, dann ging ich zum Auto, setzte mich hinein und dachte darüber nach, ob es ratsam sei, eine Straftat zu begehen.
Ich stellte das Radio an, lehnte mich mit geschlossenen Augen zurück und sinnierte über den Tatbestand des Einbruchs. Das Mädchen, das im Radio sang, nannte sich *Blondie*, aber sie klang nicht so, als könne sie Penny Singleton aus der alten Columbia-Serie das Wasser reichen. Als das Lied zu Ende war, schüttelte ich den Kopf und riß die Augen auf.

Es waren neun, so jung und so quicklebendig wie Träume. Sie kamen im Takt von Rhythm and Blues die Straße heruntergetanzt. Die Musik entströmte wie Blut einem überdimensionalen Kassettenrecorder, den einer von ihnen auf der Schulter balancierte und ans Ohr gepreßt hielt. Sie waren verschieden groß und verschieden geformt, auch im Geschlecht verschieden, und doch waren sie wie ein Monolith, ein vielfüßiger, hydraköpfiger Moloch, dem die Welt gehörte, wenigstens das hiesige Stück davon.
Ich kämpfte noch darum, ganz wach zu werden, da hatte mich die Gang schon ausgemacht und kam auf mein Auto zu, behende und lautlos, als gelte es, mich auszuschalten. Die Hemden, auch die der Mädchen, waren an den Schultern und über dem Brustbein zurechtgeschnitten, so daß sie muskelprotzende Arme, gewölbte Bäuche und die unteren Kurven von Brüsten sehen ließen. Schon von der nächsten Kreuzung aus hatten sie alles gesehen, was sie an mir für wissenswert hielten: ich war weiß, ich war allein, ein Eindringling in ihrem Revier, und ich war kein Bulle. Als mir dämmerte, es sei besser, auszusteigen, war es dazu schon zu spät.
Sie schwärmten ein, umzingelten den Buick, lehnten an den Türen und Kotflügeln, setzten sich auf den Kühler und den Kofferraum. Ich war die Leiche im gläsernen Sarg. Ein Mädchen und ein kugelköpfiger Junge, den ich für den Anführer hielt, blieben in sicherem Abstand stehen, gespannt auf eine interessante Variation des Themas. Wörter kamen im Sturzflug auf mich zu wie Fledermäuse. Drahtige Haarbüschel gingen vor den Fenstern auf und ab, so bedrohlich wie geschwungene Morgensterne. Jetzt war ich wach, und ich hatte Angst, reale und irrationale Angst in einem. Als einer für einen Augenblick von der Tür wich, riß ich sie auf und stieg aus. Auf der Flucht aus meinem Leichenwagen.
»Hallo, Opa.«
»Was liegt an, du Arschkriecher?«
»Hast dich wohl verlaufen, kleiner Scheißer?«
»Bisten Dealer, Mann?«
Der Anführer trat einen Schritt vor, und in seinen Augen glühte atavistische Schläue auf. Die andern waren schlagartig still. »Gibt nur zwei Gründe, Kumpel, aus denen sich mal ein Weißer hierher verirrt«, sprach er voller Nachsicht und mit derbem Akzent. »Zum Mietekassieren oder Weiberaufreißen. Und was hast *du* hier zu suchen?« Sein Lächeln war von tödlicher Liebenswürdigkeit. Das war nicht sein erstes Spielchen dieser Art.
Ich sagte gar nichts. Der Anführer wandte sich dem Mädchen neben ihm zu. »Hey, Wanda. Ich glaub, der Typ hier hat Bock auf ne

Fotze aus der Rutland Avenue. Meinst du, sein Pimmel reicht so weit?«
»Wüßt keinen Weißen, dem der Pimmel bis dahin langt.«
»*Du* mußt es wissen, Wanda.«
Und sobald der Anführer dazu verlogen grinste und das Mädchen heiser lachte, ging es von neuem los mit dem Gestichel und dem Gebrüste, mit dem Gegrins, Geschnaub und Gefluch, und das Ganze lief darauf hinaus, daß sie noch nicht genau wußten, ob sie sich amüsieren oder Blut sehen wollten – oder ob sie überhaupt noch einen Gedanken auf die Alternative verschwenden mußten. Es dauerte eine ganze Weile, bis mir eine Replik einfiel, die meine Lage nicht noch verschlimmerte.
»Wohnen Sie hier in der Gegend?« fragte ich und sah dabei den Anführer an.
Er hatte weiche, feminine Lippen, aber seine Augen waren aus dem Mittelpunkt der Erde gemacht. Seit langem hatte sich nichts an ihm oberhalb der Nackenlinie bewegt. »Was geht's dich an, Kumpel?« wollte er schließlich wissen.
»Ich interessier mich für den Schuppen da drüben«, sagte ich und zeigte darauf. »Haben Sie ne Ahnung, wem der gehört?«
»Da willst du reindrücken, was? Die halbe Gegend aufkaufen? Die beschissenen Grundstückspreise aufmotzen, was?« Sein Lächeln fiel sarkastisch aus, und doch beinahe traurig.
»Der Typ macht hier ne Disco auf. Holt die verfickte Schwester Sledge her, damit sie hier *Neger*musik singt.«
»Quatsch, der zieht hier nen *Action*laden von der Stadt auf, wo die schwarzen Brüder nachdenken sollen über die Politik des weißen Mannes. Bloß nicht über ihr schwarzes Ego.«
»Wetten, daß er so ein beschissenes Apartmenthaus hochziehen will? Mit voller Aussicht auf das *Getto*.«
Der Anführer hob die Hand, und es war Schluß mit dem Gehänsel.
»Wir interessieren uns für *dich*, Opa«, sagte er ganz windelweich.
»Hast du denn soviel Mäuse dabei, wie der Scheißdreck über den Schuppen da drüben kostet?«
»Bißchen was hab ich.«
»Wieviel?«
»Zwanzig.«
»Scheiße.«
»Fünfundzwanzig, wenn sich's lohnt.«
»Raus damit.«
»Nein, danke.«
»Ich hab gesagt, raus mit dem Kies, Freundchen.«

»Es ist immer ein schlechtes Geschäft, wenn man mit dem Geld rausrückt, bevor die Ware geliefert worden ist. Sie erzählen mir was über den Schuppen da drüben – dann gebe ich Ihnen das Geld.«
»Opa, du machst hier *bei uns* Geschäfte. Ich bin der Macher hier. Ich verklar dir, was ein gutes Geschäft ist oder ein schlechtes. *Raus* damit.« Er hielt die Hand auf, die Fläche nach oben. Die Elfenbeinfinger wirkten wie eine Anklage – als wäre ich schuld an zweihundert Jahren der Diskriminierung.
Ich schüttelte den Kopf.
Der Anführer schnippte mit den Fingern. Ich hörte, wie sich alle bewegten, hörte, wie ein Schnappmesser aufsprang. Sekunden später hatten sie mich eingekreist und zur Autotür zurückgedrängt.
Die Zeit stand still. Der mit dem Messer trat zurück, so daß ich ihn sehen konnte, und schwenkte es so anmutig wie Stokowski den Dirigentenstab. Ich schaute mich um nach Grinders Leuten in dem grünen Auto, und als ich sie nicht ausmachen konnte, überlegte ich mir kurz, was ich tun sollte, wenn das Messer zugestoßen hatte. Mein Plan war keinen Pfifferling wert.
»Der Typ hat einen Buick, Leon.«
Die Stimme kam von irgendwoher in meinem Rücken. Sie klang, als gehöre sie zu dem Mädchen Wanda, aber ich war mir nicht sicher und konnte es mir nicht leisten, mich umzuschauen. »Muß so ein Scheißbulle sein. Ich glaub, es ist besser, wenn wir ihn in Ruhe lassen.«
»Weißt du noch, Leon, was Buck über den Schuppen gesagt hat? Er hat gesagt, macht keinen Ärger.«
»Stimmt, Leon. Und Sly hat drüben auf der Wabash nen Vorrat vom Weißen Chinesen. Der wartet nicht, Mann. Laß den Scheißer in Ruhe.«
Ich konnte nicht sehen, wo meine Retter waren, weil ich den mit dem Messer im Auge behielt. Ich hörte nichts als das Schuhsohlengekratz auf dem Straßenbelag.
Leon dachte darüber nach. Ich tat nichts, als daß ich lebte und atmete. Leon räumte trotzdem schließlich das Feld. So träg wie ein Sonntag griff er in die Tasche, zog einen schwarzen Lederbeutel heraus und ließ einen Puderschauer in die halbzentimetertiefe Zeigefingerwölbung fallen. Mit einem Gesichtsausdruck, der weder Schmerz noch Freude verriet, inhalierte er das Pulver, dann kehrte er um und ging die Straße hinunter. Wanda beeilte sich, mit ihm Schritt zu halten. Die anderen liefen ihnen beflissen nach und verschwanden aus dem Blickfeld, so lebendig wie Tigerjunge, so lebensbedrohend und so gezeichnet von ihrer Geburtsstunde an.

Leon und seine Freunde hatten meine Ration an Mut restlos aufgezehrt. Ich hatte nicht mehr die mindeste Lust, in leerstehenden Gebäuden herumzuschnüffeln, in dusteren Schuppen herumzulauern oder verborgene Räume auszukundschaften. Ich stieg in mein Auto und fuhr zwei Kreuzungen weiter. Dort parkte ich wieder.
Das Moranhaus war das Mittelstück einer Oase in der Oswego Street, das genau wie die unmittelbare Umgebung bessere Zeiten gesehen haben mochte, bloß waren die eine Weile her. Trotzdem hing noch ein Hauch von großstädtischer Lebensart in der Luft, verkörpert von einem italienischen Lebensmittelhändler, einer irischen Bar, einem Imbißstand und einem Restaurant mit ausschließlich *herzhaften* Speisen. Das Moranhaus beherbergte Mimis Schönheitssalon und einen Zigarrenladen. Beide im Erdgeschoß. Gleich darüber lockten die Wörter »Notar für alle« und »Steuerberater«, aufgemalt auf Fenstern im zweiten Stock, die Kunden an. Ich rang mich durch, hineinzugehen.
Es gab keinen Wegweiser durch das Haus, aber es gab immerhin eine Treppe. Die stieg ich hinauf, während Dreck und Sand unter den Schuhsohlen knirschten.
Im ersten Stock teilte sich eine Marilyn Montegna, amtlich bestallte Stenotypistin, das stinkige Duster mit einem Immobilienmakler und einem Dentisten. An den beiden restlichen Bürotüren klebten Schilder *Zu vermieten*. Ich stieg weiter hinauf.
Der zweite Stock war noch unattraktiver. Ein Laden mit Kleidern aus zweiter Hand und eine Münzhandlung lagen sich auf der einen Seite des Ganges gegenüber; auf der anderen ein Inkassobüro und vis-à-vis ein Steuerberater. Dazwischen befand sich das Büro von Lane Starr, *Modellagentur für Presse und Werbung*. Ich hätte beinah laut gelacht, aber dann fiel mir ein, daß ich, wenn ich in El Gordo arbeiten würde, mein Büro im Stock darüber hätte, und das Lachen verging mir.
Die Tür zu Starrs Büro stand offen. Es bestand aus einem einzigen Raum, spärlich und kümmerlich eingerichtet, bis auf farbenfrohe Magazinphotos an den Wänden, sorgfältig ausgeschnitten, mit Klarsichtfolie überzogen und mit vier bunten Reißnägeln pro Bild festgepinnt. Früher mußten sie das Zimmer mal lückenlos umzogen haben, ein Äquator der Mode, aber jetzt klafften Lücken – die Bilder waren wohl von der Wand gefallen oder im Zorn heruntergerissen worden von den Händen der Frauen, die danach trachteten, in die Fußtapfen der Abgelichteten zu treten.
Ich riß mich los von der Dekoration. In der Tiefe des Raumes saß ein Mann hinter einem verschrammten Metallschreibtisch, Füße

auf der Platte, Kopf nach hinten, Mund offen: er schlief. In der rechten Schuhsohle zeichnete sich ein kraterförmiges Loch ab, und ein brauner Sengfleck verunzierte die Hemdbrust. Er roch nach ungewaschenen Socken und feuchtem Tabak. Zweimal rief ich seinen Namen, dann trommelte ich auf der Schreibtischplatte herum, bis das Metall so schepperte, daß er aufwachte.
»Was soll der Höllenlärm? Ist die Kacke am Dampfen?«
Starr kam hoch, stäubte die Asche vom Hemd und brachte die Füße auf den Boden. »Lange Nacht«, entschuldigte er sich. »Vertragsverhandlungen.«
Es gibt viele Arten von Verträgen. Es ist auch ein Vertrag, in einer Bar einen Drink zu bestellen, und aus dem bläulichen Adernetz beiderseits von Starrs Nasenflügeln schloß ich, daß diese Art von Verträgen die ihm geläufigste war.
»Wo steckt sie?« wollte er wissen. »Draußen im Gang? Heiland, das ist ne Kloake, kein Klo. Hätten mich besser vorher gefragt. Dann hätt ich sie runtergeschickt in den Ersten. Na, auch egal.«
Die Freundlichkeit war so fehl am Platz wie der Dialekt: echt Brooklyn. Ich erklärte ihm, niemand sei auf der Toilette.
»Dann rein mit ihr. Ich schau sie mal an.«
»Ich bin allein gekommen.«
»So?« Die Stimme klang schon weniger freundlich. »Hau ab, du Freier. Das hier ist eine Modellagentur, kein Kontakthof. Mach die Fliege.«
»Fawn Forest«, sagte ich.
»Wer?«
»Fawn Forest.«
Die Brauen warfen Falten, und hinter den verschwollenen Lidern, die seine Augen verschatteten, zuckten eine Spur zu helle Blitze.
»Kenn ich nicht.«
»O doch.«
»Behauptet wer?«
»Teresa Blair.«
»Wer?« Das schlechte Gewissen verkohlte die Augen.
Ich stützte mich auf den Schreibtisch und lehnte mich zu Starr hinüber. »Sie haben mit Fawn Forest einen Ihrer üblichen Dienstleistungsverträge abgeschlossen und ihr fünfhundert abgeknöpft, dann haben Sie das Mädchen am ausgestrecken Arm verhungern lassen, mal abgesehen von einem Auftritt in einem Gebrauchtwagenladen und bißchen Haschmich um den Schreibtisch herum. Mit anderen Worten – alles wie gehabt. Aber dann kriegten Sie aus heiterem Himmel Besuch von Teresa Blair, und aus heiterem Himmel

kriegte Fawn Forest ihr Geld zurück. Hab ich Ihnen auf die Sprünge geholfen?«
Starrs Oberlippe bekam einen Schweißrand. »Na und? Das Herzchen war ganz durcheinander. Ich will nur glückliche Mädchen um mich haben. Wenn das Modell glücklich ist, glückt auch das Layout, haha. Sie wollte ihr Geld, also hat sie's gekriegt. Das ist doch den Mäusen geschissen.«
»Sie reden Dreck.«
»Hey. Was soll das? Woher kommen Sie überhaupt? Von der Bundespolizei? Von der Staatsanwaltschaft? Ich hab hier einen völlig legalen Gewerbebetrieb, verstehen Sie mich? Ich liefre den Kerlen, die Titten und Ärsche weiterverkaufen, das Material. Und das ist kein Verbrechen. Und ich behandle die Mädchen gut. Keine harten Sachen. Ich bin nicht wie so manche Kollegen, die ihre Mädchen ins Blaue schicken und meistens wiederkriegen wie gegrillte Hamburger, verstehen Sie mich? Klar, wenn's geht, mach ich mir auch mal ne schöne Stunde, aber was zum Teufel geht das irgendwen an? Was ist so ein Weiberarsch überhaupt wert? Die Mädchen erwarten das von mir. Ich hab mir die noch nicht mal näher angeschaut, da greifen die schon in die Tasche und kucken im Spiegel nach, ob sie auch ja keinen Pickel haben.«
Ich lehnte mich näher zu ihm. Sein Mundgeruch war zum Zähneschmelzen. »Ich will nur wissen, womit Teresa Blair Sie dazu gebracht hat, daß sie Fawn Forest ihr Geld zurückgegeben haben.«
»Das ist alles?«
»Das ist alles.«
»Wer sind Sie?«
»Tut nichts zur Sache.«
Starr nickte zweimal, dann langte er in die Schreibtischlade, holte eine Zigarre heraus und zündete sie an. Er zog nach Kräften daran, bis sie richtig brannte, und klang dabei wie eine Melkmaschine und eine Offsetdruckerei zugleich. Durch den milchigen Rauch sah er mich schließlich wieder an. »Sie wohnen hier?« erkundigte er sich vorsichtig.
Ich schüttelte den Kopf. »In San Francisco.«
»Soso. Nette Stadt. Verglichen mit den Fleischbeschauern von Frisco bin ich ein Ministrant, verstehen Sie mich? Ja also, diese Schnalle, die Blair, die nennt mir paar Namen.«
»Was für Namen?«
»Tut nichts zur Sache«, spuckte er mir meine Formulierung zu. »Wichtig ist bloß, daß diese Blair paar Namen kannte, von denen solche Schnallen normalerweise keinen Dunst haben. So Namen,

wo mein Leben in der Stadt hier keinen Fischkopf mehr wert wär, wenn ich gegen die Leute angehen wollte. Hätt sich wegen fünf Scheinchen auch nicht gelohnt, mal nachzubohren, ob sie mich bloß verarscht hat, verstehen Sie mich?«
»Was hat Mrs. Blair sonst noch gesagt?«
»Gar nichts. Rein und raus in dreißig Sekunden. Was ist das denn überhaupt für ein Weib?«
»Ich bin dabei, das rauszukriegen«, sagte ich und ging. Vor mir klapperten Absätze die Treppe hinunter.

8

Als ich aus dem Moranhaus trat, parkte der grüne Wagen direkt neben meinem Buick. Zwei von Grinders Leuten standen auf dem Trottoir, die Hände in den Taschen, und warteten auf mich. An dem einen war alles Sichtbare unterdurchschnittlich ausgefallen; sein Haarschnitt entsprach der in Ferienlagern und Gefängnissen vorherrschenden Mode. Der andere war groß und kahl. Beide trugen grobe Tweedanzüge, breite Krawatten und Hush Puppies.
»Na, Freunde, was liegt an?« erkundigte ich mich herzlich. »Hat Grinder Muffensausen, weil ich sie vor ihm finden könnt?«
Der Kleinere lächelte und entblößte dabei die Jackettkronen, die meinem Freund mit dem Tropenhelm aufgefallen waren, aber der Große blieb nur groß. »Wir haben bloß eine Frage an Sie, Mr. Tanner. Und wir wollen Ihnen einen guten Rat geben.«
»Die Frage lautet?«
»Was hat der Typ, den Sie grad besucht haben, dieser Starr, mit dem Verschwinden von Teresa Blair zu tun?«
»Gar nichts, soweit ich weiß«, gab ich zur Antwort. Mir war bewußt, daß sie mir kein Wort glaubten. »Und wie lautet der gute Rat?«
Der Kleine linste den Großen an. Der Große zuckte die Achseln. Der Kleine verschränkte die Arme. »Hauen Sie von hier ab, Tanner. Und zwar sofort. Vergessen Sie alles, was Sie über Teresa Blair gehört haben und über Tony Fluto und über El Gordo. Gehen Sie wieder nach San Francisco. Fahren Sie ne Cable Car, verkleiden Sie sich als Badenixe, tun Sie irgendwas, woran Sie sich hochziehen können. Kapiert?«
Er meinte es ernst, und das bedeutete, daß er und sein Partner gar nicht von Conway Grinder kamen. Und das bedeutete, daß sie entweder von einer anderen Abteilung der Ortspolizei kamen oder, was wahrscheinlicher war, von Tony Fluto persönlich.

Ich schaute mir die Männer genauer an. Sie wirkten, als seien sie es gewohnt, Befehle zu geben, und gleichermaßen gewohnt, daß man ihnen gehorchte. Ich wurde aus ihnen nicht schlau, aber das East End von El Gordo war sowieso nicht gerade dafür geschaffen, lange Überlegungen anzustellen. Ich ging auf mein Auto zu. »Sonst haben Sie mir nichts zu sagen?«
»Wenn Sie ein kluger Junge sind, müßt's reichen«, sagte der Kleine.
»Der letzte gute Rat, den ich gekriegt hab, war soviel wert wie Fliegendreck«, sagte ich. »Betraf ein Pferd namens Leichtfuß. Plattfuß hätt besser gepaßt. Seitdem bin ich bißchen empfindlich, wenn mir jemand gute Ratschläge gibt.« Ich stieg ein.
Der Kleine kam mir nach und lehnte sich ins Fenster. Sein Atem blies heiß auf meinen Hals. »Kommen Sie uns ja nicht ins Gehege, Tanner. Glauben Sie mir – das wär gar nicht gut für Sie.«
»Wer löhnt dich, Kumpel?« fragte ich. »Tony Fluto?«
Er zog die Stirn in Falten. »Verpiß dich«, sagte er, trollte sich zu dem grünen Auto und rutschte auf den Fahrersitz. Der Große stieg neben ihm ein, und das grüne Auto fuhr an und ließ mich in einer Wolke von Kohlenmonoxyd zurück.
Ich gönnte dem Motor eine Verschnaufpause und meinem Verstand auch. Sie hatten beide eine Überholung nötig. Von Anfang an war es in diesem Fall nicht mit rechten Dingen zugegangen. Der eine Kieselstein, der ins Wasser gefallen war, konnte unmöglich derart hohe Wellen schlagen. Aber ich hatte noch nicht soviel Bretter beisammen, daß es für ein Rettungsboot reichte.
Ich ging davon aus, daß ich weiter beschattet wurde, und fuhr deshalb von der El Camino Street Richtung Norden. An einem *Denny's*-Imbiß kurz hinter der Stadtgrenze von El Gordo hielt ich an. Ich ging hinein und bestellte ein warmes Käsebrot mit Pastete. Während ich auf das Brot wartete, quetschte ich mich in die Telephonzelle. Als es ein dutzendmal geklingelt hatte, kam LaVerne Blanc, Klatschkolumnist und praktizierender Alkoholiker, an den Apparat. Ich fragte ihn, wie es ihm gehe.
»Wenn ich noch tiefer durchhing, müßtest du erst ein Loch graben, damit du mir in den Arsch treten könntest«, erwiderte LaVerne mit einer Stimme, in der es schäumte wie Bier vom Faß. »Was plagt dich, außer vorzeitiger Ejakulation?«
Ich lachte. »Du und deine schmutzige Phantasie. Ich ruf aus El Gordo an, LaVerne.«
»Mein Beileid.«
»Du kennst das Kaff?«

»Was gibt's da zu kennen? El Gordo ist der Arsch der Welt, mit Krätze dran. Und wenn du sonst noch was auf dem Herzen hast, dann faß dich kurz. Ich hab nämlich ne irre Schnalle da, die mir dauernd damit droht, meinen Pimmel mit Klebeband einzuwikkeln, damit sie mich noch mal vergewaltigen kann.«
»Ein Mann namens Fluto, LaVerne. Tony Fluto. Inhaber eines Malergeschäfts hier unten. Weißt du sonst noch was über ihn?«
Eine Weile schwieg LaVerne, und ich hatte die Vision, daß die verrückte Freundin ihre Drohung in die Tat umsetzte. »Ich kann dir paar Sächelchen verklaren, Marsh, die du gar nicht gern hören wirst. Steckst du mit drin in der Scheiße? Laß doch die Finger davon.«
»Geht nicht, LaVerne. Du kennst mich doch. Ich will das Gesicht wahren.«
»Ha. Wenn du dir Sorgen um dein Gesicht machst, dann bleib Tony Fluto vom Leib. Ein ganz mieser Kunde. Glaub's mir.«
»Was ist mit ihm, LaVerne?« fragte ich, plötzlich nicht mehr besonders erpicht auf die Antwort.
LaVerne schnaubte durch die Nase und schluckte runter, was er hatte sagen wollen. »Was weißt du über den Mob an der Bay, Marsh?«
»Den Mob?« wiederholte ich dümmlich.
»Mafia. Cosa Nostra. Das Syndikat. Hast du wenigstens davon mal was läuten hören, Marsh?« erkundigte sich LaVerne sarkastisch.
»Ich war bloß auf was ganz anderes gefaßt, LaVerne. Ich weiß natürlich, daß Duckie Bollo in San Francisco den Ton angibt und daß ein gewisser Donatelli das Familienoberhaupt in San José ist. Und in Oakland gibt's auch eine Familie, glaube ich.«
»Schon. Aber du redest über die ganz Großen im Geschäft. Mafia. Sizilianer. Ostküstenscheiß. Tony Fluto ist ein anderes Kaliber. Ich rede über Orte wie Hayward und Fremont und San Mateo und El Gordo. Was da an Kriminellem läuft, ist auch organisiert. Nicht unbedingt von Sizilianern, aber organisiert allemal. Nach Mafiamaßstäben ist das zwar alles Kleinvieh, aber es macht jede Menge Mist. Schiebung, Erpressung, Beteiligungen, Kredithaie – unter dem Strich bleibt da ne Menge hängen. Nach dem, was ich mitgekriegt hab, kommen die Knaben aus den Städten, die ich erwähnt hab, und dazu noch je einer aus San Leandro und Palo Alto zweimal im Monat zum Abendessen zusammen. Und sie kontrollieren alles, was läuft – vom Koksdealing über die Müllabfuhr und die Wäschereien bis zu den Massagesalons.«
»Und der Mann aus El Gordo ist Tony Fluto.«

»Kluges Köpfchen. Ist schon lange der Obermotz da unten. Und außerdem hat Tony noch eine kleine Spezialität auf Lager.«
»Was für eine?«
»Brandstiftung. Tony ist ein Zundelfrieder.«
»Scheiße.«
Brandstiftung. Das Wort machte mir angst, mehr als Mord. Ich wußte, daß Brandstiftungen überhand nahmen, in der Gegend um die Bay und sonstwo – sie stiegen im Jahr um fünfundzwanzig Prozent, wo nicht höher, und inzwischen war schon ein Punkt erreicht, wo bei der Hälfte aller Brände angenommen wurde, das Feuer sei gelegt worden. Noch vor ein paar Jahren waren die üblichen Motive Rache oder Zerstörungswut gewesen, aber seit der Steuersatz zwanzig Prozent erreicht hatte und es daraufhin zur Rezession gekommen war, standen viele Geschäftsleute am Rand des Ruins. Brandstiftung war ein bequemer Ausweg. Jedenfalls sahen viele es so. Wenn man das schlau anstellt, ist es so gut wie unmöglich, ein Verbrechen nachzuweisen, und selbst wenn ein Stümper am Werk ist, führt selten eine Spur zum Täter. Denn das Beweismaterial ist ja auch verbrannt.
Aber meine Angst rührte nicht daher. Als ich neun war, fing das Haus meiner Eltern mitten in der Nacht Feuer. Ich wachte auf, als mein Vater mich durch eine blaugelbe Feuerwand trug, die mir so hoch erschien wie der Mars, und durch Rauch, der mir die Kehle zudrückte wie die Hand eines Ungeheuers. Selbst heute noch sehe ich diese Flammen mindestens einmal im Monat, zwischen Mitternacht und Morgen. Ich habe mir sagen lassen, daß ich dann schreie.
»Und sonst?« fragte ich.
»Das müßt ja wohl reichen für einen Menschen mit Sinn und Verstand.« LaVerne fluchte. »Heilandssack! Jetzt probiert sie, Eis in meinen Drink zu schmeißen. Dieses Weib ist eine Sadistin.« Er legte auf.
Ich ging zur Theke, kaute an dem Käsebrot herum und dachte an Feuer und an Brandstifter und an die Männer, die mir geraten hatten, aus El Gordo abzuhauen. Als ich auch die Pommes frites aufgegessen hatte, setzte ich mich in den Buick und fuhr weiter Richtung Norden, so lange, bis ich sicher war, daß ich nicht mehr beschattet wurde. Dann drehte ich um und fuhr auf Nebenstraßen zur City Hall. Ray Tolson freute sich gar nicht über meinen Besuch.
»Ich habe keine Zeit, Tanner«, sagte er, als ich zur Tür hereinkam.
»Wenn Sie wollen, daß ich weiter an dem Fall Blair arbeite, dann nehmen Sie sich besser Zeit«, erklärte ich ihm.

Er schaute mich aufmerksam an, dann wies er auf einen Stuhl, griff zum Telephon und sagte irgendwas, das ich nicht verstand. Als er aufgelegt hatte, sagte er nachsichtig: »Nun, wo drückt denn der Schuh?«

»Arglistige Täuschung.«

»Wer hat Sie getäuscht?«

»Sie.«

»In welcher Hinsicht?«

»Oh, halb so schlimm. Der Inhaber des Malergeschäfts entpuppt sich als Brandstifter. Der Fall von Fahrerflucht, eine Bagatelle, ist in Wahrheit ein Rachefeldzug gegen das organisierte Verbrechen, den Sie und Grinder anführen. Ganz belanglose Details.«

Tolson grinste.

»Ich nehm an, Sie wollen das Handtuch werfen«, sagte er.

»Das weiß ich noch nicht. Am liebsten tät ich's. Aber da ist noch was, weshalb ich vielleicht doch dranbleiben will.«

»Und das wäre?«

»Darauf komm ich später.«

»Und was wollen Sie von mir?« fragte Tolson.

»Daß Sie mir das Ganze noch mal von vorn erzählen. Und daß Sie diesmal versuchen, bei der Wahrheit zu bleiben.«

»Okay«, sagte Tolson. »Das hätt ich ja auch gleich getan, aber ich hab gedacht, dann wollen Sie den Job nicht übernehmen.«

»Wenn Sie das gedacht haben, war ich sowieso nicht der richtige Mann für den Job.«

»Da mögen Sie recht haben«, stimmte Tolson mir zu. »Erstens, Fluto. Es stimmt, Tony ist der Boß hier, und ein Zundelfrieder ist er obendrein. Nach unserer Schätzung ist er für über fünfzig Brände hier in der Gegend verantwortlich. In den letzten zwei Jahren. Der Gesamtschaden beläuft sich grob gerechnet auf über zwanzig Millionen. Sie können sich leicht ausmalen, wie uns die Versicherungen unter Druck setzen. Sie spucken pro Jahr zwei Milliarden für Feuerschäden aus. Das haben sie allmählich gründlich satt. Seit Jahren sind wir hinter Tony her, wegen Brandstiftung und anderer Delikte. Wir haben sogar ein eigenes Branddezernat hier, und Tony ist dort der Verdächtige Nummer eins. Aber bis jetzt haben wir ihm nichts nachweisen können.«

»Wie geht er vor?«

»Tony ist kein Buch mit sieben Siegeln, aber dumm ist er nicht. Er überläßt das Zündeln seinem Sohn und dem Abschaum, mit dem er sich umgibt. Tony ist sozusagen der Makler. Der Unterhändler, der Brände gegen Bargeld verhökert. Er besticht Angestellte von Versicherungsfirmen in Dallas und Omaha und Finanzberater überall hier an der Bay. Von denen erfährt er, welche Geschäftsleute mit dem Paragraphen elf der Konkursordnung flirten und wie hoch sie gegen Feuerschäden versichert sind. Wenn er das ausgeschnüffelt hat, klopft Tony bei den Leuten an und macht ihnen ein Angebot, auf den Penny genau. Wenn er dann noch paar geschmierte Sachbearbeiter auf den Plan holt, Schätzer, die den Schaden dreimal so hoch veranschlagen, sobald Tony das Gebäude in Schutt und Asche gelegt hat, dann hat er ein Päckchen beisammen, das den Adressaten glücklich macht. Sie würden sich wundern, wie viele sonst ganz seriöse Geschäftsleute zu einem Handel mit Tony nicht nein sagen.«

»Nein, das wundert mich überhaupt nicht.«

Tolson hob die Augenbrauen. »Das kann schon sein. Vielleicht hab ich ja deshalb den Rat gekriegt, ich solle Sie mal anrufen.«

»Wer hat Ihnen das geraten?«

»Ist das wichtig?«

»Höchstens für meinen Biographen. Was ist mit dem Toten, Tolson? Hat Fluto ihn mit Absicht überfahren?«

»Nein, das glaube ich nicht. Tony hat bloß Pech gehabt.«

»Und Tonys Pech war Tolsons Glück.«

»Stimmt. Wir hockten schon in den Startlöchern, um Tony mit einer dicken Haftstrafe nach San Quentin zu schicken, und sobald wir ihn erst mal dort gehabt hätten, wär das für uns sogar besser gewesen als lebenslänglich. Tony hat sich auf dem Weg nach oben eine Menge Feinde gemacht. Eine ganze Reihe von Leuten hat er zum Beispiel um dicke Anteile geprellt, indem er ihnen das Geschäft vermasselt hat, und wer von seinen Kontrahenten gar zu ehrgeizig war, fand sich bald unter einem Grabmal wieder. Deshalb ist es mehr als wahrscheinlich, daß Tony in Quentin mit einer Gabel im Hals enden würde. Sonst würde die Haftaufsicht schon dafür sorgen, daß er keinen Tag zu früh rauskommt. Ja, wir hatten es geschafft.«

»Sie und Grinder. Damit El Gordo für die Demokratie gerettet wird.«

»Müßte ich mich dessen schämen?« fragte Tolson tugendhaft.

»Im Grund wohl nicht«, gab ich genauso tugendhaft zurück und war dabei wenig begeistert von mir. »Was hat Fluto unternommen?«

»Wir wissen immer noch nicht, wo er steckt. Aber seine Leute machen weiter, als wär nichts passiert. Wie sieht es bei Ihnen aus?«

»Nicht rosig«, sagte ich. »Teresa Blair muß einer langen Ahnenreihe von Chamäleons entstammen, nach allem, was ich bis jetzt weiß. Wechselt stündlich die Farbe. Ich habe mit verschiedenen Leuten geredet, aber ich bin aus ihr kein bißchen schlauer geworden. Immerhin ist es nicht ausgeschlossen, daß sie ihren Mann verlassen hat – aus Gründen, die mit Tony Fluto überhaupt nichts zu tun haben.«

»Dann wird's hart.«

Ich pflichtete ihm bei.

»Kann ich Ihnen irgendwie helfen?« wollte Tolson wissen.

Ich bedachte das Angebot. Normalerweise halte ich die Bullen ganz raus aus meiner Arbeit, sogar in einem Falle wie diesem, wo wir ja angeblich zusammenarbeiteten. Aber ich beschloß, daß mir Tolson ruhig bißchen Knochenarbeit abnehmen könne. »Es sieht so aus, als habe Teresa Blair mal in Vegas gelebt«, sagte ich.

»Und was hat sie dort gemacht?«

»Das weiß ich nicht.«

»Wann war das?«

»Keine Ahnung.«

»Wer hat Ihnen den Tip gegeben?«

»Eine Freundin von ihr. Eine Frau namens Tancy Verritt. Als ich ihr gesagt hab, Mrs. Blair sei verschwunden, hat sie sofort von Vegas gesprochen, genau gesagt, von den ›Leuten aus Vegas‹. Als ich näher nachfragen wollte, hat sie sich dumm gestellt. Da muß also was dran sein, aber ich kann Ihnen natürlich nicht garantieren, daß es uns dabei hilft, sie zu finden.«

»Ich rufe bei den Kollegen in Vegas an und sage Ihnen Bescheid.«

»Wahrscheinlich hat sie damals ihren Mädchennamen benutzt«, sagte ich. »Goodrum. Die meisten Leute, die sie näher kennen, nennen sie Tessa.«

»Bloß ihr Mann nicht«, bemerkte Tolson.

»Gut beobachtet.«

»Mit was für Leuten haben Sie gesprochen?« fragte Tolson.

Ich sah keinen Grund, ihm das zu verschweigen, also ratterte ich die Namenliste herunter. Keiner schien ihn besonders zu interessieren. »Was wissen Sie über einen Schuppen, der sich *El Gordo Industrial Services* nennt?« fragte ich. »Das ist ein Lagerhaus an der Kreuzung zwischen der Tenth und der Oswego Street.«

»Dazu fällt mir gar nichts ein. Was müßte ich denn darüber wissen?«

»Weiß ich nicht genau. Teresa Blair ist vor ungefähr einem Jahr gesehen worden, als sie in das Lagerhaus hineinging.«

»Was hat sie dort gemacht?«

»Das weiß ich auch nicht genau. Übrigens weiß das auch der Mann nicht, der sie gesehen hat. Es ist nicht grad ein Ort nach ihrem Geschmack.«
»Ich frag herum.«
»Wo genau auf der Oswego Street hat Fluto den Mann überfahren?« wollte ich wissen.
»Moment. Ich schlag in der Akte nach.«
Tolson durchblätterte einen Papierstapel von der Dicke eines Filetbratens. »An der Kreuzung mit der Ninth Street.«
»Nur eine Kreuzung weg vom Lagerhaus«, sagte ich.
»Und?«
»Wer weiß? Sie haben gesagt, Fluto hätt früher mal Kontrahenten gehabt. Wer sind die von heute?«
»Ich glaube, das sollten Sie besser meine Sorge sein lassen«, sagte Tolson.
»Keine Bange – ich wüßt nichts, was mir lieber wär. Ich hab bloß gedacht, die Namen könnten mir vielleicht mal ganz nützlich sein, falls einer davon auf die Idee kommt, mich zum Tee einzuladen.«
»Es ist eigentlich nicht mein Spezialgebiet«, sagte Tolson, »aber wir haben hier einen, der Moskowitz heißt und mit gestohlenen Autos handelt und Spielsalons betreibt. Ein andrer heißt Wadley, der ist Gastwirt und redet ein Wörtchen mit beim Vertrieb von Lebensmitteln und Spirituosen. Und dann gibt's noch einen Schwarzen namens Buck, der handelt mit Drogen. Aber Fluto ist immer noch der King.«
»Wie alt ist er?«
»Um die siebzig.«
»Könnt ja sein, daß jemand meint, es sei an der Zeit, daß der King abdankt.«
»Wäre möglich«, stimmte Tolson mir zu. »Bleiben Sie nun weiter dran an dem Fall?«
»Ich glaub schon«, sagte ich. »Aber bloß, weil ein Kerl mit einem Haarschnitt wie ein Schleifer beim Kommiß mir aufgetragen hat, ich hätt aus der Stadt zu verschwinden. Und weil ich den Eindruck hab, Teresa Blair ist eine Frau, die ich gern kennenlernen würd.«
»Gut«, sagte Tolson. »Fluto macht hier in der Stadt fast der halben Einwohnerschaft auf die eine oder andere Weise das Leben schwerer, als es ohnehin schon ist. Sie machen sich verdient, Tanner, wenn Sie uns dabei helfen, ihn dingfest zu machen.«
»Um wen oder was verdient?« wollte ich wissen. Tolson antwor tete nicht. »Eine letzte Frage«, fuhr ich fort.
»Welche?«

»Halten Sie es für möglich, daß Teresa Blair ein falscher Fuffziger ist?«
»Wie bitte?«
»Sie wissen genau, worüber ich rede, Tolson. Mrs. Blair ist reichlich spät ins Bild gekommen. Ohne sie käme Fluto davon, das sagen Sie, und das steht auch in den Zeitungen. Wenn sie nun einer von Flutos Konkurrenten geschickt hätt, damit sie ihn hinter Gitter bringt?«
»Was, zum Teufel, bringt Sie denn auf eine derart beschissene Idee?« fragte Tolson aufgebracht.
»Das weiß ich nicht genau«, sagte ich. »Mrs. Blair hat die Namen von ein paar großen Tieren hier in der Stadt erwähnt. Das weiß ich von einem kleinen Tier im Moranhaus. Dazu die Vegasverbindung. Und dazu so ein Gefühl im Bauch, daß in der Stadt El Gordo etwas oberfaul ist.«
»Sie irren sich, Tanner. Sie müssen sich irren.«
»Kann ja sein.«
»Okay. Ich geh die Aussage noch mal durch. Aber ich bin überzeugt davon, daß jedes Wort stimmt. Sie kann nicht falsch spielen – dazu weiß sie viel zu gut, was da unten vorgefallen ist. Lauter Sachen, die nur jemand wissen kann, der dabeigewesen ist. Ich bin felsenfest davon überzeugt.« Und seine Worte klangen so felsenfest, als könnten sie die Berge der Realität versetzen.
»Ich melde mich später noch mal«, sagte ich.
»Gut«, gab Tolson zur Antwort, dann rieb er sich das Gesicht. »Das Gericht tritt am Montag zusammen.« Es klang, als meine er das Jüngste Gericht.

9

Spuren geht man nach, wo immer man sie finden mag. Ich fand die meine auf einer Anschlagtafel an der Küstenstraße, als ich in Richtung Norden aus El Gordo hinausfuhr und lustlos nach einem Motel Ausschau hielt, wo ich die Nacht verbringen wollte. Die goldglänzenden Buchstaben auf dem königsblauen Grund wurden von unten angestrahlt, und im Frühabendgrau wirkte ihre Botschaft stilvoll, anheimelnd und geradezu grenzenlos aufrichtig:

> SILVER SEASON
> *Der Ruhestandswohnsitz*
> *mit Pflegeheim*
> *für alle, die im Herzen*
> *jung geblieben sind*

Erbaut im San Ramon Valley,
im Schatten des Mount Diablo
Ausfahrt I-680 von der Rock Valley Road
Ein Projekt der Columbus Development Company

Teresa Blair zahlte zweitausend Dollar pro Monat an die Silver Season, und sie brauchte weder einen Ruhestandswohnsitz noch Pflege.

Ich ließ das Motel Motel sein und fuhr weiter.

Die Route führte mich über die Bay Bridge, durch Oakland und den Caldecott-Tunnel und Orinda nach Walnut Creek, wo ich nach Süden abbog, bis ich nach ungefähr zehn Meilen kurz hinter Danville in die Rock Valley Road kam. Zehn Minuten lang zickzackte ich herum zwischen Gitterzäunen und kopfsteingepflasterten Auffahrten, rustikalen Nebengebäuden und Lehmziegelhaziendas der Pferdenarren von Contra Costa. Kein Ereignis auf der Welt – ob Pest oder Hungersnot, Staatsputsch oder Revolution – hatte auch nur die leiseste Chance, dieses kleine Tal zu erreichen, diese stehengebliebene Westernkulisse. So wollten die Leute von hier es haben, und genauso war es und blieb es.

Etwa drei Meilen östlich vom Freeway kroch die Straße einen grasigen Hügel hinauf, der auf wunderbare Weise dem Zugriff der Landschaftsarchitekten entgangen sein mußte. Oben erhob sich ein Bogentor mit den – natürlich silbern einziselierten – Wörtern »Silver Season« im Architrav. Ein Messingschild am Torpfosten wies mich darauf hin, daß ich mich auf dem Gelände eines Ruhestandswohnsitzes befand, errichtet 1972.

Die gekieste Auffahrt ließ mich durch einen Hain aus Eichen und Fichten zu einem asphaltierten Parkplatz gelangen, auf dem die Art von Autos herumstanden, die eher der Repräsentation als der Fortbewegung dienen. Ich rutschte in eine Lücke hinein und überlegte mir, wie ich angesichts meiner recht umfassenden Ahnungslosigkeit über das, was mich da drin erwartete, vorgehen sollte.

Eine junge Schwester in rauchblauem Hosenanzug überquerte den Parkplatz und ging an mir vorbei, ohne von mir Notiz zu nehmen. Sie war grazil und unbeschwert und summte eine Melodie, die schon so alt war, daß ich sie kannte. *The Day the Music Died.* Ich stieg aus und ging der Schwester nach, unter einem Baldachin hindurch und durch das schwere Eichenportal dahinter.

Ein Schildchen auf einem Chromgestell hieß mich in Silver Season willkommen und wies mich an, mich in der Verwaltung anzumelden, ehe ich einem der Gäste einen Besuch abstattete. Ich ent-

schloß mich dazu, der Anweisung Folge zu leisten. Gelbe Pfeile auf dem weichen, grünen Teppichboden wiesen mir den Weg.
Von der Diele zweigten die Sprechzimmer ab. Wenn ich die Abkürzungen auf den Türschildern richtig entzifferte, dann handelte es sich um einen Allgemeinmediziner, einen Orthopäden, einen Chiropraktiker, einen Zahnarzt, zwei Krankenschwestern und ein weiteres Individuum, das sich mit Ernährungswissenschaft oder mit Akupunktur befassen mochte. Silver Season war nicht gerade das städtische Altersheim.
Zwischen den Sprechzimmertüren hingen Pinnbretter an den Wänden. Eins war bestückt mit Polaroidphotos der Gäste, die in diesem Monat Geburtstag hatten; das nächste mit den Terminen eines breitgefächerten Unterhaltungsangebots: Gesangvereine und Kirchenchöre, Illusionisten und Polkakapellen, Organisten und Steptänzer, Kunstausstellungen und Dichterlesungen. Eins der Pinnbretter fiel mir besonders auf. Die Überschrift lautete: *Von letzten Dingen*, und darunter prangte eine Vortragsliste, die Auftritte der folgenden Experten ankündigte:

Oscar Hambleton, beglaubigter Notar: Die Ausfertigung von letztwilligen Verfügungen und Kodizillen
O. Renfrew Jones, C. L. U: Variable Jahresrente – ein Wegweiser zur Absicherung der Überlebenden
Rex Butler: Krebsversicherung – mehr Sicherheit für Ihr Geld
Robert Alliance, Alliance & Alliance: Die Grenzen der medikamentösen Behandlung
Albert X. White, Bay Area University: Stiftungen und Schenkungen an Wohlfahrtsorganisationen
Conrad Jansson, Jansson Associates: Sterbegeldversicherungen und die Grabpflegepolice
Major Ulysses Stanton, Heilsarmee: Neue Hoffnung für die Toten

Eine ganze Parade von Leichenfledderern, die Geschäfte machten mit dem Tod und mit der Todesangst. Vielleicht marschierte ich ja munter mit in dieser Parade – schließlich wußte ich immer noch nicht, was ich hier eigentlich tat. Als ich das Türschild »Verwaltung – Mrs. Ball« erreichte, hatte ich das Gefühl, ich sei ein Monstrum in Banden wie Gulliver in Liliput.
Die Sekretärin der Direktorin hielt ein silbernes Gästebuch für mich bereit sowie einen silbernen Kugelschreiber, mit dem ich mich eintragen konnte. Als ich darum bat, die Direktorin persönlich sprechen zu dürfen, war die Sekretärin nicht gerade begeistert von

dem Gedanken, aber weil sie mich zum erstenmal zu Gesicht bekam und weil ich die geradezu übernatürlich verblödete Miene des dankbaren Familienmitglieds zur Schau trug, ließ sie mich doch ins Allerheiligste ein. Mrs. Ball war nicht anzumerken, ob sie meinen Überfall als Frevel empfand. Sie trug ein eisernes Lächeln zur Schau, das vermutlich durch nichts zu erschüttern war, abgesehen von Ischias.

»Was können wir für Sie tun?« fragte Mrs. Ball. Der toupierte Silberschopf schwebte über ihr wie ein heliumgefüllter Werbeballon für das Establishment. Eine Silberrandbrille hing an einer Silberkette um ihren Hals und ruhte auf dem üppigen Busen, halb verdeckt von silbernen Taftrüschen. Die Präraffaeliten hätten an Mrs. Ball bestimmt ihre Freude gehabt, wenn auch nicht halb soviel Freude wie Mrs. Ball an sich selbst.

»Ich weiß nicht recht, wie ich anfangen soll«, sagte ich mit gefalteten Händen und gesenktem Kopf. »Ich möchte von vornherein sicherstellen, daß mein Auftrag nicht unter falschen Verdacht gerät.«

»Ja?« Die Stimme war immer noch purer Sirup, bloß nicht mehr ganz so flüssig.

»Ich bin hier im Auftrag von Mrs. Blair, Teresa Blair. Das heißt, sie hat mich darum gebeten, hierherzufahren.«

»Ja?«

»Ich bin ein Freund der Familie, müssen Sie wissen. Meines Zeichens Psychologe. Selbstverständlich ein Verhaltenstherapeut. Ich glaube, Mrs. Blair hatte den Wunsch, daß ich mich davon überzeuge, ihr Beitrag sei gut angelegt. Wie soll ich mich ausdrükken...«

»Das ist doch kein Grund, verlegen zu sein, Mr....?«

»Blaisdal. Übrigens *Professor* Blaisdal.«

Jetzt wurde die Stimme rohrzuckersüß. »Mrs. Blair möchte also wissen, ob ihr Geld gut angelegt ist, ja, Herr Professor? Das ist doch ihr gutes Recht. Sie darf unserer Zustimmung gewiß sein. O doch. Ihr steht es jederzeit frei, Silver Season zu inspizieren, wann oder wie sie will. Offen gesagt, wir sind dankbar für jede Gelegenheit, ein bißchen herumzuprotzen. Wir sind nämlich stolz auf unser Haus, Herr Professor. Sehr stolz.«

»Das ist mir schon aufgefallen.« Ich nickte, bis mir der Hals weh tat. »Und ich muß sagen – und bitte, ziehen Sie daraus keine voreiligen Schlüsse –, daß mein erster Eindruck sehr vorteilhaft ausgefallen ist. *Äußerst* vorteilhaft.« Ich nickte noch heftiger.

Mrs. Balls Lächeln gewann noch an Süße, was ich für menschenunmöglich gehalten hätte, wäre ich nicht Augenzeuge gewesen. »Wir stehen zu Ihrer Verfügung, Herr Professor. Möchten Sie herumgeführt werden? Oder wäre es Ihnen lieber, zuerst unseren Gast zu begrüßen und dann die Runde zu machen?« Die Worte klangen jetzt wie gesungen, eine Arie des guten Willens.

Ich sah auf die Uhr. »Ich glaube, zuerst der Gast. Ja.«

»Das halte ich für sehr vernünftig. Die Damen und Herren ziehen sich jetzt in Bälde zurück, müssen Sie wissen. Lichtlöschen um acht, Frühstück um halb sechs. Ausnahmen sind nicht gestattet. Ich möchte, Herr Professor, daß Sie sich ganz und gar unbelästigt fühlen. Schauen Sie sich an, was Sie wollen. Ich weise Ihnen dann nur den Weg. Einverstanden?«

»Wunderbar. Ja, das ist ganz in meinem Sinne.«

»Und wenn Sie Fragen haben, was für Fragen auch immer, ich stehe Ihnen hier zur Verfügung. Charlene – Mrs. Goodrum – hat heute übrigens einen besonders guten Tag. Leider kann sich das natürlich jeden Augenblick ändern.« Mrs. Ball schüttelte den Kopf. »Sie ist noch so jung und immer noch so bezaubernd. Ich bin überzeugt davon, daß sie über Ihren Besuch entzückt sein wird.«

»Welcher Therapie wird sie unterzogen?«

»Bei einem Patienten, der einen Schlaganfall hinter sich hat, steht natürlich die körperliche Gesundung im Mittelpunkt. Sie wechselt ab zwischen leichten und schweren Übungen in unserem Fitness Center.«

»Wird sie auch medikamentös behandelt?«

»Ich glaube schon. Vermutlich bekommt sie Tranquilizer. Vitamine. Vielleicht, das weiß ich aber nicht genau, auch Diuretica. Sie leidet hin und wieder unter Blasenschwäche. Dr. Wilton ist schon nach Hause gegangen, aber vielleicht kann ich ihn telephonisch erreichen.«

Ich hob die Hand und wedelte abwehrend. »Das ist nicht nötig. Wirklich nicht. Mir geht es nur um so eine Art von Gesamteindruck, müssen Sie wissen. Und jetzt können Sie mir vielleicht sagen, in welcher Höhe sich der Pauschalpflegesatz pro Gast bewegt.«

Zum erstenmal zog Mrs. Ball die Stirn in Falten. »Hat Ihnen das Mrs. Blair denn nicht gesagt?«

»O doch, sie hat eine Summe genannt, aber mir war nicht klar, ob damit auch die medizinischen Extras abgegolten sind.«

»Natürlich. Ich schau mal nach.«

Mrs. Ball ging federnd zu einem Aktenschrank hinüber, wühlte in einer Kartei und kam dann zurück. »Mrs. Blair bezahlt zweitau-

send im Monat«, sagte sie langsam. Irgend etwas auf der Karteikarte mußte sie verstört haben.
»Das kommt mir wenig vor«, sagte ich wahrheitsgemäß.
»Hier handelt es sich natürlich um eine Sonderregelung. Unser normaler Satz liegt doppelt so hoch.«
»Ich verstehe«, sagte ich, obwohl ich überhaupt nichts verstand.
»Ja. Vielleicht sollten wir das Ganze besser verschieben, Herr Professor. Es ist ja schon spät.« Sie spielte mit der Brillenkette, befingerte sie wie einen Rosenkranz. Mrs. Ball war nervös – ein ihr ungewohnter Zustand.
»Mrs. Blair macht sich große Sorgen um Mrs. Goodrum«, sagte ich unnachgiebig. »Ihr zuliebe habe ich etlichen Patienten abgesagt. Wahrscheinlich werde ich auf Monate hinaus keine Zeit für einen zweiten Besuch hier haben. Es wäre mir sehr unangenehm, wenn ich ihr sagen müßte, daß ich keine Besuchserlaubnis bekommen habe. Aber wenn mir nichts anderes übrigbleibt...«
»Wenn Sie vorher angerufen hätten...«
»Schon gut.« Ich wandte mich zum Gehen.
»Augenblick, Herr Professor. Bitte. Natürlich steht es Ihnen frei, Mrs. Goodrum zu besuchen. Bitte.« Ihre Stimme gurgelte wie ein verstopfter Abfluß.
»Danke«, sagte ich gemessen.
»Mrs. Goodrum spricht dauernd über Mrs. Blair, fast so häufig wie über ihren Vater.«
»Es ist eine große Freude für mich, Mrs. Goodrum wiederzusehen.«
»Ach, und bitte vergessen Sie nicht, Mrs. Blair auszurichten, daß sie uns ein hochwillkommener Gast ist. Jederzeit. Ganz nach ihrem Belieben.«
»Ich werde es ausrichten.«
»Wunderbar.«
»Gewiß doch.«
Mrs. Ball strich sich über den Haarschopf, befreite die Brille aus dem Taftgerüsch, preßte meinen Arm gegen ihren Busen und zog mich zur Tür. »Mrs. Goodrum wohnt im Flügel zur Morgenröte. Sie hat einen atemberaubenden Ausblick auf den Berg. Zimmer hundertvierundzwanzig. Der erste Flur rechts, gleich hinter dem Salon der Begegnung. Sie können nicht fehlgehen. Aber wenn Sie sich doch verlaufen sollten, kann Ihnen natürlich jeder vom Personal den Weg weisen. Wir haben übrigens eine Personalquote von eins zu drei pro Patient. Darauf sind wir sehr stolz. Sehr, sehr stolz.«
»Wunderbar. Gewiß doch.«

Mrs. Ball gab meinen Arm frei, und ich zog mich aus ihrem Reich zurück. Ich hielt mich rechts und fand mich wieder im Salon der Begegnung – dem Mittelpunkt des Hauses, von dem vier Flügel abzweigten.

Während ich hindurchging, wurde ich von allen Seiten auf alle erdenkliche Arten gegrüßt – Worte, Gekicher, Gelächle, Gestikulieren. Eine winzige Dame stand plötzlich wie aus dem Boden gewachsen direkt vor mir. Sie war bezaubernd und so makellos wie ein frisch gestärktes Hemd. Sie erklärte mir, sie sei leider so schrecklich zerstreut, aber das werde sich in Bälde bessern. Das freue mich, gab ich zurück. Warum? wollte sie wissen, aber ich kam nicht mehr dazu, es ihr zu erklären, denn schon war sie wieder vom Erdboden verschluckt.

Im Salon der Begegnung hielten sich an die fünfzig Menschen auf, mindestens fünf Frauen pro Mann. Die meisten hatten sich vor den vier Fernsehern in den Ecken versammelt, in Rollstühlen festgeschnallt, eingefallen und reglos, Silberhaar über Silberkleidung auf Silberfleisch. Die Lautstärkeregler der Fernsehgeräte waren aufgedreht bis zum Gehtnichtmehr, und von meinem Standort aus klangen die Programme zusammen zu einer einzigen Kakophonie aus Gelächter vom Mischpult, Pistolengeknall und dem Gekreisch erfolgreicher Quizkandidaten.

Mitten im Raum stand ein Mann, ganz für sich, ein Hüne, der seinen Gürtel schwenkte und knallen ließ wie eine Peitsche. Nach jedem Knall zerriß ein staunendes Lächeln ihm schier das Gesicht, Ausdruck seiner Freude darüber, daß wenigstens etwas auf der Welt ihm noch gehorchte. Die anderen machten einen Bogen um ihn. Ein zweiter Mann kam zu mir hergeschlurft und wollte wissen, was für ein Auto ich fuhr. Als ich ihm Auskunft gab, geriet er vor Freude ganz aus dem Häuschen.

Ich sah mich nach dem Flügel zur Morgenröte um, aber ich hatte ihn noch nicht entdeckt, als ich eine Hand in meinem Rücken spürte. Ich drehte mich um und sah eine zahnlose Frau. Sie schob mich weg, und als ihr das gelungen war, zog sie kreisende Bahnen durch den Raum, entgegen dem Uhrzeigersinn, vorgeschriebene Bahnen, die nur sie vor sich sah. Im linken Arm hielt sie eine Puppe. Die Puppe trug Lippenstift, eine Perlenkette, die echt aussah, und ein Gänseblümchen im Haar. Mir kam es so vor, als singe die Frau ein Lied für die Puppe.

Unvermittelt wurde mir mein Herz bewußt – dessen Größe, dessen Rhythmus, dessen Schwäche. Der Schweiß brach mir aus; zunächst hochgepumpt von Angst und Anspannung, dann von Scham und

Schuldgefühl. Seit ich zum letztenmal in einem Gefängnis gewesen war, hatte ich mich nirgends so dringend fortgewünscht wie hier. Während ich der Frau mit der Puppe zusah, kam eine andere Frau heran und stupste mich mit dem Finger an. »Wir sind alle nette Leute«, verkündete sie und wandte sich ab. Irgendwo klatschte jemand in die Hände.
Mir versagten die Augen den Dienst. Nur noch mein Unbehagen existierte. Wie Blendwerk der Seele legte sich Nebel über das Zimmer, und plötzlich umgab mich gnädige Einsamkeit. Ich holte tief Luft und ging zu der Tür, über der *Morgenröte* geschrieben stand, den Blick geradeaus gerichtet und so schnell ich konnte, ohne zu rennen.
Nummer 124 lag in der Mitte des Flügels. Während ich den Flur entlangging, erholten sich meine Augen wieder, und unfreiwillig spähte ich in die Zimmer hinein, wo ich nichts sah als Betten und hie und da wie Leichen in Leinen gewickelte Körper, lebende Kadaver, deren Blickfeld, wenn sie überhaupt noch etwas wahrnahmen, sich auf die buntgestrichene Zimmerdecke beschränkte. Irgendwo hinter mir rief eine Stimme: »Helft mir. Bitte. Laßt mich doch sterben. Helft mir.« Ich schaute die nächste Schwester an. Sie ignorierte mich, genau wie die Rufe. Alle ignorierten sie. Ich ging schneller.
In Zimmer 124 standen zwei Betten, beide leer. Nichts als das schwache Dämmerlicht, das wie ein Einbrecher durch die schmalen Fenster der Tür gegenüber hereinkroch, erhellte den Raum. Einen Augenblick lang glaubte ich, es sei niemand da. Dann sah ich sie.
Sie saß im Rollstuhl, mit dem Rücken zu mir, und hatte sich vorgebeugt, um die auf dem Fensterbrett aufgereihten Usambaraveilchen und Kakteen zu betrachten. In den wenigen Sekunden, die ich ihr dabei zuschaute, hob sie ein paarmal die Hand, als wolle sie die Pflanzen streicheln, aber die Hand berührte nichts als Luft und fiel in den Schoß zurück.
Ich klopfte, aber sie hörte mich nicht. Hinter der Innentür im Zimmer rauschte die Toilettenspülung. Ich machte mich lauter bemerkbar, redend und füßescharrend, und ich wollte es schon darauf ankommen lassen, daß ich sie erschreckte, als sie den Stuhl herumdrehte und mir das Gesicht zuwandte.
Sie hatte klare blaue Augen, dünnes, weißes Haar und einen leicht verkrümmten Körper. Die eine Schulter saß höher. Ein bunter Afghan verhüllte den Schoß und die Beine. Irgend jemand hatte ihr einen Button mit einer gelben, lachenden Sonne darauf an die rosa

Strickjacke gesteckt. »Bist du's, Anthony?« Die Stimme war dünn und zittrig, aber von Hoffnung gekräftigt.
»Nein«, sagte ich. »Ich bin...«
»Papa?«
»Nein. Ich heiße Tanner. Ich bin...«
»Sie müssen der neue Doktor sein«, folgerte sie, und die Stimme klang plötzlich voll und gebieterisch, das genaue Gegenteil von eben. »Stimmt es, daß Dr. Slavin rausgeflogen ist? Weil er Tabletten gestohlen hat? Das behaupten sie nämlich. Ich hab Dr. Slavin sehr gern gemocht. Er hat mich an Papa erinnert. Kennen Sie Papa?«
»Nein.«
»Er war ein wunderbarer Mensch. Ich habe ganz allein für ihn gesorgt, als Mutter tot war, müssen Sie wissen. Ich war sein Liebling. Er hat das nie gesagt, aber ich hab's ganz genau gewußt. Und warum auch nicht? Hätten die anderen ihn etwa zu sich genommen? O nein, das hätten sie nie im Leben«, beantwortete sie sich selbst die rhetorische Frage.
Ich wußte nicht mal genau, wen ich vor mir hatte, und ich wollte mich eben danach erkundigen, da schweiften die Blicke der Frau voller Panik durch das Zimmer. »Meine Salems. Wo sind meine Salems? Sie haben sie mir doch nicht etwa weggenommen, Herr Doktor? Der andere, Slavin, hat immer gesagt, daß man sich in meinem Alter keine Gedanken über das Rauchen zu machen braucht. Hoffentlich sind Sie nicht anderer Ansicht. Ich würde bestimmt nicht auf Sie hören. Ich bekäme wahrscheinlich sogar einen Anfall«, fügte sie hinzu. Eine kindliche Drohung.
Ich lächelte und schüttelte den Kopf. Die Salems lagen auf dem Nachttisch. Ich ging hinüber und holte sie. Neben dem Päckchen standen drei silbergerahmte Schnappschüsse. Einer zeigte unverwechselbar Teresa Blair, jung, lebensprühend, zum Staunen schön wie eine Gardenienblüte, aber ohne den Hauch von Berechnung, der den Photos im Portfolio den Zauber nahm. Im zweiten Rahmen steckte das Bild eines unscheinbaren, schlehenäugigen jungen Mädchens, angetan mit schwarzem Talar und Barett. Sie blinzelte in die Kamera und wirkte unsicher und verwirrt, als probe sie eine Rolle, die sie nicht spielen wollte. Das dritte Photo zeigte ein Baby, Geschlecht nicht auszumachen, jedenfalls für mich. Ich hielt der Frau die Zigaretten hin.
»Dabei müssen Sie mir helfen«, sagte sie, hob die rechte Hand und streckte sie mir entgegen.
Sogar im dämmrigen Licht erkannte ich, daß dies keine Menschenhand war, sondern ein verbogener, zerstörter Gegenstand, eine

Hand, die auf groteske, ja teuflische Weise deformiert war zu einer kubistischen Faust, an der die Proportionen und Perspektiven nicht mehr stimmten, die nicht mehr gebrauchsfähig war. Die Finger, dick und verkrümmt, waren gegen die Handfläche gebogen, als habe sie ein Folterakt für immer dort festgenagelt. Der Daumenballen war weiß und blutleer. Ich dachte an Burgverliese, an Sadisten, an Wahnsinn.
»Heben Sie meinen Finger an.« Die Worte kamen bestimmt und schockierend tapfer. »Weiter. Es tut nicht weh. Jedenfalls nicht schlimmer als sonst. Sie stellen sich ja an, als wär das der erste Fall von Gelenkrheumatismus, den Sie zu Gesicht bekommen, Herr Doktor. Sie *müssen* neu hier sein.«
Ich stammelte, daß ich so was tatsächlich noch nie zu Gesicht bekommen hatte, und das stimmte. Ich hatte nicht die leiseste Ahnung. Jedesmal, wenn ich glaube, ich hätte nun das Grausamste gesehen, was Gott und die Menschen sich nur ausdenken können, muß ich mir wieder ins Gedächtnis rufen, daß Grausamkeit keine Grenzen kennt.
Einen Augenblick später gelang es mir, den Anweisungen der Frau so weit zu folgen, daß ich ihr die Zigarette zwischen Daumen und Zeigefinger stecken konnte, die fest aneinandergepreßt waren. Dann gab ich ihr Feuer. Sekunden darauf paffte sie hinter der Faust, das Zerrbild jener harten Männer, die sich hinter vorgehaltener Hand die letzte Zigarette anzünden.
Als ich eben von neuem ansetzte, mich nach der Identität der Frau zu erkundigen, ging die Tür zum Bad auf, und eine Frau im Rollstuhl kam herausgefahren. Ohne ein Wort stieß sie den Stuhl in den Flur hinaus, dann war sie verschwunden. »Der arme Teufel hängt so gut wie immer hier herum«, erklärte die Frau in dem Zimmer. »Dabei wohnt sie gar nicht bei mir. Ich weiß nicht mal ihren Namen. Ich bin mir nicht sicher, ob sie selber ihn weiß. Gott sei Dank bin ich noch bei klarem Verstand. Jedenfalls meistens. Haben Sie meine Tabletten dabei? Dr. Slavin hat mir immer Tabletten gebracht.«
»Ich bin kein Arzt«, sagte ich. »Tut mir leid. Aber wenn Sie wollen, kann ich den Schwestern ausrichten, daß Sie Schmerzen haben.«
»Die Schwestern«, zischte sie. »Die *wissen*, daß ich Schmerzen habe. Jeder hier hat Schmerzen. Haben Sie Papa gekannt?«
»Nein. Ich hab ihn nicht gekannt.«
»Er hat auch gelitten, als es dem Ende zuging. Aber er war ein wunderbarer Mensch. Wer sind Sie eigentlich? Mein Mann sind Sie nicht, das kann ich sehen. Ich hab immer gedacht, vielleicht be-

sucht er mich mal. Sind Sie Vetter Floyd? Mary sagt, daß er mich vielleicht mal besuchen kommt.«
Ich erklärte ihr, daß ich nicht Vetter Floyd sei. »Ich bin wegen Teresa hier. Wegen Teresa Blair.«
»Blair? Ich kenne niemand, der Blair heißt. Ich hab eine Tochter, die Teresa heißt. Teresa Goodrum. Ein Photo von ihr steht da drüben, wenn es dieses alte Weib nicht schon wieder gestohlen hat.«
»Doch«, beruhigte ich sie. »Es steht noch da. Ich hab es gesehen.«
»Sie ist wunderschön, nicht wahr?«
»O ja.«
»Die arme Mary hat gar nichts abbekommen. Weder Schönheit noch Intelligenz. Nicht mal ihr leiblicher Vater hat sie geliebt.«
»Haben Sie Teresa in letzter Zeit gesehen?«
»Weiß nicht.« Sie runzelte die Stirn. »Glaub nicht. War sie denn hier?«
»Wissen Sie, wo sie jetzt ist?«
»Doch wohl zu Hause, oder nicht?«
»Wo ist zu Hause?«
»In El Gordo doch. Wir haben immer in El Gordo gewohnt, seit ich Mr. Goodrum geheiratet hab. Ich glaube, ich bin sogar in El Gordo geboren. Oder nicht?«
»Wo ist Mr. Goodrum?« fragte ich, im Bemühen, Schritt zu halten.
»Mr. Goodrum ist tot«, erklärte sie harsch. »Er ist gleich gestorben, nachdem sein Geschäft abgebrannt ist. Das war neunundfünfzig. Da war er erst achtundvierzig. Seine Leute haben den Leichnam abgeholt, wenn Sie das interessiert.«
»In welcher Straße haben Sie und Mr. Goodrum gewohnt?«
»In der Winthrop Avenue. Sechshundertneunundvierzig. Dorthin hab ich Papa geholt, als Mama tot war.«
»Wer ist die Frau auf dem anderen Photo?«
»Auf welchem Photo?«
»Dort auf dem Nachttisch. Neben Teresa.«
Ich zeigte darauf, und sie schaute hin. »Ach, das muß Mary sein, oder nicht? Mary und das Baby.«
»Mary Quilk?«
»Mary Goodrum.«
»Ist sie Teresas Schwester?«
»Ich weiß nicht, was sie sonst sein könnte, oder wissen Sie das?«
Ich schüttelte den Kopf. »Wo wohnt Mary?«
»Zu Hause.«

»In der Winthrop Avenue?«
»Das hab ich doch schon gesagt. Mary ist zu Hause bei Papa, wenn sie nicht schon wieder weggelaufen ist. Meine beiden Mädchen laufen dauernd weg. Ich komm gar nicht mehr nach.«
»Wie alt sind Sie, Mrs. Goodrum?« fragte ich.
»Zweiundsechzig. Ich bin die Jüngste hier. Und die Hübscheste, wenn man die Schwestern nicht mitrechnet. Und auch von denen können mir ein paar das Wasser nicht reichen!«
»Seit wann wohnen Sie schon hier?«
»Seit dem Schlaganfall. Ich glaube, das ist zwei Jahre her. Das war sechsundsiebzig. Im zweihundertsten Jahr der amerikanischen Geschichte.«
»Wie alt ist Papa?«
»Papa ist tot, Dummkopf.«
»Wo ist Teresa?«
»Das darf keiner wissen. Wissen Sie nicht mal *das*, Mister? Keiner darf das wissen.«
Ich hatte auch das nicht gewußt, und ich wußte überhaupt nichts mehr.

10

Als ich wieder an der Bay Bridge ankam, ging es in meinem Kopf genauso stürmisch zu wie in dem von Mrs. Goodrum, während sie versucht hatte, das Reale und Irreale in ihren Erzählungen auseinanderzuhalten. Ich vermutete, daß die Frau auf dem zweiten Photo Mary Quilk war, geborene Goodrum, die Empfängerin von zweimal dreihundert Dollar pro Monat per Dauerauftrag von Mrs. Blair. Aber es war zu spät, jetzt noch in der Winthrop Avenue herumzuschnüffeln, um herauszukriegen, ob dort noch Goodrums wohnten oder ob das dortige Zuhause nur in Charlene Goodrums vom Schlaganfall gelähmten Gehirn existierte. Als ich mich San Francisco näherte, begrub ich heiteren Herzens meinen Plan, in einem Motel in El Gordo zu übernachten. An der Clay Street bog ich vom Freeway ab. Ich parkte den Buick und ging die Straße hinunter zu meinem Büro. Ich kam mir alt vor und schwach, und ich traute mir nicht zu, das irgendwann noch mal zu ändern.
Das Haus war dunkel, bis auf das Licht der Tiffanylampe, die Carson James, der Hausbesitzer und Inhaber von *Runnymede*, dem Antiquitätenladen im Erdgeschoß, die ganze Nacht auf dem Sekretär brennen ließ, der ihm als Büro diente. Als ich in den ersten Stock

hinaufstieg, klangen meine Schritte wie Geröll im Steinbruch. Mein Nachbar, der Steuerberater, hatte heute geschlossen. Er hat immer heute geschlossen. Die Bürotür erbebte, als ich den Schlüssel umdrehte, und gab erst nach, als ich mich mit der Schulter dagegenwarf. Bis ich im Sessel saß, den Highball in der Pfote, war es schon nach neun und zappenduster. Ich machte Licht.
Peggy hatte einen Zettel für mich hinterlassen. Darauf stand nichts als »Hi!« Wenn was Wissenswertes zu berichten gewesen wäre, hätte sie das ebenfalls aufgeschrieben. Daß Peggy einen Zettel für mich hinterließ, auch wenn gar nichts zu berichten war, erklärte, warum ich sie liebte.
Ich griff zum Telephon, um James Blair anzurufen, wählte aber statt dessen Peggys Nummer. Ich ließ es zwölfmal klingeln, bevor ich auflegte. Sie war nicht zu Hause. Sie war in letzter Zeit ziemlich oft nicht zu Hause. Das gefiel mir gar nicht, und noch weniger gefiel mir, daß es mir nicht gefiel. Peggy hätte sich lieber die Zunge abgebissen, als daß sie mir erzählt hätte, mit wem sie ausging, und ich hätte mir lieber die Zunge abgebissen, als sie danach zu fragen. Ich holte mir den nächsten Drink.
Die Einsamkeit sickerte durch meine schutzlosen Poren. Die vertraute Höhle hatte nichts Tröstliches mehr, sondern klagte mich an, ein Symbol meines gegebenen Worts. Ich stürzte den Drink hinunter, fuhr im Drehstuhl herum und legte die Beine auf die Kredenz, die an der Wand hinter dem Schreibtisch zwei lange Meter für sich beanspruchte.
Mein Blick schweifte hinauf zu dem Klee, der hoch über meinen Füßen hing, hin zu der leicht gestrichelten und doch gravierenden Technik, mit der der Künstler seine geometrische Vision vom Großstadtleben beschworen hatte, von dessen Vielfalt, dessen Leichtlebigkeit und Oberflächlichkeit, dessen wie nicht miteinander verwobenen Bezügen. In Klees abstrakter Stadt trafen sich alle Linien irgendwo, irgendwann. Unabwendlich, aber nicht berechenbar. Mir diente das Bild als eine Art Arbeitsplatzbeschreibung. Da war, was ich machte. Ich verhalf diesen Linien dazu, daß sie sich trafen. Ich brachte Menschen zusammen oder brachte sie dazu, daß sie sich mit ihrer Vergangenheit auseinandersetzten. Und während ich das tat, entdeckte ich – öfter, als gut für mich war – auch sehr oft Linien, die ich gezogen hatte. Ich drehte mich weg von dem Bild, griff zum Telephon und rief James Blair an. Ich fragte ihn, ob er was von seiner Frau gehört habe.
»Leider nein«, sagte er mit Grabesstimme. »Ich hab gehofft, *Sie* wüßten was von ihr.«

Ich erklärte ihm, daß ich nichts in Erfahrung gebracht hatte, das uns wirklich weitergeholfen hätte. »Ich habe mit ihren Freunden gesprochen, außerdem mit ihrer Mutter. Aber niemand hat auch nur die leiseste Ahnung, wo Mrs. Blair sein könnte. Jedenfalls behaupten das alle.«

»Ihre Mutter? Teresa hat nie von ihrer Mutter gesprochen. Wo wohnt sie?«

Ich teilte Blair das meiste dessen mit, was ich über Mrs. Goodrum wußte, was alles in allem sowieso so gut wie nichts war, aber offenbar war ihm selbst das vollkommen neu. Die Winthrop Avenue behielt ich für mich, damit ich sicher sein konnte, daß ich am nächsten Morgen der erste war, der sich dort erkundigte. James Blair war genau der Typ, dem ich es zutraute, daß er die Ermittlungen selbst in die Hand nahm, wenn man ihm auch bloß die Chance dazu gab, und der bei seinem Herumgestümper alle Spuren zertrampelte.

Blair war aufgeregt, und er hatte Angst. Seine Stimme vibrierte, ganz untypisch, vor lauter Frust. »Ich fürche, je mehr Zeit verstreicht, desto geringer stehen die Chancen, sie zu finden. Oder wie sehen Sie das?« wollte er wissen.

»Da könnten Sie recht haben«, sagte ich. »Andererseits ist die Zeit nicht immer auf der Gegenseite. Ich muß noch paar mögliche Spuren aufnehmen, und das mach ich gleich morgen früh. Bedenken Sie, daß nur eine Spur die richtige ist.«

»Warum machen Sie sich nicht gleich auf Spurensuche?«

»Weil um diese Tageszeit so gut wie jeder schläft.«

Blair schnaubte schweinisch. »Das ist doch alles nicht genug. Ich glaube, ich sollte noch jemand auf den Fall ansetzen.«

»Das ist Ihr gutes Recht«, sagte ich seelenruhig, »aber es ist auch mein gutes Recht, auszusteigen, wenn ich das Gefühl habe, daß mir Ihre Entscheidung die Arbeit erschwert. Wen haben Sie denn dabei im Auge?«

»Ich habe an eine Agentur gedacht, die viele Leute in Reserve hat.«

»Und wo wollen Sie die vielen Leute hinschicken?«

»Das weiß ich nicht. Ich dachte, da hätten Sie vielleicht einen Vorschlag zu machen.«

Den Vorschlag behielt ich für mich. »Bloß weil eine Agentur viele Leute beschäftigt, werden die trotzdem noch lange nicht alle auf Ihren Fall angesetzt, Mr. Blair. Wenn's hoch kommt, dann ist es ein Mitarbeiter pro Kunde, und sogar der bringt nicht den ganzen Tag damit zu.«

Er dachte darüber nach, dann konterte er. »Ich habe auch übernatürliche Hilfe erwogen.«

»Wie bitte?«
»Übernatürliche Kräfte. Menschen, die durch eine Art Hellseherei ausmachen können, wo Tote begraben liegen und wo Lebende sich aufhalten. Ich habe viel über solche Menschen gelesen.«
»Ich auch.«
»Was halten Sie davon? Mir zumindest erscheint dergleichen durchaus glaubwürdig.«
Mir erschien es als Humbug, aber das sagte ich nicht. »Das könnte, glaub ich, nichts schaden, solange solche Leute sich raushalten aus meiner Arbeit und bloß damit beschäftigt sind, Vibrationen zu empfangen und zu orten. Haben Sie an jemand Bestimmten gedacht?«
»Ja. An einen Mann namens Brutus Therm.«
»Wie sind Sie auf den verfallen?«
»Ein Geschäftsfreund hat ihn mir empfohlen. Er hat in einer Zeitschrift namens *True Detective* oder so ähnlich etwas über ihn gelesen. Therm wohnt in San Francisco, aber er hat schon mehrfach bewiesen, daß er auch Menschen in vielen verschiedenen Ländern lokalisieren kann. Offenbar braucht er nichts als ein Photo von Teresa und ein von ihr getragenes Kleidungsstück, damit er anfangen kann.« Blair machte eine Pause, als sei er entschlossen, den letzten Satz zu wiederholen. Vor meinem geistigen Auge erschienen Bluthunde. »Was halten Sie davon?« wollte er noch einmal wissen.
»Wenn Ihnen dann wohler ist, nur zu.«
»Wenn Mr. Therm mir sagt, wo Teresa sich seiner Meinung nach aufhält, werden Sie dann dem Hinweis nachgehen?«
»Das kann schon sein. Hängt davon ab, wie vernünftig es klingt. Und außerdem möcht ich Ihnen raten, die Vereinbarung schriftlich zu treffen.«
»Selbstverständlich.«
»Wissen Sie, Mr. Blair«, sagte ich langsam, »es gibt so gut wie keine Chance, daß ich Ihre Frau finde, wenn Sie nicht völlig offen zu mir sind, was Ihre Frau und Ihre Beziehung zu ihr anlangt. Ich hoffe, Sie haben das begriffen.«
»Selbstverständlich. Was wollen Sie mir unterstellen?«
»Ich frage Sie bloß, ob da noch irgendwas ist, das Sie mir erzählen wollen.«
»Nichts.«
»Mr. Blair, ich bin Mitglied der kalifornischen Anwaltskammer. Wenn es die Geheimhaltung ist, was Ihnen Kopfzerbrechen macht, dann können Sie mich jederzeit als Ihren Anwalt bestallen. Ich kann Ihnen schon morgen eine rückwirkende Vereinbarung zu-

schicken. Es ist fast unmöglich für die Behörden, die Schweigepflicht des Anwalts gegenüber seinem Mandanten zu durchbrechen. Im Grunde genommen überhaupt unmöglich. Was Sie mir sagen, bleibt völlig vertraulich. Verstehen Sie mich recht?«

»Selbstverständlich. Aber es gibt nichts mehr zu sagen. Glauben Sie mir, mir wäre wohler, wenn mir noch irgend etwas einfiele.« Blair machte eine Pause. »Sie müssen mich für gaga halten, weil ich so wenig über Teresa weiß.« Die Stimme war plötzlich kindlich und sehr weit weg.

»Ich denk mir, daß es manchmal besser ist, gar nichts zu wissen«, sagte ich. »Unwissenheit kann ein Segen sein.«

»Für uns schien das der richtige Weg«, gab Blair zurück. »Wenigstens bis jetzt. Haben Sie irgend etwas über Teresa herausgefunden, das ich wissen müßte?«

Ich dachte an Tancy Verritts Beschreibung ihrer Freundin Tessa und von deren Lebenswandel. Ich dachte an das, was ich Tolson erzählt hatte. »Nein«, sagte ich statt dessen. »Nichts, was Sie wissen müßten.«

Ich sagte Blair gute Nacht und wählte die Nummer von Kathryn Ellington Martin. Sie nahm erst nach dem neunten Klingeln ab. Ich nannte ihr meinen Namen und berief mich darauf, daß sie mit mir hatte sprechen wollen.

»Davy hatte einen bösen Wutausbruch«, erklärte sie und holte zwischen den einzelnen Wörtern erst mal Luft. »Er wird einfach nicht damit fertig, daß Wayne nicht mehr da ist.«

»Das legt sich«, versicherte ich ihr, aus meinem profunden Unwissen heraus.

»Sie kommen alle mal drüber weg, nicht wahr?«

»Alle nicht, aber die meisten.« Ich dachte an alle die Ausreißer, denen ich in all den Jahren nachgespürt hatte. Manche hatten die häuslichen Verhältnisse mit Mitteln bekämpft, die es ihnen unmöglich machten, je wieder wie früher zu sein.

»Ich will Ihnen nicht schon wieder mit meinen Problemen auf die Nerven gehen. Haben Sie etwas über Teresa herausgefunden?«

»Ja.«

»Oh, wollen Sie damit sagen, daß Sie wissen, wo sie ist?«

»Nein. Ich will nur sagen, daß ich ein paar Sachen über sie herausgefunden habe. Wo sie sich aufhält, gehört leider nicht dazu. Warum fragen Sie? Wissen Sie was?«

»Nein. Überhaupt nichts. Ich hab bloß nachgedacht.«

»Gut.«

»Ich glaube, Sie sollten nicht mehr nach Teresa suchen.«

»Wirklich? Und warum?«
»Ich habe darüber nachgedacht. Ich meine, es gibt doch keinen wirklichen Beweis, daß Teresa etwas zugestoßen ist? Oder doch?«
»Nein.«
»Dann muß sie aus freien Stücken von zu Hause weggegangen sein. Und da glaub ich einfach, daß sie das Recht hat, ein neues Leben anzufangen, wenn sie das will, ohne daß Sie oder ich oder sonstwer ihr dazwischenfunkt. Und deshalb glaub ich, Sie sollten nicht mehr nach ihr suchen. Das hab ich Ihnen sagen wollen.«
»Sie sind nicht meine Auftraggeberin, Mrs. Martin.«
»Ms. Ellington. Ich habe meinen Mädchennamen wieder angenommen.« Sie machte eine Pause, als wollte sie mir Gelegenheit geben, ihr dazu zu gratulieren. »Ich wollte nur, daß Sie wissen, wie ich darüber denke«, fuhr Ms. Ellington fort, »und daß Sie es sich anders überlegen und nicht mehr nach Teresa suchen. Ich glaube, Sie sollten auch ihre Rechte bedenken.«
»Was sind das für Rechte, Ms. Ellington?«
»Ihr Recht, ein neues Leben anzufangen, ein Recht, das sich die Männer seit Jahrzehnten herausnehmen.«
»Es gibt vielerlei Rechte. Mein Auftraggeber hat ein Recht darauf, daß er den Gegenwert seines Geldes kriegt. Der Bundesstaat Kalifornien hat ein Recht darauf, daß die Augenzeugen von Straftaten vor Gericht eine Aussage machen. Sie haben das Recht auf einen Ehemann, der Sie nicht behandelt wie ein synthetisches Heiligenbild. Lauter Rechte. Aber es ist nicht meine Aufgabe, Prioritäten zu setzen.«
»Ich glaube nicht, daß dies eine erschöpfende Antwort ist, heutzutage, Mr. Tanner«, antwortete Ms. Ellington mit zitternder Stimme. »Wir müssen ja *alle* Prioritäten setzen. Die Leute, die das früher für uns gemacht haben, liefern nur noch Pfuscharbeit ab. Wenn sie überhaupt je was anderes gemacht haben. Die Regierung. Die Wirtschaft. Die Eltern. Die Kirche. Die Schulen. Jeder einzelne hat jetzt die Pflicht einzuspringen.«
»Tut mir leid, Ms. Ellington. Ich hab schon Fälle hingeschmissen, wenn die Voraussetzungen nicht dem entsprachen, was abzusehen war, oder wenn der Zweck die Mittel nicht geheiligt hat, aber der Fall hier kommt mir nicht so vor. Jedenfalls noch nicht.«
»Aber Sie werden doch darüber nachdenken?«
»Ich denk über alles und jedes nach«, sagte ich. »Ich schreib's auf meine Liste.«
Ich legte auf und dachte über Kathryn Ellingtons Worte nach, kam zu dem Schluß, daß sie in vielen Punkten recht hatte, aber nicht in

allen, und wollte mir eben noch überlegen, wo ich auf dem Heimweg noch Fettucini bekäme, als das Telephon klingelte.
»Marsh Tanner, du Sumpfschwein.«
»Ruthie.«
»Ruf doch mal an. Erstaunlich, daß du noch weißt, wer ich bin.«
»Es ist lang her, Ruthie. Zu lang. Tut mir leid.«
»Red weiter, Herzchen.«
»Abendessen? Bald mal?«
»Wie bald, mein Gummibär?«
»Jetzt sitz ich grad an einem Fall, aber bis Dienstag ist der ausgestanden, wie auch immer. Wie sieht's am Mittwochabend aus?«
»Wo?«
»Wo du magst.«
»Im *Gold Mirror*?«
»Gebongt. Wie in den alten Zeiten. Sag mal, wie geht's dir denn so, Ruthie?« erkundigte ich mich, in der Hoffnung, sie verstehe, daß es mich wirklich interessierte.
»Prima, Marsh. Richtig gut.«
»Viel zu tun?«
»Privat oder beruflich?«
»Beides.«
»Das Geschäft läuft. Nichts Aufregendes, keine Schießereien und so, aber ich hab mein Auskommen. Was das gesellschaftliche Leben anlangt – Witwen über fünfzig gehen nicht grad reißend weg, falls dir das noch nicht aufgefallen sein sollte. Höchstens wenn sie sich mit Klunkern behängen, so dick wie Bärenhoden. Aber ich komm schon zurecht.«
»Du hast was Besseres verdient.«
»Ich kann mich wirklich nicht beklagen. Einen Freund hab ich schon, und wir kommen ganz gut miteinander aus. Ist scharf wie ein Hengst im Frühling, aber ich hab ihn an der Kandare. Ich muß immer noch jeden Tag an Harry denken, aber ich glaub, damit bin ich schon auf dem Weg der Besserung. Erst hab ich bei jedem Atemzug an ihn denken müssen.«
Ich wußte, wovon sie redete. Es war noch nicht lange her, daß ich zum Telephon gegriffen und Ruthies Nummer gewählt hatte, weil ich mit Harry über einen Fall sprechen wollte, mit dem ich nicht klarkam. Daß Harry tot war, kam mir erst zu Bewußtsein, als ich das Freizeichen hörte. Ich ließ das Telephon fallen, als hätt ich versehentlich ein Wiesel am Wickel gepackt, und dachte danach stundenlang an Harry, an das Gute in seinem Leben, an den Schrecken seines Todes.

»Hast du mal was von einer Frau namens Martin gehört, Marsh?« wollte Ruthie wissen. »Wohnt in El Gordo.«
»Und ob. Deine Nichte.«
»Also hat sie sich doch noch bei dir gemeldet.«
»Sozusagen«, sagte ich.
»Was hältst du von ihr?«
»Sitzt übel in der Scheiße, aber ich glaub, sie kommt da schon wieder raus. Die ist ein zähes Luder, Ruthie, ganz wie du.«
Ruthie lachte. »Arbeitest du für sie, Marsh?«
»Nein. Wir haben darüber gesprochen, aber dann hat sie mir schließlich gesagt, sie habe es sich anders überlegt.«
»Wirklich? Als sie mich angerufen hat, war sie total von der Rolle. Hatte doch irgendwas mit ihrer Nachbarin zu tun?«
»Stimmt.«
»Hat sie dir von ihrem Mann erzählt, Marsh?«
»Bißchen was.«
»Hab den Hosenscheißer nie ausstehen können. Sie kann heilfroh sein, daß sie ihn los ist. Marsh, wenn Kathy dich doch noch bitten sollte, ihr zu helfen, dann tust du's auch, okay?«
»Wenn ich das kann, Ruthie. Nur dann. Bis Mittwoch.«
Wir sagten uns gute Nacht. Ich machte das Licht aus, dann lehnte ich mich mit geschlossenen Augen im Sessel zurück, atmete tief durch und brachte meine Muskeln dazu, sich zu entspannen. Meine Gedanken schweiften ziellos, Federn im Windhauch. Ich stellte mir vor, wie Teresa Blair wohl aussehen, klingen, riechen mochte, wenn ich sie fand.
»Feuer!«
Einen Augenblick lang hing das Wort wie nicht gesprochen in der Luft. Ich döste weiter. Dann kam es wieder, und diesmal war es unmißverständlich.
»Feuer! Alle raus! Das Haus brennt! Hilfe! Kommt mir doch zu Hilfe! Bitte!«
Ich kam hoch, stolperte auf den Flur und lief einer geisterhaften Gestalt die Treppe hinunter und auf die Straße nach hinten hinaus nach. Alles war dunkel, bis auf ein oranges Flackern im Fenster. Ich schrie der Gestalt nach. Der Mann hielt an, dann drehte er um und kam auf mich zu. »Marsh. Gott sei Dank.«
Es war Carson James, der Hausbesitzer: betagt, labil, homosexuell und schreckhaft. Wir kannten uns viele Jahre, seit ich ihm eine seiner vielen Ängste vom Hals geschafft hatte. Zum Dank dafür schenkte er mir seine Freundschaft und Mietermäßigung. »Wie schlimm ist es denn?« wollte ich wissen.

»Grauenhaft. Die Flammen. Gingen plötzlich hoch. Wahrscheinlich ein Leck in der Gasleitung. Schau hinein. Heilige Mutter Gottes, ich hätte draufgehen können.« Carsons teigiges Fleisch überlief eine Gänsehaut. Die Ringe an seiner Hand glühten auf, als er auf das Fenster deutete, ein Widerschein des Brandes.
Ich schaute hinein. Hinter der Scheibe tanzten die Flammen in der Luft wie Seiltänzer in Gelb. Sie erinnerten mich an Rockspektakel von früher, an die Lichtorgeln, deren zuckende Farbspiele die Stars beleuchteten. »Hast du die Feuerwehr gerufen?« fragte ich.
»Nein. Ich wollte zuerst die Leute im Haus alarmieren.«
Ich bedankte mich. »Was von den Sachen drin ist lebenswichtig?«
»Alles, Marsh. Mein *Leben* ist da drin, das weißt du doch.«
Ich wußte es. »Vorn an der Straße ist ein Feuermelder«, sagte ich. »Schlag ihn ein. Ich geh hinein und ruf die Feuerwehr an. Hast du einen Feuerlöscher?«
Carson nickte. »Muß irgendwo sein.« Er schloß die Lider, graue, zerknitterte Vorhänge, die den Feuersturm verdecken sollten. Aber er sah ihn auch vor dem inneren Auge. »Ich kann keinen klaren Gedanken fassen«, stammelte er verzweifelt. »Das Ding ist uralt, und ich hab nicht die leiseste Ahnung, wie man damit umgeht, und deshalb... Er hängt an der Hintertür! An der Wand. Rechts.«
Was er nicht über die Lippen brachte, sprachen die Bittstelleraugen aus. »Okay«, sagte ich. »Du schlägst den Feuermelder ein. Allzu schlimm sieht's noch nicht aus. Und du bist doch versichert?«
»Ja, aber...«
Keine Versicherung ohne Wenn und Aber, das weiß jedes Kind. Plötzlich fragte ich mich, ob ich etwas von meiner Habe retten sollte. Den Klee. Den Schreibtisch, den Schreibtisch von meinem Großvater. Aber der war zu schwer. Peggys Pflanzen. Sonst nichts, denn fast alles andere hatte ich ohnehin nur angehäuft, weil es die Regierung, die Herrschenden und anderen Vorgesetzten von uns verlangten.
Und dann wanderten meine Gedanken von dem Brand und dem, was er zerstören konnte, zu seiner Ursache. Es gab eine Reihe von Möglichkeiten. Carson war nicht der sicherste Kantonist. Vielleicht war er achtlos mit einer seiner zahllosen Zigaretten umgegangen – oder mit den Gefühlen eines seiner ehrgeizigen jungen Liebhaber. Oder es mochte an den Leitungen liegen oder an der Teufel weiß was. Aber eine der Möglichkeiten hatte überhaupt nichts mit Carson zu tun, dafür eine Menge mit mir.
Ich scheuchte Carson seiner Wege und wandte mich dem Feuer zu,

entschlossen, es einzudämmen, sobald ich meine Angst eingedämmt hatte. Ich kämpfte die Kindheitserfahrung nur dadurch nieder, daß ich mich ausschließlich darauf konzentrierte, was im Haus wie zu tun war.

Die Hintertür bekam ich leicht auf, aber die Hitze dahinter brach über mich herein wie eine Woge über ein Floß. Vorsichtig, aber ohne Selbstvertrauen trat ich hinein in die verräucherte Darre. Die Angst klumpte mir schon in der Kehle. Ich wäre am liebsten gerannt, aber das ging nicht.

Der Laden war vollgestopft mit Waren, hier hinten noch dichter als vorn. Sideboards, Kommoden, Schränke und Büfetts zingelten mich ein wie die apokalyptischen Reiter. Als ich wußte, wo ich war, drehte ich mich um und schaute in die Flammen, die sich die Rückwand hinauffraßen.

Der Brand schien sich auf die Rückseite des Hauses zu beschränken. Am heftigsten loderten die Flammen unter den beiden Fenstern nach hinten. Eine Scheibe war zu Bruch gegangen, und der Nachtwind sog schwarzen Rauch in die Stadt hinaus. Ich hustete und band mir das Taschentuch um Nase und Mund.

Carson hatte gesagt, der Feuerlöscher befinde sich an der Wand neben der Hintertür. Ich ertastete mir den Weg dorthin. Ich stieß gegen Sachen, die ich nicht sehen konnte, und stolperte darüber. Als ich endlich fand, wonach ich suchte, verbrannte ich mir die Fingerspitzen an dem heißen Metall.

Es war Schwerarbeit, aber schließlich hatte ich den Feuerlöscher von der Wand gehievt. Ich warf ihn mir über die Schulter wie einen gefallenen Kameraden und bahnte mir den Weg durch das Hinterzimmer. Als ich nach vorn kam, wurde der Rauch dünner, und als ich Carsons Schreibtisch mit dem Telephon darauf erreichte, sah ich wenigstens soviel, daß ich den Notruf wählen und den Brand melden konnte. Dann rieb ich soviel Dreck von dem Feuerlöscher, daß ich die Gebrauchsanweisung entziffern konnte, und ging zurück zum Brandherd. Als ich eben vier Schritte geschafft hatte, hörte ich die erste Sirene aufheulen.

Ich ging so nah an die Rückwand heran, wie ich irgend konnte, zog den Griff des Löschers heraus und pumpte. Milchtrübe, weißliche Flüssigkeit quoll heraus. Ich richtete den Stutzen auf die Flammen und pumpte stärker. Eine Qualmwolke nebelte mich ein, verklebte mir die Augen und die Kehle. Die Funken, die der Löschschaum hochwirbelte, flogen wie Sternschnuppen. Ich hustete und pumpte noch heftiger.

Die Härchen auf meinen Armen kräuselten sich, meine Haut war so

trocken wie Pergament, trotz meiner schweißtreibenden Aufgabe. Die Augen brannten mir, und die Tränen, die wie Sturzbäche hervorschossen, machten mich fast blind. Zwar dämmte meine Plackerei die Flammen stellenweise ein, doch dafür züngelten sie anderswo nur um so wütender empor.
Ich wollte schon aufgeben, doch das ist eine Überlegung, die ich so häufig anstelle, daß ich's mir angewöhnt habe, dann erst recht auf stur zu schalten, oft bis zur Dummheit. Als der Löschschaum nur noch kleckerte, obwohl ich noch hastiger pumpte, warf ich den Kanister weg und schaute mich nach einer anderen Waffe um. Nichts bot sich an als der Läufer, auf dem ich stand. Ich hob ihn auf, holte durch das Taschentuch und den Hemdsärmel Luft, rückte der Wand so nahe, wie's ging, und schlug auf die Flammen ein.
Ich rang nach Luft und ging noch näher heran. Hitze und Rauch verschluckten mich und gaben mich nicht wieder frei. Ich schlug auf die Wand ein, so lange ich es aushielt, dann trat ich zurück, zog Luft in die Lunge und griff von neuem an. Der Rhythmus meiner Attacke bekam etwas Manisch-Verbissenes; ich nahm nicht wahr, ob es sich um Sieg oder Niederlage handelte; ich spürte nichts als die Anstrengung. Als ich in der warmen Pfütze des Feuerlöschschaums ausrutschte und auf die Knie fiel, kämpfte ich so weiter, sinnlos und lächerlich.
Dann flog die Hintertür auf. Zwei Feuerwehrmänner stürmten herein, mit wallenden schwarzen Mänteln, mit Helmen, die den Feuerschein widerspiegelten. Sie zogen mich vom Boden hoch, bedeuteten mir in Zeichensprache, mich nach draußen zu scheren, und richteten den Schlauch auf die Wand. Ich überließ die Arbeit den Fachleuten und stolperte auf die Straße. Mir tat alles weh, mir war heiß, und ich hatte das Gefühl, ich sei nicht mehr ganz bei Trost.
»Ist es aus? Was hast du denn bloß da drin *gemacht*, Marsh? Du hättest *draufgehen* können. Gott im Himmel.« Carson tanzte um mich herum wie Rumpelstilzchen.
»Ich glaube, es ist jetzt unter Kontrolle«, sagte ich zwischen pfeifenden Atemzügen. »Die Feuerwehr ist da. Der Brand beschränkt sich immer noch auf die Rückwand. Du mußt mit Rauch- und Wasserschäden rechnen, aber sonst ist nichts passiert.«
»Der Läufer.«
Carson zeigte darauf, und ich folgte seinem Blick. Ich hielt immer noch den Läufer in der Hand, mit dem ich auf die Flammen eingeschlagen hatte. An einem Zipfel qualmte er; ein anderer war naß und lumpig: die Fahne eines verheerend besiegten Feindes. Carson kamen die Tränen.

»Es ist ein Saruk, Marsh. Unerschwinglich.«
»Tut mir leid.«
»Er ist unersetzlich.«
»Ich hab das erste genommen, was mir in die Finger kam. Tut mir leid.«
Carson griff sich mit beiden Händen an den Hals. »Wie *herzlos* von mir, so was zu sagen. Verzeih mir, Marsh. Du hast da drin dein *Leben* aufs Spiel gesetzt. Für mich.«
»Ach wo.«
»Oh, *doch*. Ich habe dich *gesehen*. Ich habe an Drachen denken müssen. An das *Fegefeuer*. Behalt den Läufer, Marsh. Man kann ihn flicken lassen. Ich bin mir da ganz sicher. Ich kenne jemand, der das macht. Ich möchte, daß dir der Läufer gehört.«
»Nein.«
»Ich *bestehe* darauf.«
Ich wollte den Streit gerade fortsetzen, da kam ein Feuerwehrmann aus dem Haus. »Sind Sie der Besitzer?« fragte er mich.
Ich deutete auf Carson.
Der Feuerwehrmann zog den Arm hinter dem Rücken hervor. Er hielt eine Pappdose in der Hand, eine Dose, die früher mal Grapefruitsaft enthalten hatte, vor kurzem aber eine ganz andere Art von Flüssigkeit. »Brandstiftung«, konstatierte der Feuerwehrmann lakonisch. »Sie benutzen diese Dinger, weil die Pappe mitverbrennt, mitsamt den Fingerabdrücken. Sie müssen beim Brandmeister eine Aussage machen. Er wird gleich hier sein.«
Carson nickte, sprachlos vor Angst. Ich überlegte, ob ich etwas sagen sollte, entschloß mich dann aber, den Mund zu halten. Der Feuerwehrmann ging die Straße hinunter. Er war jung, stark, göttergleich. Carson starrte ihm nach, bis er verschwunden war.
Mir wurde bewußt, daß es irgendwo klingelte, und ich schaute hinauf, um auszumachen, woher das Läuten kam. Es war mein Telephon. Ich erklärte Carson, ich sei gleich wieder da, und stieg hinauf in den ersten Stock.
Mein Büro stank nach Rauch und nach nassem Holz und Stoff. Ich hoffte, daß Peggy wußte, wie man das wieder in Ordnung bringen konnte. Ich nahm den Hörer ab.
»Geben Sie mir Tanner.« Die Stimme war glatt und hart wie Tartanbahnen und Formstahl.
»Am Apparat«, sagte ich.
»Sie waren eben schwer auf Trab, stimmt's, Tanner?«
»Es geht.«
»Wieder bißchen abgekühlt?«

»Es geht.«
»Lassen Sie die Finger von Mrs. Blair.«
»Von wem?«
»Sie haben mich gut verstanden, Freundchen.«
»Warum?«
»Sie will nicht gefunden werden.«
»Behauptet wer?«
»Behauptet jemand, der das Haus, in dem Sie sitzen, jederzeit bis auf die Grundmauern abbrennen kann. Dazu brauch ich höchstens zehn Minuten. Schnüffler vom Grill.«
»Unterstehen Sie sich, Kumpel. Da könnt Ihnen leid tun, daß Sie mal gelernt haben, wie man ein Streichholz anzündet.«
»Von Ihnen heißt's, Sie hätten ein helles Köpfchen, Tanner. Sehr helle kommen Sie mir nicht vor.«
»Das haben Sie schon mal zu mir gesagt.«
»O nein, Tanner. Von *mir* haben Sie noch nichts zu hören bekommen. Aber wenn Sie weiter in El Gordo herumschnüffeln, dann werden Sie wieder von mir hören. Da können Sie Gift drauf nehmen.«
Ich ließ den Hörer auf die Gabel fallen, als wäre er ein Leichenteil.
Als ich zu Hause im Bett lag, träumte ich von einer Hölle, in der es viele Teufel gab.

11

Die Winthrop Avenue zerschnitt das sklerotische Herz von El Gordo und gehörte zum ältesten Teil der Stadt. Zwei Kreuzungen weiter östlich residierte die Missionsgesellschaft, gegründet von Serra persönlich, vier Kreuzungen nördlich stand das Winthrophaus, erbaut mit Gewinnen aus dem Eisenbahngeschäft. Die Eukalyptusbäume am Straßenrand blühten und gediehen, aber von der Wohngegend im Schatten der rindigen Stämme konnte man das nicht behaupten.
Die Häuser waren massiv gebaut und ein gutes Stück von der Straße zurückversetzt, aber wenn man näher hinschaute, wich der Eindruck herrschaftlicher Ruhe dem eines Belagerungszustandes, von Zerfall und Verkommenheit. Die jetzige Generation, die Status gleichsetzte mit Neuheit, Qualität mit Fortschritt, hatte die Winthrop Avenue sich selbst überlassen. Der alte Geldadel war, wenn er schon in der Gegend bleiben wollte, ausgewichen nach Hillsborough und Portola Valley, oder war abgewandert nach Palm

Springs und La Jolla, und die Neureichen hatten sich ihre Flachdachvillen und gegen den Hang versetzten Nobelschuppen gleich oben in den Bergen gebaut. Für die Winthrop Avenue war nichts übriggeblieben als die Geschichte der Straße.
Nummer 649 war ein rechteckiger Backsteinbau, der nach meiner Schätzung ein Jahrhundert alt war. Ein hierher verschlagener Bauherr von der Ostküste hatte halbherzig und unzureichend versucht, ein New Yorker Wohnhaus im King-George-Stil zu imitieren. Jetzt waren die Simse angeschlagen, die Pilaster fehlten ganz, und die einst ausgewogene Symmetrie war aus dem Gleichgewicht geraten, weil das Fundament abgesackt war und die meisten Ornamente verschwunden. Zweifellos hatten Erdbeben zu dem Niedergang beigetragen. Ich hielt direkt an der Bordsteinkante, stieg über ein am Boden liegendes Fahrrad hinweg und ging auf das Haus zu, in dem, wie ich hoffte, Mary Quilk wohnte, die Frau, die seit mindestens einem Jahr sechshundert Dollar im Monat bezog von ihrer Schwester Teresa Blair.
Den Vorgarten rahmte ungepflegter Oleander. Der Gartenstreifen lag sonst stellenweise brach, war anderswo völlig zugewachsen und überall übersät mit Kinderspielzeug, das meiste kaputt. Auch im Garten neben dem Haus lagen Spielsachen herum – Spielsachen für Erwachsene: eine Werkbank, ein Schleifrad, eine Blechtonne, ein Werkzeugkasten, ein Wagenheber, ein Steigeisen. Drei Ölpfützen erstreckten sich die verdreckte Auffahrt hinauf. Unter dem Lieferwagen, der vor der Garage auf der Rückseite des Hauses parkte, schauten zwei Beine heraus. Die dazugehörigen Füße waren barfuß, schwielig und schwarz an den Sohlen. Ich hielt es für besser, mich nicht weiter um sie zu kümmern.
Der Eingang lag unter einer winzigen Vorderveranda, deren weißer Anstrich am Abbröckeln war. Einer der Pfosten, die das Vordach trugen, fehlte schon ganz, ein zweiter war am Zusammenbrechen. Auf der Veranda lagen noch mehr Spielsachen – Puppen, Gewehre, Autos –, ein Abbild der Welt *en miniature*. Unabsichtlich trat ich auf einen gelben Lastwagen, aber das Plastikding hielt meinem Gewicht unverdrossen stand. Bevor ich klopfte, schaute ich nach, ob der Briefkasten ein Namensschild trug. Fehlanzeige.
Nach dem dritten Klopfen ging die Tür auf. Dahinter war Dunkelheit. Die Frau, die im Türrahmen stand, sprach kein Wort und wollte nichts wissen, sah mich aber aus schmalen, steten Augen an. Sie war überdimensional, vom Hals bis zu den Beinen eine einzige Schwellung. Das blaue Waschkleid umwallte sie wie Leintücher ein Gespenst. Sie war außer Atem und rang nach Luft.

Ich fragte sie, ob sie Mary Quilk sei. Sie zögerte einen Augenblick lang, während die heftigen Atemzüge den ganzen Körper durchliefen. »Wieso? Was ist denn jetzt schon wieder?« Ihre Worte bauten eine Schranke zwischen uns auf, die so spürbar war wie eine spanische Wand.
»Ich komme von *Silver Season*«, sagte ich wichtigtuerisch und durchaus wahrheitsgetreu, wenn auch nicht im moralischen Sinne.
»Woher? Ach so. Von dort.«
Die Frau war in den mittleren Jahren und ganz offensichtlich völlig zusammengeschafft. Die grauen Haarsträhnen fielen ihr über die Schläfen wie zerrissene Spinnennetze. In ihren Augen lag Angst, Angst davor, die Tür wieder zuzumachen, weil drin in der Dunkelheit alles Mögliche geschehen konnte. Bis jetzt verband Teresa Blair und ihre Schwester Mary Quilk nichts als eine senile Mutter. Als sie einen Schritt zurück tat, ging ich hinein, um die Dunkelheit mit ihr zu teilen.
Unter ihrem Gewicht ächzten die Dielenbretter. Ich war ihr so nah, daß ich sehen konnte, wie ihr das Haar aus der Kinnlinie sproß, riechen konnte, wie ihr Atem und ihr Körper nach verdorbenem Moschus stanken. Es war eine Kränkung für sie, daß ich so ohne weiteres in ihr Haus eindrang, aber sie ließ es trotzdem bleiben, ihre Rechte zu verteidigen. Mir war klar, daß sie an derlei Niederlagen gewöhnt war.
»Geht es Mama gut? Hat sie wieder einen Schlaganfall gehabt?« In ihrer Stimme fehlte der Unterton echter Besorgnis, als wisse sie selbst nicht genau, welche Art von Befinden sie Mama wünsche.
»Nichts dergleichen, Mrs. Quilk. Sie sind doch Mrs. Quilk, nicht wahr?«
Sie nickte. Einen Augenblick lang sagte ich gar nichts. Ich posierte nur – als Bürokrat, der geheimnisvolle Fakten kannte, über bedrohliche Macht verfügte, ein Schiedsrichter, der Launen unterworfen war.
»Geht's um das Geld?«
Ich gab keine Antwort.
»Das Geld sollte weitergezahlt werden. Sie hat versprochen, daß das in Ordnung geht.«
»Wer hat das versprochen, Mrs. Quilk?«
»Teresa. Meine Schwester. Zahlt Teresa nicht mehr für Mama? Sie hat doch geschworen, *heilige Eide* geschworen, daß sie weiter zahlt.« Die Hände verkrampften sich um die Taille, und Mrs. Quilk ging zwei Schritte zurück. Ich ging ihr nach, um ihr Gesicht im Auge zu behalten.

»Ted und ich können das nicht bezahlen«, fuhr sie fort, mit quäkend-verheulter Stimme. »Jetzt hat Ted drüben in der Werkstatt schon zwei Monate keine Arbeit mehr. Er versucht ja, was ranzuschaffen mit den Autoreparaturen, aber die Zeiten sind schlecht. Teresa hat versprochen, daß sie für alles aufkommt, solange wir uns nur um den – um das andere kümmern. Sie hat es *versprochen*, Mister. Aber das hat wahrscheinlich gar nichts zu bedeuten, weil ich's ja nicht schriftlich hab. Ted hat gleich gesagt, ich soll's mir schriftlich geben lassen.« Ihr Seufzer klang wie ein Trompetensignal des Verrats.

»Wozu haben Sie sich zum Ausgleich verpflichtet?« wollte ich wissen.

Ich bekam keine Antwort. Mrs. Quilk drehte sich um und ging mir voraus in den dunklen Dämmer des Hauses, bis wir in ein Zimmer kamen, das nur ein paar Nuancen heller war als die Diele.

Es war karg und einfallslos möbliert, und eine wahre Parade der Tage und der Benutzer hatte die Muster schier ausgelöscht. Der Teppich schlug Wellen, die genau der Verkehrslage des Hauses entsprachen; das Plüschsofa mit den Zebrastreifen mußte zu einem Zeitpunkt angeschafft worden sein, als sexuelles Verlangen hier noch eine große Rolle gespielt hatte. Den Sessel in meinem Rücken verhüllte ein Schonbezug, der mich an die Frauen gemahnte, die ich in der *Silver Season* gesehen hatte. Das einzige Bild an der Wand war goldgerahmt. Ich hielt es für ein Bild des Erlösers, bis ich im Näherkommen sah, daß es den King des Rock 'n' Roll darstellte.

Mrs. Quilk fiel auf, daß mir das Bild auffiel. »Ich hab Elvis mal gesehen«, erklärte sie schlicht.

»Wo?«

»Auf dem Flughafen. Er war auf dem Weg nach Hawaii, wo er eine Show aufzeichnen sollte. Er saß in einer riesigen roten Limousine, und alle Fenster bis auf die Windschutzscheibe waren zugezogen. Ich wußte trotzdem ganz genau, daß er es war. Er hat mir sogar zugewinkt. Ich weiß das todsicher, egal, was Ted behauptet. Er hatte nen Diamanten anstecken, so dick wie ne Bohne.« Sie lächelte. »Ich hab einundzwanzig Langspielplatten von ihm«, drückte sie ihre Verehrung in Zahlen aus. »*Blue Hawaii* hab ich am liebsten.«

Sie nahm auf den ausgeblichenen Zebrastreifen Platz, ich setzte mich in den Sessel ihr gegenüber und wiederholte meine Frage nach Teresa Blairs Versprechen, für die Pflege der Mutter aufzukommen.

»Sie hat es versprochen. Als Mama krank wurde, hat Teresa gesagt, sie übernimmt alle Kosten.«
»Wann war das?«
»Sechsundsiebzig. Ein Jahr, nachdem ich Elvis gesehen hab.«
»Und wozu haben Sie sich verpflichtet?«
Sie überhörte meine Frage. »Es kommt mir einfach so unfair vor«, grübelte sie vor sich hin. »Nach allem, was wir für *sie* getan haben.«
Sie schüttelte den Kopf. Das Haar rutschte vollends aus den Nadeln und fiel ihr auf die Schultern, schuhbraun und grau, geschnitten wie ein alter Mop.
»Möchten Sie Kaffee?« fragte sie, vermutlich in der verzweifelten Hoffnung, ihre Gastfreundschaft werde mich von meinem Auftrag ablenken, worin dieser Auftrag auch bestehen mochte.
Ich schüttelte den Kopf und wollte wissen, was an der Übereinkunft für die Pflegekosten unfair sei. Ich bemühte mich um einen neutralen Ton, in dem Neugier und Mitgefühl sich die Waage hielten. Und ich bemühte mich, auf sie den Eindruck zu machen, es stehe in meiner Macht, die Welt zu ändern.
Es funktionierte nicht. Die Frau wiederholte nur noch einmal, daß ihre Schwester es ihr in die Hand versprochen habe, diesmal voller Antipathie, so ätzend, daß meine Frage weggefressen wurde. »Was haben Sie für Mrs. Blair getan?« fragte ich noch einmal. Ich versuchte sie anzustacheln wie ein Maultier.
Diesmal hatte sie die Frage gehört, aber sie schüttelte nur schnell den Kopf, als handle es sich um etwas ohne Belang. »Wie hoch sind Mamas Schulden? Riesig, nehm ich an«, mutmaßte sie tonlos.
»Das ist nicht der springende Punkt«, gab ich zurück.
»Ich hab gedacht, Sie kommen vom Heim?«
»Allerdings. Bitte, verstehen Sie mich richtig – uns geht es nur darum, in Erfahrung zu bringen, wo Ihre Schwester sich *aufhält*. Nicht aus finanziellen Gründen, glauben Sie mir das. Es geht ausschließlich um Papiere, die unterschrieben werden müssen, reine Formsachen. Sie betreffen staatliche Beihilfen. Weil Mrs. Blair die Patientin – äh – *unterstützt*, ist es unerläßlich, daß sie die Anträge unterschreibt. Vorschriften, Sie verstehen.«
»Wollen Sie damit sagen, daß sie Ihnen nichts schuldet?«
»Keinen Cent. Und ich sollte wohl hinzufügen, daß Ihre Mutter sehr gute Fortschritte macht. Ich habe mich gestern persönlich davon überzeugt.« Ich tat mein Bestes, Mrs. Ball nachzuäffen.
»Und Sie sind wirklich nur auf der Suche nach Teresa? Das ist wirklich alles?«
»Das ist alles.« Ich lächelte.

»Mir fällt ein Stein vom Herzen. Freilich, wenn Ted keine Arbeitslosenunterstützung mehr kriegt, dann geht alles wieder von vorne los. Dann hackt Mama wieder auf mir rum.«
»Weswegen?«
»Ach, sie sagt, daß Ted nicht gut genug für mich ist, daß ich mich schlecht verheiratet habe, daß ich mehr aus mir hätt machen können, wenn ich bloß gewollt hätt. Wie Teresa. Mama glaubt, daß jeder kriegt, was er will, bloß weil er es will. Das geht doch nicht, oder?«
»Nicht in unserer Welt.«
»Außerdem, wenn man tun muß, was Teresa getan hat, um es zu etwas zu bringen, dann bleibe ich lieber ein reines Nichts.« Sie schüttelte müde den Kopf, das klassische Opfer des Teufelskreises der Armut, eine Nachfahrin der Menschen, die Walker Evans photographiert und Erskine Caldwell in seinen Büchern geschildert hat.
»Haben Sie eine Ahnung, wo Teresa sich jetzt aufhalten könnte, Mrs. Quilk?« Ich versuchte, sie abzulenken von den Gedanken über die eigene Zukunft, damit sie statt dessen von der Vergangenheit ihrer Schwester sprach.
»Zu Hause, nehme ich an.«
»Dort ist sie nicht. Wo könnte sie Ihrer Meinung nach sonst noch sein?«
Sie schüttelte mechanisch den Kopf. Offenbar war sie nicht daran gewöhnt, daß jemand sie als Informationsquelle betrachtete.
»Wann haben Sie Ihre Schwester zum letztenmal gesehen?«
»Da muß ich nachdenken. Ich glaube, es ist ungefähr sechs Wochen her. Das heißt, da war sie zum letztenmal hier. Ich war nicht zu Hause. Es war an einem Sonntagabend, da haben sie draußen im Autokino *Flammender Stern* gezeigt. Ted war da, aber ich glaub, daß Teresa gleich wieder gegangen ist. Sie hat sich mit Ted überhaupt nicht vertragen.« Der letzte Satz war wie ein Aphorismus – eine Allerweltsweisheit, die unverrückbar feststand.
»Gab es einen besonderen Grund für den Besuch?«
»Das übliche. Teresa ist immer gleich, jedenfalls wirkt sie so. Sie hat keine Gefühle. Für nichts und niemand.«
»Sind Sie und Teresa in dem Haus hier aufgewachsen?«
»Stimmt.« Sie sah sich im Zimmer um, als materialisierten sich ihre schlimmsten Ängste.
»Ihre Mutter hat mir gesagt, Mr. Goodrum sei tot. Ist das richtig?«
»Stimmt. Ging pleite und ist daran gestorben. Wenn Ted nicht bald wieder Arbeit findet, passiert ihm das auch. Er ist in letzter Zeit so reizbar. Er sagt, er hat schreckliche Magenschmerzen.«
»Ist Teresa aufs College gegangen?«

Sie lachte laut auf, aber nach einem Blick zur Rückseite des Hauses beherrschte sie sich. »Wenn Sie *das* ein College nennen wollen, dann schon«, höhnte sie.
Ich bat um eine Erklärung.
»Teresa hat in Vegas ›studiert‹, wenn Sie's schon so genau wissen wollen. Mit ihrem Flittchen von Freundin zusammen.«
»Mit welcher Freundin?«
»Die hieß Trudy Valente.«
»Wo ist Trudy jetzt?«
»Das weiß nur Gott allein. Wahrscheinlich im Kittchen. Oder beim Teufel.«
»Warum sagen Sie das?«
»Weil das eine ganz wilde Hummel war. Die hätt *alles* getan, um aufzufallen. Denken Sie nur, sie ist splitterfasernackt über die Straße gerannt, als die Gründer unserer High School zum Jahrestag kamen, und da war sie noch nicht mal auf der Oberstufe. Sie hatte zwar eine Gorillamaske auf, aber trotzdem haben alle gewußt, das ist Trudy.« Mrs. Quilk machte eine Pause und legte die Stirn in nachdenkliche Falten. »Und schließlich hat sie einen Beruf daraus gemacht, nackt herumzulaufen. Teresa hat es ihr gleichgetan.«
»In Las Vegas?«
»Ich glaube, sie haben sich damals als Revuegirls bezeichnet. Die meisten Menschen hätten dafür einen anderen Ausdruck parat.« Ihr Blick sprach Bände.
»In welchem Club haben die beiden gearbeitet?«
Sie zuckte die Achseln. »Das hab ich vergessen. In einem von den ganz großen auf dem sogenannten Strip. Ted und ich sind mal runtergefahren. Es war so heiß, daß ich am liebsten gestorben wäre. Wir kriegten Karten für die Riesenshow und so weiter, und Ted hat dem Kellner sogar noch was zugesteckt, damit wir Plätze ganz vorn bekamen, bloß kriegten wir trotzdem keine Plätze ganz vorn. Dann ging der Vorhang auf, und Teresa und die ganze Truppe spazierten auf die Bühne, und ob Sie's glauben oder nicht, ich hab Teresa nicht mal erkannt. Ted mußte sie mir zeigen.« Allein die Erinnerung setzte ihr zu. »Die eigene Schwester. Trabte da rum mit einem Federbusch auf dem Kopf. Und als wir nach der Show rauf in die Garderobe sind, weil wir mit ihr sprechen wollten, stand sie herum in einer Menschenmenge, fast alles spindeldürre Männer mit Tüchern um den Hals, und hatte über der Taille überhaupt nichts an und weiter unten so gut wie nichts. Ted hat mich so schnell hinausgeschleppt, daß ich einen Sonnenstich kriegte.«
»Wie lange war Teresa in Las Vegas?«

»Ach, so an die fünf Jahre. Wir haben damals nicht viel miteinander geredet. Tun wir heute übrigens auch nicht. Teresa hat Mama und mich weit hinter sich gelassen.«
»Was hat sie damals für Freunde gehabt?«
»Ich weiß nur von Trudy. Ausgenommen Teresas Mann.«
»Sie meinen James Blair?«
»Nein. Ihren ersten.«
Ich brauchte einen Augenblick, um die Neuigkeit einsickern zu lassen. Sie brodelte und roch äußerst verdächtig. »Wie hieß der Ehemann?« fragte ich schnell.
»Frank noch was. Sie nannte ihn Frankie, als wär er Sinatra.«
»Hat sie in Las Vegas geheiratet?«
»Stimmt. In so ner Kapelle da an der Straße. Mama ist eigens runtergefahren, aber Ted hat gemeint, für mich gehört sich das nicht.«
»Wo ist Frankie jetzt?«
»Wer weiß? Teresa redet schon lang nicht mehr über ihn. Ich hab ihn mal kennengelernt. Ich muß sagen, er sah schon sehr gut aus. Hat mich an Elvis erinnert, vor allem die Mundpartie.«
»Mit wem sonst war Teresa näher bekannt?«
»Ich weiß von niemand. Die meisten von denen, die sie früher hier in El Gordo gekannt hat, sind inzwischen weggezogen. Von denen, die sie möglicherweise in Las Vegas kennengelernt hat, weiß ich sowieso nichts. Vielleicht sehn Sie die alle mal scharenweise in so einem Film wie denen, die ich mir mit Ted anschau, wenn wir nach San José runterfahren zum Minigolf.« Sie machte eine Pause, als warte sie darauf, daß ihre Erinnerungen sie einholten. »Jetzt sind nur noch Ted und ich und der Junge da. Nur wir sind noch übrig, seit Mama so krank ist. Mein Gott, wie satt ich das Haus hier hab. Nichts funktioniert, die Küche stinkt nach toten Ratten, die Wände erdrücken mich. Manchmal ist die Luft hier drin zum Ersticken.«
Mrs. Quilk stand auf und ging zu dem Elvisbild hinüber, als erwarte sie sich von ihm einen Rat. Vielleicht half ihr das ja. Vielleicht hatte es ihr schon früher geholfen. »Warum haben Sie und Ihre Familie sich vor ungefähr einem Jahr in einem Lagerhaus in der Oswego Street mit Teresa getroffen?« fragte ich unvermittelt.
»Wer hat das behauptet?«
»Jemand, der Sie gesehen hat.«
»Darüber will ich nichts sagen, Mister. Vergessen Sie's.«
»Sagen Sie mir Bescheid, wenn sich Teresa bei Ihnen meldet?«
»Oh, früher oder später wird sie sich schon melden. Aber ich weiß wirklich nicht, warum ich dann *Ihnen* Bescheid sagen sollte. Sie schuldet Ihnen ja schließlich kein Geld.«

Ich probierte es. »Aber ihr Mann macht sich große Sorgen um sie. Er hat sie seit Tagen nicht mehr gesehen.«
Sie erstarrte. Ich war von meiner Geschichte abgewichen, und sie hatte mich dabei ertappt. »Und woher wollen Sie das wissen, Sie Engel der Alten und Kranken?« Daß sie mich beim Lügen erwischt hatte, gab ihr Auftrieb.
»Er hat mich in der *Silver Season* angerufen. Mr. Blair macht sich sehr große Sorgen. Ich hab ihm gesagt, daß ich ihm helfen will, wenn ich irgend kann.«
»Nein, mein Freund. Sie stellen viel zu viele Fragen, als daß ich Ihnen noch glauben könnt, daß Sie sind, was Sie von sich behaupten. Und wenn ich Fragen beantworte, kostet es hinterher sowieso immer nur Geld.«
Ich hatte ihre Ahnungslosigkeit mit Intelligenzmangel verwechselt und wieder mal Lehrgeld bezahlt. Noch mal machte ich den Versuch, sie abzulenken. »Wissen Sie, ob Mrs. Blairs erster Mann noch in Las Vegas lebt?«
Bevor sie mir antworten konnte, schlug hinten am Haus eine Tür krachend zu. Mrs. Quilk sah mich haßerfüllt an und ging durch eine Schwingtür am äußersten Ende des Zimmers auf die Lärmquelle los. Im Gehen sagte sie noch zu mir: »Es ist besser für Sie, wenn Ted Sie hier nicht mehr vorfindet.«
Während ich mich auf Ted gefaßt machte, streifte ich im Zimmer herum und inspizierte die mitgenommenen Erinnerungsstücke, strich mit den Fingerspitzen über eingestaubte Oberflächen und atmete den Modergeruch ein. Als mir ein Telephon auffiel, neben dem Sofa auf einem Tischchen, ging ich hin und notierte die Nummer. Dann fiel mir ein, daß ich im Telephonbuch von El Gordo keinen einzigen Quilk entdeckt hatte. Ich nahm den Hörer auf. Die Leitung war tot wie der Mann auf dem Wandbild. Das Telephonbuch von El Gordo lag neben dem Apparat, nicht die neueste Ausgabe und unbenutzt. Auf dem Deckel prangte ein Segelboot. Ich schlug die Seiten um. Ein paar Kritzeleien, Nummern und Namen in Bleistift und Tinte. Unter dem Buchstaben T stand eine Nummer, die durchgestrichen und durch eine neue Nummer darüber ersetzt worden war. Ich notierte beide Nummern und legte das Telephonbuch auf seinen Platz zurück.
Hinter der Schwingtür erklang eine Stimme, männlich und rasend vor Zorn. »Das Weib bescheißt uns. Ich hab dir das von Anfang an gesagt, Herrgottsakrament noch mal. Jetzt laß mich vorbei.«
Ich setzte mich wieder in den Sessel von vorhin und wartete ab. Augenblicke später flog die Schwingtür auf.

Der Mann brach durch die Tür herein, als sei sie überhaupt nicht vorhanden, als sei es ihm eine Gewohnheit, wie wahnsinnig durch das Haus und durch das Leben zu stürmen. Die Hände waren schiefergrau, der erkahlende Schädel über dem Abdruck des Mützenrandes gipsweiß und so unregelmäßig wie ein Lehrbeispiel für einen Phrenologen. Muskelpakete prangten auf den Armen. Die Epidermis darüber war tätowiert: Adler, Erdball, Anker. Das Zeichen der Ledernacken. »Wer sind Sie, Freundchen?« Die Frage war von übertriebener Sanftmut.
In seinen Augen glomm ein hinterhältiges Licht, so hinterhältig wie das Licht in den Augen der jungen Leute auf der Oswego Street. Deshalb wich ich von meiner Geschichte ab. »Ich bin Detektivler. Privat. Ich heiße Tanner.«
»Das stimmt nicht ganz überein mit dem, was Sie der Frau erzählt haben.«
Ich schüttelte den Kopf. Er drehte die Mütze zwischen den Händen. Polyester, orange und weiß. Der Aufdruck auf dem Stirnband besagte: Küß mal wieder.
»Was wird hier gespielt? Sie kommen doch von Teresas Mann, stimmt's?«
Ich nickte. »Außerdem interessieren sich die Polizei und die Staatsanwaltschaft für den Fall. Sie ist als Zeugin geladen in einem Prozeß, der am Montag anfängt.«
»Und Sie haben die Frau angelogen, weil Sie gehofft haben, sie wirft mit Dreck nach der eigenen Schwester, stimmt's?«
Im Grunde stimmte das, aber das gab ich nicht zu. Ich blieb bloß sitzen. An der Kinnlinie des Mannes tanzten die Muskeln. »Raus. Sofort. Wir haben keine Zeit für noch mehr Scheißdreck.« Er nahm die Mütze in die Linke und griff mit der Rechten in die Hosentasche. Er bekam einen Schraubenschlüssel zu fassen, den er wie zufällig und doch äußerst fachmännisch an der Hüfte schwenkte.
»Ich möchte doch nur ein paar Auskünfte über Mrs. Blair«, erklärte ich seelenruhig. »Ich bin bereit, für jeden nützlichen Hinweis zu zahlen.«
»Raus.« Er verringerte den Abstand zwischen uns um die Hälfte.
Ich stand auf. »Hier ist meine Karte.« Ich warf sie auf das Telephontischchen.
Quilk warf einen Blick darauf und lachte. »Von Lügnern nehmen wir kein Geld«, sagte er mit einem bösartigen Grinsen. »Jetzt sperren Sie die Ohren auf. Wenn Sie Teresa sehen, dann richten Sie ihr aus, daß Sie bei uns hochkant hinausgeflogen sind. Und richten Sie ihr aus, daß wir uns an unseren Teil der Abmachung gehalten ha-

ben. Und daß sie besser daran tät, sie hielte sich an den ihren. Richten Sie ihr aus, daß ich persönlich nach ihr suchen werd, wenn sie kneift, und wenn ich sie erst mal gefunden hab, dann wird sie sich zur Hölle wünschen. Richten Sie's ihr aus.« Ich ging wortlos ab.

12

Ich kehrte den Quilks und der Winthrop Avenue den Rücken, würgte einen vom Lebensmittelgesetz gerade noch erlaubten Hamburger und einen Milchshake ohne Milch hinunter und mietete mich in einem Motel ein, das sich weder eines Swimming-pools noch einer Halle berühmte und infolgedessen, wie ich hoffte, lediglich von Gästen aufgesucht wurde, die dort tatsächlich schlafen wollten. Als ich den Mann an der Reception fragte, wo im Haus ich telephonieren könne, schaute er mich an, als hätte ich ihn um Auskunft gebeten, wie ein Nekrophiler vorgehe, aber als ich ihm meine Kreditkarte zeigte, ließ er sich gnädig herbei, mir die Benutzung des Apparats auf meinem Zimmer zu gestatten.

Zuerst rief ich Ray Tolson an. »Ich melde einen Brand«, sagte ich.

»Sie haben sich verwählt«, kläffte Tolson. »Die Feuerwehr hat neun eins eins.«

Ich lachte. »Ich bin's, Tanner«, sagte ich. »Der Brand betrifft das Gebäude, in dem ich mein Büro habe. Irgend jemand hat direkt unter meinem Fenster herumgezündelt. Ich hab gedacht, das interessiert Sie vielleicht.«

Tolson fluchte unter angehaltenem Atem. »Ist jemand dabei verletzt worden?«

»Nein. Nur paar Antiquitäten und die Gefühle des Mannes, dem sie gehören. Aber außer dem Feuer kriegte ich auch einen guten Rat frei Haus. Telephonisch.«

»Und wie hat der gelautet? Als ob ich's nicht selber wüßte.«

»Daß ich vom Fall Blair die Finger lassen soll.«

»Da haben wir den Salat.«

»Wie recht Sie haben, Tolson. Bloß daß der Ratschlag von gestern nacht offenbar nicht zusammenhängt mit dem von gestern nachmittag. Gesetzt den Fall, es waren Flutos Leute, die das Feuer gelegt und mich gleich danach vergattert haben, wer zum Teufel hat mir dann gestern nachmittag auf den Füßen gestanden?«

»Keine Ahnung«, sagte Tolson.

»Ich krieg allmählich das Gefühl, ich bin da in was hineingeraten, wo's um mehr geht als bloß um Tony Flutos Fahrerflucht.«

»Wenn das stimmt, weiß ich nicht, was es sein könnte.«
»Hoffentlich sagen Sie die Wahrheit.«
»Vertrauen Sie mir, Tanner.«
»Ich trau keinem mit Pensionsanspruch, Tolson. Lassen wir's dabei bewenden.«
»Okay. Machen Sie Fortschritte?«
»Nichts Besonderes. Wie sieht's bei Ihnen aus?«
»Fluto ist immer noch weg von der Bildfläche«, sagte Tolson vergrätzt. »Keine Spur von ihm oder von Mrs. Blair in irgendeinem von seinen Nestern. Seine Leute scheinen sich allerdings wenig Sorgen um ihn zu machen. Geschäftsgang normal.« Tolson machte eine Pause, und ich hörte, wie er sich eine Zigarre anzündete. Als er's geschafft hatte, sagte er: »In fünf Tagen ist Prozeßeröffnung.«
»Vertagung ausgeschlossen?« wollte ich wissen.
»Ja. Fluto hat das Recht auf ein schnelles Verfahren. Wetten, daß er mit dem Glockenschlag auf der Matte steht?«
»Je nun, es wär ja nicht das erste Mal, daß ein Kronzeuge gegen einen Mann wie Fluto kalte Füße kriegt.«
»Scheißdreck. Es wär auch nicht das erste Mal, daß ich persönlich darauf plädieren muß, Fluto laufenzulassen. Bei nem Fall von Erpressung ist mir das passiert, und ich hab mir geschworen, daß so was nicht wieder vorkommt. Gottverflucht noch mal, diesmal laß ich das Schwein bluten, und wenn nicht mehr dabei rauskommt, als daß er seinen Anwalt zahlen muß.«
In Tolsons Stimme kochte der Zorn über, Zorn auf seinem Zugriff entzogene Delinquenten. »Ich hab herausgebracht, wem das Lagerhaus gehört«, fuhr er fort.
»Wem?«
»Irgendeiner Scheißfirma, die Columbus Development Company heißt.«
Der Firmenname war mir vertraut. Einen Augenblick später wußte ich auch, weshalb – der Firma gehörte auch *Silver Season*. »Wer steckt dahinter?« fragte ich.
»Das überprüfen wir noch. Hat sich offenbar mit drei Schichten von Anstrich getarnt.«
»Der Mob?«
»Gut möglich.«
Ich dachte darüber nach, dann wollte ich wissen, was die Polizei in Vegas über Teresa Blair wisse.
»Die haben vor ner Stunde zurückgerufen«, sagte er. »Ich kann nicht recht abschätzen, ob das, was sie gesagt haben, uns weiterhilft.«

»Und was haben sie gesagt?«
»Daß eine Frau namens Teresa Goodrum im Juni dreiundsechzig geheiratet hat. Einen Mann namens Frank Zelko. In der Kapelle zur Heiligen Jungfrau.«
»Das weiß ich alles schon«, sagte ich.
»Ach? Dann bitt ich um Entschuldigung dafür, daß ich Ihnen bloß die Zeit stehle.« Tolson war stinksauer. Ich nahm es ihm nicht weiter übel. In fünf Tagen würde er zusehen müssen, wie Tony Fluto eines Verbrechens freigesprochen wurde, das er, wie jedes Kind in der Stadt wußte, tatsächlich begangen hatte, eines Verbrechens obendrein, das zu ahnden sich Tolson in aller Öffentlichkeit anheischig gemacht hatte.
»Ich muß wissen, wo sich Zelko jetzt aufhält«, sagte ich. »Haben die Polypen von Vegas da irgendeine Andeutung gemacht?«
»Nein, und ich denk nicht im Traum daran, da noch mal anzurufen.«
»Warum nicht?«
»Vegas ist wie ein Kanalisationsrohr, Tanner. Früher oder später bleibt der ganze Abschaum dort stecken, alle und jeder vom Mafiahäuptling bis zum Freizeitgauner, der am Spieltisch mit Geld um sich schmeißt, um ner Schnalle zu imponieren. Die Polypen da unten kriegen jede Menge Anfragen nach Besuchern ihrer schönen Stadt, und sie haben's langsam knüppelsatt, sich mit Würstchen wie mir abzugeben. Wenn's irgend geht, laß ich die Burschen in Ruhe.«
»Dann übernehme ich das«, erklärte ich ihm.
»Höll' und Teufel«, sagte Tolson. »Ich mach das schon. Rufen Sie morgen wieder an.«
Ich wollte schon auflegen, da hörte ich Tolson husten. Gleich darauf sprach er weiter. »Wissen Sie noch, was Sie neulich über unsere Behörde gesagt haben?«
Ich teilte ihm mit, es sei mir durchaus gegenwärtig.
»Heut morgen hat mein Chef, der District Attorney, durchblicken lassen, es sei vielleicht nicht unvernünftig, die Anklage gegen Mr. Fluto unter den Tisch fallen zu lassen. Damit's nicht allzu dumm aussieht, wenn wir mit leeren Händen dastehen.«
»Und was haben Sie dazu gesagt?«
»Ich hab ihm geraten, sich einen runterzuholen.«
»Und was hat er dazu gesagt?«
»Ich sei unsachlich.«
Tolson lachte, und ich lachte mit. Sekunden später kam es mir allerdings überhaupt nicht mehr komisch vor. »Noch was«, sagte Tolson samtig. »Heut morgen hab ich einen Anruf gekriegt.«

»Von wem?«
»Von einer Frau, die behauptet hat, sie sei Teresa Blair.«
»Wirklich?«
»Wirklich. Sie hat gesagt, ich soll mir keine Sorgen machen. Sie erscheine vor Gericht. Am Montag morgen, gestiefelt und gespornt für ihre Aussage gegen Tony Fluto. Nett von ihr, was?«
»Reizend. Wollen Sie, daß ich aussteige?«
»Und wenn es gar nicht Teresa Blair war? Wenn ich bloß wegen dieses Anrufs die Suche nach Mrs. Blair einstellen würd?«
»Das käme Tony Fluto sehr gelegen.«
»Eben.« Tolson hustete. »Bleiben Sie dran, Tanner. Ich will die Frau im Eiskübel serviert haben. Ich will ihr eine Vorladung ins niedliche Händchen drücken und mit ihr am Arm in den Gerichtssaal hineinwalzen, als wär's der Jahresball der Polizei.«
Anschließend rief ich einen Anwalt an, den ich immer wieder mal anzapfe, wenn's mir bloß um Auskünfte geht und nicht um aufwendigere Ermittlungen. Ich dachte nicht im Traum daran, die einzige halbwegs taugliche Spur einzig Tolson und den Bullen von Vegas zu überlassen.
Les Anders hatte mit mir Jura studiert. Bis er im zweiten Collegejahr heiratete, teilten wir uns das Zimmer. Nach dem Studium wurde er Referendar am Bundesgericht von Nevada, und danach wurde er in die Aufsichtsbehörde für Glücksspiel berufen. Les weiß alles über den Gang der Dinge im Staat Nevada, denn wer über das Glücksspiel Bescheid weiß, kennt Nevada schon in- und auswendig; und er teilt sein Wissen mit ein paar auserlesenen Klienten, die Spielcasinos besitzen oder erwerben wollen. Les weiß außerdem, daß mir die Empfänger seiner Wohltaten nicht allzu genehm sind, und ich weiß, daß er bloß die Nase rümpft über mein den Mäusen geschissenes Detektivlergeschäft, aber wenn wir uns über solche Vorbehalte hinwegsetzen, bringen wir's immer noch fertig, uns bestens zu vertragen, wenn wir uns alle Jubeljahre mal sehen.
»Du klingst ja, als ob du aus Sibirien anrufst, Marsh«, sagte Les.
»Nur aus El Gordo.«
»Kein nennenswerter Unterschied, wenn ich mich recht erinnere. Hey. Hast du gewußt, daß ich in nem Bordell in El Gordo meine Unschuld verloren hab?«
»Ist das die Möglichkeit.«
»Mein Bruder hat mich mitgenommen. Hat ihn einen Fünfer gekostet. Mich das Zehnfache für Penicillin.«
»Wie geht's deinem Bruder?«
»Schlecht. Ist am Herzinfarkt gestorben. Mit einundvierzig.«

»Schlimm.«
»Macht einen nachdenklich.«
»Rauchst du noch?«
»Und wie. Und du?«
»Und wie.«
»Immerhin mach ich Lauftraining. Drei Meilen pro Tag. Und du?«
»Ich lauf höchstens, wenn das Haus in Flammen steht. Was übrigens gestern nacht der Fall war.«
»Wie bitte?«
»Lassen wir das. Hör zu, Les. Ich brauch paar Auskünfte. Ist das reine Zuckerschlecken.«
»Das sagst du immer, Marsh. Letztesmal sind fünf Riesen für Spesen draufgegangen, und der hiesige Polizeichef hat sich die Zeit genommen, mich darüber aufzuklären, daß es auch ein Verbrechen ist, wenn man eine Straftat nicht anzeigt.«
»Dein Geld hast du wiedergekriegt, Les.«
»Das Geld schon. Aber was ist mit meiner Selbstachtung?«
Les lachte, und ich lachte auch, weil wir beide wußten, daß es uns beiden mit am besten ging, wenn wir die Hilfe des anderen brauchten, und daß wir uns gegenseitig auch unentgeltlich geholfen hätten, wenn das nötig gewesen wäre oder wenn wir darum gebeten hätten.
»Was liegt an?« wollte Les wissen, nachdem wir uns etwas beruhigt hatten.
»Nichts Aufregendes. Anfang der sechziger Jahre hat eine Frau in Vegas einen Mann namens Zelko geheiratet. Frank Zelko. Ich will nur wissen, wo Zelko jetzt steckt, und was du sonst noch über ihn herauskriegen kannst. Und alles, was du über die Frau in Erfahrung bringst.«
»Wie heißt das Weib?«
»Ihr Mädchenname war Teresa Goodrum. Jetzt heißt sie Teresa Blair.«
»Wie alt?«
»Um die vierzig.«
»Glaubst du, daß sie noch in Vegas ist?«
»Nein, wenn sie nicht letzte Woche zurückgekommen ist.«
»Was ist das für ein Fall?«
»Vermißtenanzeige.«
»Bist du sicher, daß das alles ist?«
»Klar bin ich sicher.«
»Ich glaub, über Zelko weiß ich Bescheid«, sagte Les. »Aber ich

frag noch mal rum wegen der Details. In ner Stunde sollt ich das geschafft haben.«
»Gut.« Ich gab ihm die Motelnummer.
»Kommst du bald mal nach Vegas, Marsh?«
»Nicht solang ich ne Glückssträhne hab. Wann nehmt ihr, du und Marie, denn endlich soviel Vernunft an, daß ihr euch da unten dünne macht?«
»Scheiße. Marsh, uns gefällt's hier doch. Marie und Wayne Newton reden sich inzwischen schon mit den Vornamen an.«
»Ist das gut oder schlecht?«
Les lachte, aber es klang nicht ganz echt. »Marie hat dich noch nie leiden können, hast du das nicht gewußt, Marsh? Schon damals auf dem College nicht. Sie hat gesagt, in deiner Gesellschaft hat sie immer das Gefühl, sie hab grad bei einer Prüfung geschummelt.«
»Ach was? Und was hat sie dann für ein Gefühl in der Gesellschaft von Wayne Newton?«
Wir schwatzten noch eine Weile, und als Les aufgelegt hatte, wählte ich von neuem. Tancy Verritt meldete sich nach dem zweiten Klingeln. Das Geschnurr in ihrer Stimme erstarb, als ich meinen Namen nannte. Ich wollte wissen, ob ich heute abend kurz mit ihr reden könne.
»Worüber?«
»Über Teresa Blair.«
»Ich hab Ihnen doch schon alles gesagt. Im Club.«
»Es dauert nur ein paar Minuten.«
Sie schwieg. Dann: »Kommen Sie gegen sieben her. Um acht bin ich zum Essen verabredet. Sie können mir den Reißverschluß zuziehen.« Sie lachte mir ins Ohr, dann beschrieb sie mir, wie ich fahren mußte, damit ich zu ihrer Wohnung kam.
Als nächstes rief ich beim Auftragsdienst an. Die einzige Bitte um Rückruf hatte ein Mr. Brutus Therm hinterlassen. Ein Hellseher bat um Rückruf. Ich holte tief Luft und wählte die Nummer, die Brutus angegeben hatte; allein deshalb, weil er das Telephon bemüht hatte, um mich zu erreichen, schon voller abgrundtiefer Skepsis. Brutus kam persönlich an den Apparat und sagte seinen Namen im Stentorton des Melodrams auf.
»Was kann ich für Sie tun, Mr. Therm?« erkundigte ich mich. »Sie haben mich um Rückruf gebeten.«
»*Au contraire*, Mr. Tanner. Ich kann und will etwas für Sie tun. Ihr Klient, Mr. Blair, hat meine Dienste in Anspruch genommen. Er hat mir ein Photo von seiner Frau überreicht, dazu eine von ihr getragene Bluse. Ich habe meine Sinne den ganzen Tag lang auf diese

Gegenstände ausgerichtet. Unseligerweise ist der Äther heute erfüllt von Turbulenzen, geschäftig bewegt von cirrocumularen Störungen. Trotzdem habe ich Pulsarmeldungen empfangen können.«
»Pulsarmeldungen?«
»Vibrationen, die mit den Betastrahlen in meinem Gehirn verschmelzen, so daß erkennbare Muster entstehen«, klärte mich Brutus nachsichtig auf, als gehörten Pulsarmeldungen auf den Erstlese-Lehrplan, gleich nach Bambi. Ich erkundigte mich bei Brutus, welche Muster er erkannt habe.
»Ich spüre Ihren Unglauben«, konterte er.
»Sie sind wirklich ein Hellseher, Mr. Therm.«
»Ich schließe daraus, daß Sie noch nie mit einem Medium zusammengearbeitet haben, Mr. Tanner.«
»Wieder richtig.«
»Was immer auch Sie von mir glauben mögen, ich bin kein Scharlatan. Ich habe in vielen Fällen, die dem ähnlich waren, an dem Sie jetzt gerade arbeiten, durchaus hilfreich mitwirken können.«
Der Charme troff aus seiner Stimme wie die Marmelade aus einem Berliner. »Was berechnen Sie James Blair, damit er Ihre Hellsicht gepachtet hat?«
»Ich glaub nicht, daß Sie das was angeht«, entgegnete Therm.
»Vielleicht geht's mich ja wirklich überhaupt nichts an. Aber bißchen hellsehen kann ich auch. Ich nehm an, Sie erleichtern ihn um fünf Riesen. Mindestens. Und ich seh in meiner Wahrsagerkugel, daß der Betrag nicht verrechenbar ist und bei Mißerfolg nicht zurückzuerstatten. Und ich sehe weiter in meiner Wahrsagerkugel, daß nichts von dem, was Sie mir erzählen wollen, auch nur soviel wert ist wie ein ausgelutschter Kaugummi.«
Brutus war ziemlich lang still, während er heftig atmete und zweifellos einen bodenlosen Haß hatte. Mir war nicht wohl dabei, daß ich ihn derart zur Weißglut gebracht hatte, aber so unwohl nun wieder auch nicht, daß ich meine Provokation zurückgenommen hätte. Mißerfolg frustiert mich nun mal, und weil ich noch immer nicht auch nur die leiseste Ahnung hatte, wo Teresa Blair stecken mochte, ließ ich die volle Pulle meines Mißvergnügens auf Mr. Therm niedergehen.
Als er wieder das Wort ergriff, tat er's im gemessenen Ton von Lotsen und Kindergärtnerinnen. »Ich glaube, wir sollten dieses Gespräch bald zu einem Ende bringen, Mr. Tanner. Ich bin dem Menschenschlag, dem Sie zugehören, schon oft begegnet. Unsicher. Nur noch am Rande halbwegs autark, finanziell wie psychologisch gesprochen. Von Neid zerfressen, weil andere Erfolg haben. Ich

werde den Fall trotzdem weiter bearbeiten, weil Mr. Blair es wünscht. Ich fühle mich zu Mr. Blair hingezogen. Ich halte es nicht für ausgeschlossen, daß er übersinnliche Kräfte besitzt. Unsere Gespräche waren faszinierend. Elektrisierende Vibrationen.«
»Vielleicht war bloß die Telephonleitung gestört.«
»Hoffentlich taugt Ihre Arbeit mehr als Ihre Witze, Mr. Tanner.«
Das hoffte ich auch. »Kommen wir doch zurück auf die erkennbaren Muster, von denen Sie gesprochen haben. Wo ist Mrs. Blair?«
»Ich kann es Ihnen nicht genau sagen«, intonierte Therm. »Noch nicht. Zum gegenwärtigen Zeitpunkt sehe ich nur Einzelbilder. Ich sehe Felsen. Steine. Ich sehe Weiß. Eine breite Fläche. Vielleicht Schnee. Oder Sand. Ich sehe Wasser. Blau. Vielleicht auch Himmel, aber Wasser ist wahrscheinlicher. Ich sehe eine Art Gehege, sehr weit oben. Ich sehe ein Wort. Es könnte Dodge heißen. Hilft Ihnen das weiter?«
»Nein.«
»Vielleicht hilft es Ihnen, wenn Sie mit Ihren Ermittlungen weiter vorangekommen sind.«
»Vielleicht.«
»Wenn meine Bilder deutlicher werden, rufe ich Sie an.«
»Ich kann's kaum erwarten.«
»Brüsten Sie sich nicht mit Ihrer Unwissenheit, Mr. Tanner. Es könnt Ihnen noch leid tun.«
Ich legte auf. Mir war bewußt, daß das, was Brutus Therm zuletzt gesagt hatte, nicht ganz abwegig war. Ich war dagegen, daß so was wie übersinnliche Kräfte überhaupt existierte. Mir paßte der Gedanke nicht, daß ein anderer eine Abkürzung nahm und schneller am Ziel war als ich. Abkürzungen sind nichts für mich. Ich bleibe auf der Straße, tue einen Schritt nach dem anderen, Meile um Meile, mühsam und schleppend, aber ich gehe mit etwas Intelligenz vor und vielleicht auch mit so was wie Einfühlungsvermögen. Wenn meine Ergebnisse sich auch mittels Pulsarmeldungen und Betastrahlen erzielen ließen, konnte ich den Beruf wechseln.
Ich verdrängte Brutus Therm, holte das Telephonbuch von El Gordo aus der Nachttischschublade und schlug die Nummer von James Blair nach. Sie stimmte überein mit einer der beiden Nummern, die ich aus Mary Quilks Telephonbuch abgeschrieben hatte, und zwar mit der, die durchgestrichen gewesen war. Die andere Nummer gehörte nicht zum Ortsnetz von El Gordo.
Zum Glück hatte meine Quelle bei der Telephongesellschaft von San Francisco gerade Dienst. Wir hatten mal geglaubt, uns zu lieben, und wir hatten uns geirrt. Später kamen wir zu der Überzeu-

gung, daß wir uns mochten, und diesmal stimmte es. Wir schwatzten eine Weile, machten aus, daß wir in der nächsten Woche mal miteinander zu Mittag essen wollten; dann nannte ich ihr die zweite Telephonnummer, und sie ging nachsehen. Solang sie weg war, berieselte mich das Telephon mit Wellensalat.
»Die Nummer gehört zu Tahoe, Marsh. South Shore. Wenn du's genauer wissen willst, dauert es eine Weile.«
Ich bedankte mich und gab ihr die Motelnummer. Ich bat sie, das Ortsnetz herauszusuchen und mich dann zurückzurufen. Sie versprach es mir. Ich sagte, ich sei ihr auf Zeit und Ewigkeit dankbar. Sie sagte, das bezweifle sie, aber sie wolle mir trotzdem eine Chance geben, es ihr zu beweisen.
Ich legte den Hörer auf und streckte mich aus auf dem Bett. Mit geschlossenen Augen lauschte ich dem Orgasmusgestöhn der Klimaanlage. Ganz allmählich gewöhnte ich mich an den Lärm und sah Bildfetzen vor mir, in Blitzlicht getauchte Momentaufnahmen von Menschen und Dingen. Kurz darauf schlug der Lärm um zum Schrei, der Schrei zum Klingeln. Das Telephon. Im dichten Nebel der Schlaftrunkenheit tastete ich danach.
»Marsh? Ich bin's, Les. Ich hab was rausgebracht über Zelko.«
»Gut. Wo ist er?«
»Willst du's in Metaphern hören oder knallhart?«
»Ich komm aus dem Tiefschlaf, Les. Da ertrag ich keine Lyrik, schon gar nicht deine.«
»Ich hätt's so schön mit Dante sagen können, aber bitte, bitte. Zelko ist tot, Marsh.«
»Seit wann?«
»Sechsundsechzig. Aber das ist noch nicht alles. Es sieht nämlich ganz nach einer Auftragsarbeit aus. Mord auf Bestellung. Zelko saß damals grad ein, wegen Steuerhinterziehung. Es wird gemunkelt, daß es ein paar Figuren gar nicht gefiel, wie schnell Zelko in der Syndikatshierarchie Karriere machte. Deshalb ließen sie ihn über die Steuergeschichte stolpern und sorgten dann dafür, daß er nicht wieder in Umlauf kam. Zelko ist jemand auf die Nerven gegangen, und dieser Jemand hat nicht lange gefackelt.«
»Was weißt du über seine Frau?«
»Nicht viel. Ein Revuegirl mit Beinen bis zum Hals. Zelko war hin und weg von ihr. Große Leidenschaft. Als er verknackt wurde, waren sie erst zwei Jahre verheiratet. Sie hat ihn ein Jahr lang jeden Sonntag besucht. Als es Zelko erwischte, saß sie grad im Besuchsraum und hat auf ihn gewartet.«
»Sonst noch was?«

»Sie hing immerzu mit einem Revuegirl namens Trudy rum. Paar Wochen, nachdem Zelko die Kurve gekratzt hat, sind die beiden aus der Stadt verschwunden. Ich glaube, das ist so ungefähr alles. Soll ich noch ein bißchen tiefer schürfen?«

»Ich glaub, das ist nicht nötig. Wer ist denn der wahrscheinlichste Kandidat für den Mord an Zelko?«

»Nach dem, was ich so gehört hab, kommen dafür zehn Leute in Frage. Zelko war ein rechter Salontiger vor dem Herrn, dauernd hinter den Frauen andrer Männer her, auch als er schon verheiratet war. Und das Schießeisen saß ihm auch ziemlich locker. Die Bullen haben sich auf der Suche nach dem Mörder nicht grad die Beine ausgerissen. Gangster unter sich – so sehen die das.«

»Danke, Les.«

»Nicht der Rede wert. Wir sollten uns wirklich mal treffen, Marsh.«

»Bald.«

Drei Minuten später klingelte das Telephon wieder. »Der Anschluß, nach dem du dich erkundigt hast, ist die Nummer einer Anwaltskanzlei, Marsh. Direkt an der Grenze von Nevada, gehört aber noch zu Kalifornien. Die Teilnehmer heißen Flowers und Lane, in der Spruce Street. Mehr war nicht rauszukriegen.«

Ich erklärte ihr, das reiche mir auch, und bedankte mich. Jetzt war ich nah dran, aber noch nicht nah genug. Der Anwalt war nur ein Mittelsmann, ein Umweg, den ich gern vermieden hätte.

Ich mußte noch ziemlich viel Zeit totschlagen, bis ich mit Tancy Verritt verabredet war, und weil niemand greifbar war, der mir dabei geholfen hätte, ging ich ins Kino. Ein baufälliger Schuppen in der Nähe meines Motels zeigte alte Filme, drei hintereinander, vierundzwanzig Stunden non-stop. Eintritt zwei Dollar. Als ich hineinging, fing gerade ein neuer Film an. *Colorado City.* Glenn Ford. Bestens. Als ich bei Tancy Verritt klingelte, strahlte ich übers ganze Gesicht und war bester Laune.

Weder das Lächeln noch die Munterkeit wirkten ansteckend auf die Frau, die mir aufmachte. Tancy Verritt war nicht begeistert über meinen Besuch, und sie verzog den Mund, um mich das merken zu lassen, noch bevor ich den Fuß über die Schwelle gesetzt hatte. Als ich keine Anstalten machte, näher zu treten, winkte sie mich mit ungeduldigen, nagellacktriefenden Fingern herein.

Ihr Wohnzimmer war pflegeleicht eingerichtet – keine Tischplatten, die gegen Flecken empfindlich sind, keine Pflanzen, die Wasser brauchen, kein Holz, das poliert werden muß, kein Bodenbelag, der Bohnerwachs oder den Putzplappen braucht. Nichts Sichtba-

res war älter als fünf Jahre. Außer der Wandverkleidung aus imitiertem Zedernholz waren die Wände kahl, bis auf einen Terminkalender und ein Poster von Robert Redford mit einem Cowboyhut. Ich dachte kurz an Mary Quilk und Elvis. Außer ihrer Ungeduld hatte Tancy Verritt nichts am Leib als einen in der Taille gegürteten Hausmantel, phosphoreszierend, rot und lang, genau wie die Fingernägel. Ich erwartete, daß sie an irgendeinem Punkt in der Wohnlandschaft aus Kunststoff haltmachte, aber sie strebte weiter, und ich hielt mit ihr Schritt durch zwei Türen hindurch.
Unsere Endstation war das Schlafzimmer. Das Bett war riesig, mit Messinggittern an Kopf und Fuß. Der orange und weiß gestreifte Überwurf bedeckte einen einladend weichen Kissenberg. Die Zimmerdecke bestand zwar nicht aus einem Spiegel, aber die zerknitterte Glitzerfolie reflektierte mich boshaft.
Tancy Verritt begab sich schnurstracks zum Frisiertisch, nahm Platz auf einem gepolsterten Stuhl, griff zu einer silbernen Bürste und fuhr sich damit durchs Haar. Ihr Spiegelbild war der Mittelpunkt eines Lichterkranzes aus nackten Glühbirnen, und es war offensichtlich wenig zufrieden mit sich. Immer noch mit dem Rücken zu mir wies sie auf einen Clubsessel am Fuß des Bettes. Ich mußte erst paar hauchdünne Textilien wegräumen, bevor ich mich setzen konnte.
Ich schaute den Bewegungen von Ms. Verritts Schulterblättern unter dem Hausmantel zu, während sie sich das Haar bürstete. Ich schaute ihr ziemlich lange dabei zu, mit dem absurden Gefühl behaglicher Häuslichkeit. Das Zimmer war still bis auf das leise Rascheln der Seide.
»Na?«
Die kristallzarte Stimmung barst beim Klang einer einzigen Silbe, nasal und verletzend. Widerwillig stellte ich mich ein auf den Ton.
»Ihre Freundin Teresa ist in Gefahr, Ms. Verritt«, fing ich an. »Sie helfen ihr nicht, wenn Sie sich ausschweigen über ihre Vergangenheit.«
»Engelchen, ich hab Ihnen doch schon im Club gesagt, daß ich rein gar nichts über ihre Vergangenheit weiß.«
»Da haben Sie gelogen.«
»Woher wollen Sie das denn wissen?«
»Ich bin ein Lügendetektor. Sie sind in El Gordo aufgewachsen, und Sie waren schon damals die beste Freundin von Teresa Goodrum.«
Der Arm verhielt einen Bürstenstrich lang, machte sich dann noch hektischer zu schaffen. »Na und?«

»Sie heißen auch nicht Tancy Verritt.«
»Wie kommen Sie auf so eine Idee?«
»Pulsarmeldungen.«
»Wie bitte?« Die Bürste rührte sich nicht mehr. Ms. Verritt legte sie weg.
»Kleiner Scherz. Sie heißen in Wahrheit Trudy Valente. Sie und Teresa Goodrum sind zusammen nach Vegas abgehauen, zwei hübsche Mädchen, die in ner Stadt, die von so was lebt, paar nackte Tatsachen meistbietend verhökern wollten.«
Zum erstenmal, seit wir das Schlafzimmer betreten hatten, sah mich Tancy Verritt direkt an statt aus dem Spiegel. »Wer hat Ihnen das alles erzählt? Teresa?«
»Das ist unwichtig, aber Teresa war's jedenfalls nicht. Wichtig ist, daß Sie mir jetzt alles erzählen, was Ihnen noch über die Jahre in Vegas einfällt. Es ist sehr gut möglich, daß Teresas Verschwinden mit diesem Abschnitt ihres Lebens im Zusammenhang steht.«
»Ich geb mir große Mühe, mich an die Zeit in Vegas nicht mehr zu erinnern, Tanner. Sehr große Mühe. Wenn das nicht reicht, greif ich zu anderen Mitteln.«
»Welchen?«
»Ich glaub nicht, daß Sie so was hören wollen. Bitte, Engelchen. Ich kann nicht über Vegas reden. Ich kann es wirklich nicht.«
»Nicht mal, wenn's Ihrer Freundin hilft?«
»Nicht mal dann.«
Auf Tancy Verritts Halsansatz hatte sich ein glänzender Schweißfilm gebildet, der ihr das Haar näßte. Strähnen verklebten mit der Haut wie schillernde Neunaugen. »Erzählen Sie mir von Teresas Mann«, sagte ich. »Erzählen Sie mir von Frankie.«
Die Augen wurden noch größer. »Über Frankie wissen Sie auch Bescheid?«
Ich nickte.
Die Augen wanderten zum Spiegel zurück, aber jetzt sah sie darin nicht mehr das eigene Bild. »Frankie Zelko war der schönste Mann, den ich je gesehen hab«, hauchte sie. »Auf dem Bildchen, das Sie dabei hatten, war davon nicht viel zu sehen. Er war einfach umreißend. Frankie gab einer Frau das Gefühl, sie sei die einzige Frau auf Gottes weitem Erdboden, die ihn zum Lachen oder zum Weinen oder zum Orgasmus oder zu irgendwas aus allen drei Gefühlen zugleich bringen konnte.«
»Frankie ist tot«, sagte ich.
»Frankie ist tot«, wiederholte sie. »Das brauchen Sie mir nicht zu sagen.«

»Sagen Sie mir, wie er gestorben ist.«
»Erschossen. Er ist erschossen worden. Im Gefängnis.«
»Warum?«
»Das weiß ich nicht. Und ich will's auch überhaupt nicht wissen.«
»Warum nicht?«
»Kennen Sie Vegas, Engelchen? Wissen Sie, was für Leute dort das Sagen haben?«
»Was ich über Vegas weiß, hab ich aus dem *Paten*.«
»Am besten ist es allemal, wenn man nur weiß, daß es diese Leute gibt, und nicht weiß, was sie machen. Wissen Sie, wovon ich rede? Sie mögen es gar nicht, wenn jemand mitkriegt, was sie machen und wie sie vorgehen. Wer zuviel weiß, der stirbt. Aber es gibt Schlimmeres. Ich hab eine Freundin gehabt...«
Sie hielt inne. Über ihr Gesicht ging ein Ausdruck, als verschatte es ein Grabmal. »Was ist mit Ihrer Freundin geschehen?« soufflierte ich.
Die Erinnerung machte sie benommen, versetzte sie in Trance. »Sie war meine Freundin. Sie wußte was, das sie nicht wissen sollte. Nichts Großes, ach was, bloß eine Kleinigkeit. Sie hat zwei Leute miteinander reden sehen, die nicht zusammen gesehen werden wollten, und sie hat es ausgeplaudert. Nicht etwa den Bullen verpfiffen. Einfach irgendwem erzählt. Jetzt sitzt sie im Rollstuhl. Die Füße sind nicht mehr so recht zu gebrauchen. Sie sieht aus, als wär, sie schon lange tot, und man hätt bloß vergessen, sie zu begraben.«
»Hat Frankie zum Mob gehört?«
»Jeder in Vegas gehört zum Mob. Ob man's weiß oder nicht. Wer sich dort mal an einen Spieltisch setzt, gehört schon zum Mob.«
»Ist Frankie vom Mob erledigt worden?«
»So hat's geheißen.«
»Wer hat das gesagt?«
»Leute. Zuträger in den Casinos.«
»Was hat Frankie gewußt? Getan? Gesagt?«
»Ich wiederhol mich, Engelchen. Ich weiß es nicht, und ich will es nicht wissen.«
»Hat Teresa Blair gewußt, weshalb Frankie Ärger gekriegt hat?«
Sie zuckte die Achseln.
»Wieso ist Frankie eingesperrt worden?« fragte ich weiter.
»Er... Darüber will ich nun wirklich nicht reden, Engelchen. Ich hab schon viel zuviel geredet. Gehn Sie doch endlich. Dann kann ich mit dem Jungen ne Magnumflasche aussaufen und vergessen, daß ich Ihnen je im Leben begegnet bin und daß ich je in Vegas war.«

Ich blieb, wo ich war. Lauter groteske Möglichkeiten schwirrten mir im Kopf herum. »Hat Teresa vor kurzem mal was über Vegas gesagt?«

»Quatsch.«

»War sie außer sich, als Frankie zu Tode kam?«

»Herr und Heiland, sie war schließlich mit ihm verheiratet.«

»Und was für Männer haben danach in ihrem Leben eine Rolle gespielt?«

»Nichts Ernstes. Jedenfalls nicht in Vegas.«

»Wann sind Sie beide nach El Gordo zurückgekommen?«

»Paar Monate später.«

»Warum?«

»Das war Teresas Idee. Sie hat gesagt, daß wir schon viel zu lang da unten herumhängen und daß Vegas nicht die richtige Stadt ist für glücklose Frauen, ebenso wenig wie für glücklose Spieler. Sie hat recht gehabt.«

»Und was ist mit James Blair?«

»Was soll mit ihm sein?«

»Was empfindet Teresa für ihn?«

Sie zuckte wieder die Achseln. »Was ich darüber weiß, hab ich Ihnen schon im Club erzählt.«

»Ist sie Frankie mal weggelaufen, so wie jetzt James Blair?«

»Kein einziges Mal. Nicht mal, als er verknackt worden war. Und jeder Schwanz in der Stadt stand auf sie. Waren paar Größen darunter, vom Mob und vom Film.«

Ich machte eine Pause, bevor ich die nächste Frage stellte. »Wo ist Teresa jetzt, Tancy, Ihrer Meinung nach?«

Sie sah mich aus leblosen Augen an, und entsprechend leblos fiel dann auch ihre Antwort aus. »Ich glaub, sie ist tot.«

»Ermordet?«

»Das glaub ich, ich glaub, darauf läuft es hinaus.«

»Warum?«

»Das weiß ich nicht, Engelchen. Ich glaub's einfach, sonst nichts. Wenn Sie mal in Vegas gelebt hätten, dann würden Sie's auch für die natürlichste Sache der Welt halten. Jetzt hauen Sie doch endlich ab. Wenn Teresa noch lebt, dann kommt sie schon allein zurecht. Wenn sie nicht mehr lebt, na gut, dann R.I.P. Übrigens, wer fährt mir eigentlich dauernd hinterher? Die Bullen?«

»Was für Bullen?«

»Gleich nachdem Sie mich am Racquet Club durch die Mangel gedreht haben, Tanner, ist mir ein Auto nachgefahren. Ein blauer Ford. Ich mag die Bullen nicht. Schicken Sie die Kerle fort.«

»Ich glaub nicht, daß es die Bullen sind.«
Ihre zitternden Lippen beruhigten sich nur langsam. »Ich hab mich die ganze Zeit davor gefürchtet, daß Sie eben das sagen. Herr und Heiland. Die haben doch *versprochen*, daß sie mich in Ruhe lassen. Und ich hab doch gewußt, daß so was passiert. Gottverflucht noch mal, in der Hölle wär mir wohler.« Ihre Stimme war wie eingewickelt in dickes Wachspapier. Sie hatte Angst. Sie schaute zur Tür, als erwarte sie, Capone persönlich könne hereinspazieren.
»Was wollen Sie hinter sich lassen, Tancy? In was haben Teresa und Sie sich verstrickt? Lassen Sie's endlich raus, Tancy. Es ist wichtig.«
»Ha. Mein Gesicht ist wichtig. Meine Beine sind wichtig. Sonst hab ich ja nichts, was ich ins Spiel bringen könnt. Ich wünsch mir, daß mein Gesicht und meine Beine so bleiben, wie sie sind.«
»Vor wem haben Sie Angst, Tancy?«
Sie schüttelte den Kopf. »Hören Sie doch, Engelchen. In einer Viertelstunde steht ein Junge hier auf der Matte. Der schätzt es, wenn ich pünktlich bin.«
»Wo gehen Sie mit ihm hin?«
Vor lauter Erleichterung über den Themawechsel fiel ihr Gesicht in sich zusammen. »Zu einem Konzert der *Woundz*. Eine Punkgruppe. Haben Sie von denen gehört?«
»Müßte ich?«
»Sie sind dicke da.«
»Das gilt auch für Rollerskating und Gruppensex.«
»Sie sind dagegen, Engelchen?«
»Ach was. Ich mach bloß nicht mit.«
Tancy Verritts Lippen wurden so kraus wie Papier an der Flamme. »Sie sind ein Scheißmoralist, stimmt's, Tanner? Sie sitzen den lieben langen Tag auf Ihrem Arsch und sublimieren.« Sie wollte mich mit Worten fertigmachen, ein langer, gezielter Schlag.
Ich lächelte. »So hab ich wenigstens was zu tun, bis die Zeichentrickfilme ausgestrahlt werden.«
Sie stand auf und kam her zu mir. Ihr Gesicht war zu wie eine geschlossene Faust. »Ist's Ihnen je passiert, daß eine Frau auf Sie zukommt und von Ihnen gefickt werden will?«
»Nein.«
»Haben Sie je von so was geträumt?«
»Nicht mehr, seit ich hinter den Ohren trocken geworden bin.«
»Ich komm jetzt auf Sie zu.«
»Wie bitte?«

»Ich will, daß du mich fickst.«
Tancy Verritt war auf blendende Weise anziehend und stieß mich im moralischen Sinn nicht mehr ab als die Hälfte der weiblichen Bevölkerung auf unserem Planeten. Wäre die Welt nach unseren Idealen beschaffen, dann hätte ich mich ihrer zweifellos erwehrt, aber meine Welt hat nichts gemein mit meinen Idealen. Sie ist aus Schwäche gemacht. Und sie wird mit den Jahren nicht stabiler.
Ich griff nach dem Gürtel, der den Hausmantel zusammenhielt, und zog an der Fransenquaste. Weich glitt der Gürtel zu Boden, und der Mantel teilte sich, ein Sesam aus Satin, und enthüllte der Bräune entgangene Brüste, sonderbar zurechtgeschnittenes Schamhaar und einen flachen Nabel. Mit den Augen erkundete ich die rötliche Säule aus Fleisch, die sonnverbrannten Schattierungen, die Härchen und Grübchen an der Oberfläche. Als ich bei ihrem lächelnden Gesicht ankam, sah ich das Lächeln von Alexander, das Lächeln von Xerxes, das Lächeln der Eroberer. Ich zog ihr den Mantel von den Schultern, ließ ihn zu Boden fallen und nahm die weichen, schweren Brüste in die Hände.
»Ich mag's gern grob«, flüsterte sie und preßte die Hand gegen meine Lenden. »Grob und schnell. Tu mir weh, wenn du Lust dazu hast.« Sie drängte mich gegen das schwammigweiche Bett, und ich zog sie nach unten.
Weil sie es anders haben wollte, tat ich genau das Gegenteil. Schließlich war das hier auch ein Kampf, und gewinnen kann nur, wer so vorgeht, wie es nicht von ihm erwartet wird. Mit der Zunge und den Fingerspitzen, mit gehauchtem Atem und zärtlichen Handflächen, mit Küssen und saugenden Lippen kämpfte ich auf meine Weise. Zerknittert und verzerrt warf die Decke unsere Körper zurück.
»Gleich wird's klingeln«, sagte sie mittendrin. »Mach nicht auf.«
Es klingelte. Noch mal, und wieder. Tancy Verritt gab sich, stöhnend und zappelnd, alle Mühe, unsere Vereinigung zu einem Erfolg zu machen, zu dem Göttergeschenk, das sie nicht sein konnte. Beim vierten Klingeln rollte ich von ihr weg und brachte meine Kleider in Ordnung.
»Schwein«, sagte sie.
»Eben nicht«, gab ich zur Antwort.
Draußen stand Chip, statt Tennisschlägern Blumen im Arm. Im Vorbeigehen stupste ich ihn in die Rippen.

13

Es war halb acht, und paar Sonnenstrahlen streunten noch vom Meer aufs Land herüber, als ich vor den Häusern der Blairs und der Martins anhielt. Hinter Kathryn Martins Gardinen glomm goldenes Licht. Ich machte den Motor aus, lümmelte mich im Sitz zurecht und holte meinen Montaigne heraus, damit er mir beim Warten half. Dabei wußte ich gar nicht, worauf ich wartete.
Ich war mitten im Essay über die Eitelkeit, wo Montaigne fordert, daß es Gesetze geben sollte gegen die dummerhaften Taugenichtse unter den Schriftstellern, als ich ein Geräusch hörte, das mir aus Kindertagen vertraut war. Es war Davy, der Sohn von Kathryn Martin, der auf einem Skateboard lässig die Straße herunter auf sein Elternhaus zuschlidderte. Mit behelmtem Kopf und mit Handschuhen, mit gepolsterten Knien und Ellbogen, kauerte er wie ein sprungbereiter Seminole auf dem Brett und winkte der steilen Straße zu, als handle es sich um eine weiche, kraftlose Substanz statt um harten Asphalt, auf dem man sich den Schädel einschlagen konnte.
Ich stieg aus und gab Davys bewunderndes Publikum ab, während er an mir vorbeifuhr. Als er mich sah, stieg er vom Brett, stieß es hoch und fing es aus der Luft, so leicht wie einen Innenfeldball, alles mit einer einzigen Bewegung. Ich klatschte, und er zog verlegen die Schultern hoch.
»Das kannst du prima, Davy«, sagte ich.
»Weiß ich«, sagte er unbewegt – eine Feststellung, keine Angabe. »Aber ich hab immer noch Schwierigkeiten, wenn ich das Tempo drosseln will«, fügte er gleich darauf hinzu, damit ich sein Geschick nicht mißverstand. Mit der freien Hand zog er sich den Helm vom Kopf und klemmte ihn unter den Arm. Auf dem T-Shirt stand *Ski und Rodel gut*. Das lange Haar war zerzaust. Er hätte auch von einem der Planeten kommen können, die jetzt am östlichen Himmel aufstrahlten.
»Weißt du noch, daß ich neulich deine Mama besucht habe?« fragte ich.
»Klar.«
»Hat sie dir erzählt, worüber wir gesprochen haben?«
Er schüttelte den Kopf, und als ich nichts sagte, fing er von sich aus an, recht nervös. »Mama und ich reden nicht viel miteinander«, erklärte er mir. »Wieso? Wollen Sie Mama heiraten oder so?«
Die Frage schockierte mich, und ich verneinte vehementer und gedankenloser, als es angezeigt war, verletzend für den Jungen. »Ich

bin schon verheiratet«, fügte ich schnell hinzu, was nicht nur gelogen, sondern auch feige war. Er nickte schweigend.
Davy nahm den Helm unter den anderen Arm. Ich schaute dabei wieder auf sein T-Shirt, und das erinnerte mich an das, was meine Freundin bei der Telephongesellschaft mir erzählt hatte, und das brachte mich darauf, wie schnell Kathryn Martin das Interesse am Aufenthaltsort ihrer Freundin verloren hatte, und dadurch fielen mir wiederum Brutus Therms Pulsarmeldungen von Felsen und Himmel und Schnee und Wasser ein. »Ist das Hemd neu?« fragte ich den Jungen.
Er sah an sich hinunter.
»Ja.«
»Hast du das oben in Tahoe gekriegt?«
»Ja.«
»Prima.« Ich schnalzte mit den Fingern. »Deine Mama ist gestern doch dort hinaufgefahren? Warst du dabei?«
»Ja.«
»Schule geschwänzt?«
Er grinste. »Ja.«
»Geht's Mrs. Blair auch gut?«
»Ja.«
»Sie ist furchtbar nett, stimmt's?«
»Sie ist schwer in Ordnung.«
»Hat sie's da oben nett?«
»Ganz in Ordnung.«
»Wie hat das Hotel gleich noch geheißen? Deine Mama hat's mir gesagt, aber ich hab's vergessen.« Ich beutete eine weitere Pulsarmeldung an Brutus Therm aus. »Irgendwas mit Lodge?«
»Lakeview.«
»Natürlich. Mrs. Blair wohnt in Zimmer zwölf, stimmt's?«
»Zweiunddreißig.«
»Hat sie gesagt, wann sie nach Hause kommt?«
Er zuckte die Achseln. »Ich war doch die meiste Zeit bei den Pferden. Mama erlaubt mir sowieso nie, daß ich dabei bin, wenn sie mal wieder mit Mrs. Blair reden muß. Und überhaupt hat mir Mama gesagt, daß ich keinem sagen darf, daß wir dort oben waren.« Er bekam glänzige Augen.
»Geht schon in Ordnung, Davy. Das hat sie mir auch gesagt. Aber wir wollen lieber auf Nummer Sicher gehen. Wir sagen ihr einfach nicht, daß wir uns darüber unterhalten haben, okay? Vielleicht ist's sogar besser, wenn du ihr auch nicht erzählst, daß wir uns getroffen haben.«

»Okay. Ich würd's ihr sowieso nicht erzählen.«
»Und wieso nicht?«
»Ach, jedesmal, wenn ich was sage, egal was, dann heult sie bloß und macht ein Riesentheater. Ich glaub, sie ist einfach fix und fertig, weil mein Dad abgehauen ist.«
Das dünne Stimmchen und die Verwirrung darin taten mir körperlich weh. »Und du, Davy? Bist du auch fix und fertig, weil er weg ist?«
»Quatsch.«
Das sagen sie alle, die im Stich gelassenen Kinder. Millionenfach. Davy legte sich das Brett zurecht, stellte einen Fuß darauf und schob sich an in Richtung Haus. »Auf bald, Davy«, rief ich ihm nach.
»Geritzt.«
Als das Knirschen der Skateboardrollen vom hohen Gewisper der Sumpfkiefern verschluckt wurde, stieg ich ins Auto, warf den Montaigne auf den Rücksitz und ließ den Motor an. Ich wollte eben aus der Parkbucht biegen, da fiel mir ein Auto auf, das ungefähr hundert Meter hinter dem meinen gestanden hatte und jetzt auch anfuhr. Ich hatte das Auto noch nie gesehen. Ich gab dem Fahrer die Chance, mich zu überholen, aber als er an mir vorbei war, schnitt er mich und zwang mich, anzuhalten. Der Fahrer sprang heraus und nahm sich nicht einmal die Zeit, Motor und Licht auszuschalten. Als er auf mich zukam, stieg ich aus und ging ihm entgegen. Er gehörte nicht zu den Leuten, mit denen ich gerechnet hatte.
Er war kräftig gebaut, aber so schlapp und untrainiert, daß er nicht bedrohlich auf mich wirkte. Die weißen Turnschuhe glänzten im Scheinwerferlicht so absurd auf wie Stepptanzschuhe auf der Aschenbahn. Die Digitalzahlen auf der Armbanduhr glommen duster im hereinbrechenden Dämmer. Sein Gesicht war fleischig und breit, schwammig und bar auffälliger Züge. Die dicklichen Hände ließ er hängen und ballte sie wie im Krampf zu Fäusten zusammen. Instinktiv schloß ich ebenfalls eine Faust.
»Keine Bange«, sagte er. »Ich tu Ihnen nichts. Jedenfalls nicht ohne Grund. Ich will Sie mir bloß genau anschauen, damit ich Sie wiedererkenn, wenn's gilt.«
»Wieso? Ist darauf ein Preis ausgesetzt?«
»Sie finden es wohl auch noch komisch, einem Vater das einzige Kind wegzunehmen«, sagte er schwerfällig. Die Worte kamen gepreßt heraus, voll innerer Qual. Jetzt wußte ich, wer er war, und ich konnte ihm die Qual nachfühlen.
»Worüber reden Sie eigentlich?« fragte ich, um ihn zum Weitersprechen zu bringen.

»Ich weiß genau, weshalb sie Sie angeheuert hat, sie und ihr Glatzkopf von Anwalt. Schlimm genug, daß Sie ihr zugehört haben, wie sie über mich hergezogen ist, aber dann mußten Sie auch noch zu den Blairs hinüber und alles weitertratschen, als ob die's nicht schon haarklein wüßten. Sie haben's wahrscheinlich in der ganzen Gegend rumerzählt, stimmt's? Das nützt Ihnen gar nichts. Glauben Sie mir, Mister. Ich werde bis zum letzten Atemzug kämpfen.« Er erstickte schier an seinen Worten, als wolle er seine Drohung auf der Stelle wahrmachen.

»Warum nützt mir das nichts?« provozierte ich ihn.

»Sie wollen beweisen, daß ich unfähig bin, für Davy zu sorgen. Nicht mal in den Sommerferien soll ich ihn kriegen. Sie wollen ihr dabei helfen, mich ganz von ihm fernzuhalten. Meinen eigenen Sohn«, fügte er hinzu, als sei allein damit sein väterliches Sorgerecht wiederhergestellt, wo nicht gar seine Daseinsberechtigung. »Haben Sie ihn grad eben gesehen?« fuhr er fort. »Auf dem Skateboard? Geschickt wie ein Äffchen. Das hat er von seiner Mutter. Wahrscheinlich ist er überhaupt ganz die Mutter. Das sagen alle.«

»Wie heißen Sie?«

»Martin. Wayne Martin. Ich bin das Ungeheuer, von dem sie Ihnen erzählt hat, als Sie neulich da waren.«

»Woher wissen Sie, daß ich schon mal hier war?«

»Ich hab Sie beobachtet. Ich bin den ganzen Tag über hier, und die meiste Zeit auch nachts.«

»Warum?«

»Um Davy zu sehen. Damit ich auch genau weiß, daß es den beiden gutgeht. Damit ich weiß, was sie gegen mich vorhat.«

»Und Ihr Job?«

»Welcher Job? Ich hab jetzt nur noch die Aufgabe, auf Davy aufzupassen.«

Martin riß die Augen weit auf. Die Augäpfel rollten. Die Iris war sekundenlang ganz verschwunden, so daß er aussah, als sei er nicht von dieser Welt – ein Gespenst. Er kam ins Stolpern, fing sich ab und stolperte wieder. »Setzen Sie sich lieber hin, bevor Sie umfallen«, empfahl ich ihm.

Martin nickte benommen, wankte zum Randstein und ließ sich langsam darauf nieder. Ich setzte mich neben ihn – zwei Kinder, die auf den Umzug warten. Die knatternden Automotoren heimwärts, bergauf, verpesteten die Nachtluft.

»Ich hab seit Wochen nicht mehr geschlafen«, murmelte Martin. Er preßte die Lider zu; die Augenwinkel warfen Falten wie bei einer verschwitzten Clownsmaske. »Mein Hirn steht in Flammen«, fuhr

er fort. »Ich kann's nicht löschen. Wahrscheinlich verlier ich darüber noch den Verstand«, schloß er, eher neugierig als erschrokken.
»Vielleicht sollten Sie sich nach Hilfe umschauen.«
»Meinen Sie einen Seelenklempner?«
»Warum nicht?«
»Kennen Sie denn jemand, der zum Psychiater rennt und mehr davon hat als ein Loch auf dem Konto?«
»Doch, paar Leute sogar. Das ist wenigstens jemand, mit dem man reden kann.«
»Ja. Man sollt doch meinen, daß man, wenn man mal vierzig Jahre in ner Stadt gelebt hat, jemand hat, mit dem man reden kann. Und wissen Sie, wer mir zugehört hat?«
»Wer?«
»Ein Barkeeper. Und das ist schon komisch, weil ich ja gar nichts mehr trinke. Ich bin bloß zum Reden hingegangen. Larry hat immer ne Flasche Milch auf Vorrat gehabt, bloß für mich. Schaun Sie, die Leute, mit denen ich zusammenarbeite, von unserer Kirche, die wollen nichts wissen von meinen Problemen. Die denken wahrscheinlich, wenn ich ein wiedergeborener Christ bin, dann darf ich gar keine Probleme haben. Und wenn ich nicht richtig wiedergeboren bin, dann hab ich bei ihnen sowieso nichts verloren.«
»Catch 22«, sagte ich.
»Wie bitte?«
»Unwichtig.«
»Und wissen Sie, was mit ihm passiert ist?«
»Mit wem?«
»Mit dem Barkeeper. Larry.«
»Was ist mit ihm?«
»Verhaftet. Unterschlagung. Er soll jahrelang in die Kasse gelangt haben. Soll mindestens hunderttausend eingesteckt haben. Ist das denn die Möglichkeit?«
»Das passiert doch alle Tage. Steigen Sie ja nicht ins Bargeschäft ein, wenn Sie sich nicht blindlings auf die Leute verlassen können oder einen Haufen Geld zum Wegschmeißen haben.«
»Das mit dem Kreuz hat sie Ihnen wahrscheinlich auch erzählt«, sagte er, nicht fähig, über etwas nachzudenken, das außerhalb des eigenen Lebens lag. »Sie hat's ihrem Anwalt erzählt, deshalb nehm ich an, Sie wissen das auch.«
Ich sagte nichts.
»Ich hätt ihn bestimmt nicht gezwungen, dauernd damit herumzulaufen«, fuhr er fort. »Schon gar nicht in der Schule. Ich weiß, was

die anderen Kinder gemacht hätten. O ja. Die Väter von solchen Kindern haben dafür gesorgt, daß ich aus der Firma rausgeflogen bin. Weil ich dauernd *Sprüche geklopft* hätt, hat es geheißen. Sprüche klopfen. So nennen die das, wenn ich sie darum bitte, den Namen des Herrn nicht vergeblich zu führen.« Er schüttelte den Kopf und runzelte die Brauen. Die Welt war ihm fremd geworden, und wahrscheinlich kannte er sich selber nicht mehr. Er war einsam – der einsamste Mensch, dem ich je begegnet war. So grausam es war – ich faßte den Entschluß, ihn im Glauben zu lassen, ich sei angeheuert worden, um ihm zu schaden.
»Ich habe neulich gar nicht mit Mrs. Blair, Ihrer Nachbarin, sprechen können«, sagte ich beiläufig. »Haben Sie die Dame in den letzten Tagen mal gesehen?«
»Warum sollte ich Ihnen auch noch helfen? Sie wollen mich kaputtmachen.«
»Nein, das will ich nicht. Ich hör mich bloß um. Wenn Mrs. Blair was Günstiges über Sie zu sagen gehabt hätt, dann hätt ich das weitergemeldet. Der Richter hat zu entscheiden, wem der Junge zugesprochen wird. Nicht ich.«
»Teresa Blair wird ganz bestimmt nichts Günstiges über mich sagen. Sie haßt mich. Sie ist schuld dran, daß Katie mich rausgeschmissen hat. Nein, ich bin nicht so wichtig für sie, daß sie mich haßt. Sie verachtet mich – das kommt eher hin.«
»Warum?«
»Ach, ich hab sie mal angemacht. Hat sie jedenfalls behauptet. Und wahrscheinlich hat sie recht gehabt. Ich war besoffen. Ich war damals dauernd besoffen. Deshalb hab ich meine Seele ja Jesus geöffnet.«
»Wann haben Sie Mrs. Blair das letztemal gesehen?«
»Woher soll ich das wissen? Vor fünf, sechs Tagen, glaub ich. Ich war da hinten, wo ich in unsere Küche hineinschauen kann, hab zugesehen, wie Katie das Abendessen machte, wissen Sie. Da kamen ne Menge Leute zu den Blairs. Die Polizei war auch dabei. Ich hab mich hinter nem Busch verstecken müssen, damit sie mich nicht ausmachen konnten. Dann sind alle wieder weg, und kurz danach kam Mrs. Blair aus dem Haus und fuhr weg. Hatte einen Koffer dabei.«
»War sie allein?«
»Ein Mann hat sie mitgenommen. Sie war wie der Blitz in dem Auto, und fort waren sie.«
»Was war das für ein Auto?«
»Ich kann diese Schlitten nicht auseinanderhalten.«

»Welche Farbe? Grün? Blau?«
»Weiß.«
»Autonummer?«
»Nevada, wenn ich's mir recht überlege.«
»Wie hat der Mann ausgesehen?«
Martin zuckte die Achseln. »Grad da ist Davy nach Hause gekommen. Ich hab nicht mehr auf Mrs. Blair und ihren Freund geachtet. Ich hätt ihn bestimmt nicht gezwungen, dort hinzugehen, wissen Sie.«
»Wen?«
»Davy. Auf das Internat in South Carolina. Ich hab doch bloß Angst gehabt. Davy ist erst zwölf, aber bei ihm in der Schule liegen schon Drogen in den Schließfächern rum. Und auf der Junior High School, wo er nächstes Jahr anfangen soll, gibt's angeblich alles – von Sexpartys bis zu Bandenkämpfen. Vielleicht hab ich ja zuviel Phantasie, aber ich hab doch bloß gewollt, daß er sein Leben nicht kaputtmacht, eh er überhaupt merkt, was da gespielt wird. Ist das denn verkehrt?«
»Nein.«
»Ist es verkehrt, Gott unsern Herrn anzubeten?«
»Nein, jedenfalls nicht, wenn's dabei bleibt.«
»Was soll das heißen?«
»Sie und Ihre Freunde machen anderen Menschen Vorschriften.«
»Aber in der Bibel steht, daß wir Gott den Herrn loben und verkünden sollen: ›O Land, Land, Land, höre des Herrn Wort!‹«
»Es steht aber auch drin, daß wir denen, die wider uns sündigen, vergeben sollen. Es gibt einen Unterschied zwischen dem Missionsgedanken und dem Pharisäertum, Mr. Martin. Das wissen bloß heutzutage viele Menschen nicht mehr. Aber noch schlimmer ist, daß eine Menge Leute den Unterschied ganz genau kennen. Die wissen genau, worauf sie aus sind.«
Martin seufzte. »Genau das ist mir doch Nacht für Nacht durch den Kopf gegangen, wenn ich da oben auf dem Hügel hinter dem Haus saß. Ich hab mir schließlich auch zusammengereimt, daß es nicht in Gottes Ratschluß liegen kann, wenn so eine Ehe wie meine mit Katie kaputtgeht.«
»Sie müssen nicht gleich die Lehre ablehnen, Mr. Martin. Es geht nur um die Auslegung.«
»Ich hab nie gesagt, daß sie Jesus genauso wie ich in ihr Leben hineinnehmen müßt«, protestierte Martin. »Ich hab ihr nur Ratschläge gegeben, obwohl ich jetzt begreif, daß sie geglaubt haben muß, ich mach ihr Vorschriften. Aber ich glaub, das spielt gar

keine Rolle. Mein Anwalt sagt, das tut nichts zur Sache, und ich nehm ihm das ab.«
Martin schüttelte den Kopf, als wolle er den Gedanken an seinen Anwalt verdrängen. Dann stieß er sich vom Bordstein ab und wankte zu seinem Auto, ein geschlagener Boxer, der sich blindlings aus dem kreisenden Ring heraustastet. »Gehen Sie mir aus dem Weg«, sagte er heiser und nicht bei Sinnen. »Ich hab schon genug Probleme am Hals, auch ohne daß Sie hier herumschnüffeln. Verkrümeln Sie sich, oder es wird Ihnen noch leid tun. Ich weiß, was ich sage.«
Martin wartete die Antwort nicht ab. Er hievte sich ins Auto, zufrieden mit sich, ohne zu ahnen, daß seine Mission vollkommen überflüssig gewesen war. Er stieß vom Bordstein zurück und fuhr bergab, mit quietschenden Reifen und warnendem Gehupe.
Ich stieg in den Buick und legte den Gang ein, und dann mußte ich noch mal anhalten. Langsam, lautlos schwang das Tor zur Einfahrt der Blairs auf, und genauso lautlos, genauso langsam kam James Blairs silberner Seville herausgerollt. Hinter dem Wagen schwang das Tor wieder zu, und einen Augenblick lang hätte ich mir einbilden können, nichts sei geschehen. Einen Augenblick später hatte ich mir schon in den Kopf gesetzt, ihm nachzufahren, obwohl ich nicht wußte, wozu das gut sein sollte.
Der letzte Schwung des Pendlerverkehrs kam uns entgegen, so daß es nicht schwer für mich war, den Seville im Auge zu behalten. Wie Flugkörper tauchten wir ein ins gleißende Licht der Straßen von El Gordo, gleißend wie alles, was Leakey in Oldowai und Schliemann in Mykene ausgegraben hatten. Aber in Städten wie El Gordo macht sich keiner die Mühe, was auszubuddeln. Liegt vielleicht daran, daß die Dinge, die man da allenfalls zutage fördern könnte, zu unerquicklich sind.
Wir kamen hinunter ins gelobte Land der Gastronomie und bogen in der El Camino Street nach Norden ab. Neonlichter und Pappcircen flankierten die Fahrt. Ein paar Meilen später ging der Blinker des Seville an. Blair bog auf einen Restaurantparkplatz ein. Die Flackerleuchtschrift verkündete, dies sei *Wadley's*. Ich fuhr an den Bordstein und blieb im Auto sitzen, als James Blair ausstieg und ins Lokal ging. Dann fuhr ich auch auf den Parkplatz, stellte das Auto ab und ging James Blair nach.
Die Diele war mit Rauhfaser tapeziert und erleuchtet von Kutschenlampen. Alles Licht einer funzligen Lampe mit Lederschirm am Ende des Ganges fiel auf die plumpen Pfötchen des Männchens neben der Lampe. Das Männchen wirkte beim Anblick eines weite-

ren Gastes nicht allzu erfreut. Der Diamant an dem Pfötchen blitzte auf wie ein Warnsignal. Über dem Kopf des Männchens stand zu lesen, das Restaurant sei links, die Bar rechts. Ich lächelte und deutete auf den Eingang zur Bar. Ein einsamer Trinker. Das Männchen verzog die Oberlippe und nickte. Ich ging an ihm vorbei wie sonst nur an in Formalin eingelegten Dingen. Für den Fall, daß ich meinen Klienten traf, hatte ich mir eine Ausrede zurechtgelegt.

Die Bar war dunkel und kalt. Ganz hinten spielte eine dick geschminkte und lackierte Frau auf einem weißen Flügel *The Shadow of Your Smile.* Das Lächeln auf dem Gesicht der Frau mußte seit Eisenhowers Amtszeit zum Inventar gehören. Die um den Flügel herum aufgestellten Stühle waren alle unbesetzt. Ich setzte mich an die Bar und bestellte einen Drink bei dem Barkeeper, der zu jung war, als daß er was von seinem Handwerk verstanden hätte, und Bostoner Dialekt sprach. Er sah aus wie Ringo Starr. Vielleicht war er ja Ringo Starr.

Außer mir war nur noch ein Pärchen in der Bar, ganz hinten im Dunkeln. Die beiden trugen Seidenhemden im Partnerlook und waren damit beschäftigt, zu flüstern, zu kichern und zu schmusen. An den Handgelenken und an der Stirn wirkten sie miteinander verwachsen wie siamesische Zwillinge. Nachdem er mir meinen Drink zugeschoben hatte, ging der Barkeeper auf jeweils halbe Distanz zu seiner Kundschaft und säuberte sich mit dem Taschenmesser die Fingernägel. Ich trank paar Schlucke und drehte mich auf dem Barstuhl, bis ich hinübersehen konnte in den Teil der Kneipe, wo die Leute beim Essen saßen.

Auch dort war nicht grade Hochbetrieb. Von dem Dutzend Tische, die ich von hier aus sehen konnte, waren nur zwei besetzt – einer von einem einsamen Esser, der andere von James Blair und einem überdimensionalen Rollenkopf, angetan mit schwarzem Tuxedo und roter Taillenschärpe. Das mußte Wadley sein, der Besitzer der Kneipe. Alle Augenblicke ließ Wadley eine markerschütternde Lachsalve los und wischte sich danach die Nase am Ärmel ab. Er schien sich in einem Tuxedo so wohl zu fühlen wie eine Witwe im Persianer.

Ich spannte die Ohren auf und versuchte mich im Lippenlesen, aber es kam rein gar nichts dabei heraus. Ich bekam nicht mit, worüber sie sprachen, schon gar nicht, ob es dabei um Teresa Blair ging. Blair kehrte mir das Profil zu und schaute einmal in meine Richtung. Der andere ließ hie und da einen besitzerstolzen Blick durch das Lokal schweifen, interessierte sich aber nicht für mich. Blair aß schnell und hatte es offenbar eilig, wegzukommen. Zehn

Minuten später ging er. Ich ging ihm nach. Soweit ich das beurteilen konnte, hatte er weder bezahlt noch mich bemerkt.
Ich hatte erwartet, er fahre nach Hause zurück, aber statt dessen fuhr er mir voraus in die Innenstadt von El Gordo. Der Nachtwind stank, als sei er auf dem Weg von der Küste her mit zu vielen Menschen in Berührung gekommen. Blairs Wagen war wie ein Geisterschiff, Blair sein in alle Ewigkeit verdammter Kapitän. Er fuhr auf einen kleinen Parkplatz hinter einem Bürogebäude aus Backstein und Glas.
Als ich es riskieren konnte, ihm nachzugehen, war im ganzen Gebäude kein Mensch mehr zu sehen. Auf dem Wegweiser innen stand: James Blair – Buchhalter. Sein Büro war im zweiten Stock. Der Aufzug wirkte ganz glücklich darüber, endlich mal wieder was tun zu dürfen.
Der Flur vor Blairs Büro war mit dickem, goldfarbenem Teppichboden belegt, die Wände mit grobem Rupfen tapeziert. Die Bürotür war zu. Die Inschrift darauf wiederholte, was ich schon auf dem Wegweiser gelesen hatte. Die Tür war aus Holz, mit Scheiben aus Fensterglas. Hinter den Scheiben saß eine Frau, dünn und braunhaarig, die an einem Bleistift lutschte, während sie wie im Fieber einhieb auf die elektrische Schreibmaschine. Das Plastikschildchen auf ihrem Schreibtisch besagte, daß die Frau Florence Hendrickson hieß.
Ich kam zu dem Schluß, daß es für heute reichte mit der Schnüffelei auf gut Glück.
Montaigne leistete mir Gesellschaft, bis Blair gegen Mitternacht wieder herauskam. Er fuhr vom Büro direkt nach Hause. Ich wartete draußen noch eine Stunde, bis ich's ihm gleichtat, noch immer im ungewissen, was ich nun eigentlich wußte und was nicht.

14

Aus der Tiefe des Tals reckte der Frühling die ersten zagen Fühler aus nach den Wiesen oben, und die Schneebataillone, die auf dem Highway 50 noch die Stellung hielten, hatten an Kampfkraft eingebüßt. Unten tropfte schon Tauwasser und lief in breiten, flachen braunen Streifen über die Straße. Weiter oben lag freilich noch Pulverschnee zuhauf, und die Porsches und Volvos, die auf der Überholspur an mir vorbeizogen, trugen festgezurrte Skier auf den Gepäckträgern oder zerrten an der Stoßstange angebundene Rodelschlitten hinter sich her. Die Verkehrsschilder wiesen mich an,

Schneeketten zu montieren, aber ich wußte nicht mal genau, ob ich überhaupt welche im Kofferraum hatte. Ich fuhr einfach weiter, das langsamste Auto weit und breit, während die Autofenster knackten im Bergwind, und ich sah nichts als den Magnetpol der High Sierras vor mir, spürte nichts als Frieden und Gleichmaß, nicht gerade die richtige Stimmung, die Augenzeugin einer grausigen Todesart zur Strecke zu bringen.

Der See von Tahoe hatte einst als ein Kleinod gegolten, und das wollte schon was heißen in einem Bundesstaat, der Luzerne, pyramidenförmige Bauten und Warmwasserversorgung für den Gipfel aller Errungenschaften hielt. Der See und das waldige Ufer waren lange ein makelloses Schmuckkästchen geblieben, gehegt und gepflegt wie ein kraftspendender Talisman. Als ich jung war, hatte eine Woche am See manchesmal ausgereicht, damit ich wieder frisches Blut in die Adern bekam. Aber dann hatten die Sportfetischisten, die Naturfreaks und die Spieler die Gegend entdeckt. Neue Straßen machten den See so leicht erreichbar wie ein Kettenrestaurant von Burger King, und jetzt wuchern faulende Algen im See, pflastern kropfhäßliche Bungalows aus Holz und Glas die Ufer, und die Luft flimmert von den Ausdünstungen der großen Macher und kleinen Groupies. Der ganze Zauber ist futsch – plattgewalzt von vier asphaltierten Straßen für den Touristenverkehr und die Apartmentbesitzer.

Ich fuhr über die Grenze nach Nevada und kehrte noch mal um, verloren in Erinnerungen, gute wie böse. Dann, wieder auf dem Hinweg, trieb ich eine Tankstelle auf und erkundigte mich, wie ich fahren mußte, um zur Lakeview Lodge zu kommen. Der Tankwart sprach von Straßen und allen möglichen Himmelsrichtungen. Sehr zu meiner Verwunderung war ich nach zehn Minuten dort.

Die Lakeview Lodge war ein dreistöckiger, unverputzt belassener Holzbau, der inmitten eines Kieferngehölzes einen friedlichen Winterschlaf hielt, gut hundert Meter vom See entfernt und so gut wie ganz für sich. Das Haus stammte offensichtlich noch aus der guten alten Zeit, wirklich ländlich und auf verwitterte Weise gut gelaunt. Die Auffahrt säumten bienenwabengroße Lampen. Auf der Veranda, die sich die ganze Vorderfront entlangzog, standen Schaukelstühle, schwer und breit, aus dickem Holz und Sattelleder. Ein schwindsüchtiger alter Mann brachte einen der Stühle zum Schaukeln. Der Stuhl krachte wie eine Korvette im Sturm. Als ich an dem Alten vorbeiging, nickte er mir zu und spuckte dann aus in eine Kaffeebüchse.

Die Halle war mit Fichtenholz ausgeschlagen und düster, über-

reichlich möbliert mit verstaubter Gemütlichkeit. In einem Winkel des riesigen Kamins, der nicht mehr richtig zog, brannte ein Holzfeuer. Die Geweihe über dem Kaminsims klagten mich an. Auf dem Couchtisch lag als einziges Magazin *Guns* bereit. Im ganzen Raum war niemand außer mir und den toten Hirschen.
Ich tat, als sei ich hier Stammgast. Ich folgte den Zeichen in der Halle und kam zu Zimmer 32. Als ich das Ohr an die schwere Türfüllung legte und drinnen gar nichts hörte, klopfte ich. Das Zimmermädchen am entgegengesetzten Ende des Ganges, das ein Wägelchen vor sich herschob, rief mir zu: »Sie ist schon weg. Hat ausgesehen, als ob sie ne richtige Wanderung vorhätt. Manchmal kommt sie erst mitten in der Nacht wieder.«
Ich bedankte mich winkend beim Zimmermädchen, dann wollte ich wissen, ob die Dame allein gewesen sei, als sie wegging. Das Zimmermädchen schüttelte den Kopf. »Sie ist immer allein. Ein Jammer. So eine Frau ist doch dafür geschaffen, jemand Freude zu machen – ob's nun ein Mann ist, ne Frau oder Kinder. Sind Sie der Ehemann?«
»Nein«, sagte ich und ging zu meinem Auto zurück.
Auf der einen Seite des Parkplatzes lag ein kleiner Swimming-pool, noch verlassen und leer, ein Tümpel unter dem Fichtengezweig, der auf Sonne, warme Luft und Körper wartete. Auf der anderen Seite war eine Feuerstelle, schwarz und verräuchert vom festlichen Flammenschein der Freudenfeuer und Grillpartys. Zwischen den beiden Tummelplätzen führten Wanderwege in den Wald. Wegweiser aus Holz waren an den Fichtenstämmen festgenagelt. Ein Weg führte zum See, ein zweiter zum Pferdestall, ein dritter zur Liegewiese. Ich dachte an die Ansichtspostkarten, die auf einem Ständer in der Hotelhalle steckten, stieg aus und machte mich auf den Weg zur Liegewiese.
Fichten, Pappeln und Espen säumten den Pfad. Hartnäckige Sonnenstrahlen erkämpften sich den Weg durch die dicken Fichtennadeln und bildeten goldene Teiche auf dem Waldboden. Die tiefhängenden Zweige sangen im Wind wie Chöre von weit her. Die Luft war kalt und klar wie Quellwasser. Auf dem frühlingsfeuchten Lehmboden rollten Fichtennadeln unter meinen Schuhen. Ich wünschte mir die Liegewiese ans Ende der Welt.
Der Pfad war eine halbe Meile lang. Hin und wieder wich ich Reitern, Wanderern und aufgestörten Eichhörnchen aus. Im Grunde erwartete ich gar nicht, Mrs. Blair am Ende des Pfades zu finden, und als er in eine sonnenbeschienene Lichtung einmündete, hoffte ich halb, ich fände sie nicht.

Die Liegewiese war ein flacher Streifen windgezausten Grases. Der Boden war weich vom Tauwetter. Überall, wo die Sonne nicht hinkam, lagen noch verharschte Schneehaufen. Mitten auf der Lichtung war durch verrottende Baumstümpfe und gefällte Bäume eine Art Zimmer im Freien entstanden, dunkel und geometrisch möbliert. Auf einem der Baumstämme saß eine Frau. Sie wandte mir den Rücken zu und hielt das blasse, blicklose Gesicht nach oben in die Frühlingssonne. Ich warf einen letzten Blick auf Bäume, Himmel und Schnee, atmete noch einmal die Fichtennadelluft ein, dann ging ich durch das harte Gras auf die Frau zu. Auf halber Strecke hörte sie mich, machte die Augen auf und drehte sich um. Ihr Stirnrunzeln fiel über mich wie ein schwarzer Schatten.
Sie war richtig angezogen für einen Spaziergang hier oben – feste halbhohe Stiefel, Drillichhosen, Flanellbluse, grauer Raglanpullover, weißer Wollschal. Das braune Haar fiel offen auf die Schultern. Das Gesicht kannte ich schon. Aber nur von Hochglanzphotos. Lebendig und unverstellt war es viel schöner.
Offenbar hielt sie mich für einen Sittenstrolch. Sie versuchte es pantomimisch, mich zu verscheuchen. Als das nichts nützte, griff sie nach Worten. Eine gepflegte Reibeisenstimme. »Ich bin hierhergekommen, weil ich meine Ruhe haben will. Bitte. Wenn Sie sich unterhalten wollen, dann setzen Sie sich doch in die Hotelbar. Der Barkeeper heißt Rick. Er jagt Bergschafe und Collegegirls. Er redet gern darüber.«
Ich ging weiter, im Schatten der gerunzelten Stirn und sehr zu ihrem Mißfallen. Als ich nur noch ein paar Schritte entfernt war, stand sie auf, und ich war überzeugt davon, daß ich jetzt eine Ohrfeige bekäme. Ich blieb stehen, schweigend, und wartete ab. Sie musterte mich gründlich und zog eine Braue hoch dabei. Dann fiel der Groschen. Die Feindseligkeit schlug um in Resignation. »Sie haben mich«, sagte sie schlicht. »Ich hab gehofft, ich hätt noch paar Tage gut.«
»Sie wissen also, wer ich bin?«
»Tanner, stimmt's?«
»Stimmt.«
Ich wußte nicht recht, was ich sonst noch sagen sollte, jetzt, wo meine Beute vor mir stand, verletzt wie ein angeschossenes Wild. Ich fragte, ob ich mich setzen dürfe. Sie nickte.
»Es muß Kathryn gewesen sein«, sagte sie. »Sie glaubt wahrscheinlich, sie hätt mir einen Gefallen getan.«
»Nein, Kathryn Martin war es nicht«, sagte ich wahrheitsgemäß, Davys junges, nachdenkliches Gesicht klar vor Augen.

»Aber jemand muß es doch gewesen sein!« sagte sie ohne Sinn und Verstand.
»So einen Jemand gibt es immer, Mrs. Blair. Es gehört zu meinem Beruf, diesen Jemand zu finden. Ich bin Detektivler. Ich bin hier, weil mich der District Attorney von El Gordo beauftragt hat.«
»Ach, ich weiß doch, wer Sie sind. Kathryn kam hier heraufgerast, um mir alles über Sie zu erzählen. Sind Sie ihr nachgefahren?«
»Nein.«
»Aber irgend jemand ist ihr nachgefahren. Jedenfalls hat sie sich das eingebildet. Sie hat auch geglaubt, daß ich in Lebensgefahr bin.« Die Augen wurden weicher, die Stimme wärmer. »Bin ich in Gefahr, Mr. Tanner?«
»Das weiß ich nicht«, sagte ich. »Wissen Sie's?«
Wenn es eine Antwort auf meine Frage gab, dann lag sie verborgen in der schwarzen Zeichensprache der Augen, die ich nicht entziffern konnte. »Was haben Sie jetzt mit mir vor?« wollte sie wissen.
»Ich bring Sie nach El Gordo. Vielleicht machen wir unterwegs Zwischenstation, um Ihre Mutter in der *Silver Season* zu besuchen.«
»Mein Gott. Kathryn hat mir nicht gesagt, daß Sie *dort* waren.«
»Kathryn hat das auch nicht gewußt.«
»Was hat meine Mutter über mich gesagt?«
»Daß sie darauf wartet, daß Sie sie besuchen.«
»Und sonst noch?«
»Ich habe nur wenig davon verstanden.«
»Geht's ihr gut?«
»Körperlich kam sie mir ganz gesund vor. Über das andere weiß ich nichts – obwohl ich ja glaub, daß es nicht mal schlecht ist, wenn man partiell senil wird.«
»Hat sie über früher geredet? Wenn ich sie besuche, redet sie immerzu über die gute alte Zeit.«
»Ach«, sagte ich. »Sie hat von ihrem Vater gesprochen und von der übrigen Familie. Leider hab ich nicht alles mitbekommen.«
»Hat sie *meinen* Vater erwähnt?«
»Nur daß er pleite ging und bald darauf tot war.«
»Und sonst noch?«
»Ihre Schwester.«
»Mary.«
»Stimmt.«
»Und sonst noch?«
»Nein, ich glaub, das war's. Wieso?«
»Tut nichts zur Sache. Was passiert, wenn ich mich weigere, nach El Gordo zurückzufahren?«

»Dann sag ich den Behörden Bescheid.«
»Und was machen die dann?«
»Das mindeste ist, daß Sie unter Strafandrohung vorgeladen werden. Vermutlich werden Sie aber verhaftet. Damit Sie bis zum Prozeß auf Eis liegen.«
»Wieso verhaftet?«
»Ach, Paragraph hundertzweiundachtzig, nehm ich an.«
»Was ist das für ein Paragraph?«
»Verdunkelungsgefahr und Verschwörung gegen die Staatsgewalt. In Ihrem Fall, glaub ich, mit dem Ziel, die Strafverfolgung irrezuführen. Der Paragraph kommt den Bullen sehr gelegen, vor allem, wenn sie jemanden mal für 'ne Weile aus dem Verkehr ziehen wollen.«
»Verschwörung? Mit wem denn angeblich, Mr. Tanner?« fragte sie boshaft.
Ich lächelte genauso sarkastisch wie sie. »Ich weiß das auch nicht, Mrs. Blair. Aber die Bullen können Sie nicht länger als bis zum Montag festhalten. Wenn Sie erst mal ausgesagt haben, hat sich's ausgespielt.«
»Dürfen die das?«
»Die dürfen so gut wie alles, jedenfalls paar Tage lang. Das sind die Schwachstellen in der Strafprozeßordnung.«
»Sehen Sie das wirklich so?« fragte Mrs. Blair geistesabwesend. »Wie ein Spiel?«
In der rhetorischen Frage schwang Bestürzung mit, vielleicht sogar so was wie Wehmut. Natürlich wußte ich keine Antwort darauf, aber sie hatte auch keine erwartet. Wir starrten uns eine Zeitlang an, beide im Kopf, was wir über den anderen wußten und was wir wußten über uns selbst.
»Einen Mann wie Tony Fluto hinter Gitter zu bringen, das ist kein Spiel mehr, Mrs. Blair«, sagte ich nach einer langen Pause. »Das ist blutiger Ernst – und auch sehr wichtig. Sind Sie immer noch entschlossen, gegen ihn auszusagen?«
»Ich habe Mr. Tolson angerufen und ihm gesagt, daß ich am Montag zur Prozeßeröffnung da bin. Was will er denn noch?«
»Das waren also tatsächlich Sie.«
»Wer sonst?«
»Ich nehm an, Tolson ist ziemlich fertig mit den Nerven«, sagte ich. »Das ist kein Wunder – jeder anständige Mensch in El Gordo muß mit den Nerven fertig sein. Er will Sie persönlich in den Gerichtssaal geleiten, als wär's der Jahresball der Polizei. Hat er wörtlich gesagt.«

Teresa Blair stand auf, klopfte sich die Hosen ab, ging ein paar Schritte in Richtung Hotel, dann kehrte sie um und kam zu mir zurück. »Ich will nicht nach Hause«, sagte sie unvermittelt. »Nicht zu James.«
»Warum?«
»Ich hab meine Gründe. Und ins Gefängnis will ich erst recht nicht. Ich hab in Gefängnissen schon viel mehr Zeit zugebracht, als mir lieb war.«
»Als Sie Frankie besucht haben?«
Ihre Augen loderten. Ihr Atem ging lauter als der Wind. »Was wollen Sie wirklich von mir, Tanner? Wer hat Sie geschickt? Weshalb sind Sie hier?« Mit wilden Augen schaute sie zum Rand der Lichtung, als habe sie Angst vor einem körperlichen Angriff und suche nach einem Fluchtweg.
»Ich bin nur hier, um Sie nach El Gordo zurückzubringen«, sagte ich ruhig.
»Und was hat Frankie damit zu tun?«
»Gar nichts. Oder etwa doch? Vor wem haben Sie Angst, Mrs. Blair?«
»Vor jedem«, sagte sie schlicht. Dann dachte sie nach. »Ich will nicht, daß die Bullen drei Tage lang mein Kindermädchen spielen. Ich glaub, das könnte ich nicht ertragen.«
»Was schlagen Sie statt dessen vor? Ich könnt Ihnen ja mein Bett abtreten. Und höchstpersönlich auf Sie aufpassen.«
Sie legte die schmale Hand auf meinen Oberarm. Die Fingernägel hatten den Farbton von Zungen. »Wer lebt denn so bei Ihnen, Mr. Tanner?« Ihre Stimme klang plötzlich auf sonderbare Weise spielerisch. »Eine Ehefrau? Eine Freundin? Eine Katze? Eine Maus?« Der Mund war weich und verlockend.
»Ich lebe mit einem Fernseher und gedruckten Buchstaben zusammen, Mrs. Blair. Und mit jeder Menge Staub. Das wär's schon.«
»Was für Buchstaben?«
»Ach, Tolstoi, Dickens, Chandler, Macdonald.«
»Klingt fad.«
»Verglichen mit verschlagenen Tennisbällen und der Jagd nach Tenniscracks ist es sicher fad«, gab ich zurück. Es klang boshaft – und war auch so gemeint.
»Über Tancy wissen Sie also auch Bescheid.«
»Nicht nur über Tancy, Mrs. Blair.«
»Warum habe ich solche Angst vor Ihnen, Mr. Tanner?«
»Ich weiß es nicht genau, aber auf jeden Fall hängt es mehr mit Ihnen als mit mir zusammen, Mrs. Blair.«

Da wandte sie sich ab und besah sich das Panorama, das wesentlich eindrucksvoller war als mein Anblick. Was auch immer ihr durch den Kopf ging, ihr Gesicht umwölkte sich wieder dabei. Es wurde zu einem Muster aus Falten und Linien. Auch sonst war ihr anzusehen, wie alt sie war – aber das tat ihrer Schönheit keinen Abbruch.
»Wär Ihnen denn ein Logisgast recht, Mr. Tanner? Auch einer, der bißchen lebendiger ist als Dickens?« Ihre Augen strahlten. »Natürlich komm ich für alles auf.«
»Für was?«
»Na, Speisen und Getränke und so.«
»Und so« hatte recht eindeutig geklungen. Ich ignorierte das. »Sie sind herzlich eingeladen, meine Liebe«, sagte ich mit spöttischer Galanterie. Teresa Blair griff fester nach meinem Arm. Ohne ein weiteres Wort gingen wir über die Lichtung zurück, Ritter und Dame am Abend eines siegreichen Turniers.
Im Hotel fragte ich sie, ob es nötig sei, daß ich sie während des Packens im Auge behielt. Sie sagte, das sei unnötig, ich könne ihr trauen. Und ohne recht zu wissen warum, traute ich ihr tatsächlich.
Ich wartete in der Halle, den Kopf voller Fragen. Warum war Teresa Blair weggelaufen? Warum hatte sie ihrer Schwester die Telephonnummer einer Anwaltskanzlei und nicht die des Hotels gegeben? Warum wollte sie nicht nach Hause zu ihrem Mann? Diese Fragen und andere mehr bohrten in mir, dann verdrängte ich sie unbeantwortet, vor allem, weil sie jetzt überflüssig waren. Meine Aufgabe bestand darin, Teresa Blair dazu zu bringen, daß sie beim Prozeß gegen Fluto aussagte. In drei Tagen würde ich dafür sorgen. Alles andere war müßig. Es interessierte mich zwar, aber müßig war es doch.
Wir fuhren schweigend den Berg hinunter. Erst im Tal, kurz vor Sacramento, machte Teresa Blair den Mund auf. »Sie haben sich ziemlich gründlich mit meinem Leben befaßt, stimmt's?«
»Es geht.«
»Mit wem haben Sie gesprochen?«
Ich erzählte es ihr der Reihe nach, angefangen bei Tancy über Elliott Farnsworth bis hin zu Mary.
»Sie haben mit Mary gesprochen?«
»Ja.«
»Wo?«
»Bei ihr zu Hause. In der Winthrop Avenue.«
»Wer war sonst noch dabei?«
»Nur ihr Mann.«

»Ted. Wie geht's denn dem lieben Ted?«
»Ted kam mir bißchen gebeutelt vor. Er ist krank und hat keine Arbeit. Übrigens hat er mir aufgetragen, Ihnen was auszurichten.«
»Und zwar was?«
»Daß Sie besser dran täten, sich an Ihren Teil der Abmachung zu halten. Sonst würd's Ihnen noch leid tun.«
»Es tut mir schon leid«, murmelte Teresa Blair. »Noch nie im Leben hat mir was so leid getan.«
»Was für eine Art von Abmachung haben Sie mit Ted Quilk?«
»Nichts Wichtiges.«
»Für ihn offenbar doch. Und für Sie ja wohl auch, wenn ich Sie mir so anschaue.«
Sie schüttelte den Kopf. In Gedanken warf ich eine Münze, aber dann ließ ich die Fragerei doch. Die Ermittlungen waren zu Ende. Ich war jetzt höchstens noch ihr Leibwächter. Da war noch eine Menge im Busch, aber jetzt war's nicht mehr mein Job, auf den Busch zu klopfen.
»Wie geht's Elliott?« fragte sie ein paar Meilen später. »Weint er sich nach mir die Augen aus?«
»Beruflich oder persönlich?«
»Ach, er hat Ihnen wohl von seiner kleinen fixen Idee erzählt?«
»Das klang schon mehr nach einem schweren Trauma.«
Sie lachte. »Der arme Elliott. Hat er Ihnen auch erzählt, daß er, kurz bevor wir uns kennenlernten, eben erst zu der Überzeugung gekommen war, er sei schwul? Er wollte grad kein Hehl mehr daraus machen – da kam ich angetrabt, und es hat ihn schwer erwischt. Jetzt ist er völlig durcheinander. Ich hab ihm erklärt, daß Bisexualität heutzutage die große Mode ist, aber das hat, scheint's, gar nichts genützt.«
Wir fuhren schweigend weiter, abgelenkt vom Verkehr und von Gedankenspielen. Ich hatte Mühe, wach zu bleiben. Mrs. Blair schlief hin und wieder ein und gab dann abwechselnd zufriedene und unmutige Laute von sich. Kurz hinter Davis fragte sie beiläufig: »Haben Sie mit Tancy geschlafen?«
»Nicht richtig«, gab ich zur Antwort. »Sie war schon ausgebucht.«
Teresa Blair lächelte müde. »Die arme Tancy. Alles hält sie in Ehren – bloß sich selber nicht. Wie geht's James?«
»Bestens.«
»Wie immer. James ist nie mit was anderem beschäftigt als mit seiner Großartigkeit. Hat er Sie in seinen Tempel eingelassen?«
»Das Haus?«
Sie nickte. »Was halten Sie davon?«

»Es ist wunderschön.«
»Und steril?«
»Schon. Aber sehr eindrucksvoll.«
»Einem Gast mag's ja imponieren. Aber Sie würden da drin nicht leben wollen. Mir können Sie's glauben.«
»Sind Sie deshalb nach Tahoe gefahren? Wollen Sie sich von James trennen?« Es gelang mir nicht ganz, den hoffnungsvollen Unterton der Frage zu unterdrücken.
Sie lächelte mich geheimnisvoll an, lehnte den Kopf an das Polster und machte die Augen zu. Als ich schon dachte, sie sei eingeschlafen, wollte sie wissen: »Waren Sie schon mal bei einer Gerichtsverhandlung?«
»Schon ziemlich oft«, sagte ich. »Ich war früher mal Anwalt.«
Ein Auge ging auf. »Wirklich?«
»Wirklich.«
»Ich hab nämlich bißchen Angst. Ich weiß überhaupt nicht, was da von mir erwartet wird.«
»Sie brauchen bloß Fragen zu beantworten. Sagen Sie nichts, wozu Sie nicht aufgefordert werden, und verschweigen Sie nichts. Wenn Sie was nicht verstehen, fragen Sie nach. Wenn Sie sich nicht mehr genau erinnern, sagen Sie's. Wenn Sie was erklären müssen, tun Sie's. Machen Sie keinen Ärger, und behalten Sie die Ruhe. Wenn Sie Hilfe brauchen, bitten Sie den Richter darum.«
»Sonst nichts?«
»Sonst nichts. Höchstens noch ne Kleinigkeit.«
»Die wäre?«
»Sagen Sie die Wahrheit.«
Ich blieb bis Benicia auf der I-80, fuhr dann weiter auf der 680 bis zur Ausfahrt zur Rock Valley Road. Ich blieb im Auto, während Mrs. Blair ihren Besuch in der *Silver Season* machte. Sie blieb fast eine Stunde lang. Als sie wiederkam, fragte ich sie, wie es gewesen sei.
»Sie hat mich für Mary gehalten. *Sie* hat sie übrigens für meinen Vater gehalten. Sie glaubt, daß ihr Vater sich irgendwo in dem Heim verlaufen hat und nach Hilfe ruft. Die Schwester hat mir erzählt, daß sie gestern nacht geglaubt hat, jemand wolle sie ersticken.«
»Traurig.«
»Und sie war so wunderschön. Mein Vater hätt sein Leben für sie geopfert. Fahren wir jetzt zu Ihnen nach Hause? Ich bin so müde.«
Ich fuhr an und brachte sie hin. Jedenfalls fast. Ich wollte eben von der Grant Street in die Straße abbiegen, in der ich wohne, als ich

das grüne Auto sah. Es parkte nur paar Häuser von meiner Wohnung entfernt. Drin saßen zwei dunkle Schatten. Ich riß das Lenkrad herum und fuhr weiter geradeaus. »Ich bringe Sie in ein Hotel«, sagte ich.
»Was?«
»Ich kenne eine kleine Hotelpension in der Post Street. Dort können wir bis Montag früh bleiben. Außer dem Portier kriegt uns dort keiner zu sehen.«
Wir trugen uns als Ehepaar ein, verhielten uns aber keineswegs so. Am Samstag schlief sie durch bis zum Mittag, dann schickte sie mich ein Omelette holen. Während sie es verschlang, ging ich in eine Telephonzelle und rief James Blair an. Ihren Mann, der absurderweise in den Verdacht geraten war, er habe sie umgebracht.
»Ich habe Ihre Frau gefunden.«
»Wo ist sie?« wollte er wissen.
»In Sicherheit.«
»Aber wo?«
»Ich glaub, das möchte ich Ihnen nicht sagen. Noch nicht.«
»Sie arbeiten für mich, Tanner. Oder haben Sie das vergessen?«
»Ich arbeite nicht nur für Sie«, sagte ich. »Und ich hab nicht den Auftrag, Sie bei Ihnen abzuliefern, ich soll sie in den Gerichtssaal bringen. Was danach passiert, geht nur Sie und Ihre Frau was an. Und bis dahin leg ich sie lieber auf Eis.«
»Ich schließe daraus, daß sie mich nicht sehen will.«
»Hier geht's bloß um das, was *ich* will.«
»Das gefällt mir gar nicht. Ganz und gar nicht.«
»Mir auch nicht«, sagte ich und legte auf.
Erst nach drei Anrufen kam ich zu Ray Tolson durch. Er war auf der Polizeidirektion. Ich zog mit ihm die gleiche Nummer ab wie mit James Blair. Tolson gefiel das ebenfalls nicht. »Willkommen im Club«, kommentierte ich.
»Jetzt nehmen Sie doch Vernunft an, Tanner. Ich muß das Weib doch noch impfen vor dem Prozeß. Ich will sie schon vorher ins Kreuzverhör nehmen, genau wie nachher beim Prozeß.«
»Tut mir leid. Ich bring Mrs. Blair am Montagmorgen nach El Gordo. Sagen Sie den Jungs am Hintereingang Bescheid, ich will sie ganz unauffällig ins Haus schaffen. Dann haben Sie noch Zeit, mit ihr zu sprechen.«
»Was gibt's denn plötzlich für Probleme, Tanner? Haben Sie sich in die Dame verknallt?«
»Mein Problem ist der Fall. Was da noch zusammenpaßt, ist keinen Scheißdreck wert. Ich kann nicht mal die Mannschaften auseinan-

derhalten, geschweige denn die Namen und Nummern der Spieler. Ihr Detective Grinder erklärt mir, ich dürfe niemandem bei der Staatsanwaltschaft trauen; mindestens zwei Muskelprotze versuchen mir Angst zu machen, einer mit nem Feuerwerk; Sie lügen mich an, was die wahren Hintergründe des Falles angeht; und schließlich, und das ist das Allerschlimmste, erfahr ich von Ihnen, daß einer von Flutos schärfsten Konkurrenten im Mafiageschäft Wadley heißt. Und nun raten Sie mal, wen ich gestern abend in Wadleys Kneipe beim Essen sitzen gesehen hab?«
»Wen?«
»James Blair.«
»Himmelherrgott. Was hat denn *das* zu bedeuten?«
»Ich hab nicht die leiseste Ahnung. Und deshalb zieh ich Mrs. Blair bis Montag morgen aus dem Verkehr. An *Ihrer* Stelle würd ich mir allerdings so meine Gedanken über mein Berufsethos machen, was diesen Fall betrifft. Falls Teresa Blair eine von Wadley angeheuerte Zeugin sein sollte, die Fluto fertigmachen soll, dann wüßt ich nicht, ob's ratsam wär, sie als Zeugin zu laden.«
»Ich brauch mich nicht von Ihnen über mein beschissenes Berufsethos belehren zu lassen, Tanner«, brüllte Tolson. »Das einzige, was ich mir nicht leisten kann, ist eine falsche Aussage vor Gericht, von der ich weiß, daß sie falsch ist. Bis jetzt gibt's nicht den Furz von einem Hinweis drauf, daß Mrs. Blairs Aussage gegen Fluto falsch sein könnte. Gehen Sie doch zum Teufel!«
»Okay«, sagte ich. »Werd's beherzigen.«
»Es ist was passiert, was Sie wissen sollten«, sagte Tolson.
»Was?«
»Gestern nacht hat jemand versucht, Tony Flutos Sohn umzulegen. Brenzlig, aber halb so schlimm. Der Junge liegt im Mercy Hospital mit nem Durchschuß im Schenkel.«
»Was hat das mit Mrs. Blair zu tun?«
»Wer weiß?«
»Ich weiß es jedenfalls nicht«, sagte ich.
»Sie laden sich eine schwere Verantwortung auf, Tanner. Wenn jemand Mrs. Blair aus dem Weg räumt, stell ich Sie unter Anklage.«
»Wer das versucht, muß erst mal mich aus dem Weg räumen«, sagte ich und legte auf.
Am Samstagabend fiel Mrs. Blair die Decke auf den Kopf. Sie beschwatzte mich so lange, bis ich damit einverstanden war, mit ihr auszugehen. Ich ließ mich nur beschwatzen, weil ich inzwischen mehr Angst vor dem hatte, was ich ihr hier im Hotelzimmer antun könnte, als vor dem, was Tony Fluto ihr draußen anzutun versu-

chen könnte. Wir gingen in ein Vorstadtkino und aßen hinterher bei *Bill's* einen Hamburger. Am Sonntag frühstückten wir spät und ausgiebig in der Union Street; am Nachmittag saßen wir im *de Young*, und abends aßen wir im Obrero-Hotel baskische Spezialitäten. Den Rest des Abends verbrachten wir auf dem Zimmer, bei Cognac und Schokohappen.

»Wo sind Sie aufgewachsen?« fragte sie mich irgendwann gegen Mitternacht. Seit einer Stunde hatte sie nichts mehr gesagt gehabt.

»In Iowa«, sagte ich.

»Ist es dort schön?«

»Damals kam es mir nicht so vor. Heute denke ich anders darüber.«

»Alles wird schöner, bloß weil die Zeit vergeht. Ausgenommen Frauen«, sagte sie und strich sich über die Hüften.

»Und Bananen.«

»Waren Sie reich?«

»Weder arm noch reich.«

»Ich war arm. Anfangs waren wir reich, dann waren wir arm. Ich habe das erst mitbekommen, als ich in die Schule kam. Da haben dann die anderen Kinder schon dafür gesorgt, daß mir klar wurde, wohin ich gehörte. Als ich zwölf war, hab ich mir vorgenommen, daß ich, wenn ich erst mal erwachsen war, alles, aber auch alles tun würde, um nie wieder arm sein zu müssen, daß ich alles tun würde, damit ich nicht enden würde wie Mary.«

»Sind Sie deshalb nach Vegas gegangen?«

»Ja, auch.«

»Und weshalb noch?«

»Das kann ich nicht sagen.«

»Ach, natürlich können Sie das.«

»Nein. Und es wird noch lange dauern, bis ich das sagen kann.«

»Warum ist Ihr erster Mann ermordet worden?« fragte ich ruhig.

Minutenlang war sie still. »Das weiß ich nicht genau. Frankie war jemandem im Weg, und dann war er aus dem Weg.« Sie lachte, melodisch und wie von Sinnen, dann schwieg sie wieder.

Kurz darauf sagte ich: »Vorgestern hat jemand versucht, den Sohn von Tony Fluto umzubringen.«

»Tatsächlich?«

»Wissen Sie was darüber?«

»Wie käm ich dazu?«

»Das weiß ich nicht«, sagte ich. »Und ich glaub, ich will das auch gar nicht wissen.« Dann mußte ich lächeln.

»An was denken Sie?«

»Ach, an was, das mir Ihre Schwester über Tancy Verritt erzählt hat. Daß sie bei einem Umzug mit nichts an als einer Gorillamaske herumgerannt ist.«
Sie lachte auch. »Das war nicht Tancy, das war ich.«
Als am Montag die Türen zum Gerichtssaal aufgingen, war ich's, der mit Teresa Blair am Arm den Polizeiball eröffnete.

15

Es war ein altmodischer Gerichtssaal mit allem Drum und Dran: vier Meter hohe Decke, handgeschnitztes Dekor, hochlehniger Richterstuhl und eine knarrende Schwingschranke. Die Anklagebank bestand nicht, wie in den modernen Gerichtsgebäuden, aus Preßholz oder Plastik, sondern aus echter Eiche, zerkratzt und eingekerbt von den vielen Insassen, die hier unfreiwillig, aber regelmäßig nach einer Nacht im Gefängnis Station machten. Die Zuschauerbänke waren mit der Zeit gelb und fleckig geworden und glänzig von den vielen Hintern, die darauf herumgerutscht waren. Die Tische für die Anwälte hatten schon ganz runde Kanten von den vielen Schweißhänden der Verteidiger, die auf Sieg oder Niederlage gewartet hatten. Mir fiel ein, was ein Freund immer wieder gern erzählte. Wenn einer seiner Mandanten schuldig gesprochen worden war und von ihm wissen wollte: »Und was machen wir jetzt?« sagte mein Freund bloß: »Sie gehen ins Kittchen und ich zum Essen.«
Teresa Blair und ich setzten uns ganz nach hinten und schauten den Leuten zu, die ein und aus gingen. Tolson hatte uns ausrichten lassen, wir sollten hier auf ihn warten, aber er war noch nicht da, und bis auf einen verfetteten Gerichtsdiener, der im Stuhl zurückgelehnt auf unnachahmliche Weise so tat, als schlafe er fest, fehlten noch alle, die zum Gericht gehörten.
Ich drückte Mrs. Blairs Hand, und der Druck wurde erwidert. Auf dem Tischchen neben dem Gerichtsdiener klingelte das Telephon. Mrs. Blairs Finger zuckten in meiner Hand wie ein lebend gefangener Fisch. Der Diener nahm ab und hörte zu. »Ist hier eine Mrs. Blair?« schnaufte er asthmatisch. Ich hob die Hand und wies auf Teresa Blair. »Der District Attorney wünscht die Dame zu sprechen. Zimmer drei-null-vier. Und Beeilung bitte.«
Ich stand auf, um sie zu begleiten, aber sie schubste mich auf die Bank zurück. »Das muß ich allein durchstehen«, sagte sie gepreßt. »Danke. Für alles. Vielleicht sehen wir uns ja hinterher. Wenn Sie wollen. Wenn die mich lassen.«

Ich nickte ihr ermutigend zu und klopfte ihr auf die Schulter, als sie sich an mir vorbeiquetschte.
Der Sekundenzeiger drehte sich auf der Wanduhr. Jetzt kamen die Stammgäste – Männer und Frauen im Rentenalter, die nach einem Ort suchten, wo sie die Zeit totschlagen konnten. Ein Mann trug Latzhosen, so dünn und fadenscheinig wie eine erbeutete Fahne: einer, der gern gearbeitet hätte, bloß ließ ihn keiner. Eine Frau trug ein schwarzes Kleid und ein schwarzes Pillboxhütchen mit Schleier, als traure sie um irgendwas – ihre Jugend vielleicht. Wieder andere kamen schweigend herein, mit gesenkten Köpfen und hängenden Schultern, als sammelten sie Kräfte für Applaus oder Protest. Wir alle, die Stammgäste und ich, hielten auf Abstand voneinander, als wollten wir's vermeiden, uns gegenseitig anzustecken. Jedesmal, wenn die Tür aufging, flogen ein Dutzend Köpfe herum, und zwei Dutzend Augen schauten hin.
Jetzt kam Conway Grinder herein. Er sah mich an, nickte mir im Vorbeigehen zu, setzte sich in die erste Reihe und steckte ein Streichholz zwischen die Zähne. Nach ihm kam der Kleine mit den Jackettkronen, der mich vor dem Moranhaus bedroht hatte. Er setzte sich ganz nach außen, rutschte nervös hin und her und schien nichts zu sehen als die Fahne; ich bezweifle, daß er mich wahrnahm. Ich fragte mich, was in der Aktentasche sein mochte, die er bei sich hatte. Zehn nach neun war der Saal gerammelt voll und schwirrte von Stimmen. Plötzlich erstarb das Stimmengewirr.
Das mußte Tony Fluto sein, daran gab es keinen Zweifel. Schwerfällig, aber von makelloser Eleganz, mit zinngrauem Haar und zinngrauer Haut, mit Augen, die wie Sensen durch den Raum gingen. Er kam den Mittelgang herunter, wortlos und selbstsicher, als sei er eher verärgert darüber als angsterfüllt, daß er hierher bestellt worden war. Zwei junge Anwälte flankierten ihn geschäftig, mit Weiß in den Augen, flinken Mündern und verschwitzt glänzenden Stirnen. Wenn man für Leute wie Fluto arbeitet, ist es das reine Sahneschlecken, vorausgesetzt, man gewinnt oder legt sich nicht irgendwann so was wie ein Gewissen zu. Dann hat man nämlich Alpträume von Chemikalien in den Augen, Bomben in Autos oder von einem Busticket nach Brasilien, ohne Rückfahrt. Ein dritter Mann, wahrscheinlich Flutos Verteidiger, ging hinter dem Grüppchen her, eine geschmeidige und gepflegte Erscheinung. Er wirkte noch unerschütterlicher als sein Mandant.
Fluto stand nicht zum erstenmal vor Gericht. Er leitete sein Gefolge zielstrebig zu dem Tisch, der der Geschworenenbank am nächsten stand, setzte sich auf den Stuhl in der Mitte und stellte sich aufs

Warten ein. Als sein Blick den Gerichtsdiener streifte, wäre der beinah vom Stuhl gekippt. Fluto drehte sich um und musterte das Publikum kurz, ohne rechtes Interesse. Die Anwälte gruppierten sich um ihn herum, holten Schriftsätze und Notizblöcke aus den Aktenkoffern und Kopfwehtabletten und Pfefferminzdrops aus den Jakkentaschen.

Ich schaute noch immer Fluto an, als er jemandem, der in meinem Rücken hereinkam, grimmig und schweigend zunickte. Ich drehte mich um und sah in die eisblauen Augen von James Blair. Er zog bei meinem Anblick die Stirn in Falten, wollte was sagen, schluckte es aber hinunter und setzte sich ein paar Reihen weiter vorn hin. Als ich wieder auf Fluto blickte, schaute er geradeaus. Sein Rücken war grade und breit wie ein Grabstein. Etwa drei Meter von ihm entfernt schob Conway Grinder die Kinnlade vor. Ich war ganz froh, daß ich seine Augen nicht im Blickfeld hatte. Flutos Verteidiger ging zu dem Mann mit den Jackettkronen hinüber und flüsterte ihm etwas zu. Die Antwort darauf war ein lauter Fluch.

Der Gerichtsdiener riß wieder die Augen auf, als Tolson und seine Assistentin einmarschierten, mit angespannten, aber zuversichtlichen Mienen. Tolson hielt den Daumen nach oben, als er an mir vorbeikam, dann setzte er sich an den der Staatsanwaltschaft vorbehaltenen Tisch, auf dem die Assistentin die Akten und Schriftsätze anordnete, als handele es sich um Porzellan für ein Zwölf-Gänge-Menü. Tolson sah Fluto nicht an, und vice versa, aber bestimmt waren sie gedanklich beide mit ihrem Gegenspieler beschäftigt. Sie spielten Krieg, und sie waren die Generale. Ich lehnte mich zurück und machte mich auf einen spannenden Kampf gefaßt.

Die Tür hinter dem Richterstuhl ging auf. Ein kleiner, dicklicher Mann kam herein, angetan mit einer roten Fliege, einer sportlich geschnittenen Jacke aus Kunstleder und einem wichtigtuerischen Lächeln. Er trottete zu dem Tischchen für den Protokollführer gleich vor der Richterbank. Nachdem er eine Weile in den Akten herumgewühlt hatte, verkündete er in Richtung Publikum: »Die Zeugen sind von der Verhandlung ausgeschlossen. Die Zeugen haben Platz zu nehmen in Zimmer zwei-eins-sechs und dort zu warten, bis sie aufgerufen werden.«

Niemand ging hinaus. Der Protokollführer setzte sich und zog sich die Fliege zurecht. Die Gerichtsreporterin kam herein, stellte ihr Bandgerät auf und ging profitlich dahinter in Stellung. Der Rock rutschte ihr weit über die Knie. Der Protokollführer linste lächelnd auf die bloßgelegten Schenkel. Der Gerichtsdiener ging hinaus. Drei Minuten später flogen die Türen auf, und ungefähr dreißig

Leute kamen herein. Unruhe entstand. Sie setzten sich, und langsam wurde es wieder ruhig im Saal. Aller Augen richteten sich auf die kleine Tür hinter dem Richterstuhl.
Der Hammer schlug.
Der Protokollführer wies uns an, uns zu erheben.
Der Richter betrat das Tribunal.
Eine große Frau mit kühnem Kinn, mit dunklen, geschwungenen Brauen über den Rändern der Nickelbrille. Das schwarze, glatte Haar warf Wellen wie die Robe. Der weiße Stehkragen hätte einem Priester genausogut angestanden wie einer Möwe. Sie erklomm die Richterbank und nahm auf dem Richterstuhl Platz, eine Veteranin der Justiz, deren Widerstand gegen ihre Rolle wie eingebaut wirkte.
Der Protokollführer schlug wieder mit dem Hammer und erklärte in routiniertem Singsang die Sitzung für eröffnet. Er nannte den Namen der Richterin und gab bekannt: »*Der Staat Kalifornien gegen Giuseppi A. Fluto.*« Ihre Ehren, die Richterin Susan McMinn, wies den Protokollführer an, mit der Auswahl der Geschworenen zu beginnen.
An Flutos Tisch erhob sich der älteste, dünnste und größte unter den drei Anwälten. »Euer Ehren«, fing er langsam an, »die Verteidigung hat mehrere Anträge zu stellen. Da ich der Überzeugung bin, daß die ihnen zugrunde liegenden Tatsachen dieses Verfahren hinfällig machen werden, bitte ich um die Erlaubnis, die Anträge jetzt vorbringen zu dürfen.«
Die Richterin schob die Brille hoch auf die Stirn. »Wir haben das doch schon in der vergangenen Woche abgeschlossen, Mr. Loggins. Sie haben mir Ihre Anträge vorgetragen, und ich habe sie nach reiflicher Überlegung abgelehnt. Ich habe Ihnen außerdem erklärt, daß heute morgen auf keinen Fall weitere Anträge gestellt werden können. Ich habe Ihnen erklärt, daß heute die Hauptverhandlung beginnt.«
»Euer Ehren, mein Mandant hat Rechte, und als sein Verteidiger sehe ich mich gezwungen...«
»Das Gericht ist peinlich darauf bedacht, die Rechte Ihres Mandanten zu wahren, wie im Falle jedes Angeklagten, gegen den hier verhandelt wird. Dies ist die Hauptverhandlung, Mr. Loggins. Sie hatten reichlich Zeit, jeden Antrag zu stellen, den Sie für notwendig erachten. Sind Sie bereit, in der Verhandlung fortzufahren?«
»Mit der Erlaubnis des hohen Gerichts ersuche ich darum, daß die folgenden sieben Anträge der Verteidigung ins Protokoll aufgenommen werden. Jeder einzelne Antrag –«

»Setzen Sie sich, Mr. Loggins.«
»Euer Ehren –«
»Der Protokollführer wird jetzt mit der Auswahl der Geschworenen beginnen.«
»Gestatten Sie, daß ich eine Erklärung zu Protokoll gebe, Euer Ehren? Dieses Verfahren ist in bedenklichem Maße von Befangenheit geprägt, und das Protokoll sollte davon Zeugnis ablegen. Ich bestehe darauf –«
»Sie haben vor diesem Gericht auf gar nichts zu bestehen, Mr. Loggins. Das ist an *mir*. Das Protokoll wird enthalten, daß Sie am Freitag der vergangenen Woche einundzwanzig Anträge zugunsten von Mr. Fluto gestellt haben. Alle Anträge sind abgelehnt worden. Wenn Sie wünschen, daß weitere Vorgänge aus der Vorverhandlung im Protokoll aktenkundig gemacht werden, wenden Sie sich an das Appellationsgericht. Der Protokollführer beginnt mit der Auswahl der Geschworenen.«
»Euer Ehren, seit der vergangenen Woche hat sich die Situation gravierend zugespitzt. Mr. Flutos Sohn liegt im Krankenhaus, das Opfer eines Anschlags mit Waffengewalt. Dieser schreckliche Vorfall verstärkt unsere Überzeugung, daß eine Verschwörung gegen Mr. Fluto im Gange ist, mit dem Ziel, ihn um jeden Preis –«
»Das *reicht*, Mr. Loggins. Der Personenkreis, aus dem die Jury ausgewählt wird, ist bereits anwesend. Der Protokollführer beginnt mit der Auswahl der Geschworenen.«
Der kleine Protokollführer ließ sein Nasenloch in Ruhe, stand auf und kramte Zettel aus einem Kästchen. Dann verlas er die Namen, wobei er sich Mühe gab, jeden einzelnen richtig auszusprechen. Die Aufgerufenen gingen mit schweren Schritten zur Geschworenenbank hinüber, samt und sonders erschrocken und eingeschüchtert. Als zwölf Personen Platz genommen hatten, ergriff die Richterin wieder das Wort.
»Meine Damen und Herren, hier wird eine Strafsache verhandelt. Der Staat Kalifornien gegen Giuseppi A. Fluto. Die Anklagepunkte werden in Kürze erläutert. Mr. Fluto ist der Herr auf dem Mittelplatz am Tisch gleich neben Ihnen. Er wird vertreten von Mr. Lafcadio Loggins. Die Mitarbeiter von Mr. Loggins sind Mr. Daniel Rotunda und Mr. Jacob Goldberg. Alle drei Herren gehören zu der Anwaltskanzlei Loggins, Swain und Rotunda. Die Anklage wird vertreten durch Mr. Raymond Tolson, Deputy District Attorney. Seine Mitarbeiterin ist Ms. Roxanne Epley. Kennt einer von Ihnen die Vertreter der Staatsanwaltschaft, die Herren aus der Anwaltskanzlei oder den Angeklagten? Sehr gut. Der Ankläger und der Verteidi-

ger haben nun die Gelegenheit, Sie dazu zu befragen, ob Sie in diesem Fall beiden Seiten eine gerechte Verhandlung gewährleisten können. Setzen Sie sich, Mr. Loggins. Ich werde Sie nachher aufrufen. Mr. Tolson?«

»Danke, Euer Ehren«, sagte Tolson im Aufstehen. »Meine Damen und Herren...«

Dann hob er ab. Tolson mußte schon an die hundertmal eine Jury zusammengestellt haben. Er wußte genau, was für Leute er dabeihaben wollte, und noch genauer wußte er, was für Leute nicht in Frage kamen. Und er wußte auch, wie er am besten herausfand, zu welcher Kategorie die Leute gehörten. Bald waren die Zuschauer und ich genau im Bild über die Menschen auf der Geschworenenbank. Wir wußten, ob sie verheiratet, geschieden oder ledig waren; wir wußten, ob und wo sie arbeiteten; wir wußten, welche Zeitschriften sie lasen, zu welchen Clubs sie gehörten, ob sie in die Kirche gingen, ob sie in der Gewerkschaft waren; wir wußten, ob sie je im Leben mit dem Gesetz in Konflikt gekommen waren, ob sie schon einmal als Geschworene ihrer Bürgerpflicht genügt hatten; und wir wußten auch, wer von ihnen sich darüber ärgerte, daß für die mickrige Geschworenenentschädigung ein ganzer Tagesverdienst flötenging.

Dann kam Tolson erst richtig zur Sache. Wer unter ihnen geriet beim Anblick von Photos einer Leiche wohl aus der Fassung? War einer unter ihnen, der die Anklagebehörde verklagen würde, falls sich ein derartiges Photo unter dem Beweismaterial befand? Hatte einer von ihnen Skrupel, einen Angeklagten schuldig zu sprechen? Hatten sie alle verstanden, worin ein Indizienbeweis bestand? Wußten sie alle Bescheid über begründete Zweifel? Das ging endlos so weiter, wiederholt, neu formuliert, in Variationen – und das alles bloß, damit Tolson den einen oder die eine aussortieren konnte, der oder die, sobald die Beweisaufnahme abgeschlossen war und sich die Jury zurückzog, aufspringen und erklären würde: »Es ist mir ganz gleich, was die eben gesagt haben, aber jemand mit so einem Gesicht hat *so etwas* ganz bestimmt nicht getan!« Ich ging hinaus, um eine zu rauchen und ein Cola zu trinken.

Mich interessierte, was Loggins machen würde, sobald er aufgerufen wurde. Gegen elf war es soweit. Tolson hatte eine Frau wegen möglicher Befangenheit ausgeschlossen – sie war in derselben Kegelmannschaft wie Flutos Schwiegertochter –, und dafür den nächsten Geschworenen aufgerufen; dann ließ er es gut sein, und Loggins war an der Reihe. Loggins erhob sich, als habe ihn Gottes Fügung von den Toten auferweckt, und stellte sich hinter Flutos Stuhl.

Er fingerte an den Jackettaufschlägen herum, den Kopf gesenkt, ein Staatsmann wie Lincoln. Dann legte er die Hände auf die Schultern seines Mandanten und sah die Jury großäugig wie ein Bittsteller an.

»Ich habe nur eine Frage«, intonierte er. »Hier sitzt Mr. Fluto, ein Unschuldiger, an diesem Verbrechen so wenig schuldig wie Sie und ich. Das ist ein Rechtsgrundsatz, dem Sie alle *verpflichtet* sind. Und solange die Anklage nicht in der Lage ist, Mr. Fluto jede Einzelheit des Verbrechens, dessen er beschuldigt wird – *jede Einzelheit* –, nachzuweisen, und zwar ohne begründete Zweifel, muß Mr. Fluto den Gerichtssaal verlassen können, wie er ihn betreten hat: als Unschuldiger. Selbst wenn er kein Wort zu seiner Verteidigung vorbringt. Ich wiederhole: *Selbst wenn er während der ganzen Verhandlung kein Wort zu seiner Verteidigung vorbringt.* Haben Sie diesen Rechtsgrundsatz verstanden und werden Sie ihn beherzigen, Mr. Carson?

Mrs. Robustelli?

Mr. Lute?

Mr. Wandrell?

Mrs. Becker?

Miss Abernathy?

Mr. Nix?

Mr. Donaldson?

Mr. Liu?

Mr. Mihalowitsch?

Mrs. Walters?

Mr. Jefferson?

Ich danke Ihnen allen. Euer Ehren, die Verteidigung ist außerordentlich zufrieden mit der Besetzung der Geschworenenbank. Wir haben keinerlei Einwände.«

Loggins spielte mit hohem Einsatz, aber das Risiko stand dafür. Er sammelte eine Menge Punkte, indem er keinen von der Geschworenenbank ausschloß, keine persönlichen Fragen stellte, indem er so tat, als halte er sie allesamt für integer, und sich auch sonst überhaupt nicht so benahm, wie sie alle das von einem Anwalt erwarteten. Der Ball lag wieder bei Tolson im Spielfeld, und nachdem er sich flüsternd mit seiner Assistentin verständigt hatte, nahm er die Herausforderung an. »Die Anklagevertretung ist ebenfalls der Meinung, daß die Geschworenenbank beiden Seiten der Garant eines gerechten Verfahrens sein wird.«

Zum ersten Mal lächelte die Richterin, dann wandte sie sich den Geschworenen zu und vereidigte sie darauf, diesen Fall »nach bestem Wissen und Gewissen« zu beurteilen. »Jetzt ist es beiden Seiten erlaubt«, fuhr sie fort, »nach Belieben eine erste Erklärung abzugeben. Derartige Erklärungen sind noch nicht der Beweisaufnahme zuzurechnen. Es handelt sich lediglich um Erklärungen beider Seiten, die das folgende Beweismaterial im Licht entgegengesetzter Meinungen beleuchten. Mr. Tolson?«

Ray Tolson wühlte in den Akten, schloß sekundenlang die Augen, dann stand er auf und blickte, der Reihe nach, in die zwölf Gesichter der Geschworenen, die zwölf Gesichter, die er von jetzt an bis zum Ende der Verhandlung von seiner Sache überzeugen mußte.

»In diesem Fall geht es um einen Menschen, der buchstäblich unter die Räder geraten ist«, hob er an. »Unter die Räder eines Autos. Das Opfer hieß Phillip Vincent. Er ist dort zu Tode gekommen. Der Mann am Steuer des Wagens, der ihn überfahren hat, war Tony Fluto, der Angeklagte. Er sitzt dort drüben. Nachdem er Mr. Vincent überfahren hatte, hielt der Angeklagte nicht etwa an. Er fuhr einfach weiter. Damit hat sich Mr. Fluto der Fahrerflucht und der unterlassenen Hilfeleistung schuldig gemacht. Aber verglichen mit dem, dessen wir ihn anklagen, erscheint uns selbst ein derartiges Delikt als belanglos. Denn wir beschuldigen ihn des Mordes. Wenn Ihnen ohne begründete Zweifel schlüssig erscheint, daß Tony Fluto am Steuer des Wagens saß, unter dessen Rädern Mr. Vincent zu Tode kam, dann werden Sie ihn auch des Kapitalverbrechens schuldig befinden, dessen wir ihn anklagen. Das Beweismaterial, meine Damen und Herren, wird schließlich ergeben, daß der Angeklagte, Tony Fluto, Mr. Vincent *mit Vorbedacht* zu Tode gebracht hat, daß er Mr. Vincent zu eben diesem Zweck in die Oswego Street gelockt und seinen Plan wissentlich und willentlich in die Tat umgesetzt hat. Einen verwerflichen, im voraus berechneten Plan. Wenn Sie, entfernt aller begründeten Zweifel, zu der Überzeugung gelangen, daß Mr. Fluto mit Vorbedacht plante, Phillip Vincent zu überfahren, und seinen Plan auch in die Tat umsetzte, dann müssen Sie Mr. Fluto schuldig sprechen. Des Mordes.«

Tolson drückte sich einfach aus; trotzdem ging seinem Vortrag die Eleganz nicht ab, wenn auch ungeschliffen. Die Geschworenen hörten aufmerksam zu, schauten dann und wann zu Fluto hinüber, als wollten sie herausfinden, wie er Tolsons Anklagen standhielt. Mir kamen sie neugierig vor, nicht abgestoßen: sie wollten vor allem wissen, was wirklich passiert war. Was Fluto anlangte, so blieb er reglos und unbeteiligt sitzen, zu allem fähig. Selbst zur Unschuld.

Was mich anlangte – ich kochte vor Wut. Tolson hatte mich wieder

belogen. Von der Mordanklage hatte er mir nichts gesagt, aber noch schlimmer war, daß er abgestritten hatte, es habe je eine Verbindung bestanden zwischen Fluto und dem Toten. Jetzt behauptete Tolson, Fluto habe das Opfer mit Absicht überfahren; behauptete, es sei ein vorbedachter Mord gewesen. Ich wäre anders an den Fall herangegangen, wenn ich vorher gewußt hätte, worauf das alles hinauslief. Vorsichtiger. In meinem Interesse und im Interesse von Teresa Blair. Während ich vor mich hinfluchte, stand der Kleine mit den Jackettkronen auf und ging hinaus. Sein Gesicht bestand nur noch aus Falten. Wäre es nicht allmählich Zeit geworden für Teresa Blairs Aussage, dann wäre ich hinter dem Kleinen hinausgestampft und hätte El Gordo für immer den Rücken gekehrt.
Tolson setzte sich, und die Richterin ergriff das Wort. »Mr. Loggins?«
Loggins stand auf. »Die Verteidigung bittet das Gericht nochmals um die Erlaubnis, einen Antrag stellen zu dürfen.«
»Abgelehnt. Fahren Sie fort.«
»Unter diesen Umständen wird die Verteidigung erst eine Erklärung abgeben, wenn die Beweisaufnahme durch die Anklage abgeschlossen ist.«
»Bitte«, sagte die Richterin. »Rufen Sie Ihren ersten Zeugen auf, Mr. Tolson.«
»Der Staat ruft Mrs. Teresa Blair in den Zeugenstand.«
Die Richterin klopfte mit dem Hammer, damit der Gerichtsdiener aufwachte. Er trottete hinaus, um die Zeugin zu holen. Die Pistole hüpfte auf seiner Hüfte wie ein Fisch, der nach Luft schnappt.
Wenn sie nervös war, dann verbarg sie das unter der reglosen Oberfläche des wie gemeißelten Gesichts. Die blutleeren Finger krampfte sie zusammen. Sie schritt den Mittelgang des Gerichtssaals hinunter, jeder Zoll eine Kämpferin für Gerechtigkeit. Sie trug ein burgunderrotes Kostüm und eine weiße Seidenbluse, umhüllt von einem Mantel aus Reife und Glaubwürdigkeit. Als sie vor dem Zeugenstand verhielt und die rechte Hand hob, um den Eid zu sprechen, sah ihr Tolson mit schmalen Lippen und starrem Blick zu – ein Spieler, der seinen Trumpf ausspielt.
»Bitte setzen Sie sich. Geben Sie Ihren Namen zu Protokoll und buchstabieren Sie ihn«, wies der Protokollführer sie an, nachdem sie vereidigt worden war.
»Teresa Blair. T-E-R-E-S-A B-L-A-I-R.«
Die Richterin nickte Tolson zu. Er stand auf, musterte seine Notizen, musterte die Jury, musterte die Gegenseite, und sah dann Teresa Blair mit festem Blick an. »Wo wohnen Sie, Mrs. Blair?«

»Vista Grande Terrace zwei eins neun null.«
»In El Gordo?«
»Entschuldigung. Ja.«
»Seit wann wohnen Sie dort?«
»Seit zehn Jahren.«
»Sind Sie verheiratet?«
»Ja.«
»Wie heißt Ihr Ehemann?«
»James. James Blair.«
»Womit verdient er seinen Lebensunterhalt?«
»Er ist Steuerberater und Anlageberater.«
»Selbständig?«
»Ja.«
»Und Sie, Mrs. Blair? Gehen Sie einer beruflichen Tätigkeit nach?«
»Ja. Ich arbeite halbtags bei Bathseba, einer Boutique für Damenmoden. Ich bin Mitinhaberin des Ladens, und ich bin die Chefeinkäuferin.«
Tolson spähte zu den Geschworenen hinüber, um sicherzugehen, daß sie auch bei der Sache waren. »Worin bestehen die Aufgaben einer Chefeinkäuferin, Mrs. Blair?«
»Einspruch«, warf Loggins dazwischen. »Die Organisation eines Ladens für Damenbekleidung ist zweifellos ein faszinierendes Thema, gehört aber doch wohl kaum zur Sache, Euer Ehren.«
»Die Jury hat ein Recht darauf, über den Beruf der Zeugin informiert zu werden«, konterte Tolson. »Das gehört zum Komplex ihrer Glaubwürdigkeit.«
»Einspruch abgelehnt«, sagte die Richterin. »Beschränken Sie sich dabei aber auf die speziellen Aufgaben von Mrs. Blair. Was Chefeinkäufer im allgemeinen tun, gehört nicht hierher, Mr. Tolson.«
»Selbstverständlich, Euer Ehren. Worin bestehen *Ihre* Aufgaben in der Boutique, Mrs. Blair?«
Sie lächelte. »Vor allem suche ich die Kleider aus, die wir auf Lager nehmen. Ich treffe die Auswahl anhand von Katalogen und Zeitschriften und fahre zweimal jährlich zu den Frühjahrs- und Herbstmessen nach New York und nach Los Angeles.«
»Wie hoch ist der Warenwert der Lagerbestände?«
»Im Schnitt zweihunderttausend Dollar.«
»Und Sie kaufen das alles persönlich ein?«
»So gut wie alles. Mein Partner, Mr. Farnsworth, reist einmal im Jahr zum Einkaufen nach Europa. Er bringt meistens ein paar Modellkleider mit, aber nie sehr viele.«

»Können wir dieses Thema nicht abschließen, Euer Ehren?« erkundigte sich Loggins.
»Es überrascht mich, daß Sie Mrs. Blairs Aussage kaum erwarten können«, gab Tolson zurück. »Ich bezweifle sehr, daß Ihr Mandant ebenso ungeduldig ist.«
»Das reicht, meine Herren«, fuhr die Richterin dazwischen. »Fahren Sie fort.«
Tolson fragte: »Wo waren Sie am neunten Juni gegen sieben Uhr abends, Mrs. Blair?«
»Mit dem Auto unterwegs. Ich hatte Freunde besucht und war auf dem Heimweg. Es war ein Sonntag.«
»Ist Ihnen an jenem Abend etwas Ungewöhnliches aufgefallen?«
»Das kann man wohl sagen.«
»Erzählen Sie uns davon.«
»Einspruch«, rief Loggins. »Die Zeugin darf nicht zu einer erzählerischen Wiedergabe aufgefordert werden.«
»Ich ziehe die Frage zurück«, sagte Tolson. »Wo waren Sie an jenem Abend, Mrs. Blair? Bitte genau.«
Sie rutschte unruhig hin und her, sah hinüber zur Richterin, dann zum Tisch der Verteidigung, dann wieder zu Tolson. »Wie ich schon sagte, ich hatte Freunde besucht und war auf dem Heimweg. Kurz vor El Gordo staute sich der Verkehr derart, daß ich schon an der Nordausfahrt vom Freeway in die El Camino Street abbog, statt wie sonst an der Südausfahrt, von wo aus ich es näher habe nach Hause. Ich wollte nicht nach links ausscheren und dadurch den Verkehr behindern – ich schere nie nach links aus –, also hielt ich mich rechts, weil ich wenden und dann von der anderen Seite in die El Camino Street einbiegen wollte, aber da war eine Baustelle, und ich mußte noch über ein paar Kreuzungen weg, bis ich rechts abbiegen konnte. Es war inzwischen dunkel geworden, und plötzlich, ich weiß nicht mehr, wie das kam, war ich mitten im Industriegebiet, auf einer Straße, die mir völlig unbekannt war.«
»Wie hieß die Straße?«
»Es muß die Oswego Street gewesen sein.«
»Wie viele Kreuzungen entfernt von der El Camino Street?«
»Fünf, glaube ich.«
»Saß sonst noch jemand im Auto?«
»Nein.«
»Sie hatten sich also verfahren. Und dann?«
»Ich habe angehalten, weil ich im Stadtplan nachschlagen wollte. Ich gebe zu, daß ich Angst hatte und so schnell wie möglich von dort wegwollte. In der Gegend geht es ziemlich ruppig zu. Ich

wollte auf dem kürzesten Weg dort wieder heraus, ehe ich mich am Ende noch weiter verfuhr.«

»Waren die Scheinwerfer eingeschaltet, während Sie im Stadtplan nachgeschlagen haben?«

»Das Licht war aus.«

»Warum?«

»Weil ich Angst hatte. Ich wollte nicht, daß irgendwer auf mich aufmerksam wurde. Ich habe zum Nachschlagen nur die Taschenlampe angemacht.«

»Haben Sie irgend jemand auf der Straße gesehen?«

»Erst nicht. Aber als ich gerade losfahren wollte, kam ein Auto. Als es an mir vorbeifuhr, kam ein zweiter Wagen, sehr schnell, und hat das erste Auto zum Anhalten gezwungen.«

»Wie weit waren Sie da von den beiden Autos entfernt?«

»Etwa zwanzig Meter.«

»Ihr Auto stand noch?«

»Ja.«

»Was geschah dann?«

»Beide Fahrer sind ausgestiegen und aufeinander zugegangen. Sie standen mitten auf der Straße. Der Mann aus dem zweiten Auto hat etwas zum Fahrer des ersten gesagt. Mir kam es so vor, als ob die beiden sich kennen müßten.«

»Warum?«

»Das weiß ich nicht genau. Ich hatte nur den Eindruck, daß sie sich kannten. Der zweite Fahrer hatte den ersten verfolgt, das war ganz offensichtlich. Das war kein Zufall.«

»Haben Sie gehört, was die beiden zueinander sagten?«

»Nein. Die Scheiben waren hochgekurbelt, und ich hatte die Heizung laufen.«

»Haben die Männer Sie gesehen?«

»Ich glaube nicht.«

»Was geschah dann?«

»Ich wollte nur noch weg, so schnell wie möglich. Deshalb hab ich den Stadtplan weggelegt und bin losgefahren.«

»Haben Sie die Scheinwerfer eingeschaltet?«

»Nein. Ich hab gehofft, daß die beiden mich nicht sehen. Ich wollte auf keinen Fall, daß sie merkten, daß ich sie beobachtet hatte.«

»Warum wollten Sie das nicht?«

»Das weiß ich nicht genau. Die beiden kamen mir einfach verdächtig vor, als ob sie was Verbotenes täten.«

»Einspruch«, sagte Loggins. »Reine Mutmaßung. Ich beantrage, daß das aus dem Protokoll gestrichen wird.«

Die Richterin nickte. »Die Geschworenen werden die letzte Antwort als nicht gegeben betrachten.«
»Und was geschah dann?« fragte Tolson weiter.
»Ich schaute im Anfahren noch mal zurück, da sah ich, wie der Fahrer des zweiten Wagens zu seinem Auto rannte und einstieg. Der andere blieb ein paar Sekunden lang mitten auf der Straße stehen – er schrie irgendwas, jedenfalls sah es so aus. Dann rannte er weg. Und der Mann im Auto fuhr an und verfolgte den anderen. Er gab Gas und fuhr immer schneller, bis der andere nicht mehr weiterkonnte. Da hat er ihn überfahren. Und er hat danach nicht angehalten. Der Mann ist liegengeblieben, verkrümmt und verrenkt. Es war grauenhaft.«
Im Saal herrschten Stille und Reglosigkeit. In unser aller Bewußtsein waren Straßen und Schatten, Autos und Männer, Geräusche und Bewegungen, der tödliche Zusammenstoß zwischen Metall und Knochen und Fleisch. Tolson ließ uns reichlich Zeit, uns das alles vorzustellen, dann fragte er leise: »Und was haben Sie daraufhin getan, Mrs. Blair?«
»Ich bin weitergefahren, weil ich so entsetzliche Angst hatte. Aber dann ist mir klargeworden, daß ich etwas tun mußte für den Mann, der da auf der Straße lag. Ich habe eine Telephonzelle gesucht und den Notarzt angerufen. Dann bin ich zurückgegangen und habe nach dem Mann geschaut. Er hat sich nicht bewegt. Ich war davon überzeugt, daß er tot war, und als ich die Sirene hörte, bin ich in mein Auto gestiegen und weggefahren. Ich – ich wollte da nicht hineingezogen werden.«
»Haben Sie zu einem späteren Zeitpunkt Ihre Aussage nachgeholt?«
»Ja. Als ich in der Zeitung gelesen habe, daß die Polizei den Schuldigen gefunden hatte, ihm aber nichts anhaben konnte, weil die Beweise nicht ausreichten, da hab ich gewußt, daß ich sagen muß, was ich gesehen habe. Ich hätt sonst nicht mehr weiterleben können.«
Tolson nickte, dann trat er zurück und suchte sich einen Platz, von dem aus er die ganze Bühne und alle Akteure überblicken konnte. »Haben Sie den Fahrer des zweiten Wagens auch gut sehen können, Mrs. Blair? Den Mann, der den anderen überfahren hat?«
»Ja, ich habe ihn gut gesehen.«
Sie wich Tolsons Blick aus, fand aber keinen anderen Ankerplatz.
»Könnten Sie sich bitte etwas genauer ausdrücken, Mr. Tolson?«
Tolson lächelte verkrampft. »Ist der Fahrer des zweiten Wagens der Mann, der in der Mitte des nächsten Tisches sitzt?«

Sie sah Fluto direkt in die Augen. Er sah genauso zurück. In beider Blick lag unendliche Traurigkeit. »Ich habe diesen Mann noch nie im Leben gesehen«, sagte Teresa Blair. Ihre Worte waren so schwach wie das Schwirren von Pfeilen.

16

Der Gerichtssaal war so still wie bei der Verkündung eines Todesurteils. Das Schweigen hing über dem Saal, bis es körperlich spürbar wurde, mächtig wie ein maskierter Einbrecher, der eingedrungen war und uns alle in Schach hielt. Ein obszöner Fluch von Conway Grinder brach schließlich den Bann, ein Fluch, der in der tiefen Stille noch obszöner wirkte.

Das allgemeine Gemurmel danach stieg an zum Tumult, dem der Hammerschlag der Richterin ein Ende machte. Jeder glaubte zu wissen, was hier passiert war, und jeder wollte dem Nebensitzer mitteilen, was er zu wissen glaubte. Ich sah hinüber zu James Blair. Er lächelte.

Seit der letzten Antwort war Ray Tolson dagestanden wie vom Donner gerührt. Erst mit dem Hammerschlag kam er zu sich. Mit drei Riesenschritten war er bei seiner Zeugin und baute sich vor ihr auf, als wolle er die Wahrheit aus ihr herausprügeln. »Mrs. Blair«, röhrte er, »wollen Sie etwa bestreiten, daß der Mann, den Sie am Abend des neunten Juni dabei beobachtet haben, wie er Phillip Vincent überfuhr, Tony Fluto war?«

Sie machte die Augen zu. »Ja, das bestreite ich.«

»Erinnern Sie sich noch an die Aussage, die Sie mir gegenüber nur wenige Tage nach der Anklageerhebung gegen Mr. Fluto gemacht haben, Mrs. Blair? Erinnern Sie sich noch daran, daß Sie Tony Fluto, den Mann dort drüben, anhand eines Photos zweifelsfrei wiedererkannt haben als den Mann, der den zweiten Wagen gefahren hat? Erinnern Sie sich, Mrs. Blair?«

Loggins sprang auf. »Einspruch, Euer Ehren. Mr. Tolson verstößt aus voller Absicht gegen gesetzliche Vorschriften, in erster Linie gegen den Paragraphen siebeneinsnullsechs der Strafprozeßordnung, indem er ihm persönlich bekannte Fakten ins Spiel bringt. Darüber hinaus versucht er, selbst als Zeuge auszusagen. Und darüber hinaus schüchtert er die Zeugin – *seine* Zeugin – ein.«

»Dem Einspruch wird stattgegeben. Die Geschworenen werden die letzte Frage nicht zur Kenntnis nehmen. Sie sollten es wirklich besser wissen, Mr. Tolson.«

Tolson wich von Mrs. Blair und stürmte durch den Saal. Sein Gesicht brannte. Seine Assistentin gab ihm Zeichen, aber sie war nichts als ein Spatz, der nichts ausrichten kann gegen den Zorn eines Falken. Schließlich strebte er mit unsicheren Schritten wieder zum Zeugenstand. Er wäre fast mit der Nase gegen die von Teresa Blair gestoßen. »Ich frage Sie noch einmal, Mrs. Blair. Ist der Mann, den Sie dabei beobachtet haben, wie er Phillip Vincent überfuhr, heute im Gerichtssaal anwesend?«

»Nein. Er ist nicht hier.«

Ihre Antwort übertönte den Einspruch von Loggins, aber das spielte keine Rolle mehr. Mindestens zwei Geschworene schüttelten den Kopf, halb aus Mitleid, halb aus Abscheu. Die Richterin hielt den Kopf gesenkt.

Loggins stand wieder auf. Langsam machte sich auf seinem Gesicht ein Lächeln breit. »Euer Ehren, ich beantrage hiermit, daß sämtliche Anklagepunkte gegen Mr. Fluto ersatzlos gestrichen werden. Es liegt klar auf der Hand, daß die Staatsanwaltschaft den Versuch unternommen hat, einen Fall zu konstruieren, der gar keiner ist. Dank der Aufrichtigkeit und dem Mut von Mrs. Blair ist dieser Versuch im Keim erstickt worden. Sie haben jetzt keine andere Wahl, als die Anklage in allen Punkten zurückzuziehen und meinen Mandanten freizusprechen.«

Die Richterin legte die Stirn in Falten. »Mr. Tolson?«

»Ich beantrage eine Vertagung des Verfahrens, Euer Ehren. Die Aussage hat uns vollkommen überrascht. Sie steht in diametralem Gegensatz zu allem, was die Zeugin vorgerichtlich ausgesagt hat. Es ist durchaus möglich, daß wir in den Besitz anderen Beweismaterials gelangen. Um der Gerechtigkeit willen stelle ich den Antrag auf Vertagung. Damit wir die Möglichkeit haben, weitere Informationsquellen auszuschöpfen. Und damit Mrs. Blair die Folgen ihres Verhaltens bewußt werden.« Der Blick, mit dem er sie streifte, war voll von unverhülltem Haß.

»Um der Gerechtigkeit willen bestehe *ich* darauf, daß die Anklage sofort fallengelassen wird«, sagte Loggins.

Die Richterin dachte darüber nach, das Kinn auf den Handrücken gestützt. Die Anwälte musterten sich wie Kampfhähne. Tony Flutos Blick ruhte gedankenverloren auf Teresa Blair, als wolle er ergründen, warum sie ihn hatte davonkommen lassen. Tolsons Assistentin stand auf, ging zu ihm hinüber, flüsterte ihm etwas ins Ohr und ging dann aus dem Saal, ohne sich noch einmal umzuschauen.

Die Richterin griff zum Hammer und klopfte. »Die Verhandlung wird unterbrochen bis morgen früh um neun. Bis dahin wird die

Staatsanwaltschaft neues Beweismaterial vorlegen; sonst wird dem Antrag auf Freispruch stattgegeben. Habe ich mich klar ausgedrückt?«

»Allerdings, Euer Ehren«, sagte Tolson.

»Die Geschworenen treten ebenfalls morgen früh um neun erneut zusammen. Für heute sind Sie entlassen.« Verwirrt, aber auch erleichtert, zogen die Geschworenen ab.

»Ich ersuche den Gerichtsdiener darum, daß er Mrs. Blair in Gewahrsam nimmt«, sagte Tolson, sobald die Geschworenen den Saal verlassen hatten. »Ms. Epley wird in Kürze den Haftbefehl überbringen. Die Anklage lautet auf Meineid.«

Teresa Blair holte hörbar Luft. Die Richterin nickte. In ihr Lächeln mischte sich Bedauern. »Ich bin im Richterzimmer erreichbar«, sagte sie im Hinausgehen.

Der Protokollführer trabte hinter ihr drein. Die Gerichtsreporterin warf den Deckel des Bandgeräts so heftig zu, daß es klang wie splitterndes Glas. Loggins und seine Partner verständigten sich flüsternd, dann packten sie ihre Akten ein und wollten gehen.

Tony Fluto wollte offensichtlich noch nicht weg. Loggins beugte sich zu ihm hinunter und sagte ihm was ins Ohr, aber Fluto schüttelte den Kopf. Er stand auf. Er schüttelte Loggins mit einer Schulterbewegung ab, ging hinüber zum Zeugenstand und sprach mit Teresa Blair. Tolson erhaschte den Flüsterlaut und stürmte hinunter, aber als er den Zeugenstand erreichte, war Fluto schon an der Tür. Tolson setzte sich wieder an den Tisch der Staatsanwaltschaft und durchwühlte die Akte.

Ich stand auf und sah hinüber zu Teresa Blair. Als sie mich wahrnahm, riß ich fragend die Augen auf. Sie zuckte müde die Achseln, kurz vor dem Weinen oder am Rand eines Nervenzusammenbruchs. Auf ihrer Stirn glänzte der Schweiß.

Ich ging hinunter zum Zeugenstand. Auf meinem Weg dorthin, beim Passieren der Schwingschranke vor der Richterbank, kam alles wieder hoch, was ich einst als Strafverteidiger erlebt hatte. »Alles in Ordnung?« wollte ich wissen.

»Glaub schon.«

»Sie werden gleich verhaftet, das ist Ihnen doch klar?«

»Ja.«

»Sie werden angeklagt wegen Meineid. Kommen die damit durch?«

Eigentlich wollte ich nur wissen, ob sie die Wahrheit gesagt hatte. Sie wußte das ganz genau, wich aber der Frage aus. »Das weiß ich nicht«, sagte sie. »Können mir die so was anhängen?«

Ich sah sie nur an. Dann sagte ich: »Selbst wenn Sie gelogen haben sollten, wird's für die Staatsanwaltschaft schwierig. Meineid ist nicht leicht zu beweisen. Wenn die Ihnen nachweisen wollen, daß Sie gelogen haben, als Sie aussagten, Fluto sei nicht der Fahrer des Wagens gewesen, müssen sie Ihnen erst einmal nachweisen, daß er's tatsächlich doch war. Aber vielleicht haben Sie einen kleinen Fehler gemacht.«
»Welchen?«
»Sie haben nicht gesagt, Fluto sei's nicht gewesen, Sie haben gesagt, Sie hätten ihn noch nie im Leben gesehen. Wenn die Ihnen nachweisen können, daß Sie Fluto doch schon mal gesehen haben, egal wo – das kann in der Schlange an der Kasse im Supermarkt gewesen sein –, dann verknacken die Sie, bloß um ein Exempel zu statuieren. Und weil Tolson so außer Rand und Band ist vor Wut, daß er auch Steine fräße.«
»Ich verstehe.«
»Sie brauchen einen Anwalt.«
»Meinen Sie?«
»Kennen Sie einen?«
»Nein. Doch. Moment. Ich kenn einen, der Cosgrove heißt. Ein Freund von früher. Aus der High School. Wenn er sich noch an mich erinnert, hilft er mir vielleicht.«
»Wo praktiziert er?«
»Hier. In El Gordo. Aber ich hab ihn ewig nicht mehr gesehen.«
»Ich rufe ihn an. Bleiben Sie hier, solang man Sie läßt. Wenn Sie abgeführt werden, bevor ich zurück bin, dann sagen Sie kein Wort, bis Cosgrove hier ist.«
Sie nickte schweigend. Ich strich ihr über den Handrücken und ging hinaus. Tolson merkte nichts. James Blair war schon weg. Hinten im Flur war ein Münzfernsprecher, und ich rief an bei Mason Cosgrove, dem Sozius in der Anwaltskanzlei Cosgrove und Wilty. Er war im Büro, und als ich Teresa Goodrum erwähnte, schlug die Förmlichkeit in der Stimme um in Anteilnahme. »Teresa. Mein Gott. Das ist ewig her.«
»Erinnern Sie sich denn noch an sie?« fragte ich ins Blaue.
»An Teresa? Von meinem vierzehnten Lebensjahr bis zu dem Tag, als sie mit Trudy Valente zusammen die Stadt verließ, war ich in Teresa verliebt. Ehrlich gesagt, sogar noch zwei Jahre, nachdem sie schon weg war. Ich bin einmal nach Vegas gefahren, bloß um sie tanzen zu sehen. Sie war das Schönste, was mir je vor Augen gekommen ist, und sobald ich mal mehr als zwei Drinks intus habe, seh ich sie jetzt noch vor mir. Wie geht's ihr denn?«

»Soweit ganz gut«, sagte ich. »Aber sie hat Ärger. Der District Attorney ist so wütend, daß er bloß noch rot sieht. Er hat sie als Zeugin aufgerufen, und sie hat ihn auflaufen lassen. Jetzt soll sie wegen Meineid in den Knast.«
»Welcher District Attorney?«
»Tolson.«
»Dann hat sie wirklich Ärger. Der kann was, und er ist hartnäckig und vergißt nicht mal nen Furz. Ein Elefant.«
Ich erzählte Cosgrove die ganze Geschichte, wenigstens in groben Umrissen, und er versprach mir, daß er sofort zur City Hall losfahren werde. »Wahrscheinlich verknall ich mich sofort wieder in Teresa, kaum daß ich sie wiederseh«, sagte er und lachte trocken auf.
»Ich halte das für mehr als wahrscheinlich«, sagte ich. Ich sprach aus Erfahrung. Als Cosgrove auflegte, ohne daß er sich nach der Höhe seines Honorars erkundigt hätte, war mir klar, daß seine Gefühle echt waren.
Im Gerichtssaal war niemand mehr, bloß noch der Gerichtsdiener. »Heißen Sie Tanner?« wollte er wissen, als ich mich umsah und mir überlegte, was jetzt zu tun sei. Ich gab zu, daß ich Tanner sei, und er grinste breit. »Tolson will Sie sprechen, in seinem Büro.« Das Grinsen bekam kichernde Begleitmusik. »Heut hat der Propeller mal voll in die Scheiße gelangt, stimmt's?«
»So könnte man sagen. Wo ist Mrs. Blair?«
»Eingebuchtet.«
»Wo?«
»Im Keller.« Der Gerichtsdiener lockerte kurz den Pistolengurt. »So einen Mann wie Tony Fluto«, sagte er träumerisch, »*den* buchten sie nicht so mir nichts, dir nichts ein.«
»Das glaub ich auch nicht.«
»Um so besser. Ach, Scheiße, so Leute, die vom Mob, von denen kriegen die armen Teufel doch genau, was sie wollen. Weiber, Schnaps und Glücksspiel.«
Ich kam zu dem Schluß, daß es für Mason Cosgrove leichter wäre, Teresa Blair zu finden, deshalb stieg ich die Treppe zu Tolsons Büro hinauf. Drin saßen er und Conway Grinder. Beide sahen so aus, als gäben sie dem anderen die Schuld an dem, was passiert war, aber als sie mich erblickten, waren sie nur allzugern bereit, mir den Schwarzen Peter zuzuschieben.
»Höll und Teufel, Tanner!« schrie Tolson, als ich hereinkam. »Sie haben das Weib hergebracht. Haben Sie gewußt, auf was für ein Scheißspiel die aus ist?«

»Nein.«
»Höll und Teufel«, wiederholte er sich. »Was wird denn eigentlich hier gespielt?«
»Fluto hat sie umgedreht«, knurrte Grinder. »Hat sie gekauft oder ihr Feuer unterm Arsch gemacht. Ist ja egal. Jedenfalls läuft Fluto frei herum.«
»Beides wär möglich«, sagte ich. »Aber ich halt's nicht für besonders wahrscheinlich. Geld braucht sie nicht, und soweit ich sie kenn, kriegt sie auch nicht so schnell Angst. Ist es denkbar, daß sie sonstwen schützen will?«
»Ich wüßt nicht, wen«, sagte Tolson.
»Übrigens«, fuhr ich fort, »war's Ihnen irgendwie entfallen, daß es sich hier um eine Mordanklage handelt. Wer zum Teufel war denn der Ermordete? Warum hat ihn Fluto aus dem Verkehr gezogen?«
»Da halten Sie sich man besser raus«, sagte Tolson. »Ich will nicht, daß Sie da mit reingezogen werden. Syndikatmachenschaften in El Gordo sind mein Problem. Sie geht das gar nichts an. Was Sie wissen, könnt Sie ziemlich schnell kaltmachen.«
»Was ich nicht weiß, erst recht.«
»Finger weg, Tanner. Jetzt ist das sowieso nicht mehr wichtig.«
»Hören Sie, Tanner«, sagte Grinder, »mir kommen Sie gar nicht so vor, als wären Sie von den Socken. Ich hab da nen Mann im Ohr, der mir flüstert, daß Sie der Blair, dieser Schnalle, souffliert haben, sie soll das Maul halten. Sie wollten wohl nicht, daß Tony so nem hübschen Körperchen zu Leibe rückt. Sie wollten wohl gern, daß es so bleibt wie am Wochenende. Wo Sie mit dem hübschen Körperchen in Klausur gegangen sind.«
»Grinder, ich hab ihr gar nichts souffliert, abgesehen von dem guten Rat, daß sie Ihnen aus dem Weg gehen soll. Und den guten Rat würd ich so ungefähr jedem Lebewesen geben, das über das Amöbenstadium hinaus ist.«
»Sie wissen, worum es hier geht, nicht wahr?« unterbrach uns Tolson.
»Klar«, sagte ich. »Ums perfekte Verbrechen.«
Tolson nickte, als gehe er unter diesem Gemeinplatz zu Boden. »Fluto und dieses Weib haben mich reingelegt. Mich bis zur Hauptverhandlung gelinkt. Mich im Glauben gewiegt, ich hätt einen Fall, und ich bin wie der letzte Trottel drauf eingestiegen. Kaum war die beschissene Jury vereidigt, da ging's schon los mit der Falschspielerei. Wenn er jetzt freigesprochen wird oder wenn ich die Anklage niederlegen muß, dann kann er im *Chronicle* annoncieren, daß er Vincent umgebracht hat, und ich kann dann, Höll und Teufel, gar

nichts mehr gegen ihn unternehmen. Wenigstens kriegt die Blair, was sie verdient, lassen Sie sich das gesagt sein. Wenn die wieder rauskommt, dann hängen ihr die Titten bis auf die Knie.« Tolson rieb sich den Nacken, als säße sein angeschlagenes, malträtiertes Ego irgendwo dort drin.

»Was ist mit dem neuen Beweismaterial, das Sie morgen früh der Richterin vorlegen wollen?« erkundigte ich mich.

Tolson zuckte desinteressiert die Achseln. »Ach, Höll und Teufel, ich wollte ja bloß, daß Fluto noch ne Nacht länger ins Schwitzen kommt.«

»Und Ihr anderer Zeuge? Der Säufer?«

Tolson fegte ihn mit der flachen Hand vom Tisch. »Der sitzt drüben. Als zusätzlicher Belastungszeuge geht er grade noch an, wenn wir's schaffen, daß er bis morgen trocken bleibt. Allein nützt er mir gar nichts. Das wäre bloß ein großer Heiterkeitserfolg, und ich könnt mir einen anderen Beruf suchen.«

»Und der Junge?« fragte ich.

»Welcher Junge?« erkundigte sich Tolson desinteressiert, dann fragte er nach: »Sie meinen das Kind, das angeblich alles mit angesehen hat? Das wir nicht aufgetrieben haben?«

Ich nickte.

Grinder setzte sich mit einem Ruck auf. »Was zum Teufel wissen Sie über den Jungen?« fragte er mißtrauisch.

»Gar nichts« sagte ich.

»Sind Sie da sicher?«

»So sicher, wie Sie ne neue Rasierklinge brauchen.«

Grinder setzte zur Retourkutsche an, aber dann wandte er sich statt dessen an Tolson. »Ich fahr mal runter in die Oswego Street und versuch, was über den Jungen rauszukriegen. Vielleicht hat ja irgendwer inzwischen vergessen, daß es gute Gründe gegeben hat, über die Geschichte nicht zu reden.«

Tolson nickte. »Das ist wohl unsere letzte Chance. Fällt Ihnen dazu noch was ein, Tanner?«

»Schon.«

»Wollen Sie noch einen Tag drangeben?«

Ich dachte darüber nach. Im Grunde war es mir vollkommen gleichgültig, ob sie Tony Fluto drankriegten. Er war bloß ein kleiner Schurke in einer Welt, in der es von Schurken nur so wimmelt, und nur, weil ich ihn hinter Gittern wußte, würde die Sonne auch nicht heller für mich scheinen. Und wenn ich mithalf, daß er verknackt wurde, war's durchaus möglich, daß es in meiner Wohnung demnächst auch so schön warm würde wie letzte Woche in meinem

Büro. Dazu kam, daß Tolson von Anfang an nicht mit offenen Karten gespielt hatte. Und dazu kam außerdem, daß mir nie wohl dabei war, wenn ich mit Bullen von Grinders Schlag zusammenarbeiten mußte, mit Bullen, die sich in die Enge getrieben fühlen und rot sehen. Wer derart verbissen auf einen Schuldspruch aus ist, der hält sich nicht mehr an die Regeln, hört nicht auf sein Gewissen und sieht nur noch ein verzerrtes Abbild der Realität. Aber sie hatten etwas in der Hand, etwas, woran mir gelegen war. »Wie wär's mit einem Tauschgeschäft?« fragte ich.

»Wie bitte?« gab Tolson zurück. »Ich hab nichts einzutauschen als die Gerechtigkeit, Tanner. Wer die zur Ware macht, gehört zum Abschaum der Menschheit. *Sie* hab ich anders eingeschätzt.«

Grinder knurrte was. Ich überhörte es. »Ich werde die nächsten vierundzwanzig Stunden damit zubringen, nach dem Jungen zu suchen«, sagte ich. »Aber wenn ich ihn finde, ziehen Sie dann die Meineidklage gegen Teresa Blair zurück?«

Grinder lachte dreckig. »Die muß ja im Bett ne tolle Nummer sein.«

Ich machte einen Schritt auf Grinder zu, aber Tolson bremste mich. »Maul halten, Grinder«, sagte er, dann sah er mich an. »Abgemacht«, fuhr er fort. »Haben Sie denn einen bestimmten Jungen im Auge?«

»Sobald ich mehr weiß, sag ich Ihnen Bescheid. Jetzt möchte ich gern mit Ihrem Zeugen sprechen. Mit dem Säufer.«

Tolson zuckte die Achseln. »Bitte. Er sitzt im Zimmer gegenüber. Wir haben ihn notdürftig gesäubert, aber er stinkt immer noch wie ein nasser Lappen.«

Ich ging über den Flur und trat in eine Rumpelkammer, vollgestopft mit zerfledderten Gesetzbüchern, kaputten Büromöbeln, ganzen Stapeln von Durchschlagpapier, Aktenordnern und veralteten Rechenmaschinen. Und noch was hatte man hineingestopft. Einen Menschen. Ein Häufchen Elend in einem Polsterstuhl, der auf den drei noch heilen Beinen balancierte. Der Mann hatte die Augen geschlossen. Bei jedem Atemzug zitterten ihm die Lippen. Jacke und Hose waren zu kurz für die Handgelenke und die Fußknöchel. Beide Kleidungsstücke hatte mindestens einer vor ihm schon getragen. Die Haut war gelblich und stumpf, als habe sich der Staub von Jahren darauf abgelagert. Er hatte braunes Haar und war zu jung für sein Aussehen. Er war in meinem Alter.

Als die Tür hinter mir zufiel, machte er blinzelnd die Augen auf. »Bin ich dran?« wollte er wissen. Mühsam formten die verquollenen, aufgesprungenen Lippen die Worte.

Ich schüttelte den Kopf. »Es ist etwas dazwischengekommen. Sie müssen erst morgen aussagen. Wenn überhaupt.«
»Dann kann ich ja hier raus.« Er kam aus dem Sessel hoch. Die Socken rutschten ihm über die spitzen Fußknöchel.
Ich hob die Hand. »Ich kann Sie noch nicht gehen lassen«, erklärte ich ihm. »Ich habe darüber auch nicht zu entscheiden. Tolson wird noch mit Ihnen reden wollen. Mir geht es nur um eine Auskunft.«
»Worüber?«
»Über das, was Sie mit angesehen haben, an dem Abend, an dem Phillip Vincent umgekommen ist.«
Er seufzte und rieb sich die Lippen. »Das hab ich doch alles schon hundertmal erzählt. Davon krieg ich bloß Durst.« Er kniff die Augen zusammen. »Sie haben nicht zufällig nen Flachmann dabei? 'nen Flachmann mit irgendwas drin?«
Ich schüttelte den Kopf. »Ich heiße Tanner«, sagte ich munter. »Und Sie?«
»Lufkin. Colin Lufkin. Bei uns in der Rutland Avenue heiß ich nur der Furunkel.«
»Wieso Furunkel?«
»Deshalb.«
Er zog das rechte Hosenbein hoch. Die weiße Haut über dem Schienbein war durchbrochen von rötlich-braunen Geschwüren. Manche näßten noch, die meisten waren aber überkrustet von angetrocknetem Eiter und Blut. Furunkel lächelte, während ich mir das Bein besah, das Lächeln eines Menschen, der ganz genau weiß, was als nächstes passiert. Aber ich sagte nichts. »Wollen Sie mich nicht fragen, wie ich mir das geholt habe?« soufflierte er. »Jeder will das wissen.«
Ich zuckte die Achseln. »Jeder hat Geschwüre. Von manchen ist bloß nichts zu sehen.« Ich erwiderte sein Lächeln. Er musterte mich etwas aufmerksamer.
»Ich glaub, Sie blicken durch«, sagte er dann.
»Wieso?«
»Sie wissen, daß der Unterschied zwischen dem, was wir beide darstellen, nur eine Frage der Anpassungsfähigkeit ist.«
»Anpassungsfähigkeit an was?«
»Daran, nicht das zu tun, wozu wir eigentlich auf der Welt sind.«
»Und das wäre?«
»Gegen die Stinkmorcheln zu kämpfen.«
»Was für Stinkmorcheln?«
»Die Stinkmorcheln, die wollen, daß alle anderen ganz genauso sind wie sie selber.«

Lufkin sah mich eindringlich an. Die verwaschenen dunklen Augen glommen wie Rauchsignale über dem schütteren Bart. Offenbar hatte ihn der Blickwechsel davon überzeugt, ich sei seiner Meinung, und vielleicht war ich das sogar. »Was wollen Sie hören, Tanner?« fragte er großmütig, lehnte sich in dem Sessel zurück und verschränkte die Hände hinter dem Kopf.
»Fangen Sie damit an, was Sie an dem Abend auf der Oswego Street gemacht haben. Halten Sie sich immer dort auf?«
»Quatsch. Ich häng immer in der Rutland Avenue rum, beim Wohlfahrtsamt, verstehen Sie? In der Oswego Street war ich wegen einer Frau.«
Lufkin erschien mir plötzlich als ein völlig aus der Art geschlagener Alkoholiker: Schnaps ist der Mörder der Libido, Lufkin hatte mir aufs neue bewiesen, daß er nicht ganz dem entsprach, was er in den Augen der Welt zu sein schien. »Erklären Sie mir das«, sagte ich.
»Es war doch Sonntag, stimmt's? Ich kenn da eine Frau. Eine Dame. Sie ist mit einem Fernfahrer verheiratet, der heißt Rex. Die Woche über ist er unterwegs, da ist alles in Ordnung, aber an den Wochenenden kommt er nach Hause und säuft. Und wenn er blau ist, schlägt er sie. Er schlägt sie grün und blau. Als sie eines Abends mal wieder vor ihm weggerannt war, da ist sie mir über den Weg gelaufen. Wir haben uns unterhalten. Wir waren einander sympathisch. Wir haben uns in einem Güterwagen geliebt, dann ist sie nach Hause gegangen. Ich hab ihr gesagt, daß ich an allen Abenden an den Wochenenden in die Oswego Street komme. Ich hab ihr gesagt, wenn's wieder so schlimm wird, bin ich für sie da.«
»Ist sie an jenem Sonntagabend gekommen?«
»Nein.«
»Wann haben Sie sie zum letztenmal gesehen?«
»Ich hab sie bloß das eine Mal gesehen. Vor neun Monaten.«
»Und Sie warten immer noch?«
Er zuckte die Achseln. »Hab ich doch wenigstens etwas vor.«
»Wie heißt sie?«
»Holen Sie sich doch einen runter, werter Herr«, sagte er, ganz Kavalier und stolz darauf.
»Warum läuft sie dem Kerl denn nicht weg, wenn der so ein Schweinehund ist?«
»Wo soll sie denn hin, Tanner? Mit mir in einem Güterwagen leben? Ich gehör nicht grad zum Geldadel, falls Ihnen das noch nicht aufgefallen sein sollte. Und sie kann sich nicht allein durchbringen.«
»Warum?«

»Sie hat nur einen Arm.«

Jetzt konnte ich doch nicht mehr widerstehen. »Was haben Sie eigentlich früher gemacht, Lufkin?«

Er nickte, tief befriedigt, daß meine Reaktionen schließlich doch dem entsprachen, was er gewöhnt war. »Ich war Autoverkäufer. Bei Ford. Ich muß an die tausend Fords verkauft haben. Schrott vom Fließband. Der alte Mustang war das einzige anständige Auto, das die je hergestellt haben. Und Ford war noch nicht mal halb so schlimm wie alles andere aus Detroit.«

Ich hätte ihn fragen können, warum er sich für den Schnaps entschieden hatte statt für einen Berufswechsel und warum er jetzt so ein Leben führte, aber ich fragte es nicht. Wenn er es von sich aus erzählt hätte, dann hätte ich ihm zugehört, aber ich mochte nicht fragen. Statt dessen erkundigte ich mich: »Was haben Sie als erstes gesehen – im Zusammenhang mit dem überfahrenen Mann?«

»Ich hab jedenfalls nicht gesehen, wie die Blair angefahren kam, wenn Sie das meinen. Gegen sechs war ich dort, und da war kein Mensch in Sicht. Ich hatte mein Fläschchen, einen relativ hygienischen Hauseingang, und wahrscheinlich bin ich wie üblich weggepennt. Aufgewacht bin ich erst, als eine Autotür zugeschlagen wurde.«

»Bloß eine?«

»Das weiß ich nicht. Plötzlich hat es von Autos nur so gewimmelt. Ich schaute nach, wer hier so einen Höllenlärm veranstaltet – ich hatte Angst, es wären die Bullen, verstehen Sie –, und da hab ich die zwei Männer gesehen, die mitten auf der Straße standen und miteinander redeten.«

»Haben Sie gehört, worüber die beiden sprachen?«

»Nee. Ich hab mich auch nicht besonders angestrengt, was mitzukriegen. Aber dann ist der eine ins Auto gesprungen, hat Gas gegeben und den anderen einfach überfahren. Es hat geklungen, als ob ein Schiff aufläuft.« Lufkin kicherte. »Mal wieder Jubel, Trubel, Heiterkeit in der Oswego Street.«

»Warum ist der Mann auf der Straße denn nicht weggelaufen?«

»Hat er ja versucht.«

»War er auf dem Trottoir, als er unter das Auto kam?«

»Nee. Wenn ich's mir recht überlege, dann ist er wohl auf ein Haus zugerannt, aber es hat ausgesehen, als ob dort irgendwas in der Dunkelheit lauert, wovor er sich fürchtet.«

»Oder irgend jemand.«

»Stimmt.«

»Haben Sie einen der beiden schon mal gesehen?«

»Ich glaub nicht, aber woher soll ich das wissen? Ich kann nicht mehr so gut sehen.«
»Waren Sie betrunken?«
Lufkin lachte heiser. »Ich bin seit zweiundsechzig betrunken, deshalb ist die Frage falsch gestellt. Sie muß heißen: Waren die Spinnen los?«
»Was wollen Sie damit sagen?«
»Wenn ich mir die Nase richtig übel begossen habe, mit zwei, drei Litern am Tag, dann kommen die Spinnen und kriechen mir über die Augäpfel. Dicke, haarige Spinnen, die mich kratzen und kitzeln, und sie gehen nicht weg, egal, ob ich die Augen zumach oder drin reibe oder mich in die Lider zwicke. Sie bleiben da, kriechen runter und rauf, die kratzigen Mistviecher. Menschenskind, das können Sie sich gar nicht vorstellen.« Lufkin drehte wild den Kopf zur Seite, als seien die Spinnen zur Stelle.
»Und an jenem Abend?« fragte ich.
»Nein, keine Spinnen. Aber ganz in Ordnung war ich trotzdem nicht.«
»Wieso?«
»Als der Krach vorbei war und ich hinübergesehen hab zu der Frau in dem geparkten Auto, da hab ich plötzlich doppelt gesehen.«
»Was ist mit dem Jungen, den Sie gesehen haben? Wo war der?«
»In der Nähe von dem Auto der Frau. Ist auf dem Trottoir rumgetanzt, hat mit Steinen geschmissen und mit Büchsen Fußball gespielt. Hat wahrscheinlich nach nem Besoffenen Ausschau gehalten, den er rumkicken kann.«
»Wie hat der Junge ausgesehen?«
»Ein Junge. Lange Haare. T-Shirt. Levis. Ein Junge eben. Armeleutekind. So einer bin ich auch mal gewesen.«
»Glauben Sie, daß er dort in der Gegend wohnt?«
»Vielleicht dort, vielleicht auf dem Mond. Wenn er Glück hat, auf dem Mond.«
»Und Fluto? Hat er irgendwas gemacht, nachdem er den Mann überfahren hatte?«
»Menschenskind, der ist einfach weitergefahren. Als ob's ein Stinktier gewesen wär.«
»Können Sie sich noch an sonst was erinnern?«
»Nee. Doch, mir fällt noch was ein. Kurz bevor er ins Auto gesprungen ist, hat Fluto dem andern gesagt, er habe gegen das Gesetz verstoßen. Wörtlich: ›Du hast gegen das Gesetz verstoßen.‹«
»Was hat er Ihrer Meinung nach damit sagen wollen?«
»Wer weiß. Vielleicht hat der Kerl ja im Halteverbot geparkt.«

17

Er kam mit vier Freunden den Hügel herauf. Mit der einen Hand schob er das Fahrrad, mit der anderen schwenkte er den Schulranzen über der Schulter. Die fünf Jungen glichen sich wie fünf Kuchen aus ein und derselben Springform: Jungen, die sich anzogen wie die Männer, die wie Jungen herumliefen. Schritt für Schritt schubsten sie sich und zogen einander auf. Mit der Energie, die dabei freigesetzt wurde, hätte man ganz El Gordo eine Woche lang beleuchten können.
Seit einer halben Stunde saß ich auf der Stoßstange des Buick und verfluchte mich, weil ich unter dem Sportjackett keinen Pullover anhatte. Als er mich sah, löste er sich aus dem Grüppchen und kam zu mir herüber, mit vor lauter Verlegenheit unsicherem Blick. Die anderen Jungen beäugten uns wie Gäste bei der zweiten Hochzeit.
»Hi«, sagte er.
»Hi, Davy.«
»Warten Sie auf die Mama? Die kommt erst um fünf.«
»Was machst du denn bis dahin?«
»Ach, na ja. Ich häng halt so rum.«
»Bist du gern allein?«
»Klar.« In seinem Lächeln lag mehr Zuversicht als in dem Wort.
»Eigentlich hab ich auf *dich* gewartet, Davy.«
»Was? Auf mich?«
Ich nickte.
Er runzelte die Stirn und dachte nach. Sogar die Stupsnase schlug dabei Falten. »Mit Fremden darf ich gar nicht sprechen«, sagte er.
»Sind Sie ein Fremder?«
»Das weiß ich nicht. Was meinst denn du?«
Er dachte auch darüber nach und trat dauernd nach dem Straßendreck. An der Schuhsohle klebten schwarze Gummistreifen, und an der Seite klaffte ein zentimeterlanger Riß. Der Socken, der durch den Riß sichtbar wurde, starrte vor Dreck. »Ich glaub eigentlich nicht, daß Sie ein Fremder sind«, entschied er sich schließlich. »Sie kennen ja Mama und so.«
»Stimmt.«
»Worüber wollen Sie mit mir reden?«
»Über Mrs. Blair.«
»Ach so.«
»Hey, Martin.« Der Junge, der ihm das zurief, hatte Sommersprossen und rotes Haar und war zehn Zentimeter größer als die anderen. »Ist das dein Alter?«

Noch ehe Davy antworten konnte, sagte ein anderer Junge, mit Absicht so laut, daß Davy es auch ganz bestimmt hörte: »Quatsch. Sein Alter ist *fett.* Und außerdem hat seine Mama dem Alten gesagt, daß sie ihn abknallt, wenn er sich noch mal blicken läßt.«
»Und woher weißt du das?« fragte der Rotschopf.
»Das hat mir *meine* Mama gesagt.«
»Vielleicht ist der hier der neue Papa von Martin«, sagte der Rotschopf und feixte über das ganze Gesicht.
Davy senkte den Blick und trat von einem Bein auf das andere. »Er ist schon verheiratet«, rief er seinen Freunden zu und machte damit meine Lüge von neulich publik.
»Na und?« gab der Rotschopf zurück. »Er kann sich doch jederzeit scheiden lassen und wieder heiraten. Wenn er *will.*«
Ich überlegte mir, was ich dazu sagen sollte, dann stand ich auf und wandte mich dem Grüppchen zu. »Ich arbeite für die Regierung«, rief ich. »Davy weiß was, was wir dringend auch erfahren müssen. Ich kann euch nicht viel darüber sagen, weil es die innere Sicherheit unseres Landes berührt. Bitte, stört uns in den nächsten Minuten auf keinen Fall, aber ich wär euch dankbar, wenn ihr was für mich tun würdet, während ich mit Davy spreche. Verteilt euch und paßt auf, daß keiner hören kann, was wir sagen. Und wenn jemand kommt – ein Fußgänger – dann schreit, damit ich gewarnt bin. Kapiert?«
Ganz kauften sie mir das nicht ab – seit Samstag für Samstag zwischen den Zeichentrickfilmen die blödsinnigsten Versuche unternommen werden, Kindern was zu verkaufen, ist es ziemlich schwierig geworden, Kindern einen Bären aufzubinden –, und mit Straßenkindern hätte ich's gar nicht erst versucht, aber hier oben im Nobelvorort machte es doch noch einen gewissen Eindruck. Jedenfalls nickten sie einträchtig, teilten sich in zwei Gruppen und strebten bergab und bergauf, wie auf Zehenspitzen, und verständigten sich flüsternd wie Gläubige oder Ehebrecher.
Davy schaute zu mir auf und grinste. »Sie arbeiten doch gar nicht richtig für die Regierung, stimmt's?«
»Nein, nicht wirklich. Aber im Augenblick schon.«
»Ist das gefährlich? Das, was Sie machen?«
»Manchmal ja. Aber das kommt selten vor.«
»Schießen Sie auf Menschen?«
»Nein. Ich... Nein.«
»Hat Mrs. Blair Ärger mit der Regierung? Wollen Sie deshalb mit mir reden?«
»Ja, das haut so ungefähr hin. Wenn du mir eine bestimmte Aus-

kunft geben kannst, kriegt sie jedenfalls keinen Ärger. Was meinst du?«
Davy zuckte die Achseln. »Okay. Mrs. Blair ist prima. Sie hat mich sogar mal zu nem Footballspiel mitgenommen. Ich glaub nicht, daß sie was verbrochen hat oder so.« Er runzelte die Stirn. »Die versteht ne Menge vom Football«, fügte er voller Bewunderung hinzu. »Sogar mehr als ich.«
»Nein, Davy, sie hat bestimmt nichts verbrochen«, sagte ich in der Hoffnung, es entspreche auch der Wahrheit. »Ich möchte, daß du dich an was erinnerst, was vor fünf Monaten passiert ist. Im Juni.«
»Juni.«
»Gleich zu Anfang der Schulferien.«
»Klar. Im Juni. An was soll ich mich da erinnern? Meine Mama hat im Juni Geburtstag.«
»Es war am neunten Juni. An einem Sonntagabend. Unten in der Stadt, in der Oswego Street. Das ist auf der anderen Seite vom Freeway, im Industriegebiet.«
»Was ist da passiert?«
»Ich hab gehofft, das kannst du mir erzählen. Ich hab gedacht, vielleicht bist du an dem Abend mit Mrs. Blair dort unten gewesen und hast was gesehen.«
Davy dachte nach. Wieder warf die Stupsnase Falten. Er gab sich sichtlich Mühe, aber es führte zu nichts. »Was ist denn passiert? Können Sie mir nicht wenigstens einen Tip geben? Vielleicht hab ich's bloß vergessen.«
»Das hättest du bestimmt nicht vergessen, Davy.«
»Ich weiß nicht recht«, sagte er skeptisch. »Ich bin schrecklich vergeßlich. Mama sagt, ich werd noch mal vergessen, wie ich heiße.«
»Ach was – ich glaub wirklich nicht, daß du *so* vergeßlich bist.«
»Jedesmal, wenn's Leber gibt, vergeß ich, sie aufzuessen.«
Das verschmitzte Grinsen war herzerfrischend. Am liebsten hätte ich ihn eingepackt und mitgenommen. Ich legte ihm die Hand auf die Schulter. »Denk noch mal nach, Davy. Warst du mal mit Mrs. Blair drüben auf der anderen Seite vom Freeway? Gegen Abend, als es schon dunkel wurde? Auf einer Straße, wo lauter alte Lagerhäuser stehen? Bist du da herumgerannt und hast mit Steinen und Büchsen Fußball gespielt? Kannst du dich an so was erinnern?«
»Nö. Ich war mit Mrs. Blair bloß bei dem Footballspiel und mal im Kino, in *Smokey und die Räuberbande.* Sonst war ich mit ihr nur noch in Spielzeugläden. Sie will immer wissen, womit ich gerne spiele. Ich glaub, sie erzählt es dann der Mama, damit die weiß, was sie mir zum Geburtstag schenken soll.«

Ich klopfte ihm noch mal auf die Schulter. »Okay, Davy. Das war's schon, was ich wissen wollte. Vielen Dank.«
»Hey. Kriegt Mrs. Blair jetzt Ärger, weil ich nicht gewußt hab, was Sie mich gefragt haben?«
»Ach wo. Du hast das ganz prima gemacht. Sie würd bloß Ärger kriegen, wenn du nicht die Wahrheit gesagt hättest.«
»Aber ich hab die Wahrheit gesagt. Glaub ich jedenfalls.«
»Natürlich hast du die Wahrheit gesagt«, sagte ich. »Du kannst jetzt deine Freunde zurückpfeifen.«
»Okay. Mr. Tanner?«
»Ja?«
»Sie sind bestimmt nicht mein neuer Papa?«
»Nein, Davy.«
»Glauben Sie, daß ich bald einen neuen Papa bekomme?«
»Das weiß ich nicht, Davy. Das solltest du deine Mama fragen.«
»Mama sagt mir nie was. Jedenfalls nichts Wichtiges.«
»Sie sagt dir bestimmt alles, was sie dir sagen kann.«
Er blickte düster drein. Das Gesicht schrumpfte zusammen wie eine alte Kürbislaterne. »Ich geh ins Haus«, sagte er. »Verraten Sie's den andern nicht, okay?«
»Die piesacken dich wohl?«
»Halb so schlimm. Die meisten von ihnen haben auch keinen Papa mehr. Sie haben doch den Rotfuchs gesehen? Scott? Dem seine *Mama* ist fortgegangen. Sie ist nach Hawaii und malt dort Bilder. Sie hat ihm eine Kokosnuß geschickt.« Die Ungeheuerlichkeit des Verrats verschlug Davy einen Augenblick lang die Sprache. Mir auch.
»Deine Mutter hat's auch nicht leicht, Davy«, sagte ich. »Ihr müßt jetzt einfach zusammenhalten.«
»Müssen wir wohl.«
»Neulich hab ich deinen Papa getroffen. Er hat mir viel von dir erzählt. Er hat gesagt, daß er sich bald mit dir treffen will.«
»Wirklich? Neulich hab ich geglaubt, ich hätt ihn gesehen. Er hat sich hier oben am Hang hinter einem Busch versteckt.« Davys Augen wurden rund. »Aber er kann's doch *im Ernst* nicht gewesen sein. Oder doch?«
Ich wußte nicht, was ich dazu sagen sollte. Ich sagte, ich hielte es für unwahrscheinlich. »Tschüs dann, Davy.«
»Tschüs.«
Im Gehen drehte er sich noch einmal um. »Glauben Sie, daß meine Mama meinen Papa wirklich abknallen würde?«
»Ausgeschlossen«, sagte ich. »Völlig ausgeschlossen.«

Er nickte; dann ging er, schob das klapprige Fahrrad auf sein wackliges Zuhause zu. Als der Rückstrahler im Sonnenlicht aufblitzte, fiel mir etwas ein. Ich stieg in den Buick und fuhr bergab.
In der Winthrop Avenue hatte sich nichts verändert. Ich fuhr am Haus der Quilks vorbei und schaute hinüber. Die Spielsachen waren aus dem Vorgarten verschwunden und die zwei Beine unter dem Lieferwagen auch, aber die freudlose Atmosphäre hing hartnäckig wie Kampfer über dem Haus. Ich wendete, parkte kurz vor der nächsten Kreuzung und sah auf die Uhr. Es war kurz nach vier. Ich lehnte mich im Sitz zurück und wartete darauf, daß das Kind, das ich in dem Haus der Quilks vermutete, zum Spielen herauskam.
Die Zeit kuschelte sich auf dem Beifahrersitz ein und hielt ein Nikkerchen. Ein Müllwagen rumpelte vorbei, hielt aber nicht und verpuffte unsichtbare, aber nachhaltige Abgase. Ich nebelte das Auto mit Zigarettenrauch ein. Irgendwo fraß sich eine Kreissäge durch einen Baumstamm. Irgendwo weinte ein Kind.
Ich dachte nach über die Menschen in dieser traurigen Straße; dachte darüber nach, wie es ihnen wohl unter einer Regierung ergehen mochte, die ein Marionettenpräsident anführte und die aus Leuten bestand, die sich für Menschen wie diese hier weder politisch noch philosophisch oder moralisch verantwortlich fühlten. Wir hatten unsere Geschichte verleugnet und einen Mann gewählt, der willens war, dem halben Jahrhundert ein Ende zu setzen, in dem unser Land für Menschen wie die in der Winthrop Avenue soziale Verantwortung empfunden hatte. Ich dachte lange darüber nach, wie es dazu hatte kommen können, und nicht zum ersten Mal, und auch jetzt fiel mir nur ein Grund dafür ein: die Mehrheit der amerikanischen Wähler mußte geglaubt haben, sie gehöre der Ober- statt der Unterschicht an. Das war ein Novum in der Menschheitsgeschichte – und ein trauriger Irrtum.
Das Heulen einer Sirene riß mich aus meinen Überlegungen. Ich sah mich um. Ich parkte vor einem Fünf-Zimmer-Bungalow, errichtet auf einem Grundstück, das einst wahrscheinlich das Fundament eines stolzen Bauwerks gewesen war. Davon war nichts mehr übrig – ein Schicksal, das auch die anderen Häuser in dieser Straße erwartete. Zwei Fensterscheiben des Bungalows waren kaputt, geflickt mit braunem Plastikklebeband. Ein langer Riß in der Mauer war mit Dachpappe abgedichtet.
Die Tür zum Bungalow ging auf, und zwei Jungen kamen heraus. Jeder trug einen Backstein. Der größere von beiden hatte sich ein Brett unter den Arm geklemmt. Er war schlank und hatte ein faden-

scheiniges T-Shirt an, auf dessen Vorderseite ein verwaschenes Porträt von Suzanne Somers prangte. Im Mundwinkel hing eine Zigarette. Er war nicht älter als zwölf.

Auch der zweite Junge war mager, aber klein. Die Jeans waren so abgetragen, daß sie weißliche Streifen hatten. Die Hemdsärmel waren bis zur Achsel hochgerollt. Am Gürtel baumelte eine Scheide mit einem Messer darin. Beide Jungen hatten sich Lumpen um die Knie und die Ellbogen gewickelt, und der Kleine hatte sich einen dünnen Streifen vom gleichen Stoff um die Stirn gebunden wie Indianer oder Tennisspieler.

Mit gesammeltem Ernst traten die Jungen auf die Straße hinaus. Sie stapelten die Backsteine auf dem Pflaster neben dem Rinnstein, legten das Brett darauf und bauten sich so eine etwa zwanzig Zentimeter hohe Schanze. Nachdem sie probiert hatten, ob das Brett auch stabil genug war, holten sie aus dem Vorgarten zwei kleine, ausgeleierte Fahrräder und stiegen auf. Der Kleine holte eine runde Blechdose aus der Gesäßtasche und steckte sie sich in die linke Backe. Die Wölbung war ungefähr so attraktiv wie ein Kropf. Beide zogen die Kniepolster und die Gürtel zurecht, angelten Handschuhe aus den Gesäßtaschen und zogen sie über.

Der Große warf die Zigarette ins Gras, der Kleine spuckte aus, und sie fuhren los. Die Hüften hüpften hoch über den Sätteln, die Füße stampften wie das Gestänge einer Dampfmaschine. Sie wendeten und fuhren zu einem ungefähr zwanzig Meter von der Schanze entfernten Punkt, hielten dort an und besprachen das Vorgehen. Dann fuhr der Kleine an, ein paar Meter lang ganz locker, danach immer schneller und schließlich, kurz vor der Schanze, mit geradezu irrwitzigem Antritt. Rad und Fahrer flogen durch die Luft wie Cowboys oder Motorradartisten.

Fast eine Stunde lang spielten sie so, wurden schneller und lässiger mit jedem neuen Versuch. Keiner stürzte, keiner lachte; sie fürchteten nichts als die Angst und waren still wie die Schlangen. Zweimal waren sie kurz verschwunden und kamen mit noch mehr Backsteinen zurück. Als sie schließlich aufgaben, waren sie zufrieden mit sich.

Der Große knurrte was Unverständliches, dann warf er das Rad in den Vorgarten und ging in das Haus, vor dem ich parkte. Der Kleine rief ihm eine freundschaftliche Verwünschung nach, dann fuhr er gegen den Wind die Straße hinunter. Ich ließ den Wagen an und fuhr ihm nach. Als er vor dem Haus der Quilks das Rad fallen ließ, hielt ich an und drückte auf die Hupe.

Er sah mich an wie ein überführter Straftäter. Ich stieg aus, ging um

das Auto herum und lehnte mich an den Kühler. »Ich heiße Tanner«, sagte ich. »Ich komme aus San Francisco. Ich möchte kurz mit dir reden.«
Der Junge spuckte aus. Der bräunliche, glitschige Speichelbrocken landete neben meinem Schuh. »Worüber?«
»Über deine Tante.«
»Welche Tante?«
»Teresa. Mrs. Blair.«
Der Junge spuckte wieder aus. »Ich hab also ne Tante. Na und? Hab ich etwa deshalb das Große Los gewonnen?« Der Sarkasmus klang, als habe er ihn mühsam einstudiert. So mühsam, daß er fast echt wirkte.
»Nein«, sagte ich, »dafür allein gibt's noch kein Geld. Aber wenn du mir was erzählst, kann's schon sein, daß ich mich's was kosten lasse. Wie heißt du denn überhaupt?«
»Ihr Problem, das rauszukriegen.«
»Oh, keine Bange, Freundchen, das krieg ich schon raus. Es ist nämlich mein Beruf, was rauszukriegen.«
»Bulle?«
»Fehlanzeige.«
»Von der Schule?«
»Fehlanzeige.«
»Wollen Sie nachher auch noch mit Ted und Mary reden?«
»Nein. Jedenfalls nicht, wenn ich von dir erfahr, was ich wissen will. Dann bleibt es unter uns.«
»Und was krieg ich?«
»Zwanzig Mäuse.«
»Und wofür?«
»Für die Wahrheit.«
»Ha. Ich kenn viele Sorten von Wahrheit. Zum Beispiel, daß mich Kerle wie Sie piesacken, seit ich laufen gelernt hab.«
»Freundchen, ich piesack dich nicht. Ich will bloß hören, was am neunten Juni abends passiert ist.«
Auf der schmutzigen Stirn gingen die Brauen nach oben. Er zog die Handschuhe aus und stopfte sie in die Gesäßtasche, um Zeit zu gewinnen. Das zerlumpte Stirnband, seine zierliche Figur, die ölig-gelbliche Haut, die lebhaften Augen – alles wirkte zusammen, um mich an Bilder von jungen Vietkongs zu erinnern, gefangengenommen im Sperrgebiet und darauf gefaßt, daß sie jetzt langsam zu Tode gefoltert werden würden. Als er mich wieder anschaute, legte er den Kopf schief. Hinter den Augen nahm ein Plan Gestalt an. »Was soll am neunten Juni schon groß passiert sein?«

»Wenn du genau da warst, wo du meiner Meinung nach gewesen bist, dann weißt du das selber.«
Seit er auf der Welt war, hatte der Junge schauen müssen, wo er blieb. Das tat er auch jetzt. »Ich hab bloß Scheiße im Hirn. Damit mir was einfällt, brauch ich mehr als zwanzig Mäuse.«
»Wieviel?«
»Fünfzig?« Das war weder eine Forderung noch sein letztes Wort. Er mußte noch eine Menge lernen.
»Für fünfzig läuft gar nichts, Freundchen. Und du kriegst nicht mal nen Cent, wenn du mir nicht sagst, wie du heißt.«
»Gus. Ich heiß Gus.«
»Abkürzung von was?«
»Augustus.«
»Hübscher Name.«
»Für 'ne Tunte vielleicht«, schnaubte er. Sein Blick schweifte über die Straße und fixierte sich auf irgendwas weiter unten. Ich drehte mich um und erblickte ein Mädchen in seinem Alter, das auf einem Rad mit Zehn-Gang-Schaltung näher kam. Als sie Gus sah, trat sie schneller in die Pedale. »Hey, Grace«, brüllte Gus. »Komm doch mal her.«
Das Mädchen fuhr weiter, ganz offensichtlich auf der Flucht vor ihm. »Blas mir einen, du blöde Schnalle«, schrie er ihr nach, dann wandte er sich wieder mir zu. »Wie steht's mit dem Zaster?« wollte er wissen.
Ich steckte die Hand in die Tasche, damit ich nicht in Versuchung kam, ihm eine zu langen.
»Dreißig«, sagte ich.
»Raus damit.« Die Hand, die er mir hinhielt, war so schmutzig wie sein Wortschatz.
»Erst wirst du reden.«
Er dachte darüber nach. Ich holte die Brieftasche heraus und zählte drei Zehner ab. Gus dachte sehr gründlich nach, und mir war klar, daß ich kaum die ganze Wahrheit aus ihm herausbringen würde, aber auf einen Versuch wollte ich es trotzdem ankommen lassen. Gus sah mir mit gespielter Aufrichtigkeit in die Augen. »Ich hab gesehen, wie einer überfahren worden ist«, sagte er spöttisch. »Na und? Das kommt jeden Abend in der Glotze.«
»Das hast du nicht in der Glotze gesehen, Gus. Das ist wirklich passiert.«
Er zuckte die Achseln. »Was macht das denn für nen Unterschied? Mannomann, hier unten bei uns ist alles genau wie in der beschissenen Glotze.«

»Sag mir, was du sonst noch gesehen hast«, drängte ich.
»Bloß zwei Opas. Hatten ne Sauwut aufeinander.«
»Hast du die beiden genau gesehen?«
»Ziemlich. Doch.«
»Würdest du sie wiedererkennen?«
Er schenkte mir ein schiefes Lächeln. »Kann sein. Kann sein auch nicht.«
»Hast du einen der beiden vorher schon mal gesehen?«
Er machte eine Pause. »Nee.«
»Hast du den Mann, der den anderen überfahren hat, nach jenem Abend noch mal irgendwo gesehen?«
»Nee.«
»Was hast du da unten gemacht?«
»Ich war dort mit Tante Teresa, Einstein. Ich hab gedacht, das hätten Sie längst gespannt.«
»Warum ausgerechnet da unten?«
Er runzelte die Stirn. »Tante Teresa hat mich rumkutschiert. Sie kutschiert mich dauernd durch die Gegend.«
»Wo seid ihr gewesen, bevor ihr in die Oswego Street gekommen seid?«
»Hab ich vergessen.«
»War sonst noch jemand dabei?«
»Kann schon sein. Hab ich aber vergessen.« Das Lächeln schlug um in Gelächter. Die Situation machte ihm Spaß. Er drehte mich durch die Mangel. Glaubte er.
»Hast du je den Namen Tony Fluto gehört?«
Das Gesicht ging zu. »Mehr sag ich nicht. Ich weiß auch nichts mehr. Her mit dem Zaster.«
»Warum hast du der Polizei nicht gesagt, was du mit angesehen hast?« wollte ich wissen.
»Weil die mich nicht gefragt haben.«
»Warum hat Mrs. Blair denn der Polizei nicht gesagt, daß du an dem Abend dabei warst?«
»Hey. Bin ich etwa so ein beschissener Gedankenleser? Ich bin doch noch ein Kind. Vielleicht wollte sie meine Unschuld beschützen.«
Er grinste ungefähr so unschuldig wie Charles Manson. Ich hätte es weiter probieren können und vermutlich sogar sollen, denn Gus wußte mehr, als er rausließ, aber ich hatte von Gus die Nase voll. Ich steckte die drei Zehner ein. »Kennst du die große Einkaufsstraße hier, Gus?« fragte ich.
»Klar.«

»Weißt du, wo dort die Buchhandlung ist? Ich glaube, sie heißt *Bücherkiste.*«
»Klar. Und?«
»Da gehst du morgen hin und sagst der Frau hinterm Ladentisch, wer du bist. Dann zeigt sie dir die Regale, und du suchst dir aus, was du willst, im Wert von dreißig Dollar.«
»Scheißkerl. Ich will Bargeld.«
»Du kriegst aber Bücher.«
»Gottverfluchter Schweinepriester.«
»Demnächst wird dir mal jemand beibringen, wie man sich zivilisiert unterhält, Gus. Hoffentlich bin ich dann grad in der Gegend.«
»So?« fauchte er. »Warum versuchst *du* denn nicht mal, mir was beizubringen, Opa?«
»Weil mich dann glatt jemand verklagen könnt wegen Kindesmißhandlung. Obwohl ich mir nicht recht vorstellen kann, daß sich in deinem Fall ein Kläger fände.«
Eben da schlug die Haustür zu. Ich sah hinüber. Ted Quilk stand auf der Vorderveranda, die Arme über der Brust verschränkt. Die Tätowierung schlug Falten, als er die Fäuste ballte. »Sind Sie der Kerl, der schon mal hier war?« rief er mir zu.
Ich nickte.
»Haben Sie Teresa alles ausgerichtet?«
Ich nickte wieder.
»Hey, Ted«, rief Gus dazwischen. »Die Sau hat mir mein ganzes Geld abgenommen. Dreißig Mäuse. Komm runter, damit wir's uns zurückholen.«
»Wenn er dir Geld abgenommen hat, dann bloß, weil du's ihm geklaut hast. Rein mit dir und deinem klapperdürren Arsch. Wasch dich, damit wir essen können.«
»Verpiß dich, du Scheißer«, murmelte Gus.
»Das will ich nicht gehört haben«, brüllte Ted Quilk. »Rein mit dir, sonst hol ich die Reitpeitsche, du gottverfluchte Kreatur. Und bißchen plötzlich.«
Gus sah mich finster an, dann trottete er auf das Haus zu, für den Augenblick eingeschüchtert, weil sein Gegenüber grausamer war als er selbst. Ich sah Ted Quilk an. Er schien darüber nachzudenken, ob er auf mich losgehen solle. Ich hielt es für klüger, ihm gar nicht erst die Gelegenheit dazu zu geben.

18

Die Frau in der *Bücherkiste* hielt mich für geisteskrank. Und Ray Tolson hielt mich für einen Lügner, als ich ihm am Telephon berichtete, ich hätte den Jungen gefunden. Und als ich ihm weiter berichtete, daß ich nach Hause gefahren sei und das Kind in der Obhut eines brutalen Vaters zurückgelassen hätte, hielt er mich für einen Saboteur. Ich überhörte das alles, erinnerte Tolson an unsere Abmachung und wollte wissen, wo Teresa Blair sei. Er behauptete, das entziehe sich seiner Kenntnis. Dann behauptete er, ich hätte seinen Fall unterminiert, weil ich Gus Quilk nicht persönlich bei ihm abgeliefert hatte. Und weiterhin behauptete er, wenn der Junge nicht da sei, wo ich ihn angeblich aufgetan hätte, bekäme ich Ärger mit ihm, und zwar in Kürze. Ich legte auf und zog den Telephonstecker heraus. Am liebsten hätte ich die Fenster schwarz übermalt und eine Woche lang geschlafen. Statt dessen wachte ich um fünf Uhr morgens auf.

Morgens um fünf ist die Welt alles andere als in Ordnung. Rühreier, Milch und verbrannter Toast sind auch nicht das Wahre. Kaffee dagegen ist zu dieser Tageszeit so lebensnotwendig wie Sauerstoff und ein Heizofen. Nachdem ich mir den Schlaf abgewaschen und die Stoppeln aus meinem Gesicht beseitigt hatte, stellte ich im Radio den Sender von Modesto ein und lauschte den Notierungen auf dem Gemüsemarkt, während ich auf den *Chronicle* wartete. Als ich die Zeitung durch den Briefschlitz klatschen hörte, ging ich hinunter und holte sie herauf. Mit Hilfe von Herb Caen, dem Radio und einem Stapel verklebter Küchenutensilien im Spülbecken schlug ich die Zeit tot bis kurz vor acht. Dann schaute ich mir fünf Minuten lang Jane Pauley an. Wenn es irgend geht, sehe ich Jane Pauley jeden Tag zu. Sie macht mich fröhlicher. Um acht stieg ich ins Auto und fuhr Richtung Süden. Zur El Gordo City Hall.

Für die Stammgäste war Ray Tolson offenbar schon ein geschlagener Mann. Keiner von ihnen war zum zweiten Verhandlungstag erschienen. Höchstwahrscheinlich schauten sie jetzt zu bei einem anderen Melodram.

Ich war noch immer allein im Gerichtssaal, als Ray Tolson den Kopf in die Tür steckte und sich umsah. Das sonst so vitale Gesicht wirkte wie zerrüttet von Sorge. Er sah mich, kam her und setzte sich neben mich. »Was wollen Sie denn noch hier?« fragte er müde.

»Wollte den letzten Akt auch noch mitbekommen«, sagte ich. »Außerdem hab ich mir gedacht, es kann nichts schaden, wenn ich Sie an unsere Abmachung erinnere.«

»Auf mein Wort ist Verlaß, Tanner«, sagte er. »Gegen Mittag ziehe ich die Klage gegen Mrs. Blair zurück.«
»Haben Sie Mrs. Blair gesehen?« wollte ich wissen. »Zu Hause kann ich sie nicht erreichen. Ihren Mann übrigens auch nicht.«
»Nein«, gab Tolson zur Antwort, »ich habe sie nicht gesehen. Und Grinder übrigens auch nicht. War er schon hier?«
Ich schüttelte den Kopf. »Wie sieht's denn für Sie heut morgen aus? Steht der Fall?«
Tolson seufzte. »Der Junge wird die Jury schon überzeugen, glaub ich. Falls er überhaupt das Maul aufmacht. Und falls ich ihm nicht vorher den Kragen umdreh. Er hat uns die halbe Nacht mit Spielchen hingehalten. War drauf aus, für sich was rauszuschlagen. Himmelherrgott. Keine vierzehn und schon so ausgekocht, als wär er mindestens dreimal verknackt worden. Mit einundzwanzig ist er auch soweit. Und dann hat sich auch noch sein Alter eingemischt.«
»Ted?«
Tolson nickte. »Ein echtes Herzchen. Damit der Platz in unserem Büro für ihn und seinen Bengel reicht, werden wir anbauen müssen.«
»Was hat Ted denn gewollt?« fragte ich.
»Es sieht ganz so aus, als wär er vergangenen Monat in nem Spielsalon reingelegt worden. Obendrein noch ne Razzia. Ted will, daß wir die Anzeige gegen ihn zurückziehen, und will außerdem seinen Einsatz wiederhaben.«
»Wie hoch war der Einsatz?«
»Anderthalb Riesen. Behauptet er jedenfalls.«
»Quilk ist seit Wochen arbeitslos. Wo hat er soviel Geld herbekommen?«
Tolson zuckte die Achseln. »Vielleicht hat er im Toto gewonnen. Vielleicht hat ihn jemand geschmiert, damit er aus der Gegend wegzieht. Vielleicht hat ihn das Werbefernsehen für eine Bierreklame engagiert. Das ist jedenfalls nicht mein Problem. Höll und Teufel, wo steckt Grinder? Um acht sollte er den Jungen hier anliefern.«
»Vielleicht hat Gus die Kurve gekratzt.«
»Wir haben jemand bei ihm übernachten lassen. Der konnte nicht raus.«
»Das haben Sie schon mal gedacht. Bei Teresa Blair.«
»Holen Sie sich doch einen runter.«
Ich lachte. »Wahrscheinlich hat er Grinder eins über den Dez gegeben und ist mit dem Dienstwagen abgehauen.«
»Das würd ich auch für wahrscheinlich halten, wenn's nicht ausge-

rechnet Grinder wär. Der würd das Früchtchen lieber erschießen als auch nur ansehn. Wie haben Sie den Jungen eigentlich aufgetrieben?«

»Bloß eine Vermutung. Erst hab ich übrigens einen anderen im Auge gehabt – ich hab Ihnen also nichts vorenthalten. Wie haben Sie ihn zum Reden gebracht?«

»Erst hab ich ihn im Glauben gelassen, er legt mich rein. Er hat bloß lauter Zeug erzählt, mit dem rein gar nichts anzufangen war. Und als ich ganz sicher war, daß er an dem Abend wirklich da unten gewesen ist, da hab ich ihm Angst gemacht. Ein zäher Brocken, aber noch jung. Solang sie noch keine sechzehn sind, klappt es im allgemeinen, wenn man ihnen Angst macht. Sobald sie drüber sind, muß man sie einbuchten oder laufenlassen. Alles übrige wär reine Zeitverschwendung.«

»Vielleicht überlegt er sich's aber doch noch anders, wenn er hier reinkommt und sieht, wie Fluto ihn anstarrt, aus diesen Gewehrkugeln, die er statt Augen im Kopf hat.«

Tolson lächelte. »Ich glaub, das hab ich auch gedeichselt. Das Kind hat Angst, das ist nur natürlich, aber es träumt schon davon, einmal im Leben Schlagzeilen zu machen. Ich hab paar Presseleute herzitiert, die einen großen Wirbel machen sollen, wenn der Junge einläuft.«

»Sie sind ein ausgebufftes Miststück, Tolson«, sagte ich.

»Stimmt. Gehört zum Beruf. Gus hat, denk ich mir, wohl kaum den Mumm, das Maul nicht aufzumachen, wenn er erst mal sieht, daß aller Augen auf ihn gerichtet sind. Und wenn er merkt, was es heißt, wenn er kneift, dann redet er. Paar Jährchen älter als Gus muß einer schon sein, ehe er den Typen von den Medien sagt, sie sollen sich verpissen.«

»Das Alter erreichen die wenigsten«, sagte ich.

»Da haben Sie leider recht.« Tolson schaute wieder zur Tür und schüttelte den Kopf. »Himmelherrgott. Ist es die Möglichkeit, daß meine Karriere davon abhängt, daß ich die Jury davon überzeuge, einem Wermutbruder und einem Halbstarken zu glauben? Von so was war bei der juristischen Fakultät nie die Rede, lassen Sie sich das von mir hinter die Ohren schreiben.«

Ich nickte. »Auf der Uni behaupten sie, jeder Richter sei Salomo, jeder Mandant Mahatma Gandhi und jeder Anwalt Daniel Webster.«

»Ich glaub, ich lad mal paar Profs hierher ein.« Tolson prustete. »'ne Woche drauf sind die samt und sonders Gebrauchtwagenhändler. Übrigens«, fuhr er fort, »hat Ihre Freundin Teresa Blair es unterlassen, uns darüber zu informieren, daß ihr Neffe Gus an jenem Abend in der Oswego Street mit ihr zusammen war. Ich glaub nicht, Tanner, daß dieser kleine Lapsus noch zu unserer Abmachung gehört.«

»Zum Teufel«, explodierte ich. »Jetzt bin ich eine ganze Woche in El Gordo zugange gewesen, und kein Mensch ist auf die Idee gekommen, mir die Wahrheit zu sagen. Sie eingeschlossen, Tolson. Machen Sie ruhig Ärger. Dann geh ich an die Öffentlichkeit und erzähl den Presseleuten, wie Sie an Ihren Kronzeugen geraten sind und wer ihn für Sie gefunden hat.«

»Ganz ruhig«, sagte Tolson. Er rollte mit den Augäpfeln und ging hinaus auf den Flur. Nur Sekunden später kam Tony Fluto samt Hofstaat herein, genauso bedrohlich und souverän wie gestern. Gleich danach erschien Tolsons Assistentin, im Schlepptau den katergeschwächten, gebeutelten Colin Lufkin. Sie plazierte Lufkin in der ersten Reihe, sprach auf ihn ein wie ein Mäßigkeitsapostel und setzte sich dann an den Tisch der Staatsanwaltschaft. Zu ihrer Erleichterung nahm niemand von ihr Notiz.

Kurz darauf kam Tolson zurück. Sein Blick war düster und gequält. In den wenigen Augenblicken, in denen ich ihn nicht gesehen hatte, schien er um Jahre gealtert. Er sah aus, als hätte er plötzlich Sehnen wie Muskeln eingebüßt. Wenn Grinder und Gus Quilk inzwischen eingetroffen waren, dann saßen sie irgendwo im Haus und warteten auf ihren Auftritt. Teresa Blair und ihr Mann waren nicht da. Und die Stammgäste hockten immer noch bei der Konkurrenz.

Der Hammer schlug, und die Richterin nahm ihren Platz ein. »Kann ich die Geschworenen aufrufen lassen, Mr. Tolson?« fragte sie freundlich, als wolle sie damit andeuten, sie sei durchaus bereit, einen neuen Anfang zu machen und das gestrige Fiasko zu vergessen.

Tolson flüsterte seiner Assistentin etwas zu. Sie stand auf und stürzte hinaus. Dann erhob sich Tolson. »Euer Ehren, es ist uns gelungen, einen weiteren Zeugen zu eruieren. Einen Augenzeugen des Mordes an Phillip Vincent. Er ist jetzt auf dem Weg zum Gerichtssaal. Ich freue mich, daß ich bekanntgeben darf, daß die Staatsanwaltschaft bereit ist, in der Verhandlung fortzufahren.«

Loggins stand auf, eine Karikatur erschöpfter Geduld. Er runzelte so heftig die Stirn, daß die Falten darauf wie Narben wirkten. »Für den Fall, daß die Anklage hier einen Zeugen präsentieren will, von dem uns nicht der guten Ordnung halber bereits Kenntnis gegeben worden ist, für diesen Fall legen wir selbstverständlich Einspruch ein, Euer Ehren. Offenbar nimmt die Schmierenkomödie von gestern ihren Fortgang.«

Die Richterin imitierte Loggins' Stirngerunzel. »Wie heißt Ihr Zeuge, Mr. Tolson?«

»Augustus Quilk.«

»Ist die Verteidigung über diesen Zeugen informiert worden?«

Tolson nickte. »Meine Assistentin hat gestern abend bei Mr. Loggins im Büro angerufen, Euer Ehren. Nur wenige Minuten, nachdem wir Mr. Quilk ausfindig gemacht hatten.«

»Gestern abend?« Das Gesicht der Richterin spiegelte Betroffenheit.

»Das ist ungeheuerlich, Euer Ehren«, skandierte Loggins. »Die Verteidigung beantragt die Einstellung des Verfahrens.«

Die Richterin lächelte müde. »Ist dieser Mr. Quilk für die Anklage unentbehrlich, Mr. Tolson?«

»Allerdings, Euer Ehren.«

»Wo ist der Zeuge?«

»Auf dem Weg hierher.«

»Ich will keinerlei Ausflüchte hören, Mr. Tolson. Mein Terminkalender ist übervoll. Befindet sich Ihr Zeuge im Haus?«

»Das weiß ich nicht genau. Meine Assistentin ist eben jetzt im Begriff, nach ihm zu suchen. Detective Grinder von der hiesigen Kriminalpolizei bringt den jungen Mann hierher.«

Die Brauen der Richterin gingen nach oben. »Oh? Handelt es sich um ein Kind?«

»Ich... Es ist weder ein Kind noch ein Erwachsener, Euer Ehren.« Tolson rang sich ein Lächeln ab. »Ich weiß nicht, ob Sie mich recht verstehen.«

Die Richterin erwiderte das Lächeln. »Ich glaube schon, Mr. Tolson. Bei mir zu Hause wohnt ein Wesen, von dem gilt, was Sie eben gesagt haben.«

»Euer Ehren«, intonierte Loggins. »Was die Anklage hier bietet, wird von Augenblick zu Augenblick immer mehr zum absurden Theater. Von unserer Verfassung verbürgte Rechte werden hier mit Füßen getreten. Ich bestehe darauf, daß das Verfahren unverzüglich eingestellt wird.«

»Bitte, bewahren Sie Ruhe, Mr. Loggins«, fuhr ihn die Richterin an. »Die Rechte Ihres Mandanten sind mir durchaus bewußt.«

Und plötzlich senkte sich Stille über den Gerichtssaal, so dicht und so greifbar wie ein schwerer Vorhang. Die Hauptakteure maßen sich mit trotzigen Blicken, der Gerichtsdiener machte die Augen zu, der Protokollführer zog an seiner Krawatte, die Richterin summte irgendwas vor sich hin, das wie ein Wiegenlied klang. Was Tolson als seinen großen Coup geplant hatte, sah allmählich wie seine Beerdigung aus, und er war genauso durcheinander und von der Rolle wie der Alkoholiker, der als Zeuge in der ersten Reihe saß. Aber auch Loggins war keineswegs so zuversichtlich, wie er tat. Bestimmt hatte er Fluto versichert, daß die Anklage das Verfahren einstellen müsse, aber zum jetzigen Zeitpunkt ließ sich das noch nicht mit Gewißheit sagen. Deshalb musterte Loggins alles und jeden im Saal, seinen eisernen Mandanten ausgenommen. Der Text war von Beckett, das Bild von Fellini. Von mir mal abgesehen, wünschte sich jeder anderswohin. Ich kämpfte an gegen den Lachreiz.

Als die Tür aufging, erstarb die Stille. Aller Augen, die des Gerichtsdieners ausgenommen, wanderten dorthin. Tolsons Assistentin stürmte auf ihren Chef zu und flüsterte ihm etwas zu. Fluto und Loggins besahen sich das, mehr belustigt als interessiert. Dann fluchte Tolson so gottserbärmlich, daß der ganze Gerichtssaal ins Wackeln kam.

»Euer Ehren«, fing er an, während er die Kräfte eines Mammuts zusammenreißen mußte, um überhaupt auf die Beine zu kommen. »Eben hat uns die Meldung erreicht, daß Detective Grinders Dienstwagen ausfindig gemacht worden ist. Mr. Grinder ist tot. Ein Kopfschuß. Der Zeuge, den er hierherbringen sollte, ist spurlos verschwunden.«

Das Stimmengeschwirr war so laut wie der Lärm eines Motors. Die Richterin schloß die Augen und lehnte sich zurück im Richterstuhl. Sie wiegte den Kopf, als wolle sie sich wehren gegen die Gedanken, die sich darin einnisten könnten. Loggins beugte sich zu Fluto hinüber und flüsterte ihm etwas zu. Fluto nickte. Loggins stand auf. »Euer Ehren, selbstverständlich sind auch wir äußerst betroffen über die Nachricht von dem, was sich heute morgen ereignet hat. Dessenungeachtet bestehen wir auf sofortiger Einstellung des Verfahrens.«

Tolson und die Richterin setzten gleichzeitig zum Sprechen an, brachten aber beide im Augenblick kein Wort heraus. Tolsons Assistentin warf ihm einen Blick zu, und nach einer geflüsterten Frage, auf die Tolson nur mit einem Achselzucken antwortete, stand sie auf. »In wenigen Augenblicken, Euer Ehren«, sagte sie, »wird ein Kriminalbeamter zur Stelle sein. Er wird Mr. Fluto befragen über den Mord an Detective Grinder. Ich ersuche Sie, Euer Ehren, daß Sie Mr. Fluto vom Gerichtsdiener festhalten lassen. Außerdem beantragen wir eine Aussetzung des Verfahrens bis morgen früh, damit wir, damit wir – äh – die Gelegenheit haben, das Gericht – äh –

das Gericht besser in Kenntnis zu setzen über die Entführung des Kronzeugen und den Anschlag auf Detective Grinder.«
Loggins ging hoch. »Die Unterstellung, daß Mr. Fluto Kenntnis gehabt haben soll von dem mutmaßlichen Mord an einem Kriminalbeamten und von der Entführung eines angeblichen Zeugen, diese Unterstellung, Euer Ehren, ist an sich schon skandalös und ehrenrührig. Ich bezweifle ohnehin, daß ein derartiger Zeuge überhaupt existiert hat. Ich bestehe weiterhin auf dem vorhin schon gestellten Antrag.«
»Setzen Sie sich, Mr. Loggins«, befahl die Richterin scharf. »Unter den gegebenen Umständen ist dem Ersuchen der Anklage, das Verfahren für kurze Zeit auszusetzen, stattgegeben. Verfahren Sie mit dem Kriminalbeamten, der in Kürze hier eintreffen soll, nach eigenem Gutdünken, Mr. Loggins. Es steht nicht in meiner Macht, Mr. Fluto hier festzuhalten.« Der Hammer schlug. »Der Gerichtsdiener wird die Geschworenen aufsuchen und ihnen mitteilen, daß sie auch für heute entlassen sind. Ihre Anwesenheit im Gerichtssaal ist erst wieder morgen früh um neun erforderlich. Das Gericht vertagt sich.« Ehe sie die Richterbank verließ, sprach sie noch mit dem Protokollführer über eine Anhörung, die auch noch heute vormittag auf dem Terminkalender stand. Loggins und Partner brachten Fluto in Sicherheit, als stünde der Saal in Flammen.
Ich nahm an, daß sich Tolson mit dem Rest seiner Willenskraft daran hinderte, auf irgend jemand einzuprügeln, vor allem dann, als Fluto samt Hofstaat an ihm vorbeidefilierte. Daß ich an dem, was heute morgen passiert war, nicht ganz unschuldig war, kam mir allmählich zu Bewußtsein. Ein Schweißtropfen rann mir über die Schläfe. Ich lockerte meine Krawatte.
Tolson schien eine Entscheidung getroffen zu haben. Er raffte seine Akten zusammen und marschierte hinaus, seine Assistentin im Schlepptau. Obwohl er mich weder ansah noch ansprach, ging ich hinter ihm drein. Ich war schon an der Tür, als eine Hand nach meinem Arm griff. Die Hand zitterte. Sie gehörte Colin Lufkin. »Was soll ich jetzt machen?« fragte er. Die Frage schien sich auf einen längeren Zeitraum zu beziehen als die nächsten paar Stunden oder Tage.
»Das weiß ich auch nicht«, erklärte ich ihm.
»Ist der Prozeß aus?«
»Noch nicht ganz.«
»Es läuft nicht gut, nicht wahr?«
»Nein.«
Lufkins stumpfer Blick fing den meinen ein. »Ich bin nicht blöd,

Mr. Tanner. Ein Zeuge ist entführt worden. Ein Junge. Das stimmt doch?«
»Sieht ganz danach aus.«
»Damit er nicht aussagen kann.«
»Scheint so.«
»Ich hau ab«, sagte Lufkins entschlossen.
»Wohin?«
»Ich steig in die nächste Flasche.«
»Tolson wird Sie morgen wahrscheinlich brauchen.«
»Was Mr. Tolson braucht, kriegt er von mir nicht mehr«, gab Lufkin zurück. Das schlechte Gewissen stand ihm im Gesicht geschrieben. Ich klopfte ihm auf den Rücken, und unsere Wege trennten sich. Wir waren beide auf unsere Weise hinter dem zurückgeblieben, was die Welt von uns erwartete.
Tolson tigerte in seinem Büro herum, als ich eintrat, ein Raubtier im Käfig der Katastrophen. Seine Assistentin saß auf dem Stuhl in der Ecke, wo vor einer Woche, lang wie die Ewigkeit, James Blair gesessen hatte. Die arme Frau wartete in Untergebenenmanier auf ein gutes Wort von ihrem Herrn und Meister.
Ich räusperte mich, und Tolson sah mich an. Mein Anblick stillte seinen Zorn nicht im geringsten. »Was wollen Sie noch hier, Tanner? Mich verhöhnen?«
»Ich will haargenau wissen, was mit dem Kind passiert ist, auf das ich Sie gestern gehetzt hab, Tolson. Ich will wissen, wieso hier Scheiße gebaut worden ist.«
Daß auch ich wütend war, nahm Tolsons Rage die Spitze. Das machte uns wieder zu Bundesgenossen. »Grinder hat den Jungen hierhergefahren«, sagte er steif. »Unterwegs ist Grinder das Hirn weggepustet worden. Das war ein geplanter Überfall, und es waren Flutos Leute. Die Chancen, daß wir das je beweisen können, stehen eins zu zehn.«
»Keine Spur von dem Jungen?«
Tolson schüttelte den Kopf. »Den werden wir in nem Straßengraben finden. Frischgemacht und friedlich.«
»Wenn sie drauf aus waren, den Jungen umzubringen, warum haben sie ihn dann nicht mit Grinder zusammen erledigt?«
»Höll und Teufel, woher soll ich das wissen? Wollten ihn vielleicht vorher noch vergewaltigen.« Tolson schüttelte wieder den Kopf. »Sie wissen so gut wie ich, daß der Mob noch vor zehn Jahren auf keinen Fall nen Bullen umgelegt hätte. Nicht mal in El Gordo. Jetzt schrecken die vor nichts mehr zurück.«
Ich stand auf. »Ich will über alles und jedes informiert werden, Tol-

son. Mir ist nicht wohl bei dem Gedanken, wie's dazu kam, daß Gus Quilk bei Grinder im Auto saß.«
Tolson schlug mit der Hand auf den Tisch. »Sie haben mit dem Fall nichts mehr zu tun, Tanner. Es war ein Fehler, daß ich Sie überhaupt hinzugezogen habe.«
»Ich bleibe dran, Tolson, ob's Ihnen schmeckt oder nicht. Ich hab die dumme Angewohnheit, nachts schlafen zu können. Die würd ich gern beibehalten. Wenn Gus Quilk stirbt, werd ich darauf verzichten müssen.«
Wir starrten uns feindselig an. Weil ich wußte, daß Tolson im Grunde das gleiche empfand wie ich, mußte ich schließlich grinsen. Tolson tat es mir nach, und einen Augenblick lang standen wir uns schweigend gegenüber, betroffen von unserer hilflosen Wut. Als wir uns wieder etwas beruhigt hatten, sagte ich: »Es könnte ja durchaus sein, daß sie das Kind entführt haben, weil sie auf ein Geschäft aus sind.«
»Was für ein Geschäft?« fragte Tolson.
»Woher soll ich das wissen? Aber schreiben Sie sich eins hinter die Ohren. Wenn Flutos Leute Ihnen ein Angebot machen, dann geben Sie denen, was auch immer die haben wollen.«
»Ich werd den Teufel tun.«
»Sie werden spuren, zum Teufel.«
Wieder tauschten wir böse Blicke, doch diesmal klingelte das Telephon, bevor wir uns richtig in die Haare kriegten. Tolson sah den Apparat an, dann seine Assistentin. Sie stürzte heran, nahm ab und hörte zu. »Einen Augenblick bitte«, sagte sie und hielt Tolson den Hörer hin. »Loggins.«
»Dieses Sumpfhuhn«, murrte Tolson und griff zum Hörer. »Loggins? Was auch immer Sie mir zu sagen haben, ich kann's bis morgen abwarten. Mit Ihnen rede ich nur in Anwesenheit eines Richters.«
Was Loggins zu sagen hatte, brachte Tolson zum Stirnrunzeln. Er sah mich an, dann legte er wortlos auf. »Loggins hat nur was ausrichten lassen, Tanner«, sagte Tolson grimmig. »Sein Mandant, Mr. Fluto, wünscht Mr. John Marshall Tanner zu sprechen. In der Kanzlei von Mr. Loggins. Sobald es Mr. Tanner genehm ist.«
»Na bitte«, sagte ich.
»Na bitte«, äffte Tolson mich nach. »Ist mir ganz neu, Tanner, daß Sie und Fluto alte Kumpel sind.«
Ich lächelte nur.
»Machen Sie sich auf die Socken, Mann«, schnaubte Tolson. »Tony schätzt es gar nicht, wenn man ihn warten läßt.«

»Ich geh ja schon.«
»Tanner?« rief Tolson mir nach.
»Ja?«
»Sind Sie bereit, eine Wanze zu tragen?«
»Quatsch.«
»Wirklich nicht?«
»Denk nicht dran.«
Tolson fluchte. Im Hinausgehen warf ich einen Blick auf das Gesicht von Ms. Epley. Ihre Augen waren so groß wie Bojen und schwammen in Tränen.

19

Ich brannte darauf, mit Fluto zu reden, aber vorher mußte ich erst noch was erledigen. Ich fuhr wie der Teufel und war in zehn Minuten in der Winthrop Avenue.
Ted Quilks Kopf steckte unter der offenen Kühlerhaube des Lieferwagens. Die nackten Füße waren immer noch schwarz. Ich schaute ihm eine Weile bei der Arbeit zu, gleichermaßen beeindruckt von seinem Wortschatz wie von seinem Sachverstand. Als er mich die Einfahrt heraufkommen hörte, hob er den Kopf, blinzelte und verwünschte jetzt mich anstelle des Motors. Wir fixierten einander wie Profiboxer. In der linken Hand schwenkte er wieder den Schraubenschlüssel, den ich schon kannte. Der Chrom sprühte Funken in der Morgensonne.
»Schon wieder Sie?« Er spuckte die Worte aus wie verdorbenes Essen. »Haben Sie denn noch nicht genug Unheil angerichtet? Sie haben dem Kind die Bullen auf den Hals gehetzt!«
»Gestern haben Sie sich noch keine Sorgen um den Jungen gemacht. Da haben Sie ihm angedroht, daß Sie ihn zu Brei schlagen.«
»Na und? So pack ich ihn nun mal an.«
»Wie wollen Sie ihn denn anpacken, wenn er erst mal merkt, daß er stärker ist als Sie?«
Quilk grinste dünn. »Bis er soweit ist, ist er längst über alle Berge.«
Quilk legte den Schraubenschlüssel auf den Kühler, holte einen Lappen aus der Hosentasche und wollte sich damit die Nase putzen. Als ihm auffiel, daß der Lappen ölverschmiert war, steckte er ihn weg, nahm die Nase zwischen Daumen und Zeigefinger und rotzte in den Dreck. Ich fragte ihn, ob seine Frau zu Hause sei.
»Was geht Sie das an? Sie haben nichts mit ihr zu schaffen.«

»Ich bin hergekommen, um Ihnen zu sagen, wie leid mir tut, was mit Ihrem Sohn passiert ist. Ihre Frau sollte es auch hören.«
»Die ist in der Kirche und betet zu irgendwelchen Standbildern. Schmeißt wahrscheinlich auch gutes Geld in den Opferstock. Die Frau glaubt immer noch, daß Gott der Herr die Armen speist. Ich hab davon noch nichts mitgekriegt. Nicht auf dieser Welt. Und was die danach anlangt, da würd ich auch nicht drauf wetten.« Er schneuzte sich wieder, dann schluckte er. »Haben die Bullen schon eine Spur?«
»Nicht daß ich wüßte.«
»Wenn er hops geht, verklag ich Sie. Da können Sie Gift drauf nehmen. Sie und die Bullen. Ich hab mich umgehört. Die Bullen hätten besser auf den Jungen aufpassen müssen.«
Ich lachte. »Nur zu, Mr. Quilk. Aber halten Sie ja Ihre Brieftasche fest, wenn Sie mit einem Anwalt reden. Ein Anwalt, der so einen Fall übernimmt, braucht nämlich noch dringender Geld als Sie und kennt alle Tricks, mit denen er es Ihnen aus der Tasche ziehen kann.«
»Das werden wir ja sehen.«
»Wie Sie meinen.«
Quilk schlug sich gegen den Schenkel. Eine braune Staubwolke stieg auf. Ich dachte darüber nach, was für ein Mensch er wohl gewesen sein mochte, bis er erkannt hatte, daß sein Leben mit keinem neuen Tag besser wurde.
»Raus, Sie Arsch, und bißchen plötzlich«, kommandierte Quilk unvermittelt. »Der Schrott hier muß bis fünf fertig sein.« Quilk bleckte die stumpfen Zähne.
»Richten Sie Mrs. Quilk aus, wie leid es mir tut, was mit Gus passiert ist. Sagen Sie ihr, daß ich jetzt nach dem Jungen suche. Und daß ich ihr sofort Bescheid sage, wenn ich Näheres weiß.«
»Ich richt ihr aus, was *mir* paßt«, knurrte Quilk. »Und falls Sie ihn lebend finden, dann bringen Sie ihn sofort hierher, wo er hingehört. Egal, was die Bullen sagen oder seine Mutter oder sonstwer.« Er hätte ebensogut von der Rückgabe eines verliehenen Rasenmähers reden können.
»Noch was«, sagte ich. »Ist Ihnen gestern abend irgendwas Verdächtiges aufgefallen? Irgend jemand, der um das Haus herumgestrichen ist oder lange hier geparkt hat? Oder sonstwas?«
»Wenn mir was aufgefallen wär, warum sollt ich denn Ihnen das auf die Nase binden?«
»Weil es mir vielleicht helfen könnte, Ihren Jungen zu finden.«
Quilk runzelte angestrengt die Stirn. »Nachdem Sie weg waren und

bevor die Bullen kamen, ist nichts passiert, was außergewöhnlich wär. Bis auf eine Sache. Und bis auf den Höllenlärm, an den ich mich wohl nie gewöhnen werd.«
»Welchen Höllenlärm?«
»Elvis the Pelvis.«
»Und was ist passiert?«
»Die Frau hat nen Anruf von ihrer Schwester gekriegt.«
»Von Mrs. Blair?«
»Sonst hat sie keine Schwester.«
»Aber Sie haben kein Telephon.«
»Sie ruft bei der Nachbarin an, und die holt dann die Frau.« Quilk grinste verschlagen. »Weibergeschwätz. Mir käm kein Telephon mehr ins Haus, selbst wenn ich das Geld dazu hätt.«
»Was hat Mrs. Blair gewollt?«
»Den Jungen abholen. Hat gesagt, sie will mit ihm ins Kino. Hat gesagt, sie käm in ner Stunde.«
»Ist sie gekommen?«
»Ja, aber die Bullen waren schneller.«
»Ist die Polizei mit einem Streifenwagen gekommen?«
»Die ersten ja, die Blauen. Da war Doolittle dabei, das Schwein. Hat mich letzten Monat in der Rutland Avenue beim Spielen erwischt.«
»In dem Spielsalon dort?«
»Ja. Spielen Sie auch?«
»Ich hab keine Lust, mein bißchen Glück an die Karten zu verschwenden.«
»Scheiße. Ich wüßt von keinem anderen Glück. Und jetzt hauen Sie endlich ab. Muß arbeiten, damit ich leben kann. Wenn Sie so was ein Leben nennen wollen.«
Ich ging und wich vorsichtig dem Rotz und dem Schmieröl aus. Dem Branchentelephonbuch, das zwei Kreuzungen weiter unten in einer Telephonzelle an der Kette baumelte, entnahm ich, daß Lafcadio Loggins seine Kanzlei in der Innenstadt hatte, am Mission Boulevard. Seine Geschäftsanzeige besagte, seine Spezialgebiete seien Scheidungen, Strafrecht, Bürgerrechte, Konkursverwaltung, Beleidigung und Zwangsräumung. Es hätte genausogut drin stehen können, sein Spezialgebiet sei, den Mühseligen und Beladenen zu ihrem Recht zu verhelfen.
Als ich dort ankam, glaubte ich einen Augenblick lang, ich hätte mich in der Hausnummer vertan, aber als ich ein paarmal um den Block herumgegangen war, entdeckte ich schließlich, daß die Kanzlei von Loggins im obersten Stockwerk des El-Gordo-Hotels

residierte, dessen Halle und angrenzende Bar ziemlich eingestaubte Relikte der Eleganz in den Tagen des Goldrausches waren. Der Aufzug brachte mich ohne Aufenthalt nach oben, was meinen Eindruck bestätigte, daß hier nur wenige Gäste logierten. Wenn überhaupt. Ich konnte mir nur einen Grund dafür vorstellen, daß Loggins hier zugange war: daß ihm der Schuppen gehörte. Wahrscheinlich hatte er das Hotel anstelle von Honorar von einem Mandanten bekommen, der dank der Dienste von Loggins seine Strafe in einer Nervenheilanstalt verbüßen durfte.

Auf der Tür zur Kanzlei standen acht Namen, dazu die Spuren von zwei weiteren, die erst vor kurzem weggekratzt worden sein mußten. Hinter der Tür lag ein fensterloses Wartezimmer mit Parkettboden, schalldichter Decke und einer rosafarbenen Plastikcouch. Ganz hinten saß hinter einer gläsernen Schiebetrennwand eine vollbusige Frau mit dem skeptischen Ausdruck einer Quizkandidatin, der man eben die falsche Frage gestellt hat. Ich klopfte an die Scheibe, und sie schob die Trennwand auf. »Ja?« Sie wirkte so majestätisch wie die Königinmutter.

»Ich heiße Tanner. Ich möchte mit Mr. Loggins und seinem Freund Fluto sprechen. Wir wollen über den dritten Teil des *Paten* verhandeln.«

Sie mußte gleich nach der Geburt gegen Humor geimpft worden sein. »Sind Sie mit den Herren verabredet?«

»Allerdings.«

»Sie stehen nicht in meinem Terminkalender.«

»Sie auch nicht in meinem.«

»Aha. Leider ist Mr. Loggins für den Rest des Tages nicht mehr zu sprechen, Mr. – äh – Mr. Tanner. Vielleicht sollten Sie nächstesmal vorher anrufen.«

Ich hinterließ meine Fingerabdrücke auf der Scheibe. »Ich bin hier, weil Loggins mich gebeten hat, herzukommen. Jetzt scheuchen Sie mich weg. Vielleicht sollten Loggins und Sie Ihr Stück erst mal proben, ehe es über die Bühne geht.« Ich wandte mich zur Seite.

Die Frau atmete das halbe Zimmer ein. Widerwillig hievte sie sich vom Stuhl. »Ich werde versuchen, Mr. Loggins aufzutreiben.«

»Wenn Sie schon mal dabei sind, treiben Sie auch gleich noch ein bißchen Höflichkeit auf«, sagte ich. Mein Sarkasmus war eigentlich nicht ganz gerechtfertigt. Aber ich war immer noch außer mir, weil Gus Quilk verschwunden war.

Eine halbe Camel lang blieb die Empfangsdame verschwunden. Das Knarren des Parketts kündigte ihr Wiedererscheinen an. Ich überlegte mir, wie lang das El-Gordo-Hotel wohl schon stehen

mochte und ob es die nächste Stunde noch überlebte. »Mr. Loggins ist in der Bibliothek. Dritte Tür rechts.«
Sie wollte mir den Weg noch näher beschreiben, da ging die Kanzleitür auf. Ein Mann kam hereingehumpelt, auf dem gesunden Bein. Das andere war vorübergehend aus dem Verkehr gezogen, von der Hüfte bis zu den Knöcheln weiß und steif bandagiert. Der Mann blieb stehen, eine Hand am Türknopf, in der anderen zwei Aluminiumkrücken, und schien sich zu überlegen, ob er es bis zur Couch schaffte, ohne umzufallen. Das runde Gesicht war modelliert aus dickem, kräftigem Fleisch. Er hatte eine Rasur nötig. Und eine Diät. Die Lippen waren viel zu rot.
»Guten Morgen, Mr. Fluto«, gurrte die Empfangsdame. »Kann ich Ihnen helfen?«
»Nee. Ich komm mit den Dingern schon ganz gut zurecht.« Beim letzten Wort fielen die Krücken zu Boden. Er fluchte erbittert. Die Empfangsdame stürzte hin, hob sie auf und gab sie ihm. Seit ich wußte, wer er war, hatte ich mich nicht vom Fleck gerührt.
»Ist der Alte noch da, Gladys?« fragte er.
»Ja. Es wird aber eine Weile dauern. Er ist mit dem Herrn hier verabredet.«
»So?« Er sah mich zum erstenmal an. »Wer sind Sie?«
»Tanner. Wir haben neulich miteinander telephoniert. Ich bin der Tanner, dem Sie ein bißchen Extrawärme und einen guten Rat zukommen lassen wollten.«
»So?« Die Augen weiteten sich zu einem lachhaften Unschuldsblick. »Wie kommen Sie denn auf die Idee?«
»Stimme plus Ahnenreihe.«
»Wollen Sie mir was anhängen? Die Bullen heißmachen?«
»Noch nicht.«
»Wollen Sie es dem Alten erzählen?«
»Das wär mir im Traum nicht eingefallen. Ich hab gedacht, er wüßte Bescheid.«
Fluto junior schüttelte den Kopf. »Manchmal helf ich ihm von mir aus. Manchmal hat er was gegen die Art und Weise, wie ich ihm helfe. Also halten Sie ja das Maul.«
»Das muß ich mir noch überlegen.«
Fluto stützte sich auf die Krücken und humpelte hinüber zur Couch. Er ließ sich darauf nieder, sorgfältig darauf bedacht, daß das bandagierte Bein nicht mit den Kissen in Berührung kam. Die Bewegung tat ihm weh, und das tat mir wohl. Am liebsten hätte ich ihn dorthin getreten, wo die Schußverletzung saß.
Er fing meinen Blick auf. »Wissen Sie, Tanner«, sagte er mit der

schweren Stimme eines Schmierenschauspielers, der eine Drohung äußert, »ich hab mir so meine Gedanken darüber gemacht, wer wohl den Mumm gehabt hat, auf mich zu schießen. Hab mir nicht recht vorstellen können, daß irgendwer in unserer Stadt sich das traut. Schließlich bin ich hier bekannt. Aber Sie kommen aus der Großstadt. Vielleicht haben Sie ja nicht genau gewußt, was es heißt, wenn man ein Fluto ist. Vielleicht haben Sie neulich am Telephon nicht kapiert, wovon die Rede war; vielleicht wollten Sie auch bloß den Helden spielen. Jetzt sag ich Ihnen mal was, Freundchen. Wenn ich rauskrieg, daß Sie auf mich geschossen haben, dann geh ich auf die Suche nach Ihnen. Und wer sucht, der findet. Ich jedenfalls. Und wenn ich wen finde, dann dauert's nicht lang, bis der mich anbettelt, ein Ende zu machen. Kapiert?«

Ich steckte die Drohung weg wie viele andere davor. »Ja, kapiert, Kleiner. Aber jetzt sag ich Ihnen mal was. Solang Ihnen die Krükken da nicht wirklich ans Herz gewachsen sind, lassen Sie besser die Finger von mir.«

Ich wandte mich wieder der Empfangsdame zu. Sie riß hilflos die Augen auf, öffnete für mich eine Tür in der Seitenwand, wies mich in einen dunklen Flur und sah mir nach, als ich den Flur hinunterging.

Ich kam an gepolsterten Türen vorbei. Alle waren zu. Die Tapeten sahen aus, als wären sie aus Schilfgras. Irgendwo hinter mir fertigte ein Schreibautomat Formbriefe aus, vollkommen und unmenschlich. Ich klopfte an der dritten Tür rechts und trat ein.

Loggins und Fluto saßen sich an einem langen Nußbaumtisch gegenüber, um den passende Stühle herumstanden. Die Platte bedeckte eine dicke Schicht von Möbelpolitur. Ein fünfeckiger Kristallaschenbecher stand darauf. Und außerdem hatte Tony Fluto die breiten, gefalteten Hände draufgelegt. Als ich in das mit Büchern tapezierte Zimmer kam, spitzte Loggins die Lippen. »Herein, herein, Mr. Tanner«, hieß er mich herzlich willkommen. »Ich bin Lafcadio Loggins. Vielen Dank, daß Sie es in so kurzer Zeit möglich machen konnten, hierherzukommen.« Er erhob sich und schüttelte mir die Hand.

»Das Vergnügen ist ganz meinerseits«, sagte ich und schaute dabei Fluto an.

Loggins fiel das Gerichtssaallächeln aus dem Gesicht. »Kennen Sie Mr. Fluto?«

»Nur seinen Ruf.«

»Ich fürchte, daß Sie dann das Opfer zahlreicher Gerüchte geworden sind.«

»Davon sind jedenfalls jede Menge im Umlauf.«
»Wollen Sie sich nicht setzen?«
»Danke.«
Loggins und ich brauchten eine Weile, bis wir es uns so bequem gemacht hatten, wie Fluto schon dasaß. »Ich glaube, ich habe Sie gestern und heute morgen im Gerichtssaal gesehen«, bemerkte Loggins schließlich.
»Stimmt.«
»Eine peinliche Farce, nicht wahr?«
»Den komischen Teil muß ich wohl verpaßt haben.«
Loggins neigte den Kopf und zuckte die Achseln. »Ich habe gehört, daß Sie selbst früher einmal als Anwalt gearbeitet haben.«
»Stimmt.«
»Dann wissen Sie doch, was für eine Schmierenkomödie da gespielt worden ist.«
»Stimmt.«
Zu beiden Themen hätte ich eine Menge zu sagen gehabt, aber das hier war kaum der richtige Augenblick, meinen Kommentar abzugeben. Loggins nickte ein paarmal, immer noch unsicher, wo ich eigentlich stand. Ich wußte es selber nicht genau. »Ich glaube, Sie sind außerdem derjenige, der Mrs. Blair oben am See aufgespürt und hierhergebracht hat. Oder irre ich mich?«
Ich änderte die Taktik. Ich zuckte die Achseln.
»Und Sie haben außerdem Mr. Tolson, diesem Ehrenmann, dazu verholfen, den kleinen Augustus Quilk ausfindig zu machen, nicht wahr?«
Jetzt schüttelte ich nicht einmal mehr mit der Schulter. Loggins schien sich in meine Wortkargheit zu ergeben. Ich fragte mich, wo er seine Informationen herhaben mochte. Aus der Zeitung jedenfalls nicht. »Ich wüßte gern, Mr. Tanner«, fuhr er fort, »ob Sie in diesem Fall einen bestimmten Auftraggeber haben.« Die Stimme klang jetzt nicht mehr sehr herzlich.
»Welchen Fall meinen Sie?«
»Ich meine die Mordanklage gegen Mr. Fluto.«
Bei der Erwähnung des Kapitalverbrechens sahen Loggins und ich synchron zu dem Angeklagten hinüber. Die einzige sichtbare Reaktion lag in den Augen hinter den schweren Lidern. »Ich habe keinen Klienten, wenn Sie das meinen.«
»Dann ist der Fall für Sie persönlich nicht mehr interessant. Sehr gut.«
Ich hob die Hand. »Das hab ich nicht gesagt. Gestern hab ich auf gut Glück nach einem Zeugen gesucht und ihn auch gefunden. Ich

hab ihn der Staatsanwaltschaft frei Haus geliefert. Ein Kind. Ein hartgesottenes Früchtchen, aber trotzdem noch ein Kind. Weil ich mich eingemischt habe, ist das Kind jetzt verschwunden. Vielleicht sogar tot. Egal. Ich bin entschlossen, den Jungen zu finden. Soweit interessiert mich der Fall durchaus. Mir geht's nicht darum, ob Mr. Fluto überführt oder freigesprochen wird. Mir geht's bloß um den Jungen. Aber der Fall interessiert mich nach wie vor. Mehr als jeder andere in meiner Laufbahn.«

Loggins spähte zu Fluto hinüber, dann nickte er. Aus irgendeinem unerfindlichen Grund waren sie beide hochzufrieden mit meiner Antwort.

»Ich sag Ihnen lieber gleich«, fuhr ich fort, »daß das bedeutet, daß ich ziemlich oft mit Ihrem Mandanten zu tun bekommen werde.« Ich nickte in Richtung Fluto.

»Glauben Sie denn, daß er was über die Vorfälle von heute morgen weiß?« fragte Loggins.

»Das ist jedenfalls erst mal eine Hypothese, so tauglich wie alle anderen. Die wahrscheinlichste.«

Fluto rührte sich im Stuhl, aber ich sah ihn diesmal nicht an. Loggins wandte sich an seinen Mandanten. »Soll ich weitermachen?«

Fluto schüttelte den Kopf. »Bloß er und ich.« Die Stimme klang nach einem wilden Tier.

»Das halte ich nicht für klug«, protestierte Loggins. »Die Anklage ist noch nicht zurückgezogen. Tanner arbeitet für die Staatsanwaltschaft. Jedenfalls hat er für die gearbeitet. Es ist besser, wenn ich dabei bin.«

Fluto lief rot an. »Vor Gericht tu ich, was du sagst. Hier tust du, was ich sage. Ist das Zimmer sauber?«

Loggins nickte.

»Was soll das heißen?« wollte ich wissen.

Loggins lächelte väterlich, geradezu überschwenglich. »Aufgrund der besonderen Natur meiner Mandantschaft haben gewisse Organe der Bundesregierung hie und da elektronische Abhöranlagen eingebaut. Nicht nur hier in der Kanzlei, auch bei mir zu Hause. Mr. Fluto hat diese Erfahrung ebenfalls machen müssen. Selbstverständlich sind derlei Heimsuchungen nicht nur ungesetzlich, sondern geradezu heimtückisch. Mindestens einmal im Monat bemühe ich einen Herrn hierher, der das ganze Haus auseinandernimmt. Vor ungefähr vierzig Minuten war er wieder zugange.«

»Okay«, knurrte Fluto. »Verpiß dich.«

Loggins ging auf leisen Sohlen hinaus, so leise wie auf Raubtiertatzen. Fluto sah mich an, mit dem sektiererischen Blick von Hellse-

hern oder Geisteskranken. »Ich hab mich mit paar Leuten über Sie unterhalten«, kam er direkt zur Sache.
»Mit was für Leuten?«
»Mit Geschäftsfreunden droben in San Francisco. Die haben mir gesagt, daß Sie vor paar Jahren mal auf Duckie Bollo losgegangen sind.«
»Schon. Zum Glück ist's nicht hart auf hart gegangen.«
»Sie haben einen von seinen Jungs aus dem Verkehr gezogen.«
»Stimmt.«
»Und jetzt sind Sie drauf aus, mich aus dem Verkehr zu ziehen. Ich wüßt gern, weshalb.« Es war ihm offenbar tatsächlich ein Rätsel.
»Als es losging, sah das alles ja noch ganz anders aus«, sagte ich. »Ich will Sie nicht kränken, aber vor einer Woche hab ich wirklich nicht mal gewußt, wer Sie sind. Und sogar da hab ich keine genauen Informationen gekriegt über... über die Art von Geschäft, in dem Sie tätig sind. Ich habe mich nur dazu bereit erklärt, die Zeugin einer Fahrerflucht zu suchen. Und ich habe sie gefunden. Und dann hat sich herausgestellt, daß die Zeugin gar keine Zeugin war und daß das mit der Fahrerflucht auch nicht stimmte – und dann wurde es kompliziert.«
»Ist das ehrlich?«
»Ja.«
»Und warum haben Sie ihnen dann das Kind in die Hände gespielt?« In der Frage lag eine Unterstellung – als wolle er modrige Kellerverliese andeuten und drohenden Tod.
Ich dachte nach. »Zum Teil, weil ich glaube, daß Verbrechen bestraft werden sollten. Und weil Augenzeugen eines Verbrechens auch aussagen sollten.«
»Mehr fällt Ihnen nicht ein?« bellte Fluto. »Sie sind also ein Wohltäter der Menschheit, ja? Sie haben geglaubt, wenn ich erst mal hinter Gittern sitze, haben Sie die Welt schon verbessert? Der Gerechtigkeit zum Sieg verholfen?«
Es war sonderbar, aber ich hatte selbst das Gefühl, ich müsse es ihm genauer erklären. »Mit Ihnen persönlich hat das alles doch gar nichts zu tun«, fing ich an. »Ich hab wirklich nicht gewußt, wer Sie sind. Aber ich will Ihnen jetzt die ganze Wahrheit sagen. Ich hab die Polizei auf den Jungen gehetzt, weil mir Ray Tolson versprochen hat, daß er die Anklage wegen Meineid gegen Mrs. Blair fallenläßt, wenn ich den Jungen finde.«
»Ein ehrlicher Mann. Ein Mann voller Leidenschaft. Sie opfern ein Kind einer Dame zuliebe. Das gefällt mir.« Er machte eine Pause. »Sie waren ein paar Tage mit ihr zusammen, stimmt's?«

»Kein Kommentar.«
»Hey. Das gefällt mir auch. Teresa ist ein nettes Mädchen.«
»Ich würde sie nicht als Mädchen bezeichnen.«
»Es ist gut, daß Sie ihr den Ärger vom Hals schaffen wollten.«
Flutos Augen trübten sich erinnerungsträchtig. Ich sah ihn an, bis er mich wieder wahrnahm. »Warum hat sich Teresa Blair gestern im Gerichtssaal so merkwürdig verhalten?« wollte ich wissen.
»Hey«, verwarnte mich Tony Fluto. »Sie hat doch nur die Wahrheit gesagt.«
Ich ließ die Lüge durchgehen. Fluto setzte sich anders hin und rieb sich die Lippen, als wolle er ausradieren, was er eben gesagt hatte.
»Haben Sie Teresa heut schon gesehen?« fragte er unvermittelt.
Ich schüttelte den Kopf. »Und Sie?«
Er schüttelte ebenfalls den Kopf. Damit war fürs erste das Gespenst der Frau gebannt, das zwischen uns herumgeisterte.
Fluto trommelte mit den Fingern auf die Tischplatte. Ich beobachtete, wie sich die Sonnenstrahlen im Kristallaschenbecher brachen, und fragte mich, ob ich wirklich noch mehr über Teresa Blair in Erfahrung bringen wollte. »Dieser Tolson da ist wahrscheinlich fuchsteufelswild, weil der Fall zu nichts führt«, sagte Fluto schließlich.
»Das ist noch sehr mild ausgedrückt.«
»Wahrscheinlich glaubt er, daß meine Leute Grinder erschossen und den Jungen entführt haben. Damit der Junge nicht gegen mich aussagen kann.«
»Darauf läuft es hinaus.«
»Wahrscheinlich hat er die Bullen in der Stadt bis auf den letzten Mann auf meine Leute angesetzt, und die belagern jetzt mein Haus und torpedieren meine Geschäfte, weil sie nach dem Jungen suchen.«
»Ja, das kann gut sein.«
»Das hab ich mir gedacht«, sagte Fluto überflüssigerweise. Dann schwieg er wieder. Sein Lächeln war träg und zufrieden, als habe er eben eine Gleichung zweiten Grades gelöst. Ich hatte nichts weiter vor, als ihn anzuschauen und zu überlegen, worauf er hinauswollte.
Fluto war ein attraktiver Mann. Mindestens war er das einmal gewesen. Den dreieckigen, konkaven Kopf, breit und oben flach, bedeckten dünne weiße Haarsträhnen, straff zurückgekämmt über die kahle, faltige Kopfhaut. Das scharf geschnittene, gefurchte Kinn wies nur nahe der Spitze gut verheilte Narben auf. Die Adlernase paßte zu den dunklen Augen. Die Fleischwülste unterhalb der

Kinnlade bewegten sich, wenn er sprach. Wie alles an ihm, zeugte auch das Gesicht von Kraft und von der Hartnäckigkeit eines gereizten Stieres. Sein Sohn mit dem Puddinggesicht, der im Vorzimmer saß, hatte davon nichts abbekommen.

Fluto erwischte mich dabei, wie ich ihn musterte. »In Ihren Augen bin ich wohl der letzte Dreck, was, Tanner?«

»Ich hab paar Gerüchte gehört.«

»Gerüchte. Gerüchte sind schuld daran, daß es Kriege gibt. Schuld daran, daß Leute eingesperrt werden. Und schuld daran, daß Menschen sterben müssen. Die Gerüchte über mich sind jedenfalls erstunken und erlogen. Ich bin nichts als ein Geschäftsmann. Ich helfe Leuten, die Hilfe brauchen. Meinen Leuten. Leuten, die ihr Leben lang geschuftet haben und plötzlich nur noch vom Pech verfolgt sind. Leuten, die so herumgeschubst worden sind, daß sie ein Recht darauf haben, sich zur Wehr zu setzen.«

»Herumgeschubst von wem?«

Sein Achselzucken war weit wie die Welt. »Lauter Leute, denen die Regierung eingeredet hat, dies und das seien sie der Sicherheit und der Umwelt schuldig; Leute, die Jahr für Jahr höhere Lohnforderungen von den Gewerkschaften auf den Tisch kriegen, während die Arbeiter Jahr für Jahr weniger leisten; Leute, die nicht mehr mithalten können bei den Preissteigerungen der Zuliefererbetriebe, während ihre großen Konkurrenten die Ware für einen Apfel und ein Ei auf den Markt werfen, bloß damit sie die Kleinen kaputtmachen können. Solchen Leuten helf ich, Tanner. Lauter Leuten, an die Wohltäter der Menschheit wie Sie nicht mal einen Gedanken verschwenden. Den Leuten, die Amerika groß gemacht haben.«

»Und Sie helfen ihnen, indem Sie ihnen die Läden abbrennen?«

Flutos Lippen wurden schmal. »Hey. Über Brandstiftung weiß ich gar nichts.« Er machte eine Pause. »Wenn ich aber drüber was wüßte, dann könnt ich Ihnen sagen, daß dabei noch nie ein Menschenleben zu Schaden gekommen ist. Kein einziges Mal.«

»Und was ist mit den Versicherungsgesellschaften? Was mit den vielen Leuten, die höhere Prämien zahlen müssen aufgrund der Verluste, an denen Sie allein die Schuld tragen? Und was ist mit Phillip Vincent?«

Flutos Wangen glühten rot auf und wurden dann aschfahl. »Die Versicherungen sind sowieso kriminell. Was sie wegen der paar Brände verlieren, kriegen sie wieder rein, indem sie auf stur schalten, obwohl der Anspruch gerechtfertigt ist. Vincent gehört nicht in diesen Problemkreis. Aber über verjährte Geschäfte will ich jetzt nicht reden.«

Ich hatte eine Antwort auf der Zunge, schluckte sie aber hinunter. Fluto hatte sein Leben aufgebaut auf dieser brüchigen Argumentation. Er hielt sich für einen Wohltäter, und ich war kein so gerissener Sophist, daß ich das ganze Gebäude hätte zum Einsturz bringen können. Eben deshalb sind Leute wie Fluto so gefährlich und so unausrottbar zugleich. Sie werden nicht etwa Kriminelle, weil sie verzweifelt sind oder gar nicht anders können, nein, sie sind entgegen aller Logik, vielleicht genetisch vorprogrammiert, zu der Überzeugung gelangt, daß einzig die Kriminalität eine Lebensform darstellt, die eine ehrenvolle Existenz rechtfertigt; daß einzig Kriminalität noch dazu taugt, sich gegen eine Gesellschaft und eine Regierung zur Wehr zu setzen, die im Glauben solcher Leute längst nur noch Symbole der Unterdrückung und Entfremdung sind. Die Mafia lebt von derartigen Überzeugungen, aber sowohl das Christentum als auch der Nationalsozialismus haben sich die Entfremdung der Menschen von tradierten Werten zunutze gemacht. Die Ausgestoßenen der Gesellschaft sind nur allzu empfänglich für Ideologien, politisch wie sakral, und eben der Fall, an dem ich gerade arbeitete, hatte mir reichlich Beweismaterial geliefert, das mich bestätigte.

»Hey. Ich hab Sie aus einem bestimmten Grund hierherzitiert, Tanner.«

»Aus was für einem Grund?«

»Ich will, daß Sie diesem Tolson bestellen, daß ich weder Grinder umgebracht noch das Kind entführt habe. Ich will, daß Sie ihm bestellen, daß er bloß Zeit verschwendet, wenn er beweisen will, ich sei's doch gewesen. Er soll Ausschau halten nach sonstwem, vor allem nach den Jungs, die was gegen mich haben, die es gern hätten, wenn ich weg vom Fenster wär.«

»Wer zum Beispiel?«

»Das sind paar Dutzend an der Bay. Mit paar Hiesigen werd ich schon noch fertig, aber ich kann auch die nicht alle außer Gefecht setzen. In meiner Branche werden die Leute schnell neidisch. Und sie glauben auch, daß sie schlauer sind als ein alter Mann. Deshalb hab ich Sie hergeholt, deshalb will ich auch, daß die Bullen mitmachen. Ich will den Jungen wiederhaben, und das klappt nur, wenn wir alle zusammenarbeiten.«

»Ob Sie sich wohl ein bißchen klarer ausdrücken könnten?«

»Hey. Die Bullen, vor allem die von der Bundespolizei, wissen besser als ich, wer mein Erbe antreten möchte. Die haben überall Strohmänner sitzen, wahrscheinlich auch bei mir. Deshalb sollten Sie erst mal bei den Bullen nachfragen, Tanner. Irgendwas ist im

Busch. Erst wollen sie meinen Sohn Tony ausschalten, und jetzt das. Bestellen Sie diesem Tolson, daß er den Jungen findet, wenn er rauskriegt, wer da gegen mich operiert.«
»Aber warum sollte es einem Ihrer Rivalen ein Herzensbedürfnis sein, Gus Quilk umzulegen? Er war doch im Begriff, gegen Sie auszusagen. Sie hinter Gitter zu bringen, vermutlich lebenslänglich.«
»Schon. Aber selbst wenn der Junge vor Gericht ausgesagt hätte, was die von ihm erwartet haben, und ich für paar Jährchen hinter schwedische Gardinen gewandert wär – da hätt sich doch an meinen Geschäften rein gar nichts geändert. Leute wie ich betreiben ihre Geschäfte auch im Gefängnis weiter, als wär nichts gewesen. Nein, die Kidnapper hatten ein einziges Motiv, als sie sich den Jungen griffen.«
»Was für ein Motiv?«
»Den Jungen selbst. Gus. Er ist mein... Ich bin sein... Ich bin sein Großvater. Sein *nonno*.«

20

Während die Worte in mein Gehirn tropften und dort Wellen schlugen, fragte ich: »Sie sind der Vater von Mary?«
»Stimmt.«
»Dann sind Sie auch der Vater von Teresa.«
»Zugegeben.«
»Und Mrs. Goodrum? Sind Sie mit ihr verheiratet?«
»Sie war meine erste Frau. Dann hat sie diesen Goodrum geheiratet. Diesen Versager. Hey. Sie kennen Charlene?«
Ich nickte. »Ich habe sie besucht. In der *Silver Season*. Ich glaub, sie hat mich für Sie gehalten.«
»So? Wie geht's ihr denn?«
»Physisch, glaub ich, geht's ihr recht gut. Mal abgesehen von der Arthritis. Was ihren Geisteszustand anlangt, kenn ich mich schon weniger aus. Ich bin kein Arzt. Letzten Donnerstag ist ihr ganzes Leben an ihr vorübergezogen, als durchlebe sie es wieder, alles auf einmal. Wahrscheinlich ist sie so glücklich wie jeder von uns. Vielleicht sogar glücklicher.«
Fluto hatte die Augen geschlossen. »Sie hätte herrlich und in Freuden leben können, wissen Sie? Aber sie wollte nicht. Ich habe sie wie eine Königin behandelt, und sie ist einfach weggegangen. Ich hab's bis heute nicht begriffen. Ich bin nach El Gordo zurückgekommen, damit ich in ihrer Nähe war. Jedes Jahr hab ich sie an ih-

rem Geburtstag angerufen und ihr gesagt, daß sie jederzeit wiederkommen kann. Aber sie ist nicht zurückgekommen. Sie hat bloß gelacht und aufgelegt.«

»Sie sollten sie besuchen«, sagte ich.

Das hörte er nicht gern. Er rieb sich die Augen. »Es gibt vieles, was ich tun sollte«, murmelte er. Seine Finger verkrampften sich. Die Knöchel knackten, und er rieb daran. »Aber es ist zu spät.«

»Sie geben Teresa Geld für die Pflegekosten, nicht wahr? Zwölfhundert im Monat?«

»Zwölfhundert. Ja. Teresa erlaubt mir nicht, daß ich alles übernehme. Sie sagt, soviel Ehre hätte ich nicht verdient. Was immer das heißen mag. Ist die *Silver Season* denn ein gutes Altersheim?«

»Heim bleibt Heim. Aber es ist ganz ordentlich. Waren Sie denn nie dort?«

»Ich kenn nur das Grundstück. Das Heim gehört mir. Mir und ein paar Geschäftspartnern. Ich war draußen, als wir das Grundstück gekauft haben. Die Gegend hat mir nicht gefallen. Ich bin allergisch gegen Pferdescheiße. Meine Mama ist auch dort. Sie ist zweiundneunzig. Sie kann nicht mehr aufstehen, hab ich gehört, und schreit den ganzen Tag nur um Hilfe. Vielleicht haben Sie sie schreien hören?«

»Ich glaube, ja.«

»Teresa sagt, ich soll mir keine Sorgen machen, sie weiß nicht mehr, was sie tut und was mit ihr geschieht. Glauben Sie, daß Teresa recht hat?«

Die schrecklichen Schreie hallten mir noch in den Ohren. Die Stimme hatte geklungen, als wisse die Frau ganz genau, in was für einer Welt sie lebte, aber das sagte ich Fluto nicht. »Das weiß ich nicht«, wich ich aus.

Fluto streckte die Finger. Ich hatte den Eindruck, daß er jetzt gehen wollte. »Und Ihr Sohn?« fragte ich schnell. »Der, auf den geschossen worden ist. Ist er Teresas Bruder?«

Er schüttelte den Kopf. »Er gehört zu meiner zweiten Familie. Als ich Teresas Mutter geheiratet hab, war sie noch sehr jung. Viel zu jung. Sie hat mein Geschäft noch gar nicht begreifen können.«

»Wo haben Sie geheiratet?«

»Hier in El Gordo. Wir sind beide von hier. Mein Vater hatte eine Bar, ihr Vater war Reeder. Sie ist Schwedin. Überall blond. Ich hab sie vom Fleck weg geheiratet. Die Kinder haben wir gleich bekommen. Alles war gut, bis ich nach Vegas umziehen mußte. Geschäftlich. Charlene wollte nicht von hier fort, also haben wir uns getrennt. Ein paar Leute waren mir einen Gefallen schuldig, deshalb haben wir einen Dispens bekommen. In Vegas habe ich dann meine jetzige Frau geheiratet. Die Schwester eines Geschäftspartners. Eine brave Frau, eine gute Mutter, aber eben nicht Charlene.« Flutos Augen umwölkten sich. »Dann kam Tony. Von Anfang an gab's mit ihm nur Scherereien. Hatte vor nichts und niemand Respekt. Vegas ist kein Ort für Kinder. Ich bekam die Stadt bald satt und unser Geschäft da unten auch. Ich kam nach El Gordo zurück. El Gordo gefällt mir. Sehr gut fürs Geschäft.«

Die Handelskammer wäre über diese Art von Referenz entzückt gewesen. »Und Mrs. Goodrum hat auch wieder geheiratet«, sagte ich.

»Ja. Einen Versager, wie ich mir hätt denken können. Schließlich waren sie so arm wie die Kirchenmäuse.«

»Das Geschäft von Mrs. Goodrums Mann soll abgebrannt sein, hab ich gehört.«

»Ja. Abgebrannt. Wirklich traurig.«

Er gab nichts zu, aber das war wohl auch nicht nötig. »Ich habe ihr Geld angeboten«, fuhr Fluto fort. »Eine Unmenge Geld. Sie hätte haben können, was sie wollte.«

»Außer einem reinen Gewissen«, sagte ich.

»Was soll das heißen?« Er ballte die Fäuste. Dann seufzte er und lehnte sich im Stuhl zurück.

»Wie hat Teresa herausbekommen, daß Sie ihr Vater sind?« fragte ich.

»Ich habe es ihr gesagt. Wie hätt sie das sonst wohl erfahren sollen? Ich bin von Vegas raufgefahren und hab das Haus im Auge behalten, bis sie zur Schule gegangen ist. Nach der Schule hab ich dort auf sie gewartet. Ich hab ihr gesagt, wer ich bin und wo sie mich erreichen kann, wenn sie will. Sie war sechzehn. Ich hab ihr bißchen Geld gegeben. Wir haben uns richtig nett unterhalten. Mary wollte nicht mal zu mir ins Auto steigen.«

»Was hat Teresa dazu gesagt, daß Sie ihr Vater sind?«

»Nicht viel. Sie hat mich bloß angestrahlt, mit ihrem herrlichen Lächeln, und hat wissen wollen, ob der Wagen auch wirklich mir gehört. Es war ein Continental. Innen alles echtes Leder. Große Klasse.«

»Und dann ist sie nach Vegas gegangen.«

»Stimmt. Mit ihrer Freundin. Ich hab sie ins Geschäft gebracht, aber dann ist alles schiefgegangen, und sie ist hierher zurückgekommen.«

»Wegen Frankie, meinen Sie.« Ich legte den Schnappschuß auf den Tisch.

Flutos Augen wurden schmal. »Wer hat Ihnen von Frankie erzählt?«
»Niemand hat mir viel über ihn erzählt. Warum ist er ermordet worden?«
»Alte Geschichten. Längst nicht mehr wichtig.«
»War Mary auch mal bei Ihnen in Vegas?«
»Nein. Charlene hat sie gegen mich aufgehetzt, hat sie nicht von zu Hause fortgelassen. Und schauen Sie sich an, was aus ihr geworden ist. Ich hätt ihren Mann längst aus seinem Elend erlösen sollen. Dauernd hält er die Hand auf und will ein Darlehen haben. Darlehen. Ha. Er behauptet, er braucht das Geld für das Kind, aber das weiß ich besser. Sobald Gus ins Geschäft eintritt, kriegt Quilk, was er verdient. Das können Sie mir glauben.« Fluto knallte den Aschenbecher auf den Tisch. »Aber genug von dem Scheißkerl. Was ich Ihnen erzählt hab, bleibt unter uns, Tanner. Verstehen Sie mich? Sie haben gesagt, daß Sie Gus den Bullen in die Hände gespielt haben, damit Teresa keinen Ärger kriegt. Wenn Sie also nicht wollen, daß Teresa Ärger kriegt, dann behalten Sie für sich, was Sie über meine Familie wissen. Alles wissen Sie sowieso nicht. Aber richten Sie Tolson aus, was ich Ihnen aufgetragen habe. Und den Bullen von der Bundespolizei, wenn Sie schon mal dabei sind.«
»Wem bei der Bundespolizei?«
»Dieser nichtsnutzigen Strike Force da in Frisco. Die schwirren hier rum wie ein Bienenschwarm. Wissen schon mehr über meine Geschäfte als ich. Sagen Sie denen, daß ich Gus nicht habe. Sie sollen also woanders nach ihm suchen. Und wenn Sie den Jungen als erster finden, Tanner, dann sagen Sie mir Bescheid. Dann übernehme ich die Sache. Ich, sonst niemand. Verstanden?«
»Das kann ich nicht versprechen.«
»Sie brauchen mir gar nichts zu versprechen. Sie brauchen bloß zu tun, was ich Ihnen sage.«
»Es würde mir sehr helfen, wenn ich wüßte, wer einen Grund haben könnte, Gus zu entführen. Wer will Ihnen an den Kragen?«
»Ich kann es mir denken, wie ich schon gesagt hab, aber ich behalte das vorläufig für mich. Das gehört zum Geschäft, und über Geschäfte rede ich grundsätzlich nicht. Wenn's aber nichts mit dem Geschäft zu tun hat oder wenn ich mich irre, dann ist es gut möglich, daß Sie oder die Bullen ihn finden.«
Ich probierte, ihn auf dem falschen Bein zu erwischen. »Was ist auf der Oswego Street eigentlich passiert?«
»Das brauchen Sie nicht zu wissen.«
»Warum haben Sie den Mann überfahren? Was hatten Sie mit Phillip Vincent zu tun?«

»Alte Geschichten. Das hat gar nichts mit Gus zu tun.«
»Ich glaube, das könnte durchaus was damit zu tun haben.«
»Vergessen Sie's. Finden Sie Gus. Und jetzt lüpfen Sie den Hintern.« Es war ein Befehl, und zwar ein abschließender, jedenfalls für den Augenblick. Fluto stand auf.
»Moment noch«, sagte ich. »Wenn Sie wollen, daß ich nach Ihrem Enkel suche und für Sie den Botenjungen spiele, dann müssen Sie auch für mich was tun.«
»Was?«
»Kaufen Sie mir einen Läufer.«
»Was zum Teufel soll das heißen? Machen Sie Witze? Was für einen Läufer?«
»Einen Saruk. Persisch. Neunzig auf ein Meter fünfzig. Schreiben Sie sich das auf. Genau so einen will ich haben.«
»Wozu brauchen Sie einen Läufer? Sind Sie etwa so ein gottverfluchter Scheich?«
»Ein Freund von mir hat einen eingebüßt. Bei einem Brand. Der Brand ist meinetwegen gelegt worden, und ich möchte ihm den Läufer ersetzen.«
»Von dem Brand weiß ich nichts.«
»Das hab ich ja auch gar nicht behauptet.«
»Einen Läufer. Einen schäbigen Läufer.«
»Wenn Sie hören, was er wert ist, werden Sie ihn nicht mehr schäbig nennen.«
»Hey. Wenn's hier in der Stadt so ein Stück gibt, krieg ich ihn umsonst. Jetzt gehen Sie Gus suchen.« Sein Blick scheuchte mich aus der Tür.
Ich fand den Ausgang, ohne daß ich noch einmal durch das Wartezimmer mußte. Von einem Münztelephon in der Halle aus versuchte ich, Teresa Blair zu erreichen, aber bei ihr zu Hause meldete sich niemand. James Blair war nicht in seinem Büro. Deshalb wählte ich Tolsons Nummer. Mit einem Murrlaut meldete er sich.
»Schon was rausgekriegt über Gus Quilk?« fragte ich.
»Nein. Und Sie?«
»Auch nicht, aber im Gegensatz zu Ihnen suche ich ihn wenigstens am richtigen Fleck.«
»Was soll das heißen?«
»Fluto hat ihn nicht.«
»So? Was hat er gemacht – die Hand aufs Herz gelegt und heilige Eide geschworen? Wenn Sie glauben, daß Tony Fluto davor zurückschreckt, einen Polizisten oder ein Kind umlegen zu lassen, dann haben *Sie* sich verfranzt in diesem beschissenen Dschungel.«

»*Diesem* Kind tut Fluto ganz bestimmt nichts.«
»Und warum nicht?«
»Mein Wort drauf muß genügen«, sagte ich. »Jedenfalls bedeutet das, daß Gus höchstwahrscheinlich von jemand entführt worden ist, der Fluto eins auswischen will.«
»Wer zum Beispiel?«
»Es ist Ihre Stadt und an Ihnen, mir das zu sagen. Wir haben schon mal darüber gesprochen, und der einzige Name, der mir was gesagt hat, war der von Wadley, dem Kneipier. Wer kommt sonst noch in Frage?«
»Ich hör mich um.«
»Bei der Strike Force?«
»Woher wissen Sie das?«
»Von Fluto. Er hat gesagt, die Bundespolizei sei in letzter Zeit auffällig interessiert an El Gordo. Irgendwie glaub ich nicht recht, daß die wegen der guten Küche hier herumhängen. Ich glaub übrigens sogar, daß die zwei Kerle, die mir letzte Woche mitgeteilt haben, daß ich die Finger von dem Fall lassen soll, von der Strike Force waren. Ich hab Ihnen von den Kerlen erzählt, wissen Sie noch? Der eine mit nem Pfirsichkopf mit dem Partner, der das Maul nicht auftut. Fällt Ihnen jetzt vielleicht was dazu ein?«
»Bundespolizei«, sagte Tolson schlicht.
»Und warum haben Sie mir das nicht früher gesagt?«
»Wozu hätte das gut sein sollen? Ich wollte Sie aus dieser Geschichte doch raushalten.«
»Jetzt steck ich aber drin«, sagte ich.
»Sehr wahr. Gut, ich zieh paar Leute von Fluto ab und laß sie anderswo nachschauen. Zum Beispiel in der Kanalisation. Übrigens, Sie wollten doch wissen, wer hinter der Columbus Development Company steckt. Das ist Fluto.«
»Das weiß ich schon«, sagte ich.
Dann rief ich Tancy Verritt an. Als sich in ihrer Wohnung niemand meldete, versuchte ich es im Racquet Club. Die Telephonistin bestätigte, daß sich Ms. Verritt auf dem Clubgelände aufhielt. Eine knappe Viertelstunde später hielt ich mich ebenfalls auf dem Clubgelände auf.
Der Zerberus kam aus dem Pförtnerhäuschen. Er hatte immer noch den Tropenhelm auf und sah noch genauso verlegen aus. Ich kam ihm mit der um ein paar Tage veralteten Version der Wahrheit: »Die Polizei hat mich mit einer Ermittlung beauftragt«, sagte ich. »Wenn Sie das bestätigt haben wollen, können Sie bei Ray Tolson von der Staatsanwaltschaft anrufen. Wenn Sie mich aufhalten, werden Sie

noch heute belangt wegen Behinderung polizeilicher Ermittlungen.« Ich lächelte. »Jedenfalls können Sie sich damit bei Ihrem Chef herausreden.«
Weder in seiner Arbeitsplatzbeschreibung noch in seinem Weltbild kam irgendwas vor, das es ihm ermöglicht hätte, gegen mich anzugehen. Deshalb winkte er bloß und langte mit der anderen Hand nach dem Telephon. Dann ließ er die Arme sinken. »Scheiß drauf«, murmelte er. »Wen wollen Sie denn einbuchten?«
»Wer wär Ihnen denn am liebsten?«
Er zuckte die Achseln. »'ne Nacht im Gefängnis würde denen allen mal guttun«, sagte er heiter. Dann rückte er sich den Helm zurecht und verzog sich in das Häuschen.
Tancy Verritt saß bei derselben Clique, trug dieselben Sachen und schlug auf dieselbe Weise wie neulich die Zeit tot. Sie gab sich große Mühe, mich zu übersehen, aber Neugier war nun einmal das einzige, was in ihr noch lebendig war, und so dauerte es keine drei Minuten, bis sie zu mir herüberschaute.
Ich winkte ihr, sich zu mir zu setzen. Sie sagte was zu ihren Freunden und stand auf. Chip legte ihr die Hand auf den Oberarm, aber sie schüttelte die Hand ab und kam zu mir herüber. »Was liegt an?« fragte sie eisig. »Haben Sie mich neulich nicht schon genug gedemütigt?«
»Ich hab Sie nicht gedemütigt, ich hab Sie gerettet.«
»Ich will aber gar nicht gerettet werden, herzlichen Dank.«
»Ich bin nicht hergekommen, um über Sie zu sprechen.«
»Oh.« Sie zog die Stirn in Falten. »Was wollen Sie?«
»Setzen wir uns doch«, sagte ich. »Es kann eine Weile dauern.«
Sie zögerte, aber dann gingen wir zu einem für sich stehenden Tischchen und setzten uns. Sofort stand ein Kellner da. »Als wir uns zum letztenmal gesehen haben, da war ich auf der Suche nach Teresa Blair«, sagte ich, nachdem der Kellner abgeblitzt war: kein Lächeln, keine Bestellung.
»Und?«
»Und ich hab sie gefunden.«
»Wie schön für Sie.«
»Und jetzt bin ich wieder auf der Suche.«
»Nach wem?«
»Nach einem Jungen namens Gus Quilk. Kennen Sie ihn?«
»Nein.«
»Ich glaube aber doch, daß Sie ihn kennen.«
»Mir ist scheißegal, was Sie glauben.«
»Ihr Pech«, sagte ich, »daß nicht alle Leute hier in der Stadt in die-

sem Punkt Ihrer Meinung sind. Zum Beispiel der District Attorney. Ihn wird's brennend interessieren, wenn ich ihm erzähle, daß nicht bloß Teresa Blair und Gus Quilk mit angesehen haben, wie Tony Fluto Phillip Vincent überfahren hat, sondern daß da noch jemand dabei war.«

»Wer? Obwohl's mich gar nicht interessiert.«

»Sie.«

Ihre Augen tanzten so wild und so verstört, daß ich wußte, ich hatte richtig geraten. »Wie kommen Sie auf die Idee, daß ich dabei war?« fragte sie, als sie ihre Nerven wieder unter Kontrolle hatte.

»Weil Sie was erwähnt haben von einem Versprechen, Sie aus einer bestimmten Sache rauszuhalten, und weil ein Mann namens Lufkin plötzlich geglaubt hat, er sieht doppelt.«

»Wer ist Lufkin?«

»Niemand aus Ihrem Bekanntenkreis. Er besäuft sich nämlich in aller Öffentlichkeit.«

Tancy Verritt rieb sich mit der Handfläche den Mund und verschmierte dabei den Lippenstift auf der Wange, so daß ihr Mund aussah, als sei er verletzt und blute. »Ich hab keinen Mord mit angesehen«, sagte sie leise.

»Das hören Staatsanwälte ziemlich oft. Sie haben inzwischen viel Übung drin, rauszukriegen, wem sie das abnehmen können und wem nicht.«

Sie schnüffelte. »Weshalb sind Sie hier? Wer hat Sie geschickt?« Ihre Stimme hob und senkte sich wie der Ruf eines Nachtvogels.

»Niemand hat mich geschickt«, sagte ich. »Ich brauch bloß paar Auskünfte. Ich hab Ihnen doch gesagt, ich suche nach dem Jungen.«

»Und wenn ich Ihnen die Auskünfte gebe?«

»Dann überlaß ich's dem District Attorney, nach seinen Zeugen zu fahnden.«

»Woher soll ich wissen, ob ich Ihnen trauen kann?«

»Ich bin jedenfalls nicht Mitglied in diesem Club.«

Sie wand sich im Stuhl. Das Gesicht war zusammengefallen und überanstrengt. Die Angst arbeitete in ihr wie Gift. »Wissen Sie, ich hab eine Heidenangst«, sagte sie. »Ich *vertrag* so was nicht. Ich bin aus Vegas weg, weil ich davor weglaufen wollte, aber jetzt hat's mich eingeholt. Und ist schlimmer als je zuvor. Warum geben die keine Ruhe? Ich versteh das nicht. Sie sagen, daß sie einen in Ruhe lassen, aber sie denken nicht daran. Es muß ihnen im Blut liegen. Ich schwör jeden Eid darauf. Verkrüppelt zur Welt gekommen.«

»Über was reden Sie eigentlich? Und über wen?«

Ihre Stimme wurde schrill. »Ich rede über diesen... Haß. Diesen *Krieg*. Dieses Kämpfen und Töten und das Jagen nach mehr und der Futterneid. Ich rede über den schieren Wahnsinn. Keiner kann gewinnen, und früher oder später werden sie alle dabei draufgehen, aber trotzdem machen sie weiter. Todessüchtige.« Tränen waren auf ihren Wangen und in ihren Worten.
»Wer steckt dahinter?« fragte ich behutsam.
»Das sage ich nicht. Das kann ich nicht sagen. In den Augen von denen bin ich bloß eine Wanze. Morgen wär ich schon tot.«
Sie verschloß ihr Gesicht vor mir, und um es aufzubrechen, hätte es stärkerer Waffen bedurft als der, über die ich verfügte. Ich beschloß, ihr gegenüber mit offenen Karten zu spielen. »Ich habe mich eben mit Tony Fluto getroffen«, sagte ich.
»Großartig.«
Ich schüttelte den Kopf. »Ich weiß, daß Fluto Teresas Vater ist. Und der Vater von Mary. Und der Großvater von Gus Quilk.«
Ich wurde ihr unheimlich durch mein Wissen. Verzweifelt schaute sie sich auf der Terrasse nach Hilfe um. »Was wollen Sie wissen?« fragte sie schließlich. »Sagen Sie's mir, und dann gehen Sie und lassen mich in Ruhe.« Sie schauderte, und nicht der Kälte wegen.
Ich beugte mich zu ihr und hielt ihren Blick mit dem meinen fest. »Was haben Sie an jenem Abend in der Oswego Street gemacht? Was ist passiert? Wieso haben Sie alle sich da unten getroffen? Wenn ich das weiß, finde ich vielleicht die Spur des Jungen.«
»Über den Mord weiß ich gar nichts«, gab sie zurück. »Das müssen Sie mir glauben.«
»Erzählen Sie mir, was Sie wissen. Von Anfang an. Warum waren Sie überhaupt dort unten?«
»Ich bin bloß mitgefahren. Mit Teresa. Sie bringt Gus fast jeden Sonntag dorthin.«
»Warum?«
»Weil Tony, Mr. Fluto, die Quilks nicht ausstehen kann. Besonders Ted, aber Mary kann er auch nicht leiden. Das kommt wahrscheinlich daher, weil er sie auf seine Seite ziehen wollte und sie sich immer geweigert hat, obwohl's ihr so dreckig ergangen ist, wie's einer Frau nur gehen kann. Tony konnte den Jungen nur sehen, wenn Teresa ihn abholte und zu dem Lagerhaus brachte, das Tony gehört. In der Oswego Street. Dort trafen sie sich.«
»Kam er an jenem Abend allein?«
»Er kam immer allein. Er wollte geheimhalten, daß Gus sein Enkel ist. Es war schon ein Tick. Er hatte Angst, sie würden Gus was antun, um ihm eins auszuwischen.«

»Wer sind ›sie‹?«
Sie zuckte die Achseln. »So gut wie jeder. Wildfremde Leute. Wer so lebt wie die, der hat Feinde, von denen er gar nichts weiß. Tony ist paranoid. Das sind sie alle. Besonders James.«
»James wer?«
»Scheiße.«
»James Blair?« fragte ich nach.
»Ja«, sagte sie leise.
»Was hat er damit zu tun?«
»Er ist Tonys Sohn.« Sie holte tief Luft und zwang sich zum Weiterreden. »James und Teresa sind Geschwister. Sie, genau weiß ich das nicht, sie arbeiten jedenfalls auf irgendeine Weise für Tony. Jetzt müssen Sie gehen. Es ist mir schnuppe, *wen* Sie jetzt anrufen. Ich sage nichts mehr darüber.«
Tancy Verritt las mir den Schock vom Gesicht ab. »Das ist dem Meisterdetektiv ganz neu, was? Ihr neuer Kumpel Tony hat diese Kleinigkeit wohl gar nicht erwähnt, was? Die meisten Leute glauben, daß Menschen wie Tony ehrlich zu ihnen sind, aber Menschen wie Tony sind niemals ehrlich. Sie wissen überhaupt nicht, wie man das macht. Und ihre Kinder wissen es auch nicht. Wie ich vorhin gesagt hab. Es muß im Blut liegen.« Ihr Lachen sollte mir weh tun, und das tat es auch.
»Warum geben sie sich als Mann und Frau aus?« fragte ich. Die Beziehung der Blairs machte mir schwer zu schaffen.
»Genau weiß ich das nicht«, sagte Tancy Verritt. »Ich weiß bloß, daß Teresa ein ganz anderer Mensch geworden ist, seit sie aus Vegas weggegangen ist und mit James zusammenlebt. Es ist wie in *Eva mit den drei Gesichtern*. Mit Joanne Woodward, glaub ich. Genauso ist Teresa jetzt. Sie kann so lieb sein, und von einem Augenblick auf den anderen wird sie kalt wie Hundeschnauze. Sie mag James nicht mal – wer mag den schon? –, und trotzdem bleibt sie da draußen bei ihm wohnen, in diesem – diesem *Puppen*haus. Und was sie da tun – wer weiß das schon. Es ist ekelhaft.«
»Was tun sie denn Ihrer Meinung nach?«
»Ich weiß es nicht und ich will es auch nicht wissen. Wenn Sie schlau sind, dann halten Sie es wie ich. Verblödet und glücklich.«
»Ich glaub, das gelingt bloß Tieren.« Mir fiel es immer noch schwer, mir auf das eben Gehörte einen Reim zu machen, und Tancy Verritt machte sich mein Schweigen zunutze.
»Ich geh jetzt«, sagte sie. Ich hob die Hand, um sie aufzuhalten.
»Warum ist der Mann in der Oswego Street überfahren worden? Was hat sich an jenem Abend tatsächlich abgespielt?«

»Ich weiß es nicht. Das hab ich Ihnen doch schon gesagt. Ich habe überhaupt nichts gesehen.«
»Sie waren dabei.«
»Nein, eben nicht. Nicht, als es passiert ist. Wir waren alle da unten, und Tony und Gus zogen die übliche Show ab, und dann sagte Tony, es wär besser, wenn wir jetzt gingen, weil er hier noch mit jemandem verabredet sei. Wir wollten weg, aber Teresa kriegte das Auto nicht an. Tony wurde furchtbar nervös, und schließlich hat er gesagt, ich solle mit Gus spazierengehen und auf keinen Fall zurückkommen – er schicke jemand, der uns abhole. Also bin ich mit Gus spazierengegangen. Ich hatte eine Höllenangst davor, in dieser Gegend herumzulaufen, aber vor Fluto hatte ich noch mehr Angst. Gus und ich müssen etwa eine halbe Stunde unterwegs gewesen sein, da kam uns Teresa nachgefahren. Wir stiegen ein, und dann haben wir Gus in der Winthrop Avenue abgesetzt, und sie hat mich nach Hause gefahren. Das war alles.«
»Also hat Fluto jemand erwartet.«
»Stimmt.«
»Einen, den er kannte.«
»Stimmt.«
»Aber Sie haben nichts gesehen. Hat Teresa irgendwas darüber gesagt?«
»Nein. Kein Wort.«
»Und Gus?«
»Auch nicht.«
»Kann er den Mord überhaupt mit angesehen haben?«
»Ich glaube, nein. Er ist dauernd auf und ab gerannt, aber wir waren fast die ganze Zeit ziemlich weit weg von dem Lagerhaus.«
»Dann hat er wahrscheinlich die Bullen reingelegt. Genau wie seine Tante Teresa.«
»Wie bitte?«
»Sie hat Fluto geholfen. Damit sich der Pate nicht im Knast den Arsch wundsitzen muß.«
Tancy Verritt tat zwei Schritte, dann blieb sie stehen. »Jetzt geh ich wirklich. Wenn Sie mich bei der Polizei anzeigen, sag ich überhaupt nichts. Aber das müssen wohl Sie entscheiden.«
»Muß ich wohl«, sagte ich. »Wissen Sie, wo Teresa jetzt steckt?«
»Nein.«
»Und James?«
»Nein.«
»Haben Sie eine Ahnung, wer Gus aus dem Verkehr gezogen haben könnt?«

»Buchstäblich jeder, der das kleine Stinktier kennt. Hey. Was wollen Sie damit sagen – mit ›aus dem Verkehr gezogen‹?«
»Heut morgen hat die Polizei Gus zum Gericht gefahren, damit er gegen Fluto aussagt. Er ist aber nie angekommen. Der Polizist ist tot, und Gus ist verschwunden.«
»Großer Gott.«
»Wer könnt das getan haben?«
»Ich weiß es nicht. Jeder hier in der Stadt, jeder, den ich kenne, könnt das getan haben. Sie sind alle verrückt, die Leute hier.« Die letzten Worte waren so laut, daß alle zu ihr hersahen.
Tancy Verritt wischte sich die Tränen ab und hatte es eilig, zu ihren Freunden zurückzukommen. Als sie an den Tisch trat, blieb sie stocksteif stehen, schaute auf ihre Freunde hinunter, musterte sie der Reihe nach. Dann wandte sie sich ab und lief auf eine Tür zu, an der *Garderobe* stand. Einen Augenblick später hörte ich ihr unterdrücktes Schluchzen. Ich machte mich auf die Suche nach einem Telephon.
Die Blairs konnte ich wieder nicht erreichen, weder Bruder noch Schwester. Ich überlegte mir, ob ich Tolson anrufen und ihm sagen sollte, daß Gus genau wie seine Tante Teresa sehr wahrscheinlich ein falscher Zeuge war, aber ich ließ es dann doch lieber bleiben. Es war besser, wenn Tolson weiter nach Gus suchte, schon, damit ich aus dem Schneider war.

21

Ich kam nicht dorthin, wo ich hinwollte. Ein stämmiger Bulle wies mich an, vor der Straßensperre, an der er sich aufgebaut hatte, links abzubiegen und unverzüglich weiterzufahren. Bis zur nächsten Kreuzung hielt ich mich daran, dann stellte ich das Auto ab und ging zu Fuß zurück. Sie ließen auch keine Fußgänger durch, aber während der Bulle eben mit einer jungen Frau in einem Fiat beschäftigt war, schlüpfte ich unter der Sperre durch und ging mitten auf der Straße auf das Restaurant zu, als gehörte ich hierher.
Die Neonschrift über dem Haus ließ den Namen der Kneipe immer noch aufblinken, war aber kaum mehr leserlich in der schwarzen Qualmwolke drum herum. Ich bahnte mir den Weg, vorbei an roten Pumpen und langen Löschwagen mit ausfahrbaren Leitern, während die Feuerwehrschläuche zischten wie Schlangen, bis ich das brennende Haus voll im Blick hatte. Dann hielt ich Ausschau nach irgendwem, der mir erklären konnte, was hier los war.

Schwankende Rauchsäulen stiegen an der Rückseite des Restaurants auf, verschmolzen mit dem leichten Wind und wurden von ihm davongetragen. Mir kam die Hitze zu Bewußtsein, die von dem Flammenspiel ausging, dazu die schrecklichen Erinnerungen, die ich mit Feuer verband; Erinnerungen, die erst vor kurzem wieder angefacht worden waren, als ich in der Nebenstraße hinter meinem Büro gestanden hatte. Ich packte einen Feuerwehrmann am Arm, der im Augenblick nichts zu tun hatte, und wollte von ihm wissen, was passiert sei.

»Wahrscheinlich überhitztes Öl«, sagte er. »Das ist in solchen Kneipen das übliche. Muß in der Küche losgegangen sein.« Er schnüffelte und rieb sich die Nase. »Solche Kneipen brennen wie Zunder. Was die an Sicherheitsvorrichtungen haben, ist keinen feuchten Kehricht wert.«

»Irgend jemand drin?«

»Nee. Von zwei bis fünf haben sie offenbar zu, hab ich gehört. Noch mal Glück gehabt.«

»Bißchen viel Glück.«

»Was wollen Sie damit sagen?«

»Weiß auch nicht. Jedenfalls sollten Sie sich genau umschauen.«

»Und wieso?«

»Sagen Sie dem Brandmeister, er soll den District Attorney Tolson anrufen. Der kann's ihm sagen.«

Der Feuerwehrmann stupste mich mit dem Finger in die Brust. »Und wer sind Sie?«

»Ich heiß Tanner.«

»Was haben Sie hier verloren?«

»Ich hab mit dem Inhaber der Kneipe reden wollen. Sieht ganz so aus, als wär ich zur Unzeit gekommen.«

Ich probierte es mit einem Lächeln, aber der Feuerwehrmann war nicht zum Spaßen aufgelegt. »Bleiben Sie hier«, ordnete er an. »Der Brandmeister wird von Ihnen eine Aussage haben wollen. Ich sag ihm, wo Sie stecken.«

Von einem der Löschwagen her rief jemand einen Namen, und der Feuerwehrmann trollte sich, mit einem mißtrauischen Blick auf mich. Als er nicht mehr zu sehen war, schnüffelte ich noch ein bißchen herum, angespannt wie immer, wenn's brennt. Ich sah kein bekanntes Gesicht. Außer Wadley. Er stand bei ein paar Einsatzleitern. Ich wartete, bis er sich von dem Grüppchen entfernte, dann trat ich neben ihn. »Mr. Wadley?«

»Ja? Ich hab alle Hände voll zu tun. Wer zum Teufel sind Sie?«

Das gepflegte Gesicht war betont jugendlich; die Aufmachung läs-

sig, aber teuer. Der Rollenkopf war zerzaust und fast grau vom Aschenregen. »Ich möcht Sie nur einen Augenblick sprechen.«
»Wegen dem da?« Er deutete auf den Scheiterhaufen, der eben jetzt toste wie siedendes Wasser.
»Nein. Wegen einem Jungen«, sagte ich.
»Ein Junge? Meiner? Was ist mit ihm? Hat er wieder mal was mitgehen heißen?«
»Es geht nicht um Ihren Jungen. Es geht um einen Jungen namens Quilk. Gus Quilk.«
»Kenn ich nicht«, sagte Wadley kopfschüttelnd. Der Blitz des Erkennens, auf den ich gehofft hatte, blieb aus.
»Ich glaub, ich könnt Ihnen wertvolle Informationen geben«, log ich. »Frei Haus – gegen Auskünfte über den Jungen.«
Wadley schüttelte ungeduldig den Kopf. »Ich hab schon mehr Informationen, als mir lieb sind, Kumpel. Was mir fehlt, sind voller Schadenersatz und ne anständige Police. Jetzt entschuldigen Sie mich bitte.«
»Eben hab ich mich mit Tony Fluto getroffen.«
Der Name bewirkte, daß mir auf einmal Wadleys volle Aufmerksamkeit galt. »Tony, so, so. Mein alter Freund Tony. Was hat er denn auf dem Herzen?«
»Den Jungen.«
»Diesen Quilk?«
Ich nickte.
»Richten Sie ihm aus, es tut mir furchtbar leid, aber ich weiß rein gar nichts über so einen Jungen. Jetzt muß ich aber wirklich mit den Leuten da drüben über den Brand reden.« Er wandte sich zum Gehen, wandte sich aber noch einmal um. »Tony. Stimmt mich sehr nachdenklich. Vielleicht weiß Tony ja was über den Brand. Vielleicht weiß er jede Menge darüber. Was meinen Sie?«
»Weiß ich nicht«, sagte ich.
»Tony und ich, wir haben uns nie besonders gut vertragen. Vielleicht hat er das Ihnen gegenüber erwähnt.«
Ich sagte gar nichts.
»Mir fällt ein«, fuhr Wadley fort, »daß Tony das hier gemacht haben könnt, um mich zu warnen. Wovor, das weiß ich wirklich nicht. Aber die Leute da drüben, wenn die mir sagen, daß es Brandstiftung gewesen ist – dann fällt mir Tonys Name als erster ein. Sagen Sie ihm das, wenn Sie sich das nächstemal mit ihm treffen. Und sagen Sie ihm auch, daß ich mit ihm reden werd, wenn sich rausstellt, daß das hier Brandstiftung war. Und wenn ich mit ihm red, wird das nicht die Kinderstunde.«

Wadley wandte sich brüsk von mir ab und stampfte hinüber zu dem Grüppchen der Einsatzleiter. Ich beschloß, hier lieber abzuhauen, bevor irgend jemand auf die Idee kam, mich daran zu hindern. Wadley hatte Gus sowieso nicht, das war mir klar; sonst hätte er, sogar angesichts einer derartigen Situation, länger mit mir geredet. Ich dachte über mein nächstes Ziel nach und strebte zum Auto zurück.
Sie gingen nebeneinander her und unterhielten sich gedämpft, der Große leicht nach unten gebeugt, damit er auch verstehen konnte, was der Kleine sagte. Um ein Haar wären sie über mich gestolpert.
»Sie«, sprudelte der Große, als er statt der Sonne mir ins Gesicht sah.
»Herzlich willkommen«, sagte ich. »Wie erfreulich, daß sich die Bundespolizei persönlich an den Schauplatz von Katastrophen bemüht.«
Der Kleine lächelte und verbeugte sich. »Was ist denn eigentlich passiert?« erkundigte er sich steif.
»Wadleys Restaurant brennt. Was heute abend auf den Tisch kommt, ist jedenfalls gut durchgebraten.«
»Verletzte?«
Ich schüttelte den Kopf. »Das Lokal hatte geschlossen. Die Feuerwehr glaubt, überhitztes Öl sei die Brandursache.«
»Und was glauben Sie?«
»Ich? Ich glaub, daß es daran ganz bestimmt nicht gelegen hat.«
»Sondern?«
Ich lächelte. »Ich drück mich ungern genau aus, wenn's nicht unbedingt sein muß.«
»Wir müssen reden«, sagte der Kleine schlicht. Er sah mich nie direkt an. Und er sprach, als könne er von einem Spickzettel ablesen, den ich irgendwo am Körper trug.
»Einverstanden«, sagte ich.
Er runzelte die Stirn. »Doch nicht hier. Wir müssen jetzt weiter und auf Stufe zwei ermitteln, dann müssen wir um fünf wieder in der City sein. Dann könnten Sie zu uns ins Büro kommen. Was dagegen?«
Ich schaute auf die Uhr und dachte nach. »Wissen Sie Bescheid über den kleinen Quilk?«
»Ja.«
»Ist er inzwischen gefunden worden?«
»Nicht daß ich wüßte.«
»Suchen Sie ihn?«
»Nur nebenher. Nicht offiziell.«

»Und warum nicht?«
»Wir haben keine juristische Handhabe. Unsere Aufgabenstellung ist speziell, nicht allgemein.«
»Es geht um ein Kidnapping. Das ist doch Sache der Bundespolizei, oder etwa nicht?«
»Erstens muß das Opfer vierundzwanzig Stunden verschwunden sein, bevor sich die Bundespolizei einschalten darf. Und außerdem sind wir nicht vom FBI.«
»Woher dann?«
»Sonderdezernat für organisiertes Verbrechen. Strike Force. Unterabteilung zweiundzwanzig.«
»Gütiger Gott«, sagte ich. »Wie viele Unterabteilungen gibt es denn da?«
»Sechsundzwanzig. Zwei weniger, als es LCN-Familien hier im Land gibt.«
»LCN?«
»La Cosa Nostra«, sprudelte der Große, womit er mir zum drittenmal bewiesen hatte, daß er tatsächlich sprechen konnte.
»Und jetzt sind Sie in El Gordo zugange«, sagte ich. »Schwer zu glauben, daß es hier derart große Fische geben soll.«
»Das ist jetzt kein Thema. Kommen Sie zu uns ins Büro?« intonierte der Kleine.
»Wo ist das?«
»Polizeipräsidium. Ecke Turk und Larkin Street. Zimmer sechzehn-vierundzwanzig. Kein Schild an der Tür, bloß die Nummer. Spazieren Sie einfach rein.«
»Bis dann.«
»Ende.«
Sie zogen ab wie Zinnsoldaten. Ich fuhr zu einer Tankstelle und versuchte von dort aus, die Blairs und Ray Tolson zu erreichen, aber keiner meldete sich. Ich dachte darüber nach, was ich noch tun könnte, um Gus Quilk aufzustöbern, aber mir fiel nichts ein. Deshalb ging ich erst mal Mittag essen, dann fuhr ich zurück in die Großstadt, in der ich lebe.
Das Büro war leer und kalt. Kein Licht, kein Laut. Nichts Dringendes zu erledigen. Nicht mal ein Zettel von Peggy war da. Ich holte mir was zu trinken, drehte das Radio an und unternahm den Versuch, dem Verbleib von Gus Quilk auf einer imaginären Karte vor meinem geistigen Auge nachzugehen. Dabei fiel mir etwas ein. Ich schlug eine Nummer nach und wählte. »Ich hätte gern Mr. Therm gesprochen«, sagte ich zu der Frauenstimme, die sich meldete.
»Mr. Therm ist leider außer Haus«, erwiderte sie.

»Wann erwarten Sie ihn zurück?«
»Erst in ein paar Tagen. Er ist abberufen worden, an den Schauplatz einer übersinnlichen Materialisation. Kann ich ihm etwas ausrichten?«
Vermutlich meinte sie ein Spukhaus. »Sagen Sie ihm, daß Mr. Tanner angerufen hat. Weil er sich bei ihm bedanken wollte.«
»Weiß Mr. Therm, worauf sich das bezieht?«
»Doch, ich glaub schon«, sagte ich. Dann verließ ich das Büro und steuerte den Buick in die Turk Street, wo ich ihn in einem Parkhaus abstellte, für fünf Dollar in der ersten Stunde. Es war zehn vor fünf, als ich das Polizeipräsidium betrat und dem Pförtner zulächelte, der Handtaschen und Aktenkoffer auf Sprengsätze untersuchte. Ich fuhr mit dem Aufzug ohne Zwischenhalt in den sechzehnten Stock hinauf.
Zimmer 1624 war das einzige auf dem ganzen Flur, das die Abteilung, zu der es gehörte, nicht im Türschild führte. Gleich daneben war die NLRB und eine Tür weiter die Gewerbeaufsicht, womit die Mafia eingerahmt wurde von den Problemfällen auf dem Arbeitsmarkt und an der Börse. Ungefähr dahin gehört sie ja auch.
Das Büro hinter der Tür bestand aus zwei ineinander übergehenden Zimmern von bürokratischer Kahlheit. Das einzige freundliche Element bestand in einem Strauß Gänseblümchen. An der Wand hing ein Diagramm, beschriftet mit Wörtern wie *caporegima* und *soldato*, und eine Karte von Kalifornien, bestückt mit rotköpfigen Stecknadeln. In San Francisco und San José häuften sich die Nadelköpfe, aber auch in El Gordo steckten etliche. Außerdem hing Jimmy Carters Bild noch da, als habe es der Entfernung Widerstand geleistet.
Die junge Frau, die mitten im Büro stand, schien weder im Kommen noch im Gehen zu sein; als sie aber die Kaninchenjacke auszog und an den Kleiderhaken hängte, schloß ich, sie sei wohl eben gekommen. Sie sah mich kurz an und nickte mir zu, dann setzte sie sich hinter den grauen Metallschreibtisch, packte die Tasche in die unterste Schublade und schaute mich aus Mandelaugen an. Ihr Gesicht war modelliert wie das einer Mingprinzessin. Auf dem Plastikschild auf dem Schreibtisch stand, sie heiße Arlene Wong. Die kleine Narbe neben dem linken Auge war so rund wie mit dem Löffel ausgehoben.
»Ich heiße Tanner«, sagte ich. »Sind die – äh – die Agenten im Haus? Ich bin mit ihnen verabredet.«
»Agent Lucas ist eben zurückgekommen.« Sie strahlte mich an. »Er ist bloß kurz mal rausgegangen. Bitte, setzen Sie sich doch.«

Die nächsten fünf Minuten vergingen damit, daß ich Staub einfing und meine Gedanken. Die junge Frau vertrieb sich die Zeit damit, daß sie vom Diktaphon abschrieb, die Kopfhörer auf. Während sie nach Diktat schrieb, quietschte das Fußpedal, mit dem sie das Bandgerät bediente, immer wieder fröhlich auf.
Als sie eine Pause machte, um ein neues Band einzulegen, stellte ich ihr eine Frage. »Welcher ist Lucas?«
»Wie bitte?«
»Wer von den beiden ist Lucas? Der Große oder der Kleine?«
»Der Kleine.«
»Und der andere?«
»Das ist Armbruster. Agent Armbruster.«
»Ist er auch im Haus?«
»Nein. Er... Nein.«
»Sie wissen, wo er ist?«
»Ja, aber ich darf es Ihnen nicht sagen.«
»Und wieso nicht?«
»Weil ich nicht weiß, wer Sie sind.«
»Ich bin Marsh Tanner.«
»Ja, schon – aber *was* sind Sie?«
»Ich helfe der Strike Force bei den Ermittlungen gegen Fluto.«
»Aha.«
»Und wo ist Armbruster?«
Sie schüttelte den Kopf, als ob es ihr peinlich sei, mich derart hartnäckig abzuwimmeln. »Ich darf's doch trotzdem nicht sagen. Reginald will nicht, daß ich über unsere Arbeit spreche. Er sagt, jeder hier im Haus könnt ein Doppelagent sein. Er sagt, die LCN hat alle Behörden unterwandert. Sogar unsere.«
»Reginald?«
»Agent Lucas.«
»Sagen Sie mir wenigstens eins. Hat einer von den beiden was rausgekriegt über Gus Quilk?«
»Davon wüßt ich nichts, auch wenn die beiden was wüßten.«
»Okay«, sagte ich. »Wie lang kann's denn Ihrer Meinung nach dauern, bis Reginald wiederkommt?«
Sie gab die übliche Sekretärinnenantwort: »Er muß gleich wieder da sein.«
Ich holte eine Zigarette heraus. Als ich die Streichhölzer nicht fand, bat ich die junge Frau um Feuer. Sie gab mir ein ganzes Streichholzheftchen und sagte, ich könne es behalten. Ich bedankte mich. Sie setzte die Kopfhörer wieder auf und tippte weiter. Zwanzig Minuten später ging die Bürotür auf, und Agent Lucas stürzte herein.

»Tut mir furchtbar leid, daß ich mich verspätet hab«, sagte er. »Hatte Washington in der Leitung.« Er winkte mich ins zweite Zimmer. »War was?« wollte er von der jungen Frau wissen.
Sie schüttelte den Kopf. Nach ihrem Gesichtsausdruck zu schließen, war Agent Lucas in ihren Augen weit mehr als nur ein Agent.
»Alles klar um Mitternacht?« fragte Lucas.
»Alles klar«, sagte sie. Ihr Lächeln war wunderhübsch und so echt wie die Gänseblümchen. Lucas nickte, erklärte ihr, sie könne jetzt gehen, und geleitete mich in sein Büro.
Viele Jahrgänge von *United States Code Annotated* und *Federal Supplement* erkletterten die Wände. Hinter den Glastüren eines Bücherschrankes standen dicht gedrängt lauter Ringbücher nebeneinander. Die Rücken trugen Städtenamen – New York, Buffalo, Miami, Las Vegas und San José erhaschte ich. Auf dem Schreibtisch häuften sich Aktenhefter. Ein Schildchen konnte ich lesen: Angelo Bruno. Der war tot, das wußte ich. Er hatte zu Lebzeiten gegolten als ein großes Licht in der Unterwelt von Philadelphia. Wenn jeder einzelne Aktenhefter hier auf dem Schreibtisch sich mit je einem Mafiaboß befaßte, dann würde die Strike Force in hundert Jahren nicht arbeitslos werden.
Lucas erhaschte meinen Blick auf die Aktenhefter. »Wissen Sie, was ich grad tu?« fragte er mit einem schiefen Lächeln.
»Was?«
»Ich beantworte eine Anfrage, gestellt unter Berufung auf die gesetzlich garantierte Informationspflicht.«
»Von wem?«
»Von Fluto. Genau gesagt, von seinem Anwalt.«
Ich lachte. »Wollen Sie damit sagen, daß Tony einen offiziellen Antrag gestellt hat, damit Sie ihn darüber informieren, was Sie für Beweismaterial gegen ihn haben?«
»Volltreffer.«
»Und Sie sind verpflichtet, ihm darüber Auskunft zu geben?«
»Teilweise. Ziemlich ausführlich jedenfalls. Wissen Sie auch, vor was für ein Problem uns das stellt?«
»Ich möcht annehmen, daß es dadurch ziemlich schwierig wird, Strohmänner in sein Unternehmen einzuschleusen.«
»Stimmt. Wenn Fluto auch nur einen groben Überblick bekommt über das Material gegen ihn, das wir gesammelt haben, dann ist es für ihn ein Kinderspiel, die undichten Stellen zu finden.«
»Presto«, sagte ich. »Ein toter Agent.«
»Volltreffer«, sagte Lucas. »Manchmal frag ich mich wirklich, auf welcher Seite der Kongreß eigentlich steht. Nach unserem früheren

Statut kamen wir mit Hilfe der Steuergesetze und der Finanzbehörden an so gut wie jedes LCN-Mitglied heran. Die Steuerreform hat das unmöglich gemacht. Jetzt dürfen die Finanzbehörden überhaupt nicht mehr mit uns zusammenarbeiten. Und dazu noch das Gesetz über das Recht auf vertrauliche Behandlung finanzieller Belange.«

»Aber jetzt haben Sie doch wenigstens das BBKK.«

»Ja, schon. Das Gesetz zur Bekämpfung der Bandenkriminalität und der Korruption. Ganz nutzlos ist es nicht, aber es reicht bei weitem nicht aus. Was Fluto anlangt, so haben wir eine Handhabe dank des Gesetzes gegen Wiederholungstäter, wobei wir uns besonders stützen können auf die Paragraphen, die Steuerhinterziehung betreffen. Es läuft hinaus auf die Unterschlagung von Steuergeldern, im großen Stil. In ein paar Monaten haben wir die Anklage zusammen, die unwiderlegbar ist und mit der wir vor die Bundesstaatsanwaltschaft gehen können.«

Von seinem Jargon bekam ich Schädelbrummen wie von Fertigcocktails. Aber ich mußte durchhalten. Lucas war die letzte Quelle, die ich noch anzapfen konnte. »Und hinter wem sonst in El Gordo sind Sie außerdem her?«

»Die Familie La Nuestra hat da unten einen Ableger, und die Hell's Angels sind sehr aktiv, aber verglichen mit Fluto sind beide belanglos. Fluto ist das Oberhaupt der LCN in El Gordo und außerdem der wichtigste Verbindungsmann zur Bollo-Familie in San Francisco. Deshalb wollen wir Fluto funktionsunfähig machen.«

»Ihr Beruf scheint Ihnen wirklich Spaß zu machen, Agent Lucas.«

Er tat nicht mal so, als sei das zum Lachen. »Das organisierte Verbrechen kassiert pro Jahr an die hundertfünfzig Milliarden, Tanner. Steuerfrei. Mir wär's ganz lieb, wenn bißchen was davon Onkel Sam zugute käme. Sozioökonomisch hätte das eine gewaltige Breitenwirkung.«

»Soweit ich weiß, haben Sie doch in letzter Zeit ganz schöne Erfolge verzeichnen können.«

»Teilerfolge. In Jersey. In Miami. In L. A. Aber das ist alles den Mäusen geschissen. Im großen und ganzen operiert die LCN nach wie vor völlig unverändert, ja, sie ist sogar im Vormarsch. Nach der letzten Statistik, die mir vor Augen gekommen ist, hat die LCN über siebenhundert legale Firmen im Land unterwandert. Filmgesellschaften. Schallplattenfirmen. Versicherungen. Banken. Sie wächst ins Uferlose.«

»Und was soll ich dann hier?«

Lucas legte so feierlich die Hände zusammen, als wolle er ein Gebet

sprechen. Er war der humorloseste Mensch, den ich je kennengelernt habe. »Unsere erste Begegnung ist äußerst unproduktiv verlaufen, Tanner«, sagte er. »Ich habe etwas überempfindlich reagiert auf eine mögliche Nebenwirkung Ihres Auftrags. Ich möchte mich in aller Form für meine unbedachten Äußerungen entschuldigen.«
»Bitte, bitte«, sagte ich.
»Es war mir eine große Sorge, daß Sie, ohne es überhaupt zu merken, eine Lawine auslösen könnten, die unsere monatelangen Recherchen unter sich begraben hätte. Jetzt will ich von Ihnen nichts als einen Gefallen.«
»Welchen?«
»Halten Sie sich raus aus den Ermittlungen gegen Fluto.«
»Mir ist, als hätt ich das schon mal gehört.«
»Aber jetzt hat sich Tolsons Auftrag für Sie doch erledigt.«
»Leider wahr«, sagte ich. »Haben Sie Tolson auch um diesen Gefallen gebeten? Daß er von Fluto die Finger läßt?«
»In etwas anderen Worten, ja.«
»Und? Hält er sich raus?«
»Das ist nun wirklich nicht Ihr Problem.«
»Sie haben recht. Mein Problem ist ein Junge. Ich kann mich aus dem Fall Fluto nicht raushalten, solange der Junge nicht wieder aufgetaucht ist.«
»Das ist ein Problemkreis, den ich durchaus in Betracht ziehe«, sagte Lucas. »Glauben Sie mir das. Aber wir werden den Jungen finden. Überlassen Sie es uns.«
»Das kann ich nicht.«
»Natürlich können Sie. Ich schlage folgendes Vorgehen vor. Geben Sie uns eine Woche lang Zeit. Wenn bis dann von dem Vermißten noch keine Rückmeldung vorliegt, rufen Sie mich an. Wir werden Sie weitgehend über unsere Ermittlungen informieren, über die Aktivitäten des FBI, der Polizei von El Gordo und der Strike Force. Dann können Sie tun, was Ihnen beliebt. Wir werden Sie voll unterstützen. Aber bis dahin rühren Sie bitte den Fall nicht mit der Feuerzange an.«
Der Wortschwall im Bullenjargon trieb mich zur Weißglut. »Sie können den Jungen überhaupt nicht finden, wenn Sie davon ausgehen, daß Tony Fluto ihn hat«, sagte ich.
»Wieso?«
»Weil Fluto nicht weiß, wo der Junge ist.«
»Da sind Sie ganz sicher?«
»Einigermaßen.«

»Okay. Ich speis das ein in unsern Computer. Das kann die Ermittlungen nur beschleunigen.«
»Geben Sie das auch weiter ans FBI?«
»Sowie an die untergeordneten Dienststellen.«
»Sagen Sie mal«, wollte ich wissen, »wer ist eigentlich Flutos wichtigster Konkurrent? Wer hätt ihn gern aus dem Weg?«
Lucas lächelte. »Außer seinem Sohn, meinen Sie?«
»Tony junior?«
Lucas nickte. »Sie wissen ja – Familienbande. Nach allem, was wir wissen, ist Fluto ein kranker Mann. Die Nachfolge soll sein Sohn antreten, das heißt, falls Fluto noch in der Lage ist, über die Nachfolge zu diktieren. Und dazu ist er natürlich immer noch in der Lage – wenn er nicht vorher das Zeitliche segnet.«
»Wer außer Tony junior steht denn überhaupt zur Diskussion?«
»Flutos Rivalen haben es so an sich, daß sie vor der Zeit abtreten. Das geht schon seit Jahren so. Seit Tony aus Vegas nach El Gordo zurückgekommen ist, haben wir sechs Leichen gezählt. Es könnten auch sieben sein. Der letzte, einer namens Moskowitz, ist im Oktober vergangenen Jahres in Seattle aus einem Hochhausfenster gesprungen. An Halloween. Die Ortspolizei kam zu dem Schluß, Moskowitz habe Selbstmord begangen, weil sein Leben nicht lebenswert gewesen sei. Moskowitz hat den schwunghaftesten Handel mit gestohlenen Autos betrieben, der je an der ganzen West Bay im Gang war, und er hatte so viele Gangster um sich versammelt, daß er nicht nur Fluto, sondern sogar Duckie Bollo, dem Oberhaupt der Familie in San Francisco, hätte gefährlich werden können.«
»Und wie sieht's jetzt aus? Wer ist der wichtigste Konkurrent?«
»Da haben wir Wadley. Der ist ausgekocht und hat eine prima Wäscherei für sein Bargeld am Laufen, aber mit Fluto kann er nicht mithalten. Da haben wir Theophilus Buck, einen Schwarzen, der mit Drogen und Mädchen handelt. Schwarze mögen es gar nicht, wenn sie im Schatten von Weißen stehen. Dann haben wir noch einen namens Abrams. Der hat den Autohandel von Moskowitz geerbt. Alle drei Genannten sind zweitklassig. Natürlich gibt's da unten noch mindestens dreimal soviel drittklassige Leute, die ganz nach oben wollen. Deshalb ist die LCN ja auch so mißtrauisch. Die wissen nie genau, wer sich als nächster mit ihnen anlegt.«
»Haben Sie bei den drei Männern Strohmänner eingeschleust?«
»Sie wollen wissen, ob einer von denen den Jungen hat? Die Auskunft ist negativ. Bis jetzt haben wir im übrigen noch nicht einmal den Versuch gemacht, die drei Unternehmen zu unterwandern.«
»Und warum nicht?«

»Weil das die reine Zeitverschwendung wäre. Wenn Tony den Löffel abgibt, schalten sich schon mal mindestens zwei aus der zweiten Reihe gegenseitig aus, weil sie's eilig haben, ganz nach oben zu kommen. Wenn Sie sich für das Drehbuch interessieren, brauchen Sie bloß die Zeitungsartikel über die Familie Bruno in Philly nachzulesen. Testa, den Hähnchenkönig, hat's dabei so geputzt, daß man ihn paar Kreuzungen weiter auflesen mußte. Wenn danach in El Gordo wieder Klarheit herrscht, können wir eingreifen. Wie Sie wahrscheinlich wissen, sind unsere Mittel auch begrenzt.«

Allmählich dämmerte mir der Gedanke, es sei letzten Endes ein wahrer Segen, daß die Mittel der Strike Force begrenzt waren.

»Fluto hat mir gesagt, daß er durchaus imstande wäre, seine Geschäfte auch in der Gefängniszelle weiter voranzutreiben.«

»Es gibt LCN-Organisationen, die das könnten. Manche haben das auch schon bewiesen. Aber für Fluto gilt das nicht. Wer vom Gefängnis aus operieren will, braucht einen tüchtigen Stellvertreter draußen. Tony hat nur seinen Sohn. Und Tony junior ist einer derartigen Aufgabe nicht gewachsen. Ich geb ihm höchstens vierzehn Tage, wenn Fluto erst mal einsitzt. Aber kommen wir doch wieder zum Ausgangsthema, Tanner. Machen Sie eine Woche Urlaub. Fahren Sie in die Berge hinauf. Dort oben ist es um diese Jahreszeit herrlich.«

»Vielen Dank. Ich war grad erst oben.«

Lucas nickte. »Stimmt. Die Aussage der Dame kam ja ein bißchen unerwartet. Allerdings nicht ganz ungelegen.«

»Wenn ich eine Woche lang Ruhe gebe, und wenn bis dahin Gus Quilk nicht ausfindig gemacht worden ist, dann wird die Richterin in El Gordo die Mordanklage gegen Fluto fallenlassen.«

»Sehr wahrscheinlich wird sie das«, stimmte Lucas mir zu. »Aber das ist doch wohl nicht Ihr Problem, Tanner?«

»Kaum«, sagte ich. »Aber ich hab noch was auf dem Herzen.«

»Was?«

»Wen zum Teufel hat Fluto in der Oswego Street eigentlich über den Haufen gefahren?«

Lucas schüttelte den Kopf. »Kommen Sie in einer Woche wieder. Wenn bis dahin der kleine Quilk nicht auf der Bildfläche erschienen ist, erzähl ich Ihnen alles, was Sie nur wissen wollen. Glauben Sie mir das.« Lucas sah auf die Uhr, griff nach einem Aktenhefter und blätterte darin herum.

Ich lächelte. Ich stand auf. Ich ging. Ich glaubte Lucas kein Wort, aber ich tat so, als glaubte ich ihm, was ganz gut paßte zu der Augenwischerei, die von Anfang an in diesem Fall mitgespielt hatte.

Als ich im Erdgeschoß ankam, ging ich in eine Telephonzelle und zog die Tür hinter mir zu. Während ich den Apparat anstarrte, der bloß eine Fußlänge von mir entfernt war, hörte ich das Surren des Deckenventilators in der Zelle. So dringend war der Anruf nun auch wieder nicht. Ich fuhr statt dessen nach El Gordo – wie ich hoffte, zum letzten Mal.

22

Die Lichter der Bay entlang waren verschwommen und schüchtern, verhüllt vom abendlichen Smog und Dunst. Ich stellte das Auto ab, wandte den Lichtern und der Aussicht den Rücken und ging auf den Zaun zu und das dunkle, flach gebaute Haus, das der Zaun beschirmte. Behutsam, weil ich keinen Lärm machen wollte, versuchte ich es an den beiden Torflügeln der Vordereinfahrt. Abgeschlossen. Wie ein Dieb in der Nacht schlich ich mich zum Hintereingang.

Das Haus der Martins, zu meiner Linken, war voll beleuchtet. Der Fernseher lief. Hie und da erhaschte ich einen kurzen Blick auf Kathryn Martin, die in der kleinen Küche am Spülbecken stand, die Stirn bei der Vorbereitung des Abendessens angestrengt gerunzelt. Ich ging auf dem Grundstück der Martins an dem Zaun entlang, der das Haus von James Blair umgab, hoffte inständig, daß die Martins weder einen Hund noch eine Alarmanlage hatten, und dachte darüber nach, ob ich auch die richtigen Schlußfolgerungen gezogen hatte.

Die Abendluft rührte die Zweige der Sumpfzypressen hinter dem Zaun, ließ sie rascheln und rauschen wie Satin und Seide. Zwischen den Wolken lugten die Sterne hervor. Das Haus der Blairs kam mir leer vor und dunkel, was nur gut für mich war. Und mit einemmal war gar nichts mehr gut. Hinter dem Haus schrie jemand auf. Ein Wehlaut, bevor die Stimme brach. Ich beeilte mich.

Es war dunkel, bis auf das Licht aus den Fenstern der Martins und den schmalen Mond darüber. Der Hang hinter den Grundstücken war ein Wall aus undurchdringlicher Finsternis. Deshalb kam ich nicht schnell voran.

Das hintere Tor des Zauns stand offen. Im Dauerlauf rannte ich darauf zu, ständig auf der Hut vor einem zweiten Eindringling. Ich sah nichts als dunkle Schatten, stolperte und fiel.

Ich scheuerte mir die Hände und die Knie an Geröll und hartem Straßendreck auf. Wie ein Wurm kroch ein dicker Blutfaden über

mein Bein. Ich kam schnell wieder hoch und beugte mich über das Hindernis, das mich zu Fall gebracht hatte. Wärme, ein Bauch, Polyestergeraschel. Ich riß ein Streichholz an.
Es war Wayne Martin. Wahrscheinlich tot. Das Streichholz ging aus.
Der Kopf war seltsam abgewinkelt von der Schulter – offenbar hatte er sich das Genick gebrochen. Eine Augenhöhle war leer. Ich tastete nach dem Puls und nach dem Mund. Kein Schlag, kein Atemzug. Ich riß das nächste Streichholz an und sah das weiße Gesicht einer schwarzen Bibel, die aufgeschlagen dalag und die Martins tote Finger umklammerten. Die Seiten flatterten im Wind wie gebrochene Flügel. Hinter mir hörte ich ein Geräusch. Ich drehte mich um und sah James Blair.
Er trug den Hausmantel und die Slipper, genau wie an dem Abend, als ich ihn besucht hatte. Er hatte eine Decke und ein Seil über dem Arm. Als er mich sah, erschrak er, aber nur kurz, und ließ beides fallen. Was er in der anderen Hand hatte, konnte ich nicht genau erkennen. Ich hielt es für ein Messer.
»Guten Abend«, sagte Blair sofort und vollkommen gefaßt, als habe er mich beim Jäten der Petunien angetroffen.
»Waren Sie das?« Ich deutete auf die Leiche.
»Bedauerlicherweise, ja.«
»Bedauerlicherweise, ja«, wiederholte ich. Einen Augenblick lang sah ich Davys Gesicht vor mir, strahlender als der hellste Stern am Nachthimmel.
»Ich habe ihn für jemand anders gehalten«, sagte Blair ruhig. »Er hatte hier hinten nichts zu suchen.«
»Sie blödes Schwein«, sagte ich. »Er wollte bloß einen Blick auf seinen Jungen erhaschen. Er war oft hier, weil er sich von seinem früheren Leben nicht losreißen konnte.« Meine Stimme klang hohl im Freien; eine ausgeblasene Eierschale. Plötzlich war ich wie ausgepumpt, und ich wußte, daß ich mir das jetzt nicht leisten konnte.
»Das ist mir inzwischen auch bewußt geworden«, sagte Blair. »Ich hatte angenommen, jemand habe ihn hergeschickt.«
»Wer?«
»Unwichtig. Kommen Sie doch herein.«
Dahinter steckte mehr als eine Einladung. Kurz blitzte das Metall in seiner Hand auf. »Wollen Sie ihn hier liegen lassen?«
»Vorläufig«, sagte er.
»Könnte er noch am Leben sein?«
»Völlig ausgeschlossen. Das Genick ist gebrochen. Am fünften oder sechsten Halswirbel, nehme ich an.«

»Ihr Schlag hat ihm das Auge aus der Höhle getrieben.«
»Ja.«
»Karate?«
»Eine ähnliche Kunst, allerdings noch tödlicher. Kommen Sie.«
Ich klopfte gegen die Jackentasche und stieß nicht auf den tröstlichen Widerstand meiner Pistole. Sie lag im Auto. Ich hatte damit schon auf zu viele Menschen geschossen, und neuerdings war ich selten um eine Ausrede vor mir selbst verlegen, damit ich die Pistole nicht mit mir herumtragen mußte. Blair trat beiseite und ließ mich nicht aus den Augen, während ich hineinging in seine exotische, verbarrikadierte Domäne. Das Tor fiel hinter uns zu. Es klang wie ein Axtschlag.
Ich durchquerte den Steingarten und trat durch die offene Glastür in das dunkle Wohnzimmer. Bläulich schimmerndes Licht ging an, und Blair kam herein. Die breite Schneide eines Hackmessers blitzte auf zwischen den Falten des Hausmantels. Ich wies auf das Messer. »Haben Sie etwa damit was vor?«
Blairs Brauen hoben sich.
»Sie hätten ne Sauarbeit damit, mein Blut aus all den Matten wieder rauszukriegen. Große Wäsche sozusagen.«
»Allerdings«, sagte Blair schlicht, dann legte er das Hackmesser vorsichtig auf das Tischchen, neben dem er stand. Mir schauderte. Die makellose Schneide war ausschließlich zum Töten gemacht.
»Für wen haben Sie Wayne Martin denn gehalten, als Sie ihm das Genick gebrochen haben?« wollte ich wissen.
»Das tut jetzt nichts zur Sache.«
»Für einen Killer?«
»Schon möglich«, sagte er geistesabwesend.
»Den wer geschickt hat? Tony junior? Ihr Halbbruder?«
Blair lächelte. »Mein Kompliment, Tanner. Ich hätte nicht gedacht, daß Sie hinter unser kleines Geheimnis kommen.«
»Wo ist Teresa?«
»Das weiß ich nicht. Seit ihrer Aussage vor Gericht habe ich sie nicht mehr gesehen.«
»Was ist mit dem Jungen? Mit Gus? Haben Sie ihn entführt?«
»Was hätte ich für einen Grund, ihn zu entführen?« fragte er zurück.
»Das weiß ich nicht genau. Über ein paar Einzelheiten bin ich mir noch nicht im klaren. Vielleicht können Sie mir auf die Sprünge helfen.« Ich durfte ihm keine Zeit zum Nachdenken lassen, denn sonst machte er sich Gedanken über mich. Das hätte ich gern verhindert.

»Was für ein Interesse sollte ich wohl daran haben, Ihnen zu helfen?« sagte Blair gestelzt und lachte auf, ein Augenzwinkern lang.
»Vielleicht, um Ihre Rechnung mit dem Buddha zu machen.«
»Oh, mit dem Buddha bin ich schon seit langem im reinen, Mr. Tanner. Sein Verständnis kennt keine Grenzen. Das ist seine anziehendste Eigenschaft.«
»Ich hab so meine Zweifel, ob er Verständnis hätte für das, was Sie draußen im Garten eben getan haben.«
»Es ist wirklich nicht wichtig, ob es dem Buddha mißfällt. Ich brauche den Buddha nicht mehr. Ich brauche niemanden mehr.« Es klang apokalyptisch.
»Sie haben neulich gesagt, daß ein denkender Mensch in einer verrückten Welt sich nur aus ihr zurückziehen oder doppelt so verrückt werden könne«, sagte ich. »Damals hab ich geglaubt, Sie hätten sich für die erste Alternative entschieden. Aber da hab ich mich geirrt, nicht wahr?«
»Es gibt sicher eine Menge Leute, die da Ihrer Ansicht wären.« Blairs unerschütterliche Gelassenheit brachte mich auf den Gedanken, er stehe möglicherweise unter Drogen.
Blair musterte mich schweigend, als sei er genauso gespannt wie ich auf seinen nächsten Schritt. »Jetzt werde ich Sie töten«, sagte er nach einer langen Pause. »Ich tue es ungern, aber angesichts dessen, was Sie wissen und eben gesehen haben, bleibt mir keine andere Wahl. Bitte, glauben Sie mir, daß ich keinerlei Groll gegen Sie hege. Die Umstände zwingen mich dazu, mich selbst zu retten. Und meine Bestimmung.«
»Ach, das nennen Sie Bestimmung? Verbrechen und Tod?«
Blair lächelte. »Ich erwarte ja gar nicht, daß Sie mich verstehen.«
»Die Polizei weiß, daß ich hier bin.«
»Oh, das möchte ich doch sehr stark bezweifeln. In der Tat, das bezweifle ich.« Blair nickte nachdrücklich. »Sie sind hergekommen, weil Sie etwas erfahren wollten. Wie traurig, daß Sie als Unwissender sterben werden. Aber danach werden Sie vielleicht alles erfahren, was wissenswert ist. In einem gewissen Sinn beneide ich Sie sogar.«
»Scheißdreck. Haben Sie Ihre Schwester auch ermordet?«
»Teresa? Warum sollte ich Teresa ermorden?«
»Das weiß ich nicht. Ich weiß nicht, auf wessen Seite Sie eigentlich stehen. Haben Sie auf Tony Fluto junior geschossen? Haben Sie Wadleys Kneipe abgebrannt?«
Blair rieb sich nur die Hände und atmete tief und regelmäßig ein und aus, als mache er Atemübungen.

»Wollen Sie die Nachfolge vom alten Fluto antreten? Der Kaiser seines Zündelimperiums werden? Ist das der springende Punkt? Deshalb der ganze Sumpf, in dem ich herumwate, seit ich in diese beschissene Stadt gekommen bin?«

»Sumpf ist ein treffendes Wort«, sagte Blair. »Und auch Ihre Mutmaßungen entsprechen einigermaßen den Tatsachen. Ich arbeite seit vielen Jahren für meinen Vater, seit ich erfahren habe, was er tut und daß ich sein Sohn bin. Ich habe getan, was er von mir verlangt hat, ich habe meine Pflicht getan und nicht viel mehr als einen Traum dafür bekommen. Jetzt verlange ich, was mir zusteht. Jetzt trete ich sein Erbe an.«

»Sagen Sie mir wenigstens, ob Teresa mit Ihnen zusammengearbeitet hat«, sagte ich. »Haben Sie sich deshalb als Ehepaar ausgegeben? Waren Sie so eine Art Geheimkommando für Tony, das die Konkurrenz ausgeschaltet und die Rivalen im Kampf um seinen Thron eliminiert hat?« Ich sah Teresas Gesicht vor mir, hatte den Klang ihrer Stimme im Ohr. Die Vorstellung, ich könne recht haben, war grauenhaft.

Blair hob die Hand und brachte mich zum Schweigen. »Derart banale Fragen beantworte ich nicht, Mr. Tanner. Ich habe nur noch eine Antwort für Sie. Die endgültige.« Er hob auch die andere Hand, streckte beide und hielt mir die Kanten entgegen, schwenkte sie wie das Hackmesser, dessen er sich entledigt hatte. Kampfbereit drehte er den Oberkörper. Er war seiner selbst sicher. Und gefährlich. Mir war klar, daß ich nicht die geringste Chance hatte, wenn der Kampf fair verlief.

Blair pirschte sich in der lächerlichen Gangart an, wie man sie aus Kung-Fu-Filmen und Rummelplatzkämpfen kennt, aber ich bezweifelte nicht, daß seine Bewegungen wirklich trainiert und so wirkungsvoll wie Artilleriefeuer waren. Er war eine wandelnde Mordwaffe. Wenn er richtig zuschlug, konnte er mich mit einem einzigen Schlag töten. So wie er Wayne Martin getötet hatte. In Blairs Gesichtsausdruck mischten sich mehrere Gefühle, darunter auch Bedauern. »Leben Sie wohl, Mr. Tanner. Ich spüre, daß Sie ein Mensch sind, der den Tod nicht zu fürchten braucht. Wenn Sie mich nicht behindern, kann ich Ihnen versprechen, daß Ihr Ende schnell und schmerzlos sein wird.«

Ich lachte. »Sie können sich drauf verlassen, daß ich Sie behindern werde, Blair. Sie müssen schon ein bißchen mehr tun, als mit mir zu reden wie ein Zahnarzt, wenn Sie mich mit Wayne Martin zusammen in die Decke da draußen wickeln wollen.«

Blair hatte wohl eine derartige Antwort erwartet. Wortlos glitt er ei-

nen Schritt näher an mich heran. Ich trat zurück. Dabei schlug ich mir das Bein an einem Tischchen an. Schnell schaute ich auf das Hindernis hinunter. Was auf dem Tischchen stand, gab mir einen Plan ein, genauso aussichtslos wie meine Überlebenschancen.
Blairs Augen gleißten wie azurblaue Edelsteine. Erbarmungslos kam er näher, den linken Arm und das linke Bein nach vorn verlagert, die Rechte in der Reserve. Außer dem Aufruhr in meinem Herzen und in meinen Lungen hörte ich nichts als das leise Kratzen seiner Slipper auf den Bodenmatten.
Als ich witterte, daß er den nächsten Schritt tun wollte, langte ich hinter mich und tastete, ohne Blair aus den Augen zu lassen, nach der hauchdünnen, dunkelgrünen Vase auf dem Tischchen. Ich bekam sie zu fassen, und als Blair sah, was ich in der Hand hielt, flakkerte sein Blick. Er hob die rechte Hand, um sein Gesicht zu schützen, und stürzte auf mich zu, entschlossen, mich am Hals zu treffen.
Ich duckte mich weg und warf gleichzeitig die Vase, aber nicht nach Blair, worauf er gefaßt gewesen war, sondern an die Wand gegenüber. Als mit der Form auch die Geschichte der Vase zerklirrte, hielt Blair einen Augenblick lang inne. Er spähte hinüber zu der Wand, an der das Schmuckstück zerbrochen war und damit auch der Impetus des Kampfgeistes. Ich war zurückgewichen und lehnte jetzt an einer Schiebetür, viel zu dünn und viel zu leicht, als daß sie mir viel genutzt hätte.
Blair griff von neuem an. Sein Gesicht war jetzt nicht mehr entspannt, sondern von tödlicher Verbissenheit. Ich kam mir blöd vor, ein Erwachsener auf dem Kinderspielplatz, bis ich seinen Blick auffing. Da wurde mir kalt, und ich kam mir älter vor, als ich je werden würde.
Ich tauchte weg, nach links, nach rechts, und mußte absurderweise daran denken, wie wir als Kinder Duckball gespielt hatten, wie ich an der roten Backsteinmauer des Schulhauses gestanden hatte, von nichts bedroht als einem Volleyball ohne Luft. Blair knurrte und stieß blitzschnell mit dem Fuß nach meiner Brust.
Wieder tauchte ich weg, so langsam, daß mich der Stoß der Slipperspitze gerade noch am Arm erwischte. Der Schwung des Fußtritts traf die dünne Schiebetür, die zusammenbrach. Blair brauchte ein paar Sekunden, bis er sich aus der Fußangel aus Bambus und Reispapier befreit hatte. Als er sich wieder mit mir befassen konnte, hatte ich eben die Schriftrolle mit seinem Lieblingsspruch von der Wand gerissen, mit dem Spruch, der riet, den Buddha zu töten. Ich hielt den langen Papierstreifen vor mich wie ein Handtuch.

Blair ging wieder in Angriffsstellung. Ich wartete ab, bis er mir direkt in die Augen sah, dann nahm ich den brüchigen Papierstreifen in beide Hände und riß ihn mittendurch. Aus Blairs Blick schloß ich, daß ich ihm eben das Herz in Stücke gerissen hatte.
Ich warf mit der zerrissenen Schriftrolle nach ihm, drehte mich zur Wand und zerrte an dem Farbholzschnitt mit der Fischfangszene, bis der Nagel nachgab und das Bild zu Boden fiel. Das Glas über dem Holzschnitt zerbrach, die Matte schlug Wellen. »Du Sau«, keuchte Blair.
Er knurrte wieder und ging in die Knie, und ich blieb auf dem Rückzug. Meine Ablenkungsmanöver halfen mir nur, Zeit zu gewinnen, nicht etwa den Kampf. Blair war außer sich vor Wut, aber deshalb noch lange nicht bereit, seine disziplinierte Kampftechnik aufzugeben. Ich wollte ihn so provozieren, daß er auf mich losging wie bei einer Rauferei auf der Straße. Statt dessen kam er mir entgegen wie der Gott des Krieges.
Wieder wich ich zurück, dann machte ich einen Satz zur Wand, riß ein Kendoschwert aus der Halterung und schwenkte es linkisch. Zugleich wurde mir sofort bewußt, daß ich einen Fehler gemacht hatte, daß ich mit der Waffe in der Hand verwundbarer war als vorher. »Jetzt werde ich Sie mit der eigenen Waffe töten, Mr. Tanner«, sagte Blair. »Immer ein sehr wünschenswertes Resultat.«
Er hatte wieder völlig die Oberhand, weil ich mich jetzt genauso verhalten hatte, wie er es erwartete. Ich dachte kurz nach, dann fuchtelte ich mit dem Schwert herum, so daß Blair einen Schritt zurückweichen mußte. Dann ließ ich es über dem Kopf kreisen wie die Philippinen ihren Bolo und schleuderte es dann nach dem Stoffkarpfen, der bunt und fröhlich von der Decke hing. Wie durch ein Wunder durchschlug das Schwert den Karpfen, und der symbolische Dolchstoß setzte Blair schlimmer zu, als wenn ich ihn tatsächlich getroffen hätte. Mit einemmal war er verwirrt und angeschlagen, und ich beeilte mich, auch noch meinen letzten Trick in die Tat umzusetzen. Als Blair wieder auf mich loswollte, hatte ich schon das Bonsaibäumchen in dem schweren, glasierten Übertopf in den Händen, die rechte Faust um den gekrümmten Stamm des Nadelbäumchens gekrampft, der aus der schweren, feuchten Blumenerde herausragte.
»Zweihundert Jahre hat es überlebt«, flüsterte Blair. Mit einem Wahnsinnsschrei riß ich das Bäumchen aus dem Topf, schleuderte es zu Boden und zertrampelte mit meinen harten, dicken Schuhsohlen die Nadeln und Zweige, die Rinde und die Wurzeln, die zwei Jahrhunderte seiner Existenz. Der Lärm meines blasphemischen

Zerstörungswerks ging unter in Blairs Schreien, so spitz wie das Schwert, das in der Rückwand steckengeblieben war. Jetzt hatte ich ihn wirklich getroffen.
In blinder, sinnloser Wut sprang Blair mich an. Ich ließ ihn voll auflaufen und traf ihn direkt über dem Ohr mit dem schweren Übertopf, in dem der uralte Bonsai gestanden war. Blair ging stöhnend zu Boden, mit dem Stöhnen, das ich vorhin von Wayne Martin gehört hatte, dem Stöhnen eines Geschlagenen. Ich ging neben ihm auf die Knie.
Er war nicht tot, aber es würde ziemlich lange dauern, bis er wieder zu Bewußtsein kam. Langsam und tief holte ich Luft, bis sich mein Adrenalinspiegel wieder gesenkt hatte. Minuten später stand ich auf und ging nach hinten, zu Wayne Martin. Ich legte die Decke über seine Leiche und nahm das Seil mit ins Haus. Damit fesselte ich Blair an Händen und Füßen. Ich zog gerade den letzten Knoten fest, als ich spürte, daß jemand mich ansah. Es war Teresa Blair.
»Wie sind Sie denn hereingekommen?« fragte ich dümmlich.
»Durch die Haustür. Ich wohne hier, oder haben Sie das vergessen?« Sie zeigte auf ihren Bruder. »Ist er tot?«
»Nein.«
Sie besah sich das Chaos. »Was war hier denn los?«
»Er wollte mich umbringen. Ich war dagegen.«
»Warum hat er Sie umbringen wollen?«
»Weil er grad eben Ihren Nachbarn Wayne Martin umgebracht hatte, und weil ich über die Leiche gestolpert war. Er hatte weder Martin noch mich eingeplant, und da sind ihm halt die Nerven durchgegangen.«
Ihre Augen wurden groß, und jetzt sah ich die roten Ränder der Überanstrengung darin. »Wayne Martin? Warum in aller Welt hat James das getan? Das ist doch vollkommen sinnlos.«
»Weiß ich. Blair hat Martin für einen anderen gehalten. Für einen gedungenen Killer.«
»Die arme Katie«, sagte sie.
»Der arme Davy«, sagte ich.
»Warum bringt denn bloß mich keiner um?« sagte da Teresa Blair, so leise, daß ich sie kaum verstand. Es klang wie ein Stoßgebet. Sie seufzte tief und ließ sich auf die Couch fallen. Sie hatte immer noch die Kleider an, die sie vor Gericht getragen hatte. Sie sah aus, als habe sie seitdem kein Auge zugetan. Ich blieb auf dem Boden sitzen und wußte weder, wo ich hinschauen noch was ich sagen sollte.
»Warum sind Sie hergekommen?« fragte ich schließlich.
»Ich suche nach Gus.«

»Ich auch.«
Sie nickte, als begreife sie das, als begreife sie alles, was mich betraf. Vielleicht war das ja sogar der Fall. Es spielte nur keine Rolle mehr.
»Glauben Sie denn, daß Ihr Bruder weiß, wo Gus steckt?« wollte ich wissen.
»Nein. Ich will damit sagen, ich bin ganz sicher, daß James ihn nicht entführt hat. Aber in letzter Zeit hat James so viel Unheil angerichtet, daß ich's für möglich gehalten habe, daß er weiß, wer Gus tatsächlich entführt hat.« Sie machte eine Pause. »Haben Sie ›Bruder‹ gesagt?«
»Ich habe mit Ihrem Vater gesprochen«, sagte ich. »Ich weiß, daß Sie und Mary und James Tonys Kinder sind. Ich weiß, daß Sie und James für Tony arbeiten, aber ich weiß nicht, was genau Sie für ihn tun. Bringen Sie Menschen um, Teresa? Ist es das, was Sie für das liebe, alte Väterchen tun?«
Sie machte die Augen zu, ziemlich lange. »Das brauchen Sie nicht unbedingt zu wissen.«
»Wirklich nicht?« Über die Frage hinweg sahen wir uns an. Dann verging mir die Lust, Teresa Blair länger anzuschauen.
»Sie brauchen es nicht zu wissen, um Gus zu finden«, sagte sie nach einer langen Pause.
»Sonst ist da nichts mehr?«
»Sonst nichts.«
Ich seufzte lautlos und tief, dann sagte ich: »Ich glaube, ich muß es ganz genau wissen, von Anfang an. Erstens hat jemand eine Brandbombe in Wadleys Kneipe gezündet. Von der Bundespolizei hab ich gehört, daß Wadley der Hauptrivale Ihres Vaters im Mafiageschäft hier in El Gordo ist. Stimmt das?«
»Das stimmt.«
»Wer hat also die Bombe gelegt?«
»Wahrscheinlich James.«
»Warum?«
»Weil er die Dinge in Bewegung bringen wollte. Eine Art Kriegszustand schaffen zwischen meinem Vater und Wadley. Vielleicht auch, um Wadley das Fürchten zu lehren, für den Fall, daß er Gus hatte. Damit Wadley klar wurde, er tät besser daran, Gus freizulassen.«
»Was war denn James daran gelegen, daß Tony und Wadley sich bekämpften?«
»Daß er dann Frieden stiften konnte«, sagte sie traurig. »Damit er Tony beweisen konnte, daß außer ihm keiner für die Nachfolge in Frage kam.«

»Dadurch hätte er auch ein überzeugendes Motiv dafür gehabt, auf Tony junior zu schießen.«
»Ja. Hätte er«, sagte sie.
Wir schauten beide auf den Mann am Boden. Derart gefesselt, wie ein Kalb auf dem Weg zur Schlachtbank, wirkte es vollends absurd, daß ihm solche Verbrechen zur Last gelegt wurden. »James ist darauf erpicht, das Erbe von Tony Fluto anzutreten«, sagte ich. »Er hat die Dreckarbeit gemacht, und jetzt will er der Obermotz sein. Sind Sie deshalb von zu Hause weggegangen? Weil er nicht mehr recht zurechnungsfähig war?«
Teresa Blair nickte. »Tony weiß, daß James mehr taugt fürs Geschäft, aber für die übrige Familie wär's ein böser Schock, wenn er dem kleinen Tony nicht mal ne Chance gäbe. James und ich, wir sind für die wie Wahnsinnige, die auf dem Dachboden versteckt gehalten werden. Keiner scheint auch nur Notiz davon zu nehmen, daß es uns gibt. Bis auf Tony. Aber Tony ist immer noch unschlüssig. Deshalb hat James die Entwicklung forciert. Ich hatte Angst, daß er nicht mal mehr davor zurückschreckt, Vater was anzutun. Oder davor, mich daran zu hindern, daß ich Vater die Mordanklage vom Hals schaffe.«
»Ist Tony sterbenskrank?«
»Er glaubt das, aber er weigert sich, sich untersuchen zu lassen. Keiner weiß es genau. Ich nehm an, wenn er sterben will, dann stirbt er auch.«
»Sind Sie ganz sicher, daß James nicht doch Gus entführt hat? Damit es wirklich zum Krieg kommt zwischen Wadley und Ihrem Vater?«
Sie schüttelte den Kopf. »Dran gedacht hat er bestimmt, aber er hat es ganz bestimmt nicht getan.«
»Und warum nicht?«
»Völlig ausgeschlossen. Tony hätte ihn umgebracht.«
»Dann bleibt uns nur eine letzte Möglichkeit.«
»Welche?«
»An jenem Abend in der Oswego Street, als Tony den Mann überfahren hat; diesen Phillip Vincent – wer war das? Warum hat ihn Tony umgebracht?«
Sie seufzte und schüttelte den Kopf. »Das dürfte ich Ihnen gar nicht sagen. Es schadet Tony und vielleicht sogar Gus. Aber jetzt geht mich das alles nichts mehr an. Nichts zählt mehr, außer Gus.« Sie stand auf und kam zu mir herüber. Auf dem Sitzkissen neben mir ließ sie sich nieder. Sie kreuzte die Arme vor der Brust, als wolle sie sich mit dieser Geste beschützen.

»Phillip Vincent hat früher mal in Vegas gelebt«, sagte sie. »Er war Croupier in dem Casino, in dem mein Mann gearbeitet hat. Damals nannte er sich Johnny McCall, und er war der Kronzeuge gegen Frankie bei dem Prozeß wegen Steuerhinterziehung. Vincent war ihr Helfershelfer, der Frankie hinter Gitter brachte. Er war ihr Helfershelfer, damit sie ihn *ermorden* konnten.«
»Helfershelfer von wem?
»Das spielt keine Rolle mehr.«
»Wieso?«
»Weil sie alle tot sind. So tot wie Frankie.«
Sie fing zu weinen an. Es klang so schrecklich wie die ganz anderen Geräusche, die an diesem Abend hier in diesem Haus schon laut geworden waren. Über das Schluchzen weg sagte ich: »Ich glaube, ich weiß jetzt, wer Gus hat.«

23

»Hallo? Irgend jemand zu Hause? Teresa?«
Die Stimme ertönte in unserem Rücken, Fragen, die wie Musik durch die lange Diele hallten, die sie noch von uns trennte. Einen Augenblick später hörten wir die Schritte, die zu der Stimme gehörten.
»Sie darf ihren Mann nicht so sehen«, sagte ich zu Teresa Blair. »Können Sie nicht zu ihr hinübergehen? Ich muß die Bullen anrufen, damit die hier tun, was getan werden muß. Dann komm ich hinüber und hol Sie ab. Wenn wir Gus finden wollen, müssen wir noch vor elf los.«
»Muß ich ihr das mit Wayne sagen?«
Ich schüttelte den Kopf. »Überlassen Sie das den Bullen. Es wär übrigens besser, wenn Sie sich gar nicht sehen ließen, wenn die Bullen bei den Martins auftauchen. Erklären Sie ihr, daß Sie heut nacht keinen großen Wert darauf legen, mit den Bullen zu sprechen. Weil Sie Angst haben, die könnten Sie verhaften wegen der Falschaussage vor Gericht.«
»Okay.«
»Und sagen Sie Davy, daß ich komm und mit ihm red. Wenn er erfahren hat, was mit seinem Papa passiert ist. Sie wissen schon.«
Teresa Blair nickte, dann wandte sie sich Kathryn Martin zu, die zur Tür hereinkam, ein unsicheres, aber doch erwartungsfrohes Lächeln im Gesicht. »Ich hab doch gleich *gewußt*, das kannst nur du sein!« sagte sie. »Wie *geht's* dir, Teresa?« Sie ahnte gar nichts, war

munter wie eh und je, trug Sandalen und Gammelhosen und hatte einen Bleistift hinter das Ohr geklemmt.
Teresa Blair lächelte etwas gezwungen, weil sie mit den Gedanken verständlicherweise bei dem Mann war, der draußen am Zaun lag. »Mir geht's gut, Kathryn. Und dir?«
Kathryn Martin zuckte die Achseln und legte die Stirn in Falten. »Ich glaub, ganz gut. Wir kommen schon zurecht. Ich bin so froh, daß du wieder da bist. Du *bleibst* doch auch hier, oder etwa nicht?«
Teresa Blair sah mich an, bevor sie antwortete. »Das weiß ich noch nicht«, sagte sie dann. »Wahrscheinlich nicht lange. Das hängt von mehreren Sachen ab.«
»Wovon?«
»Von Mr. Tanner zum Beispiel.«
Ich wußte nicht recht, was sie damit sagen wollte, und wahrscheinlich wußte sie das selber nicht. Wichtiger war mir, daß die beiden Frauen endlich aus dem Haus waren. Und außerdem hoffte ich, daß Mrs. Martins Blick nicht auf James Blair fallen würde, der hinter mir lag. Aber einen Augenblick später hatte sie ihn schon erspäht.
»Wer ist das?« Ihre Augen wurden so groß wie Ballons und wanderten von Teresa zu mir.
»Das ist James Blair«, sagte ich. »Wir haben uns ein bißchen verprügelt. Damit ich Ruhe vor ihm hatte, hab ich ihn dann verschnürt wie ein Postpaket.«
»Mir *war* doch so, als hätt ich was gehört von hier drüben«, sagte sie. »Es hat geklungen, als ob jemand umgebracht würd.« Sie lachte unsicher. »Haben Sie übrigens irgendwo Wayne gesehen?« Sie sah uns wieder der Reihe nach an, und wir schüttelten beide den Kopf. Wir hatten beide mehr Angst, den Mund aufzumachen, als vor sonstwas auf Gottes Erdboden. Kathryn Martin fuhr fort: »Heut hätt er eigentlich Davy abholen sollen. Aber er ist nicht mal aufgetaucht. Davy ist ziemlich durcheinander.« Sie machte eine Pause und wartete wieder darauf, daß einer von uns beiden etwas sagte. »Wahrscheinlich hätt ich auf so was von Anfang an gefaßt sein müssen«, fügte sie hinzu, etwas erlahmt.
»Nein. Darauf nicht«, sagte ich und hätte mir am liebsten die Zunge abgebissen.
»Wie bitte? Was wollen Sie damit sagen?«
»Gar nichts. Ich hab Ihren Mann nur neulich mal ganz zufällig kennengelernt. So übel kam er mir eigentlich gar nicht vor.«
Kathryn Martins Gesicht entspannte sich, und das Durcheinander im Zimmer entglitt ihrem Blickfeld. »Er war ja auch nicht übel«,

sagte sie träumerisch. »Ich glaub, deshalb hab ich ihn auch geheiratet. Er war so ein netter Junge. Was bloß mit ihm passiert sein mag?«

»Manchmal ist es schwer, ein netter Junge zu bleiben«, sagte ich.

Teresa Blair ging zu Kathryn Martin hinüber und legte ihr die Hand auf die Schulter. »Hast du Kaffee im Haus, Katie?«

»Aber ja.«

»Machst du uns welchen?«

»Gern.«

»Ich hol nur schnell meine Tasse. Wir wollen James und Mr. Tanner nicht länger stören.«

Teresa Blair ging in die Küche und kam mit einem großen braunen Henkelbecher wieder, den orangefarbene Blumen zierten. Sie hakte sich bei Mrs. Martin ein und ging mit ihr durch die Vordertür hinaus. James Blair war immer noch ein regloses Muskelpaket. Ich überzeugte mich davon, daß er noch atmete, dann setzte ich mich neben das Telephon. Erst wollte ich Tolson anrufen, aber dann überlegte ich es mir anders. Es war jetzt Zeit für den Anruf, den ich schon auf dem Polizeipräsidium vorgehabt und dann doch unterlassen hatte. Jetzt, nachdem ich Teresa Blair wiedergesehen hatte, war der Anruf dringend nötig für mich.

Ich schaute auf die Uhr. Es war schon nach acht. Wahrscheinlich zu spät. Und auf jeden Fall nicht ganz einfach. Aber wenn ich jetzt genau das erfuhr, wovor ich mich fürchtete, dann wußte ich wenigstens, woran ich war. Oder nicht? Doch. Ich schaute hinüber zu dem gefesselten Mann und sah einen Augenblick lang die Frau vor mir, die eben das Zimmer verlassen hatte, dann griff ich zum Hörer und wählte.

»Hier spricht das Büro von Mr. Blair.«

»Ist Mr. Blair zu sprechen?«

»Nein. Erst morgen früh wieder. Kann ich etwas ausrichten?«

»Vielleicht können Sie mir weiterhelfen. Sind Sie Ms. Hendrickson?«

»*Mrs.* Hendrickson. Ja.«

»Gut. Mr. Blair hat uns Ihren Namen genannt. Er meinte, Sie könnten uns die Auskunft geben, die wir brauchen, falls er nicht persönlich anwesend sein sollte.«

»Wer ist denn am Apparat?«

»Ich heiße Wickersham. Ich leite die Niederlassung der internationalen Luftfahrtbehörde hier in San Francisco. Wir führen eine Untersuchung durch, um zu überprüfen, ob die Beschwerden der Flugreisenden innerhalb des letzten Jahres von den zuständigen Sach-

bearbeitern bei den Luftfahrtgesellschaften mit der erforderlichen Kompetenz und zur Zufriedenheit der Beschwerdeführenden behandelt worden sind.« Ich machte eine Pause. Der Monolog von Agent Lucas von vorhin war die reine Nachhilfestunde im Bürokratenjargon gewesen. »Wenn ich recht verstanden habe, sind Sie Mr. Blairs Sekretärin?«
»Ja, das stimmt.«
»Ob Sie wohl die Unterlagen über Mr. Blairs Flugreisen zur Hand haben?«
»O ja. Jedenfalls die meisten.«
»Könnten Sie dann bitte einmal nachschauen, ob Mr. Blair im Oktober des vergangenen Jahres nach Seattle geflogen ist? Können Sie mir darüber Auskunft geben?«
»Ich glaube, ja. Einen Augenblick bitte.«
Während sie nachsehen ging, war im Zimmer nichts zu hören als James Blairs Atemzüge. Kurz darauf kam Mrs. Hendrickson wieder an den Apparat. Sie räusperte sich. »Mr. Blair hat tatsächlich Ende Oktober eine Flugreise gebucht. An Halloween. Aber er ist nicht nach Seattle geflogen.«
»Oh? Sondern wohin?«
»Nach Portland.«
»Aha. Augenblick. Ja. Auf dem Formular steht nur, wo das *Gepäck* verlorenging, und das ist unglückseligerweise in Seattle vorgefallen. Es hat den Anschein, als handle es sich um das Gepäck einer Dame. Ist Mr. Blair vielleicht in Begleitung gereist?«
»Ja.«
»Und wer hat ihn begleitet?«
»Seine Frau.«
»Danke. Dann war es tatsächlich das Gepäck von Mrs. Blair, das verlorengegangen ist. Das bestätigt unsere Informationen. Wissen Sie, ob das Gepäck von Mrs. Blair inzwischen aufgefunden worden ist?«
»Davon weiß ich nichts.«
»Vielen Dank. Mr. Blair wird in Kürze ein Formular von uns erhalten, so daß er Gelegenheit hat, seine Beschwerde ausführlich vorzubringen. Nochmals vielen Dank, Mrs. Hendrickson.«
»Gern geschehen.«
»Sie arbeiten heute abend aber sehr lange«, sagte ich.
»Das liegt am Termin für die Steuererklärungen. Mr. Blair ist Steuerberater.«
Und ein Mörder.
Ich hatte gräßliche Kopfschmerzen, so übel, daß ich fast nichts

mehr sah. Ich versuchte, die Schmerzen und alles übrige dazu aus meinem Kopf zu verdrängen, und rief Ray Tolson an. Er fragte sofort nach Gus Quilk. Als ich ihm sagen mußte, daß ich ihn noch nicht gefunden hatte, erlahmte Tolsons Interesse ganz und gar.

»Ich habe heute meinen Rücktritt eingereicht«, sagte er, bevor ich noch Gelegenheit hatte, ihm von Blair und Martin zu berichten. »Wirksam ab morgen.«

»Dann suchen Sie gar nicht mehr nach Gus Quilk?«

»O doch, natürlich suchen wir ihn. Aber selbst wenn wir ihn lebend finden sollten – auf gar keinen Fall werde ich zulassen, daß er gegen Fluto aussagt. Ich bring's einfach nicht fertig, ein Kind in so was hineinzuziehen, nicht mal so ein verkommenes Balg wie Gus Quilk.«

»Ich glaub übrigens sowieso nicht, daß Ihnen Gus viel genützt hätt«, sagte ich. »Nach allem, was ich inzwischen weiß, hat er Sie ohnehin bloß angeschwindelt.«

»Möglich. Jedenfalls wird's morgen meine letzte Amtshandlung sein, daß ich bei der Richterin McMinn beantrage, die Anklage gegen Fluto zurückzuziehen. Wenn jemand Fluto stürzen sollte, dann muß ihn jemand anders zu Fall bringen.« Tolsons Stimme klang so erschöpft wie seine Geduld.

»Und was wollen Sie jetzt machen?« fragte ich.

»Ich mache wahrscheinlich eine Anwaltskanzlei auf. Scheiße. Wenn Sie das nächstemal hier zu tun haben, verteidige ich vielleicht sogar Tony Fluto. So läuft doch meistens der Hase.«

»Meistens«, pflichtete ich ihm bei. »Aber wohl kaum in Ihrem Fall.«

»Nein. Jedenfalls will ich's hoffen.«

»Alles Gute.«

»Danke. Warum haben Sie mich angerufen?«

»Um ein Verbrechen zu melden.«

»Was für eins?«

»Mord.«

»An wem?«

»Einem Mann namens Wayne Martin.«

»Wer hat ihn umgebracht?«

»James Blair.«

»*Unser* James Blair?«

»Unser James Blair.«

»Wo ist die Leiche?«

»Auf dem Grundstück von James Blair.«

»Und wo sind Sie?«

»Ebenda.«
»Wo ist Blair?«
»Auch hier. Im Moment allerdings nicht ansprechbar.«
»Sind Sie okay?«
»Ja.«
»Hat der Mord irgendwas mit Fluto zu tun?« wollte Tolson wissen. Während er mich ausfragte, hatte seine Stimme immer lebhafter geklungen.
»Am Rande.«
»Reicht es aus, daß ich morgen vor Gericht was Brauchbares gegen Fluto in der Hand hab?«
Ich dachte nach. »Nein«, sagte ich dann.
Tolson machte eine Pause. Als er weitersprach, war die Erschöpfung wieder in seiner Stimme. »Dann ist's wohl auch nicht mehr mein Bier. Ich schick paar Leute los, den Gerichtsarzt und die Spurensicherung und so weiter. Bleiben Sie draußen. Und fassen Sie nichts an.«
»Okay«, sagte ich. »Sind Sie auch ganz sicher, daß Sie aussteigen wollen?«
»Ja. Ich... Ja.«
»Dann war's das wohl.«
»Glaub schon. Lassen Sie sich mal blicken, wenn Sie wieder hier zu tun haben.«
»Das kann sehr lange dauern«, sagte ich.
»Kann ich gut verstehen. Vielen Dank, daß Sie mir geholfen haben. Es tut mir leid, daß ich Ihnen nicht von Anfang an reinen Wein eingeschenkt hab. Ich hab bloß versucht, meine Pflicht zu tun.«
»Vergessen Sie's«, sagte ich.
Als die Bullen kamen, stellte ich mich dumm. Ich erzählte ihnen, ich sei rein zufällig über Blair und den Toten gestolpert. Ich kannte die Spielregeln immerhin so gut, daß ich mir die Uniformierten und die Kriminalbeamten vom Hals halten konnte. Die meiste Zeit schaute ich nur den Leuten von der Spurensicherung zu, die mit Blitzlichtern, Metermaßen und Plastiktüten für Beweismaterial zugange waren. Als James Blair zu sich kam, wurden ihm die Rechte verlesen. Er sagte kein Wort, weder zu mir noch zu den Beamten, aber als sie ihm die Fesseln abnehmen wollten, riet ich ihnen davon ab. Sie sahen erst mich an, dann Blair, dann schauten sie sich um in dem verwüsteten Zimmer und rührten die Fesseln nicht an. Dann wurde Martin ins Leichenschauhaus gebracht, und ein Beamter ging hinüber zu Kathryn Martin, um ihr zu sagen, was passiert war. Um zehn waren sie fertig, und um halb elf ließen sie mich gehen. Ich

wartete im Auto, bis das letzte Polizeifahrzeug um die Kurve gebogen war, dann stieg ich aus und klingelte bei den Martins. Teresa Blair machte mir auf.
»Wie haben die beiden es aufgenommen?« wollte ich wissen.
»Ganz gut. Kathryn hatte sich ja innerlich schon lange von Wayne gelöst. Und Davy – er wartet auf *Sie.* Ist das nicht sonderbar? Er sagt, er will Sie was fragen.«
»Wo ist er?«
»In seinem Zimmer.«
»Bringen Sie mich hin.«
Sie ging mir die Diele entlang voraus und blieb an der dritten Tür stehen. Ich klopfte und rief meinen Namen. Davys dünnes Stimmchen erklärte, ich könne hereinkommen.
Er lag auf dem Bett, das so zerwuschelt war wie seine Haare. Die Steppdecke war bedruckt mit den Vereinsabzeichen der bekanntesten Footballmannschaften. Den Fußboden übersäten so ungefähr tausend mausgroße Autos. Die Bücher im Regal handelten von Sport und Krieg. Auf dem Nachttisch stand ein Leuchtglobus mit blauen Bergen darauf. »Wie geht's dir, Davy?«
»Ich bin okay.«
»Darf ich mich auf den Boden setzen, hier?«
»Klar.«
Ich legte mir zurecht, was ich ihm sagen konnte. Wie sollte ich ihm Tod, Gewalt und Mord erklären, wie es dazu kam, was danach geschah und wie man das alles überlebte, ohne den Glauben an die Menschheit zu verlieren. Aber ich hatte noch nicht einmal den Mund aufgemacht, als Davy mich in meinen Überlegungen unterbrach. »Darf ich Sie was fragen, Mr. Tanner?«
»Klar.«
Er sah mich aufmerksam an. Mir war klar, daß er's merken würde, wenn ich ihn belog; nicht klar war mir freilich, ob ich ihn belügen sollte. »Hat die Mama meinen Papa erschossen?« wollte er wissen.
»Wie kommst du denn darauf?«
»Wissen Sie das nicht mehr? Der Freund von Scott hat doch gesagt, die Mama hätt zum Papa gesagt, wenn er sich noch mal hier blicken läßt, knallt sie ihn ab.«
»Nein, Davy. Sie hat ihn nicht erschossen.«
»Echt?«
»Echt.«
»Okay.«
»Okay«, wiederholte ich. »Willst du sonst noch was wissen?«

»Nee.«
»Kommst du jetzt mit in die Küche?«
»Klar. Ich glaub, daß mich die Mama jetzt braucht.«
»Ganz bestimmt braucht sie dich.«
Ich ging ihm die Diele entlang nach. Ob er wohl so stark war, wie er wirkte? Aber das ist immer schwer zu sagen. Wir machten alle noch ein paar Minuten lang Konversation und vermieden das Thema Tod, so wie es meistens vermieden wird. Dann schaute ich auf die Uhr und sagte zu Teresa Blair, wir müßten jetzt losfahren. Kathryn Martin fragte sie, wo wir denn hin wollten, aber Teresa Blair konnte die Frage schon deshalb nicht beantworten, weil sie es auch nicht wußte.
»Nach San Francisco«, sagte ich. »Wir müssen um Mitternacht im Jack-Tar-Hotel sein.«

24

Das Auto kam mir überladen vor. Das lag wahrscheinlich an den vielen beantworteten Fragen und den nicht eingelösten Verpflichtungen, die sich zwischen uns drängten. Unterwegs hielten wir nur einmal an. Um Schokoladenplätzchen zu kaufen. Und damit ich telephonieren konnte.
Ich zerbrach mir gar nicht erst darüber den Kopf, ob Charley Sleet Dienst hatte. Charley Sleet hatte immer Dienst. Ich erreichte ihn im Präsidium. Wir schwatzten eine Weile, dann wollte er wissen: »Was liegt an, Marsh?«
»Ich brauch dich als Mitspieler bei ner getürkten Razzia.«
»Wo?«
»Im Jack Tar.«
»Und wer ist im Zimmer?«
»Weiß ich nicht genau. Eine Frau. Ein Junge. Ein Mann, vielleicht auch zwei.«
»Bewaffnet?«
»Ja.«
»Ein Schützenkönig, der sofort losballert?«
»Glaub nicht«, sagte ich, sah einen Augenblick lang Conway Grinder vor mir, die Kugel im Kopf, und fügte hinzu: »Kann aber für nichts garantieren.«
»Und die sollen wissen, daß ich ein Bulle bin?«
»Ja, weil sie uns sonst nicht reinlassen.«
»Gangster?«

»Glaub nicht.«
»Unzucht?«
»Nein.«
»Kidnapping?«
»Heiß.«
»Wann?«
»Halb eins.«
»Okay«, sagte Charley und legte auf.

Als ich zum Auto zurückging, faßte ich den Entschluß, dem ganzen schnell ein Ende zu machen. Wenn ich Gus geholt hatte, mußte alles aus und vorbei sein. Unwiderruflich und ohne Bedauern. Ich war nur mir selbst verpflichtet. Das versuchte ich mir jedenfalls einzureden.

Der Verkehr war immer noch dicht. Teresa Blair sagte kein einziges Wort, nicht mal, wenn ich sie anschaute und versuchte, ihre Gedanken zu lesen. Die Scheinwerfer der entgegenkommenden Autos warfen gelbe Tupfer auf ihre Wangen. Viertel vor zwölf bog ich auf den Hotelparkplatz des Jack Tar ein und stellte den Buick hinter dem Doppeldeckerbus ab, den das Hotel für Werbefahrten benützte.

»Ich kann nicht hineingehen«, erklärte ich ihr. »Noch nicht. Gehen Sie in die Halle und setzen Sie sich so, daß Sie die Fahrstühle im Auge haben. In ein paar Minuten kommt eine hübsche Asiatin herein. Wahrscheinlich trägt sie eine kurze Kaninchenjacke. Sie hat eine bogenförmige Narbe am linken Augenwinkel. Steigen Sie mit ihr in den Fahrstuhl und beobachten Sie, in welches Zimmer sie geht. Dann werde ich aktiv. Das Mädchen ist wahrscheinlich darauf gefaßt, daß es Ärger gibt, also benehmen Sie sich ganz unauffällig.«

»Woher wissen Sie das alles?« fragte Teresa Blair.

Ich befingerte das Streichholzbriefchen mit dem Hotelaufdruck, das mir Ms. Wong heute nachmittag im Polizeipräsidium geschenkt hatte. »Ich weiß es nun mal«, sagte ich.

»Ist Gus in dem Zimmer?«

»Kann sein. Wenn er drin ist, hole ich ihn raus. Versuchen Sie's nicht auf eigene Faust. Denken Sie an das, was Grinder passiert ist.«

Sie nickte, stieg aus und wandte sich zum Gehen. Dann kehrte sie um und klopfte ans Fenster. Ich ließ die Scheibe herunter. »Was Sie über mich denken«, sagte sie, »ist wahrscheinlich die Wahrheit.«

»Das weiß ich.«

»Dann tun Sie das alles gar nicht für mich.«

»Nein. Für Gus. Und für mich.«
»Gut«, sagte sie und ging.
Ich schlief wider Willen ein. Als sie wiederkam, mußte sie mich wachschütteln. »Ist sie gekommen?« fragte ich mit schwerer Zunge
»Zimmer neunhundertvierzehn.«
»Ist ihr aufgefallen, daß Sie ihr nachgegangen sind?«
»Ich glaub nicht.«
»Okay.«
»Und was jetzt?«
»Jetzt warten wir.«
Sie stieg aus. »Machen Sie bloß keine Dummheiten«, sagte ich. Sie lächelte bloß, ging hinüber zu dem roten Bus und stieg ein. Sekunden später sah ich im Oberdeck eine Zigarette aufglimmen. Ich stieg ebenfalls aus, kletterte in dem englischen Doppeldecker die Treppe hinauf und setzte mich auf den Sitz gegenüber von Teresa Blair. »Und Sie sind ganz sicher, daß Gus da drin ist?« wollte sie wissen.
»Ziemlich sicher.«
»Und die Leute, die ihn gefangenhalten – sind das dieselben, die in El Gordo den Kriminalbeamten erschossen haben?«
»Ja. Aber so hatten sie das ursprünglich nicht geplant. Grinder muß sich gewehrt haben. Die Männer sind von der Bundespolizei. Von der Strike Force.«
Ich konnte ihr Gesicht nicht sehen, war aber sicher, daß sie fassungslos dreinschaute. »Und *die* sollen Gus entführt haben?«
»Ja.«
»Aber warum denn, um Gottes willen?«
»Weil sie nicht wollen, daß Tony Fluto wegen des Mordes an Phillip Vincent verurteilt wird. Aus demselben Grund haben die auch verhindern wollen, daß ich Sie finde.«
»Aber warum wollen die denn nicht, daß Tony verurteilt wird? Ich hätt gedacht, die sind scharf auf das Gegenteil.«
»Weil Phillip Vincent – oder Johnny McCall – in Vegas gegen Frankie ausgesagt hat. Weil er nach seiner Aussage untergetaucht ist. Mit Hilfe der Regierung. Offiziell nennt sich das jetzt Zeugenschutzgarantie. Kronzeugen gegen Straftäter aus dem Bereich des organisierten Verbrechens bekommen eine neue Identität, neue Jobs und so weiter als Gegenleistung für ihre Aussage.«
»Davon hab ich schon gehört. Aber was hat das mit Gus zu tun?«
»Tolson hat Fluto des Mordes angeklagt, weil er ihn für immer aus El Gordo vertreiben wollte. Damit er seine Anklage untermauern

konnte, mußte er den Beweis antreten, wer Vincent in Wirklichkeit war – sonst hätte er Tony ja den vorsätzlichen Mord nicht nachweisen können. Wenn herausgekommen wäre, daß Tony die Bundespolizei unterwandert und rausgekriegt hat, wo Vincent war, den er dann auch noch umbrachte, dann wäre die Zeugenschutzgarantie keinen feuchten Kehricht mehr wert gewesen. So was spricht sich sehr schnell rum. Der nächste Zeuge, dem die Bundespolizei eine neue Identität et cetera versprochen hätte, der hätte bloß schallend gelacht und die Aussage verweigert. Tolsons Fall war verglichen damit eine Lappalie. Für die Bundespolizei stand mehr auf dem Spiel.«
Sie sagte eine Weile lang nichts. Ich gab mir Mühe, an etwas anderes zu denken als an Teresa Blair. »Wird es eine Schießerei geben?« fragte sie leise.
»Ich glaub nicht. Das sind keine Killer. Sie haben Grinder einfach falsch eingeschätzt. Ich bin überzeugt davon, daß sie Gus nur festhalten wollen, bis das Verfahren gegen Fluto eingestellt wird. Das wird schon morgen früh der Fall sein. Ich glaub, ich kann die Kerle zu einem Kuhhandel bringen. Wenn sie mich überhaupt reinlassen.«
»Und wie wollen Sie da reinkommen?«
»Mit seiner Hilfe.«
Ich deutete auf den grauen Ford, der eben in den Parkplatz eingebogen war. Charley Sleet hievte seine Wampe aus dem Wagen, ging zu meinem Buick und linste hinein. Als er merkte, daß der Buick leer war, lehnte er sich an die Fahrertür und wartete. Er hätte notfalls einen Tag lang gewartet. Ich stieg hinunter, um ihn zu begrüßen. Teresa Blair kam mir nach.
»Charley.«
»Marsh.«
Wir gaben uns die Hand. Seine umschloß die meine wie einen Kieselstein. »Was macht das Verbrechen?«
»Wächst und gedeiht.«
»Und die Gerechtigkeit?«
»Geht den Bach hinunter.«
Teresa Blair räusperte sich nervös und ungeduldig. Ich machte sie mit Charley bekannt. Sie trug uns beiden auf, auch ja vorsichtig zu sein. Ich versprach ihr das. Dann wandte ich mich an Charley. »Sie sind in Zimmer neunhundertvierzehn. Der Junge ist der Neffe von Mrs. Blair. Die Männer gehören zur Bundespolizei. Strike Force. Lucas und Armbruster. Kennst du die?«
Charley lachte. »Und ob ich die kenn. Nett von dir, daß du mir das beizeiten sagst.«

Ich überhörte den Tadel. »Kennen die dich?«
»Höchstens dem Namen nach. Wie sieht's bei dir aus?«
»Mich kennen sie. Ich glaub, wir haben nur eine Möglichkeit. Nämlich zu klopfen und zu sagen, daß wir von der Polizei sind. Ich bin ziemlich sicher, daß sie erst mal wissen wollen, was eigentlich los ist, ehe sie was gegen uns unternehmen. Wenn die mich reinlassen, dann kann ich sie zu einem Kuhhandel zwingen. Und dann werden sie erst mal Ruhe geben. Ist das okay, Charley?«
»Okay.«
»Das sind ziemlich große Fische, Charley. Die könnten dir ganz schön zu schaffen machen.«
»Quatsch«, sagte Charley.
Ich nickte und trug Teresa Blair auf, daß sie hierbleiben und sich nicht vom Fleck rühren solle. Dann holte ich meine Pistole aus dem Handschuhfach und ging hinter Charley Sleet ins Hotel. In seinem Beisein fühlte ich mich wie in Abrahams Schoß, und das gilt für niemand als ihn.
In der Halle waren die Touristen noch lebhaft zugange. Niemand beachtete uns, als wir den Fahrstühlen zustrebten. Keiner sonst fuhr hinauf, und auch den Gang vor Zimmer 914 hatten wir ganz für uns. Während wir auf das Zimmer zugingen, wollte Charley wissen: »Was schlägst du vor, falls es Ärger gibt?«
»Daß du den Jungen nicht über den Haufen schießt.«
»Da wüßt ich was Besseres.«
»Schieß mich nicht über den Haufen.«
»Wie üblich.«
»Wie üblich.«
Charley lachte und klopfte an der Zimmertür. Fast eine geschlagene Minute lang tat sich überhaupt nichts. Charley sah mich an, ich schaute zurück. Dann brachte irgend jemand da drin das Maul auf.
»Ja?«
»Polizei«, sagte Charley. »Machen Sie auf.«
»Warum?«
»Verdacht auf Paragraph zweiachtundachtzig – sexuelle Handlungen an einem Kind unter vierzehn Jahren; Verdacht auf Paragraph zweiachtundachtzig a – orale Kopulation mit einer Person unter achtzehn Jahren. Machen Sie auf.« Charley klang wie das Jüngste Gericht.
Aus der Tür drang ein wenig schönes schmückendes Beiwort. Sekunden später ging sie einen Spalt weit auf. Ein Auge spähte durch den Spalt, direkt auf Charleys Tonnenbrust. Ich war so weit zur Seite getreten, daß mich das Auge nicht wahrnehmen konnte.

Charley ließ seine Dienstmarke blitzen. »Was ist denn eigentlich los hier, Officer?« Das war Lucas, der schlaftrunken klang.
»Ein minderjähriger Jugendlicher ist gesehen worden, als er das Zimmer betrat«, sagte Charley, »begleitet von einer wesentlich älteren männlichen Person, von der es heißt, es handle sich nicht um den Vater des Jugendlichen. Deshalb bin ich berechtigt, die Räumlichkeiten zu inspizieren.«
»Herr und Heiland«, fluchte Lucas. »Dann kommen Sie rein. In etwa drei Sekunden werden Sie wissen, daß Sie ein Rindvieh sind.«
Lucas machte auf, Charley trat ein und, ehe die Tür wieder zuging, auch ich. »Tanner«, sagte Lucas, als er mich erblickte.
»Reginald.«
»Was geht hier vor? Wer ist das da?« Er wies auf Charley.
»Sergeant Charles Sleet«, sagte ich. »San Francisco Police Department. Kennen Sie ihn?«
»Muß den Namen schon mal irgendwo gehört haben. Zum Teufel, Tanner, wissen Sie eigentlich, was Sie hier machen?«
»Ich glaub schon.«
»Weiß *der* hier, was Sie hier machen? Weiß er, wer ich bin?«
»Das weiß er.« Ich sah Charley an. »Schau mal im Zimmer nebenan nach.«
Charley verschwand durch die Tür zum Schlafzimmer der Suite. Ich sah mich mittlerweile im Wohnzimmer um. Eine Couch, zwei Sessel, ein Tisch und ein Fernseher. Dort lief ein Schwarzweißfilm. Virginia Mayo erschien auf dem Bildschirm. Auf dem Tisch stand eine offene Flasche Scotch. Unter der Couch lugte der Verschluß eines schwarzen Büstenhalters hervor. Gleich darauf kam Charley zurück. »Ein Junge, der schläft oder so tut, und eine halb entkleidete weibliche Person. Äußerst verdächtig.« Charley hatte seinen Spaß, und ich auch.
Ich sah mich nach Lucas um. Wie üblich wich er meinem Blick aus. »Sergeant Sleet weiß nichts über El Gordo. Nichts über den Jungen und das übrige«, sagte ich. »Ich kann ihn jetzt ins Bild setzen – oder wir sind nett zueinander und bitten ihn einen Augenblick nach draußen. Was ist Ihnen lieber?«
Lucas zog die Stirn in Falten. »Was wollen Sie, Tanner?«
»Ich will in fünf Minuten hier weg. Mit dem Jungen. Ich will ihn nach Hause bringen.«
»Und dann?«
»Gar nichts. Ich hab nichts mehr damit zu tun.«
»Und Tolson mit seiner Mordanklage?«

»Tolson wird sie morgen früh zurückziehen. Dann legt er sein Amt nieder.«

»Ehrlich?«

»Ehrlich.«

Lucas stürmte in dem kleinen Wohnzimmer auf und ab und dachte darüber nach. »Okay«, sagte er schließlich. »Raus mit dem Bullen.«

»Danke, Charley«, sagte ich.

»Jederzeit gern zu Diensten.« Als Charley abgegangen war, wirkte das Zimmer plötzlich doppelt so groß.

Lucas ging ins Schlafzimmer. Ich hörte ihn mit dem Mädchen flüstern, dann kam er zurück, nahm in einem der Sessel Platz und winkte mir, es ihm gleichzutun. »Wir hatten das ganze anders geplant, müssen Sie wissen«, sagte er.

»Einen Mann wie Grinder kann man nicht kampflos ausschalten.«

»Das haben wir erst gemerkt, als es zu spät war.«

»Was ist mit dem Jungen?«

»Gesundheitlich ist er ganz in Ordnung. Was seine Mentalität anlangt – ich hab noch nie so was Asoziales erlebt. Man dürfte ihn nicht frei herumlaufen lassen.«

»Das kann schon sein, aber das hab nicht ich zu entscheiden. Seine Tante wartet unten auf ihn. Sie wird ihn nach Hause bringen. Sie ist alles andere als ein Dummchen, und sie macht sich große Sorgen um ihn. Wenn irgend jemand den Jungen retten kann, dann wird sie dafür sorgen.«

»Spätestens in einem Jahr sitzt er ein«, murrte Lucas.

»Kann durchaus sein. Kommt er jetzt raus?«

»Arlene muß ihn erst mal wachkriegen.«

»Wehe, mir kommt zu Ohren, daß Sie nach heut nacht noch mal versuchen sollten, mit dem Kind was anzustellen«, sagte ich. »Ich werde mich erkundigen. Wenn ich erfahr, daß Sie ihn wieder in den Pfoten haben, dann geh ich mit dem, was ich weiß, an die Öffentlichkeit. Sonst halt ich das Maul. Ich glaub, Sie werden sich einfach darauf verlassen müssen, daß Gus seinerseits das Maul hält.«

»Oh, was Gus anlangt, mach ich mir keine Sorgen. Von ihm haben wir nichts zu befürchten.«

»Wieso?«

»Wir haben mit ihm eine Abmachung.«

»Was für eine?«

»Ach, wir haben einfach rausgekriegt, wovor Gus am meisten

Angst hat, und dann haben wir ihm klargemacht, daß es kein Problem für uns wär, eben das passieren zu lassen.«
»Sie haben wohl zuviel Koestler gelesen«, sagte ich. »Wovor hat Gus also die größte Angst?«
Bevor Lucas antworten konnte, ging die Schlafzimmertür auf, und Arlene Wong kam heraus. Sie verneigte sich leicht vor mir, dann sah sie Lucas an. »Gleich kommt er«, sagte sie mit unsicherer Stimme. Die Brustwarzen zeichneten sich deutlich unter dem Blusenstoff ab. Sie durchsuchte das Zimmer mit den Augen und wurde fündig.
»Geh nach Hause, Arlene«, trug Lucas ihr auf. »Tanner nimmt den Jungen mit.«
Arlene griff nach der Kaninchenjacke und nach dem Büstenhalter. Dann ging sie. Ich zeigte auf die Scotchflasche. Lucas nickte, und ich goß mir Whisky ein und trank ihn aus. Lucas ging ins Schlafzimmer. Ich goß mir nach. Kurz darauf kam Lucas wieder. Er hatte Gus Quilk im Schwitzkasten.
Der Junge hatte Jeans und ein T-Shirt an. Im rechten Ärmel steckte eine Blechbüchse mit Kautabak. Der Gürtel bestand aus einer verchromten, glänzenden Kette. Er schaute mich an und verzog schmollend den Mund.
»Hey. Sie sind der Scheißkerl, der mich um dreißig Dollar gelinkt hat. Mit *Ihnen* geh ich *nirgendwo* hin.«
Er schaute Lucas an. Lucas schaute mich an und lächelte zum ersten Mal. »Viel Spaß«, sagte er.
Ich seufzte, griff in die Tasche, holte die Pistole heraus und ließ sie an der Hüfte baumeln. Dann trank ich den Scotch aus. »Ich hab dich wirklich satt, Gus. Bis zum Hals. Jetzt zieh dir die Jacke über und komm mit. Deine Tante Teresa sitzt unten in meinem Auto. Sie bringt dich nach Hause, nicht etwa ich.«
»Noch eins, Tanner«, sagte Lucas.
»Und zwar?«
»Sie dürfen den Jungen erst in zwei Tagen nach El Gordo zurückbringen. Jedenfalls frühestens, wenn das Verfahren gegen Fluto endgültig eingestellt ist.«
»Okay«, sagte ich.
Lucas drehte Gus den Rücken zu und steuerte die Schlafzimmertür an. Dann blieb er stehen und schaute zu mir her. »Über das, was mit Grinder passiert ist, werden wir ganz bestimmt nicht stolpern. Die neue Mannschaft in Washington hält sich nicht mit derlei Kinkerlitzchen auf.«
»Da mögen Sie recht haben«, sagte ich.
Lucas ging hinaus.

»Hopp«, sagte ich zu Gus. Er war wenigstens so schlau, daß ihm klar war, er müsse mir folgen.
Als wir zum Auto kamen, stieg Teresa Blair aus. Sie nahm den Jungen in den Arm und wollte wissen, ob ihm auch nichts passiert sei.
»So'n Scheiß«, sagte er. »Die Kerle hätten sich lieber in die Hose gemacht, als daß sie sich getraut hätten, mich auch bloß anzurühren.«
Ich holte tief Luft, verfrachtete die beiden im Buick und fuhr los.
»Ich bringe Sie jetzt zu meiner Wohnung«, sagte ich. »Sie müssen zwei Tage lang dort bleiben. Dann können Sie Gus nach Hause bringen.«
»Wieso die zwei Tage?«
»So ist es abgemacht.«
»Wie viele Leute haben Sie in der beschissenen Karre da denn schon umgebracht?« fragte Gus.
Danach fiel kein Wort mehr, bis wir am Ziel waren. Die Großstadt, die mir hin und wieder so bedrohlich vorkam, erschien mir plötzlich als so vertraut wie ein Handschlag, wie ein Schulterklopfen, wie eine Zuflucht. Vor meiner Wohnung hielt ich, im Parkverbot.
Ich holte die Schlüssel heraus und gab sie Teresa Blair. »Kommen Sie denn nicht mit?« wollte sie wissen.
»Nein.«
»Wo gehen Sie hin?«
»Das weiß ich nicht.«
»Sehen wir uns wieder?«
»Glaub nicht. Wenn Sie am Freitag jemand brauchen sollten, der Sie nach El Gordo fährt, dann rufen Sie bei mir im Büro an. Meine Sekretärin heißt Peggy. Sie fährt Sie hin. In meiner Wohnung funktioniert alles, und nichts ist so kompliziert, daß Sie nicht von allein dahinterkämen. Zwei Kreuzungen weiter unten ist ein Lebensmittelgeschäft. Fühlen Sie sich ganz wie zu Hause. Das Mädchen gleich gegenüber handelt mit Rauschgift.«
»Das war überflüssig«, sagte Teresa Blair.
»Nein«, sagte ich.
Sie nickte, als gebe sie mir recht. »Vielleicht ist es so am besten«, fuhr sie fort. »Ich muß unbedingt mit Gus reden. Ich muß ihm paar Sachen erklären.«
»Verflucht noch mal, es wird höchste Zeit, daß jemand das macht.«
»Dieser Jemand sollte seine Mutter sein.«
»Stimmt. Dann überlassen wir's doch ihr. Das ist doch am einfachsten.«

»Ja. Seine Mutter kümmert sich jetzt schon um ihn.«
»Wie bitte?«
»Gus ist mein Sohn. Sein Vater war Frankie. Ich hatte die ganze Zeit Angst, Gus zu mir zu nehmen, weil ich befürchtet hab, die könnten versuchen, Tony was anzutun, auf dem Umweg über mein Kind. Aber das war ein furchtbarer Fehler. Jetzt will ich Gus bei mir haben. Wenn ich je wieder rauskomm aus dieser Geschichte, dann will ich wenigstens versuchen, ob ich ihn nicht retten kann.«
»Hey«, brüllte Gus. »Ich frier mir hier ja die Eier ab. Rühr mal den Arsch, aber ein bißchen plötzlich, ja?«
»Viel Glück«, sagte ich.
»Danke«, sagte sie. »Gleichfalls.« Ich strich ihr über die Wange, dann ging ich weg.
Ich fuhr lange, bis ich anhielt. El Gordo saß mir noch immer im Nacken.

Humor

Knaur®

Brix, Hans (Hrsg.):
Da lachen selbst die Elefanten
112 S. Band 753

Cefischer:
Oskar, der Familienvater
Die Schnurren des lustigen Katers Oskar.
96 S. Band 2102

Cefischer:
Frech wie Oskar
Weitere Abenteuer von Oskar, dem Familienvater.
96 S. Band 2104

Grabinger, Werner (Hrsg.):
Knaurs lachende Welt, Bd. 1
192 S. Band 477

Grabinger, Werner (Hrsg.):
Knaurs lachende Welt, Bd. 2
192 S. Band 510

Hürliman, Ernst:
Ja, so san's oder Ja, so sind sie
Aus dem Alltag eines Millionendorfes.
128 S. Mit 178 Abb.
Band 2103

Hechenberger, Freny:
Kennst du den?
Tausend Witze – und wie man sie sich merken kann.
208 S. Band 2107

Jacobsson, Oscar:
Die besten Adamson-Bildgeschichten
160 S. Band 2106

Mose:
Fröhliche Bosheiten
128 S. Mit 160 Cartoons.
Band 757

Rauch, Hans Georg:
Heitere Cartoons
128 S. Mit 120 Cartoons.
Band 746

Schneyder, Werner:
Gelächter vor dem Aus
Die besten Aphorismen und Epigramme.
256 S. Band 2108

Wittich, Boris:
Von Blaublütigen und Andersgläubigen
Die schönsten Witze über Adel, Juden, Geistlichkeit.
128 S. Band 2101

Wittich, Boris:
Ärztewitze
Besser als jede Pille.
128 S. Mit ca. 20 Abb.
Band 2105

Kulturgeschichte

Knaur

Champdor, Albert:
Das Ägyptische Totenbuch
In Bild und Deutung.
208 Seiten. Mit zahlr. Abb. Band 3626.

Corti, Egon C.:
Untergang und Auferstehung von Pompeji und Herculaneum
272 Seiten. Band 3661.

Hoving, Thomas:
Der Goldene Pharao
Tut-ench-Amun.
336 Seiten. Band 3639.

Keller, Werner:
Und wurden zerstreut unter alle Völker
Die nachbiblische Geschichte.
544 Seiten. 38 Abb.
Band 3325.

Stingl, Miloslav:
Den Maya auf der Spur
Die Geheimnisse der indianischen Pyramiden.
320 Seiten. Mit Abb.
Band 3691.

Stingl, Miloslav:
Die Inkas
Ahnen der „Sonnensöhne"
288 Seiten. Mit zahlr. Abb. Band 3645.

Stingl, Miloslav:
Indianer vor Kolumbus
Von den Prärie-Indianern zu den Inkas.
384 Seiten. Band 3692.

Vandenberg, Philipp:
Nofretete, Echnaton und ihre Zeit
272 Seiten. Mit z. T. farb. Abb. Band 3545.

Tompkins, Peter:
Cheops
Die Geheimnisse der Großen Pyramide, Zentrum allen Wissens der alten Ägypter.
296 Seiten. Mit zahlr. Abb. Band 3591.

Pörtner, Rudolf:
Operation Heiliges Grab
Legende und Wirklichkeit der Kreuzzüge (1095–1187)
480 Seiten. Mit zahlr. Abb. Band 3618.

Blüte des Mittelalters
Die Welt der Ritter und Mönche.
256 Seiten. Mit zahlr. z. T. farb. Abb.
Band 3629.

Romantic Thriller

Knaur®

Holt, Victoria:
Der Schloßherr
Roman. Band 0776.
192 Seiten.

Holt, Victoria:
Der Teufel zu Pferde
Roman. Band 0679.
320 Seiten.

Melville, Anne:
Das Erbe der Lorimers
Roman. Band 0803.
336 Seiten.

Melville, Anne:
Die Lorimers
Roman. Band 0686.
368 Seiten.

Markstein, George:
Das Gold des Lebens
Roman. Band 0821.
272 Seiten.

Randall, Rona:
Der Adler über dem Tor
Roman. Band 0797.
336 Seiten.

Randall, Rona:
Die grüne Kutsche
Roman. Band 0807.
144 Seiten.

Randall, Rona:
Der Wächterstein
Roman. Band 0782.
160 Seiten.

Rock, Phillip:
Sturmwind der Zeit
Roman. Band 0822.
448 Seiten.

Rogers, Rosemary:
Die Unbesiegbare
Ein Lied von Liebe.
Roman. Band 0784.
576 Seiten.

Rogers, Rosemary:
Wildnis der Liebe
Auch Frauen haben ein Recht auf »ihren« Frauenroman. Rosemary Rogers hat ihn geschrieben und Millionen von Leserinnen begeistert: eine titanische Familienfehde, Liebe, Haß und Leidenschaften von nicht alltäglichen Menschen. Roman.
Band 1008.
320 Seiten.

O'Hara, John:
Elizabeth Appleton
Roman. Band 0761.
288 Seiten.

Simmons, Mary Kay:
Feuer im Blut
Roman. Band 0759.
320 Seiten.

Simmons, Mary Kay:
Im Taumel des Glücks
Roman. Band 0800.
384 Seiten.

Sherwood, Valerie:
Glück ist wie Glas
Roman. Band 0805.
384 Seiten.

Stewart, Mary:
Die Geisterhunde
Roman. Band 0633.
272 Seiten.

Wolff, Victoria:
König im Tal der Könige
Roman. Band 0726.
224 Seiten.

Wolff, Victoria:
Das weiße Abendkleid
Roman. Band 0798.
176 Seiten.